国家社科基金
GUOJIA SHEKE JIJIN HOUQI ZIZHU XIANGMU
后期资助项目

北京师范大学文艺学研究中心文库

历史题材文学系列研究

第三卷　中国现代历史文学的传统与经验

The Study of Historical Literature Series

Volume 3

The Tradition and Experience of Chinese Modern Historical Literature

总主编 童庆炳
分卷主编 邹红 沈庆利

北京师范大学出版集团
BEIJING NORMAL UNIVERSITY PUBLISHING GROUP
北京师范大学出版社

图书在版编目(CIP)数据

历史题材文学系列研究：第三卷：中国现代历史文学的传统与经验／邹红，沈庆利主编.—北京：北京师范大学出版社，2014.1
（国家社科基金后期资助项目）
ISBN 978-7-303-12259-2

Ⅰ.①历… Ⅱ.①邹…②沈… Ⅲ.①中国文学：历史文学－古典文学研究 Ⅳ.①I206.2

中国版本图书馆 CIP 数据核字（2011）第 049810 号

营销中心电话 010-58802181 58805532
北师大出版社高等教育分社网 http://gaojiao.bnup.com
电子信箱 gaojiao@bnupg.com

LISHI TICAI WENXUE XILIE YANJIU

出版发行：北京师范大学出版社 www.bnup.com
北京新街口外大街 19 号
邮政编码：100875

印 刷：北京京师印务有限公司
经 销：全国新华书店
开 本：165 mm × 238 mm
印 张：17.75
字 数：260 千字
版 次：2014 年 1 月第 1 版
印 次：2014 年 1 月第 1 次印刷
定 价：54.00 元

策划编辑：赵月华 曾忆梦 责任编辑：郭 瑜 曾忆梦
美术编辑：王齐云 装帧设计：毛 淳 王齐云
责任校对：李 菡 责任印制：孙文凯

国家社科基金后期资助项目

出版说明

后期资助项目是国家社科基金设立的一类重要项目，旨在鼓励广大社科研究者潜心治学，支持基础研究多出优秀成果。它是经过严格评审，从接近完成的科研成果中遴选立项的。为扩大后期资助项目的影响，更好地推动学术发展，促进成果转化，全国哲学社会科学规划办公室按照“统一设计、统一标识、统一版式、形成系列”的总体要求，组织出版国家社科基金后期资助项目成果。

全国哲学社会科学规划办公室

总　序

新时期以来，历史题材的文学创作进入一个繁荣时期。这一时期所产生的作品数量之多，出版之众，印刷量之大，读者之多，影响之大，在中国文学史上都是空前的。从姚雪垠反映明末农民起义的长篇历史小说《李自成》开始，随后较有代表性的长篇历史小说有凌力的《少年天子》、《暮鼓晨钟——少年康熙》、《梦断关河》，徐兴业的《金瓯缺》，二月河的“落霞三部曲”：《康熙大帝》、《雍正皇帝》、《乾隆皇帝》，唐浩明的《曾国藩》、《张之洞》、《杨度》，熊召政的《张居正》，卧龙的《汉武大帝》，王梓夫的《漕运码头》，包丽英的《蒙古帝国》，颜廷瑞的《汴京风骚》，高旅的《玉叶冠》，周国汉的《张骞大传》，王鼎三的《洛阳风云》，万斌生的《王安石》，映泉的《楚王》，丁牧的《中原乱》，高光的《孔子》，常万生的《唐太宗》，马昭的《草堂春秋》，孙皓晖的《大秦帝国》，日本作家司马辽太郎的《项羽与刘邦》，法国作家格鲁塞的《成吉思汗》，等等。此外，在网络上发表还未出版的历史小说也很多。这些面世的长篇历史小说经过电影或电视连续剧的改编、播放，读者、观众数量又大大增加，影响也就更大。这些历史题材小说的涌现，丰富了新时期的文学创作。有部分作品也有一定的思想力量和艺术水平，产生了好的社会效果，满足了群众的艺术欣赏要求。对于新时期历史题材文学所取得的成绩应充分肯定并作出公允的评价。但不能不看到，由于中国人的历史癖好，喜欢阅读的历史题材小说很多，这些作品销路很好，出版商获利巨大，于是历史题材文学被商业化所裹挟，粗制滥造的作品也不少，所产生的问题也很多，这就给文艺理论工作者提出一个任务，我们究竟应该如何来看待历史题材的文学创作。本丛书，共分五卷，力图从文学理论和历史哲学的角度，从总结古代的、现代的、当代的和外国的历史题材文学创作经验的角度，展开对于历史题材文学创作问题的全面的探索。这篇“总序”则试图从五个向度来厘清历史题材文学中的主要问题。

一、历史观问题

创作历史题材文学作品，首先遇到的是一个历史观的问题，也就是我们根据什么样的观点来看待某个历史时期、某个历史事件和某个历史人物等，作出怎样的是非判断，歌颂还是批判等。当然，我们是要用马克思的历史唯物主义的历史观来看待、评价历史的。历史唯物主义的核心是什么？美国学者杰姆逊曾说过，马克思写于1859年的《〈政治经济学批判〉序言》那页书（在英文书中），是马克思主义最重要的一页书。马克思这篇论文的中文译本则在上下两页中。所以我们可以说，因为正是在这两页书里，马克思鲜明地提出了他的历史唯物主义的两个核心点：第一是“不是人们的意识决定人们的存在，相反，是人们的社会存在决定人们的意识”①。第二是社会的物质的生产力发展到一定的阶段，就会与现存的生产关系发生矛盾，这时社会革命的时代就到来了。那么革命的时代要解决的问题，就是要解决社会生产力与生产关系之间的现存的冲突。这种冲突的解决首先是经济基础的变更，其次是全部庞大的上层建筑的变更，其中也包括法律的、政治的、宗教的、艺术的和哲学的意识形态的变更。马克思的历史唯物主义所着眼的是解决社会冲突，促进社会生产力的发展，只有社会生产力的发展，人民的生活才可能改善。一切历史时代的人物，是否对历史的进步作出贡献，也要从他们是否解决了阻碍社会发展的社会冲突中所起的作用来加以判断。②

美籍华人学者黄仁宇，著有《万历十五年》等著作，他提出了一种“大历史观”。他的《万历十五年》成为新时期学者阅读中的一个事件，他的观点的确给予我们许多启发。按照我的理解，他的“大历史观”有三点相互联系的内容：第一是从技术理性的角度看历史。他说：“大历史观的观点，亦即是从‘从技术的角度看历史’（technical interpretation of history），至于将道德放在什么地方，这也是一个严重的问题。”③ 他的文字，猛一读比较费解。“从技术的角度看历史”是什么意思？我们需要阅读他的全部著作，我们才会了解，他的意思是从数字统计的角度来看历史。如在欧洲，为什么资本主义比封建主义进步，就是因为资本主义具有商业的品格，一切都是可以用数字统计技术计算出来的，当然也是可以用统计数字的技术来管理的。这种具有商业化的可用数字技术来统计和管理的社会，必然会创造大量的财富，生产力也就大发展了。他的

① 〔德〕马克思、恩格斯：《马克思恩格斯选集》，第2卷，北京，人民出版社，1995，第32页。

② 参见〔德〕马克思、恩格斯：《马克思恩格斯选集》，第2卷，北京，人民出版社，1995，第33页。

③ 黄仁宇：《万历十五年》，北京，中华书局，2006，第225页。

"从技术的角度看历史"，归结起来就是认为社会的统治者不要过多地用道德笼罩一切，譬如不要总是把人分成"君子小人"之类，分成"白猫黑猫"之类，而是要着眼于生产力的发展，而这生产力的发展是要在重视数字统计和数字管理的条件下才可以达到。所以，他认为，中国传统社会发展了两三千年，最接近资本主义的时期，是宋代。宋代的商业发展是空前的。特别是宋神宗时期（1067—1085）的王安石变法，有可能改变长期维持道德统治的中国。因为变法加速金融经济，使财政商业化。从而可以"不加税而国用足"（王安石）。新法的主要措施如青苗法、市易法、均输法等都是试图以可计算的信用贷款、资金融通的办法来刺激经济增长。生产大量增加，货物大流通，国家就可以从高效流通状态里收到增税之成果。王安石的全面变法，就是试图以金融管制的办法管理国事。这种办法如能成功，"纵使政府不立即成为一个大公司，也有大公司的业务"①，那么，中国将进入一种数目字技术管理的时代，财富的大量积累，必然促进生产力的发展，科学技术的发展也会同时到来，如果历史走向是这样的话，那么中国历史乃至世界历史将被改写。第二是用这种大历史观看待历史人物和历史事件，就不能孤立地在某个划定的短时段来看历史人物的是非功过，要从历史发展的长过程的大潮流中来看历史人物是非功过。黄仁宇说："历史的规律性，有时在短时间尚不能看清，而须要在长时间内大开眼界，才看得出来。"② 又说："中国的革命，好像一个长隧道，须要一百零一年才可以通过。我们的生命纵长也难过九十九岁。以短衡长，只是我们个人对历史的反应，不足为大历史，将历史的基点推后三五百年才能摄入大历史的轮廓。"③ "大历史观"侧重于对历史的动态观察和纵向研究，提倡长时间、远距离、宽视界地审察和批判历史。因为只有通过长时间、远距离和宽视界，我们才能看清社会冲突是否得到真正的解决。换言之，任何社会都有一个萌芽和新兴时期，也有一个衰落和灭亡时期，从而形成不同的社会历史潮流。那么，我们如何来评价历史人物在历史社会潮流中的功过呢？这就要看他所领导的社会变革是顺应或推进历史潮流呢，解决了社会的现存冲突呢，还是根本没有解决社会的现存冲突，甚至阻碍和阻挡社会历史潮流的发展。第三是大历史观要求我们看一个小的历史人物或小历史事件，一般也不应就事论事，而应该看这小人物和小事件背后的政治、经济、社会等多

① 黄仁宇：《放宽历史的视界》，北京，生活·读书·新知三联书店，2001，第65页。

② 黄仁宇：《万历十五年》，北京，中华书局，2006，第226页。

③ 黄仁宇：《万历十五年》，北京，中华书局，2006，第226页。

方面的原因，置放于历史文化语境中去考察。

黄仁宇的大历史观与马克思的历史唯物主义当然是不同的。马克思主义要通过阶级斗争来解决阶级压迫和剥削，而黄仁宇则关注技术理性的改进并促进商业化，这一点我们不可将马克思的历史唯物主义和黄仁宇的大历史观相混淆。但我们又要看到，不论马克思还是黄仁宇都认为社会的进步很大程度取决于社会生产力的大发展。只有社会生产力的大发展，才能改善人民的生活。至于从长时间、远距离、宽视界地审察和批判历史，马克思和黄仁宇都认为一个社会的发展过程中，要清楚地分出社会发展的新兴期和没落期，历史人物在不同时期扮演了什么不同的角色，都要纳入这个社会发展过程的不同时期去考察和评价。所以我们又要看到历史唯物主义和大历史观也有一致的地方。我们今天在创作或评论历史题材文学的时候，当然要坚持以马克思主义的历史唯物主义为指导，但黄仁宇与马克思相一致的观点似乎也可以作为参考。

根据这样的历史观，我们来看一看创作历史长篇小说《大秦帝国》的孙皓晖和创作“落霞三部曲”（《康熙大帝》、《雍正皇帝》、《乾隆皇帝》）的二月河的一段对话。二月河在对话中说：“整个历史就是一个抛物线，秦王朝可以看作抛物线刚刚上抛的时候，产生激烈的，灿烂的火花。到了康熙、雍正、乾隆时期，抛物线开始下落了。下落也是美丽的。下落也是给人一种流星的灿烂的曲线美。凄美和壮美，都给人心灵上的一些碰撞。秦王朝和清王朝有共同的地方，但是区别也是有很多的。下落的时候有下落的特点，上升有爆发的原因和特点……我们写小说是给所有人看的，也不指小批量的专业爱好者，是指所有的人，想通过这些东西给人一些历史上的启迪，让人感受到很多的历史氛围和人文感受。”二月河的“抛物线”的比喻很好。秦王朝是抛物线的上升的时期，清王朝则是抛物线下落的时期。但二月河认为，不论是抛物线的哪一头都有“共同点”，都有美处，一个是“激烈的，灿烂的火花”，是“壮美”；一个是“流星的灿烂的曲线美”，是“凄美”。联系到二月河的“康雍乾盛世”三部小说，他的说法是令人难以接受的，或者说，他的说法在历史观上是错误的。

秦始皇处于中国传统社会的新兴时期①，那时的中华文明如初升的

① 这里不使用“封建社会”这个词语。因为关于中国何时进入封建社会，或哪几个朝代是封建社会这个问题，至今历史学界仍争论不休。如有学者认为中国只有“夏商周”三朝属于封建社会。又如有的学者认为封建社会是从魏晋时期才开始的。我们这里用“中国传统社会”是指从春秋到晚清数千年的历史时期。

太阳，喷薄而出，光辉灿烂，前途似锦。中华民族文化有诸多特点，在秦统一中国前后已逐渐形成。如战国时期的人民不希望各君主国混战，希望中国走向统一，统一的意向始终成为人民的一种理想；那个时代农耕文明已奠定了基础，使中国人有可能过上丰衣足食的生活；以儒家为主的人文传统使中国人认识到人之为人乃“人为万物之灵”，人是具有尊严的，人是“三才”之一；儒家人伦中心主义，使世世代代的人生活于具有人性生活秩序中；儒家的尊君爱民传统，是人与人之间处于有等级的又是有亲切关怀的气氛中；儒家的中庸协和精神使中国人热爱和平，与人和平相处，与自然和平相处；儒家为主的延绵坚韧精神，使中国人民继承世代传统，使中国人以勤劳、刻苦和勇敢著称于世。秦始皇所继承的中华文明是夏商周春秋战国诸子百家思想精神的融合和总结。在中国传统社会开始起步之时，中华文化的这些元素和特点都是勃勃而有生机的，应该加以肯定的。孙皓晖的《大秦帝国》就是在中国传统社会“抛物线”刚刚划出的时期，充分肯定与赞美了中华文明的光辉，特别是适度地赞美了秦始皇统一中国，消除了长达三百年的战国纷争，解除了人民因战乱带来的苦难。这从历史的长时段看，是具有积极意义的。当然，秦始皇有秦始皇的问题，后文还要论及。

但清代的“康雍乾三朝”，已处于中国传统社会的末世，如果说，秦代是八九点钟的太阳的话，那么清代已经到了日薄西山的黄昏时刻了，历史的情势已经发生了根本的变化，当时有作为的统治者，就应该顺应历史的潮流，根据当时中国的实际，作出调整和变革，在历史提供的条件下，打破妨碍社会生产力发展的障碍，以满足人民的新的要求、需要和愿望。但是他们却没有任何变革的愿望和要求，反而大搞“文字狱”，钳制士人的言论自由；大搞禁海，完全闭关锁国。这是逆历史潮流而动的。不但不应该歌颂他们的统治是盛世，而且应该揭示他们的统治是中国传统社会灭亡前的回光返照，要展现现代社会的曙光。但是二月河的三部描写康熙、雍正和乾隆的小说，还是把“康雍乾三朝”看成“盛世”，甚至用浓墨重彩歌颂了他们的英明的作为、处事的果敢、统治的仁爱，等等，描写所谓的“流星的灿烂的曲线美”和“凄美”。对于“盛世”的理解，不能把某个朝代孤立起来理解，而要看它处于社会发展的哪个阶段、哪个时段，历史的潮流已经提出了什么要求，所谓“抛物线”的两端，是完全不同的，不能相提并论。而且这里所说的“凄美”，似乎应带有悲剧的意味，但二月河的笔下那些帝王有谁带有悲剧意味呢？二月河一味鼓吹“康雍乾三朝”是“盛世”，是颠倒了历史的是非，他的历史观连生活于18世纪的曹雪芹都不如，曹雪芹还能预感和揭示清朝的统治表面上像“烈火喷油”之盛，实际上“内囊已尽上来了”，最终是要“树倒猢狲散”，“落了个白茫茫一片真干净”；而二月河最初也是研究《红楼梦》的，却不但不能效法曹雪芹，反跟曹雪芹对着干，歌颂起“落霞”的“凄美”来了，这是让人不能理解的。

历史观不能不是创作历史题材文学首先要关注的第一个大问题，因为不管怎么说，你是在写“历史”，你不能不对你写的那段历史有一个理解和评判，你不可能不同情或赞美这个人和事，不可能不贬抑或批判那个人和事。你在历史叙述中无法做到纯客观，你的主观情感不能不渗透到你的历史叙述中去。“观点”是很重要的，我们感觉和理解世界上的事物，都取决于一个特定的“观点”。清代“康雍乾三朝”历史如果我们换一个角度来看，就和二月河看到的不一样。就如一个人从飞机上俯视一座一百层的高楼，觉得那不过是一个火柴盒，而从平地上仰视它，觉得它巍然耸立，拔地而起，那感觉和理解是完全不一样的。曹雪芹站在历史的高处来看“康雍乾三朝”及其走势，觉得那已经快到山穷水尽的地步了。二月河则从一个低洼地来仰视“康雍乾三朝”，所以觉得其“巍然耸立”，也就不奇怪了。

二、历史真实问题

历史真实是一切创作历史题材文学作家的重要追求。除了那些有意“戏说”的作品除外，一般的以历史题材为创作的作家，都宣称自己的作品达到了“历史真实”。但是什么是“历史真实”呢？历史题材文学作品能达到历史真实吗？这个问题在中国争论了差不多一个世纪，仍然没有得出大家都一致同意的结论。

对于历史与文学哪个更高？历史上是有分歧的。古希腊罗马时期大体上可以说，文学“战胜”了历史。亚里斯多德在《诗学》中对此说得很清楚：“写诗这种活动比写历史更富于哲学意味，更被严肃对待；因为诗所描述的事带有普遍性，历史则叙述个别的事。”① 但是，到了19世纪，由于科学主义和实证主义的发展，历史被认为是纯客观的真实，更具有价值；文学则是虚构的，虚构只是一种“可能”，不一定是真实的。所以历史比文学更具有价值。然而，亚里士多德②的见解也不是所有的

① 〔古希腊〕亚里斯多德：《诗学》，北京，人民文学出版社，1962，第29页。

② 因前文“亚里斯多德”为引用译名，此处“亚里士多德”为笔者所写，故有所不同。后文同。

人都同意的。所以，我们第一步要把“历史”这个概念弄清楚。

“历史”这个词是什么意思呢？从词源上说，甲骨文中的“史”与“事”相似，“史”乃是指事件。许慎在《说文解字》中写道：“史，记事者也。从又持中，中，正也。”这里的“记事者”，根据中国古代的惯例，显然是指“史官”。问题是“史官”记录的事件就一定“中”或“正”吗？这当然是不能一概而论的。有董狐、太史伯那样“据事直书”的史官，也有更多按照统治者的要求或自己的立场和观点去书写历史的史官。前者的记录可能保存了事件的真相，而后者则可能是按照当时统治者的要求或个人的观点带有某些想象和虚构了。就是说，历史可能是客观的，也可能是主观的，可能是真实的，也可能是想象的。两种情况都存在过。西方的情况大致也是如此。在西方，多数语言的“历史”一词源出自希腊语“historia”。根据有的学者的研究和说法，认为“历史既是过去发生过的事件，又是叙述过去这些事件的故事，在法文里，‘histoire’这个字就既有‘历史’，又有‘故事’这两种含义，由此可见，真实与想象之间、现实与虚构之间，从来就有一种紧张而又密切的关系。在西方传统的早期，希罗多德和修昔底斯的历史著作提供了历史叙述的两种不同的模式”①。我之所以要引用这段话，是因为作者用了“紧张而又密切”这个有趣的表述，意思是说本来历史是应该真实的，但我们看到的历史叙述又往往是想象的，真实与想象之间的关系不是很“紧张”吗？但是又有“密切”的关系，就是说我们面对的历史叙述常常是真实中有想象，想象中有真实，真实与想象交织在一起。

西方19世纪是科学技术发展到一个巅峰的时代，人们也相信科学技术能解决一切问题，其中也包括能解决历史叙述中的真实问题。这就出现了科学主义的历史真实观。这种科学主义的历史真实观以德国著名历史学家利奥波德·冯·兰克（1795—1886）为代表。兰克被称为“近代史学之父”、“科学历史之父”不是没有道理的。他一生著作甚丰。他的最早的著作是1824年出版的《拉丁与条顿民族史（1492—1535)》，1834年到1836年他撰写了《16、17世纪的罗马教皇及其教会与国家》（即《教皇史》)，1839年到1847年，他用了8年时间撰写了《宗教改革时期的德意志史》，1847年到1848年他撰写了《普鲁士史九书》，1852年到1861年他撰写了《16、17世纪法国史》，1859年到1868年他又用了近9年时间撰写了《16、17世纪英国史》，1869年他撰写了《华伦斯坦传》，

① 张隆溪：《中西文化研究十论》，上海，复旦大学出版社，2005，第246页。

1871年他写了《德意志诸邦国和诸侯同盟：德意志史（1780—1790）》，1881年到1888年他撰写了16卷的《世界史》，可惜没有全部完成。他的全集有54卷之多。在他的影响下，形成了一个学派。兰克的历史真实观，就是他的那句不断被人引用的话：历史学家只是“表明过去是怎样的”。这是他的第一部著作《拉丁与条顿民族史（1492—1535）》一书“前言”中的话。[①] 他还有一句名言：“我情愿忘却自我而只讲述能够彰显强势人物的事情。”这句话出自他的《英国史》第二卷。这两句话有丰富的内涵，即他认为历史学家要追求“客观性”，“忘却自我”，全力恢复历史的本来面貌。兰克历史叙述的方法也是根据他“客观性”的要求而提出来的，那就是重视一切原始资料，引进史料考据的方法，坚持对原有的文献不做任何改动，只是寻找证明或证伪，作出科学的阐释，以形成具有因果关系的、合理的、有内在关联的历史。兰克不满意当时风靡整个欧洲的英国作家司各特（1771—1832）的历史小说，认为他写的那些内容诚然很生动，却不真实，这是他无法接受的。但兰克也认识到，“客观性”只是理想，很难达到，所以他说：“我认为不可能彻底完成这项任务。只有上帝才了解全部世界历史。我们只是认识历史上所产生的各种矛盾、几多和解。正如一位印度诗人所言：‘为神所知，但不为人所晓。’我们作为人只是只能肤浅地、由远而近地认识了解历史。”[②] 兰克追求历史真实的“客观性”理论，对历史学界产生了很大影响。

饶有意思的是，在中国，早于兰克之前的乾隆（1736年登基，1795年退位）到嘉庆时期（1796—1820），产生了为后人广知的“乾嘉学派”。乾嘉学派的顾炎武是这个学派的开山祖，他是明末清初人。他的学生潘耒在给顾炎武的《日知录》所写的“序”中说：“顾宁人先生长于世族。少负绝异之资，潜心古学。九经诸史，略能背诵，尤留心当世之故，时录奏报，手自抄节。经世要务，一一讲求。当明末年，奋欲有所自树，而迄不得试，穷约以老。然忧天闵人之志，未尝少衰。事关民生国命者，必穷源溯本，讨论其所以然。足迹半天下。所至交其贤豪长者，考其山川风俗疾苦利病，如指诸长。精力绝人。无他嗜好。自少至老，未曾一日废书。出必载书数簏自随。旅店少休，披寻搜讨，曾无倦色。有一疑

① 参见〔德〕兰克：《历史上的各个时代》，中译本，“编者导言”，北京，北京大学出版社，2010，第9页。

② 参见〔德〕兰克：《历史上的各个时代》，中译本，“编者导言”，北京，北京大学出版社，2010，第14页。

义，反复参考，必归于至当。有一独见，援古证今，必畅其说然后止。"① 乾嘉学派所研究的问题很广泛，史学、经义、吏治、财赋、天文、地理、艺文、语言、音韵，等等，无所不包，但方法都是考据，即所谓"援古证今"、"披寻搜讨"，无征不信，揭示源流。做到"无一事无出处，无一事无来历"。务求恢复历史的本来面貌。这个学派取得了很大的成绩。如钱大昕的《二十二史考异》，系统地考证了二十二部正史正文以及注释的史料、文字、训诂，订正了许多讹误，而大受推崇。

乾嘉学派的主张与兰克的观点不谋而合。这样，这种"无征不信"、"恢复历史原貌"的历史真实观，就对中国20世纪的历史叙述产生了广泛的影响。王国维、顾颉刚、傅斯年等都受其影响。如1943年傅斯年在历史语言研究所的《史料与史学》"发刊词"中说："此中皆史学论文，而名之曰《史料与史学》者，亦自有说，本所同仁之治史学，不以空论为学问，亦不以'史观'为急图，乃纯就史料以探史实也。史料有之，则可因勾稽有此知识，史料所无，则不敢臆测，亦不敢比附成式。此在中国固为司马光至钱大昕之治史方法，在西洋，亦为软克（即兰克——引者）、莫母森之著史立点。"② 一直到现在，这一治史观念仍然因深入人心而在史学界占据了重要地位。

当中国人在20世纪仍然迷恋乾嘉学派和兰克的时候，西方20世纪的历史真实观则发生了重大转变。这可能是因为以科学技术为基础的资本主义越到后来所产生的和积累的不可克服的社会矛盾越来越多，人们的生活没有按照先前历史学家的预言发展，人们对此感到失望甚至绝望，不能不怀着骚动和不安，觉得以前的历史学家的历史叙述有许多令人怀疑的地方，甚至是欺骗人的地方，于是开始重新打量19世纪的科学主义的历史真实观。在20世纪的西方，科学主义的历史真实观实现了一次重大的转变，即转变为人文主义的历史真实观。什么是人文主义历史真实观？这种历史观说了什么？我们听到了克罗齐的"一切历史都是当代史"的耸人听闻的说法。

贝内德托·克罗齐（1866—1952），是意大利少有的著名的学术大师之一，他是哲学家、美学家，也是20世纪意大利著名的文学批评家、政治家，更是享誉西方的历史学家和史学理论家。我们过去似乎只知道克罗齐是位美学家，实际上他在历史学上的贡献是卓越非凡的。他的历史

① 顾炎武：《日知录集释》，黄汝成释，上海，世界书局，1936，第1页。

② 傅斯年：《〈史料与史学〉发刊词》，见《出入史门》，杭州，浙江人民出版社，1998，第88页。

著作有《历史学的理论和历史》、《作为思想和行动的历史》、《那不勒斯王国史》、《1871—1915年意大利史》和《十九世纪欧洲史》等。他的"一切历史都是当代史"出自他的《历史学的理论和历史》，那么这句常被引用的话是什么意思呢？这就要看克罗齐本人是怎么说的。克罗齐有一个观念，就是要把"编年史"和"历史"区分开来。克罗齐说："历史是活的历史，编年史是死的历史；历史是当代史，编年史是过去史；历史主要是思想行动，编年史主要是意志行动。一切历史当它不再被思考，而只是用抽象词语记录，就变成了编年史，尽管那些词语曾经是具体的和富有表现力的。"[①] 他又说："当生活的发展逐渐需要时，死历史就会复活，过去史就变成现在的。罗马人和希腊人躺在墓穴中，直到文艺复兴欧洲精神重新成熟时，才把他们唤醒。""因此，现在被我们视为编年史的大部分历史，现在对我们沉默不语的文献，将依次被新生活的光辉照耀，将重新开口说话。"[②] 这就是说，我们不能把历史与现实完全切割开，编年史可能是真的，但它是死的，只有当现实需要的时候，才会把它唤醒，是新的生活唤醒过去的历史。就像我们在抗日战争时期，我们把南宋的抗金斗争的历史唤醒，像延安"整风运动"中把明末李自成农民起义最终失败的历史唤醒，像20世纪80年代初把"五四"时期的文化启蒙运动的历史重新唤醒。总之，是活的现实把死的历史唤醒。

我们还可以进一步通过克罗齐发表这种思想时的历史文化语境来理解他这句话。在20世纪早中期，克罗齐是意大利法西斯墨索里尼的死对头。克罗齐本来是一位在书斋工作的学者，但当墨索里尼用暴政对付人民时，他转而成为意大利知识分子反法西斯的精神领袖。他在1925年撰写了《反法西斯知识分子宣言》，征集签名，并发表于《世界报》上，呼吁反抗法西斯的统治。更重要的是他作为历史学家撰写了《那不勒斯王国史》、《1871—1915年意大利史》和《十九世纪欧洲史》等史学著作，以春秋笔法，针砭时弊，反抗法西斯的统治。就是说，克罗齐是以学术为武器，投入了反抗现实的斗争。这样，我们就可以理解他的"一切历史都是当代史"重点是强调历史的"当代性"。克罗齐既然要强调历史的当代性，那么他撰写的历史著作就必然有倾向性，就必然对过去的历史有所突出，有所省略，有所建构，以便唤醒历史为现实的斗争服务。由此可见，他的历史真实观与兰克已经大不相同，他不强调什么历史书写

① 〔意〕克罗齐：《历史学的理论和历史》，北京，中国社会科学出版社，2005，第11页。
② 〔意〕克罗齐：《历史学的理论和历史》，北京，中国社会科学出版社，2005，第15页。

“客观性”，他强调历史书写现实针对性。

那么具有当代性的历史如何才能建立起来呢？这里我们就不能不考虑到英国的历史哲学家和历史学家柯林武德（1889—1943，又译柯林伍德）的观点。柯林武德的主要著作是他的《历史的观念》一书。这本书是对西方古希腊以来的关于历史观念的梳理，同时贯穿着他自己的历史观念。柯林武德深受克罗齐的历史理论的影响，他不同意过去的那种实证主义的或科学主义的历史观念。他在《历史的观念》“后论”部分鲜明地提出了“历史的想象”和“历史的建构”的观点。他的理论是这样的：常识性的理论认为，“历史学中最本质的东西就是记忆和权威”[①]。即某个权威（例如司马迁）知道一段历史中的人物与事件，他记住了这些人物与事件，然后用别人能理解的词句来陈述他的回忆，这就是历史书写（例如《史记》）。柯林武德不同意这种“权威加回忆”的观点。他认为，相信这种常识性的理论实际上是做不到的。因为“每个历史学家都知道，有时候他确实是在使用所有这三种方法来窜改他在他的权威那里所找到的东西的。他从其中挑选出来他认为是重要的，而抹掉其余的；他在其中插入了一些他们确实是没有明确说过的东西；他由于抛弃或者修订他认为是出自讹传或谎言的东西而批评了它们”[②]。这种“挑选”、“插入”和“抛弃”，历史学家认为是他们的“权力”，可这与“权威加回忆”的常识性的理论是不一致的，自相矛盾的。柯林武德认为：“历史学家贯穿他工作过程中的，一直都是选择、构造和批评；只有这样做他才能维护他的思想在一个科学的可靠进程的基础上。”[③] 他把这称为“史学理论中的哥白尼革命”。在柯林武德看来，历史学家并不依赖自身以外的权威，“历史学家就是他自身的权威；并且他的思想是自律的、自我—授权的”[④]。这样，历史学家为了获得历史真实，就只能走向历史的想象和历史的建构了。那么什么是历史的想象和建构呢？柯林武德给我们举了例子：“如果我们眺望大海，看见一艘船，五分钟后再望过去，又看见它在另一个不同的地方；那么当我们不曾眺望的时候，我们就会发觉自己不得不想象它曾经占据过各个中间的位置。这已经是历史思维的一个例子了；而当我们被告知凯撒在这些连续的时间里在这些不同的地方时，我们就发现自己不得不想象凯撒曾经从罗马旅行到高卢；——这情形并无

---

① 〔英〕柯林武德：《历史的观念》，北京，北京大学出版社，2010，第232页。

② 〔英〕柯林武德：《历史的观念》，北京，北京大学出版社，2010，第233页。

③ 〔英〕柯林武德：《历史的观念》，北京，北京大学出版社，2010，第233页。

④ 〔英〕柯林武德：《历史的观念》，北京，北京大学出版社，2010，第233页。

不同。"① 当然，历史学家的想象和建构也不是随意的编造，因为历史人物和事件都有本身的内在必然性在起作用。就是说，秦始皇有秦始皇的内在必然性，凯撒有凯撒的内在必然性。这就是历史的想象和建构了。实际上，当我们介绍克罗齐和柯林武德上述观点时，我们的介绍已经从19世纪的科学主义的历史真实观转到了20世纪的人文主义的历史真实观。因为前者注重的是事实，而排除人的思想，后者则认为事实并不可靠，要用人的思想来想象与建构，或者说历史真实不仅包括史料，还包括人对史料的认识。

从上面对历史真实观的初步扼要的梳理中，我们已经感觉历史真实问题是一个很复杂的问题。我觉得要用"建构"的观点来看是比较合理的。是否可以这样说，历史真实是指原初的本真的历史，即历史的鲜活的现场。谁也不可能返回到历史现场去窥见历史真实。孙皓晖能够返回到秦始皇那个时代去亲睹战国群雄对峙的历史场景吗？二月河能够返回到"康雍乾时代"去亲睹那历史情景吗？这都完全不可能。历史学家所记录的历史，一般也都不是亲睹亲闻的，他们根据前人的记载提供的是历史文献，就如受到后人一致看好的司马迁的《史记》，是根据《尚书》、《春秋》、《左传》等提供的历史残迹的记录编撰而成的，司马迁不可能出现在"鸿门宴"的现场，亲睹历史的场面，因此历史的文献相对于本真的"历史1"而言，只是"历史2"，其中已经渗入了历史学家的爱憎喜好，已经是一种"建构"，不可能完全忠于历史真实。历史题材文学作家笔下的历史，是根据部分历史文献想象的产物，艺术虚构的产物，已经是"历史3"了，这更是作家艺术"建构"的产物，这里有更多虚幻的东西，很难获得历史真实。无论是孙皓晖还是二月河，他们总是宣称自己的历史小说是"正剧"，里面写的是"历史真实"，不客气地说，这都是欺人之谈，完全不足为信。就是大家一致看好的古典名著《三国演义》，其中的想象和虚构处处可见。不用多，只需把《三国志》与《三国演义》对比一下，我们就会发现，《三国演义》艺术建构太多了。"空城计"是《三国演义》中的一个大事件，可完全是作者的虚构。只要查一下《三国志》就知道，譬如，诸葛亮一生只是在最后一次北伐时，才与司马懿在渭水对峙。诸葛亮屯兵陕西汉中阳平时，司马懿还在湖北担任荆州都督，根本没有机会与诸葛亮对阵。"空城计"这一重要情节完全是作家想象的产物。

---

① 〔英〕柯林武德：《历史的观念》，北京，北京大学出版社，2010，第238页。

我们这里说的历史学家和历史题材作家的“建构”，是指人们陈述历史或描写历史，不是（也不可能）还原历史，而是把自己的观念渗透进陈述中去，他的陈述带有他的观念的痕迹，不可能做到完全客观，不可能如兰克所说的那样“忘却自我”，他的陈述最终只是充满他自己的思想的构想而已。决不能把历史题材文学作品当做历史来阅读。就是那些撰写得最好的历史文学作品，也是建立在历史文献基础上的建构的结果，所达到的是艺术真实，即合情合理的艺术真实。情和理的运动的逻辑与轨迹一旦被写出来了，这种艺术真实也就显现出来了。

对于历史与文学哪个更高？历史上是有分歧的。古希腊罗马时期大体上可以说，文学“战胜”了历史。亚里斯多德在《诗学》中对此说得很清楚：历史讲述的是已经发生的事，诗讲述的是可能发生的事。由于这个原因，诗比历史更带哲学性、更严肃；诗所说的是普遍的事物，历史所说的只是个别的事物。但是，到了19世纪，由于科学主义和实证主义的发展，历史被认为是纯客观的真实，更具有价值；文学则是虚构，虚构只是“可能”，不一定是真实。所以历史比文学更具有价值。其实，历史与文学在“历史真实”这点上是不分轩轾的。亚里士多德的话也有片面性，因为历史学家的历史书写也和作家的历史书写一样，都要达到普遍性，才会有价值有意义。历史没有战胜文学，文学也没有战胜历史。

三、价值判断问题

当前，历史题材文学创作中存在的另一个大问题，就是价值判断问题。我们的作者对自己笔下的历史人物及其所作所为，要么歌颂，要么批判，要么肯定，要么否定，要么“三七开”，要么“倒三七开”。这里就是存在一个价值判断的问题。我很少看见在历史题材的文学创作中，对一个人物及其行为既歌颂又批判，歌颂不吝惜力量，批判也不吝惜力量；肯定很多很多，否定也很多很多；不搞什么“三七开”，也不搞什么“倒三七开”，而是采取一种具有张力的独特的悖论判断。为什么我们的作者总是要采取我上面归纳的那种价值判断呢？这里有一个怎样来看待社会发展的深层认识问题。

这个问题最早是由黑格尔提出并得到恩格斯的呼应和解释。恩格斯是在批判费尔巴哈的道德论的贫乏性时，说了如下的话：“在善恶对立的研究上，他同黑格尔比起来也是肤浅的。黑格尔指出：‘有人以为，当他说人本性是善的这句话时，是说出了一种很伟大的思想；但是他忘记了，当人们说人本性是恶的这句话时，是说出了一种更伟大得多的思想。’在黑格尔那里，恶是历史发展的动力的表现形式。这里有双重意思，一方面，每一种新的进步都必然表现为对某一种神圣事物的亵渎，表现为对陈旧的日渐衰亡的、但为习惯所崇奉的秩序的叛逆；另一方面，自从阶级对立产生以来，正是人的恶劣的情欲——贪欲和权势欲成了历史发展的杠杆，关于这方面，例如封建制度的和资产阶级的历史就是一个独一无二的持续不断的证明。但是，费尔巴哈就没有想到要研究道德上的恶所起的历史作用。"① 当然，对恩格斯这段话的解读有不同的意见，有人认为恶就是历史发展的动力，有人认为这样说过分了，恩格斯说这些话是有前提的。但我们不能不看到，恩格斯所说的"自从阶级对立产生以来，正是人的恶劣的情欲——贪欲和权势欲成了历史发展的杠杆"这句话是明确的，就是说，恶成为历史发展的动力，是指自有阶级对立以来的历史说的，不是泛指一切历史时期；同时，恩格斯的确承认人的恶劣的情欲、贪欲和权势欲有时候会成为历史发展的杠杆。我们可以从有阶级社会以来的历史发展中找到许多例子。恩格斯在同一篇著作中就用近似的观点来谈到西方的中世纪。中世纪诚然是野蛮的、充满罪恶的，但恩格斯又强调要用历史的观点来评判中世纪，他说："这种非历史观点也表现在历史领域中。在这里，反对中世纪残余的斗争限制了人们的视野。中世纪被看作是千年普遍野蛮状态造成的历史的简单中断；中世纪的巨大进步——欧洲文化领域的扩大，在那里一个挨着一个形成的富有生命力的大民族，以及 14、15 世纪的巨大的技术进步，这一切都没有被人看到。这样一来，对伟大历史联系的合理看法就不可能产生，而历史至多不过是一部哲学家使用的例证和插图的汇集罢了。"② 如果我们把恩格斯这两段话联系起来思考，那么就形成了这样的悖论：恶、贪欲、权势欲是可耻的，但恶、贪欲、权势欲又是历史发展的杠杆；中世纪是野蛮的、充满罪恶的，是阻碍历史发展的，但中世纪扩大了欧洲的文化领域，形成了一个个富有生命力的民族，又是促进历史进步的。这就是一个悖论。其实这个思想不仅属于黑格尔和恩格斯，也属于马克思。马克思在一系列著作中，其中也包括《共产党宣言》，在谈论资本主义的时候，一方面承认它促进了社会生产力的发展，创造了空前的巨大的社会财富，如说："资产阶级在它不到一百年的阶级统治中所创造的生产力，比过去一切世

① 〔德〕恩格斯：《路德维希·费尔巴哈德国古典哲学的终结》，见〔德〕马克思、恩格斯：《马克思恩格斯选集》，第 4 卷，北京，人民出版社，1995，第 237 页。

② 〔德〕恩格斯：《路德维希·费尔巴哈德国古典哲学的终结》，见〔德〕马克思、恩格斯：《马克思恩格斯选集》，第 4 卷，北京，人民出版社，1995，第 229 页。

代创造的全部生产力还要多，还要大。”① 人们的生活条件也大为改善了；另一方面认为，资本主义又是对人的空前的压迫和剥削，人的劳动异化了，人自身也异化，它给人带来巨大的灾难，所以他主张消灭私有制。这难道不也是一个悖论吗？历史学家、历史文学家都应该以此悖论来观察、研究和书写历史，对历史的发展做出合乎实际的价值判断。

我们再把问题转到中国来。在恩格斯说了上述这些话的一百多年后，李泽厚首先在《中国古代思想史论》(1986)，随后又在《乙卯五说》(1999) 中的《说历史悲剧》中提出“伦理主义与历史主义的二律背反”理论，用以解答、阐释当代社会现实中的问题。李泽厚先引了庄子的“同与禽兽居”的回归原始的理想，接着说：“历史上好些批判近代文明的浪漫派都喜欢美化和夸张自然（无论是生理的自然，还是生活的自然)，认为‘回到自然’才是恢复或解放‘人性’。比起他们来，庄子应该算是最早也是最彻底的一位。因为他要求否定和舍弃一切文明和文化，回到原始状态，无知无识，浑浑噩噩，无意识，无目的，‘居不知所行，行不知所之’，‘生而不知所以生’，像动物一样。庄子认为，只有那样，才能得到真正的幸福。但历史并不随着这种理论而转移。从整体上说，历史并不回到过去，物质文明不是消灭而是愈来愈发达，技术对生活的干预和在生活中的地位，也如此。尽管这种进步的确付出了沉重的代价，但历史本来就是在这种文明与道德、进步与剥削、物质与精神、欢乐与困难的二律背反和严重冲突中进行，具有悲剧的矛盾性；这是发展的现实和不可阻挡的必然。正像马克思、恩格斯早已深刻论述过的资本主义在历史上的进程那样。”② 这里已经提出了历史进步过程中文明与道德的二律背反命题，在十余年后，随着中国社会现实的发展中矛盾的呈现，更激发他对这个命题的深入思考，撰写了《说历史悲剧》一文，就更明确地提出和阐发了他的伦理主义和历史主义二律背反的论题。这篇文章开篇就提出“历史在悲剧中前行”。历史前行为何是悲剧的呢？李泽厚说：“数千年来，科技（生产力的核心）作为人们物质生活的基础，的确带来了各种‘机事’和‘机心’，这也就是社会组织和思想智慧，从而带来了各种罪恶和肮脏。特别是20世纪空前发展的科技和组织，带来的正是最大规模的犯罪和屠杀。揭露、谴责这种历史‘进步’带来的各种祸害和罪恶，如环境污染、人心异化、核能杀人，等等，早已满牍盈筐。

① 〔德〕马克思、恩格斯：《共产党宣言》，见《马克思恩格斯选集》，第1卷，北京，人民出版社，1995，第277页。

② 李泽厚：《中国古代思想史论》，北京，人民出版社，1986，第180页。

但一切高玄论和道德义愤似乎无济于事，历史和科技依然前行，今天克隆牛羊，明日‘制造人类’。”① 这样一来，李泽厚就认为“历史在悲剧中前行”，历史的发展陷入了一个困境，所以他又说：“追求社会正义，这是伦理主义的目标，但是，许多东西在伦理主义范围里是合理的，在历史主义范围并不合理。例如，反对贫富不均的要求，也就是平均主义的要求，在伦理主义范围里是合理的，但在历史主义范围内就不一定合理了。”② 同理，在历史主义范围里认为是合理的，在伦理主义的范围里就不一定合理了。这就是李泽厚的社会发展中“伦理主义和历史主义二律背反”的命题以及理由。应该说，这个论点不但对于现实中所产生的种种矛盾、困境有解释力，对于过去的历史也同样具有解释力。当历史学家或历史题材文学家书写历史的时候，就要充分意识到这个问题。流行的对历史人物所谓“三七开”、“倒三七开”这种价值判断，完全于事无补。

童庆炳和陶东风于1999年在《文学评论》上发表论文，提出了“历史理性与人文关怀之间的张力”的论点，这个论点被运用于文学批评上面，落实到文学理论的建构中。他们不满意当时文坛渲染一时的所谓“新现实主义冲击波”，认为刘醒龙的《大厂》等作品，只是一味鼓吹历史的维度，而把人文的维度置之不顾，是文学创作中的一种失败。他们说：“现实的发展却不总是历史理性与人文关怀相统一的。令人忧伤的是，现实的发展往往是顾此失彼或顾彼失此。历史进步（譬如经济的快速增长、工具理性的迅猛发展等）常以道德沦丧、社会问题丛生为代价。固守人文则又付出历史停滞甚至倒退为代价。面对如此悖反的现实，作家们，你是选择‘历史理性’还是‘人文关怀’？我们的忠告是，你们千万不要陷入这种‘选择’的泥潭中……真正的文学家决不在这两者中选择，他的取向应是‘人文——历史’的双重张力。他既要顺应历史的潮流，促进历史进步，同时他们又是专门在人的情感领域耕耘的人，他们更要有人的良知、道义和尊严，并在他们的作品中艺术地体现出来。”③ 这种观点与上述恩格斯的观点、李泽厚的观点是一致的，它的优点在于提出了“张力”论，就是说对于作家而言，他不是从事具体的社会工作的人，作家有作家的特性，他可以把历史的和现实的这种困境呈现在读者面前，清醒地提出问题，而不做给予历史人物或现实人物以基本肯定

① 李泽厚：《说历史悲剧》，见《乙卯五说》，北京，中国电影出版社，1999，第106页。
② 李泽厚：《说历史悲剧》，见《乙卯五说》，北京，中国电影出版社，1999，第109页。
③ 童庆炳：《在历史与人文中徘徊》，北京，北京师范大学出版社，2007，第288页。

或基本否定的价值判断。他可以深入到历史或现实的深层，艺术地解析形成这种悖论的原因。如果要对具有悖论的历史做判断的话，作家的价值判断可以是亦此亦彼的。

作为历史学家和历史题材文学家，就一定要认识到历史的前行总是带有悲剧性的。历史理性与人文关怀总是顾此失彼。没有一段历史的发展是完全美好的，完全不损害人民利益的，完全没有价值缺陷的。历史上许多时代，特别是历史进步的时代，总是存在着历史理性与人文关怀的二律背反。

春秋战国五百年，国家不统一，征战年年不断，人民流离失所，痛苦不堪，但此时因为没有统一全国的专制力量，言论自由、结社自由，人们各种聪明才智都可展现自己的研究思考的结果，文化上出现了百家争鸣、百花齐放的局面。所以春秋战国时期是一个好时代（正题），又是一个坏时代（反题），这是一个悖论。秦始皇统一了中国，结束了战国几百年混乱和征战，多少解除了人民的疾苦，恢复了生产力的发展，这可以说是历史的进步，特别是秦统一后实现了车同轨、书同文，统一了度量衡，这对中国华夏文化的保护也起到了作用，秦统一中国解开了战国时期的历史悖论；但秦统一中国过程中所进行的战争，杀害了成千上万的人民，给多少家庭带来了灾难。秦始皇不但杀害了许多无辜的人们，而且连对自己的母亲，对自己有恩惠的吕不韦也不够仁慈，失去了人性应有的基本态度。特别秦始皇在中国漫长的历史上开启了专制主义，实行全面专制统治，提倡有利于他们严酷统治的法家，而贬黜别家，甚至焚书坑儒，不再有言论自由，曾经有过的百花齐放、百家争鸣的局面也完全被扼杀了，这种专制不能不给中国社会后代留下无穷后患，换言之，秦统一中国又给中国历史生成了一个新的悖论。贾谊《过秦论》指出："废先王之道，焚百家之言，以愚黔首；隳名城，杀豪杰，收天下之兵，聚之咸阳，销锋镝，铸以为金人十二，以弱天下之民。"又指出："秦王怀贪鄙之心，行自奋之智，不信功臣，不亲士民，废王道而立私爱，焚文书而酷刑法，先诈力而后仁义，以暴虐为天下始。"这种"愚民"、"弱民"和"虐民"的政策再加上大规模修长城、修阿房宫、修陵寝，"仁义不施"，劳民不已，这就为秦朝二代而亡，埋下了种子。所以秦始皇时代统一了中国，是社会的进步，这是可喜的（正题），但他开启专制主义统治，从此中国开始陷入没有思想和言论自由的时代，阻碍了社会的发展，这是可悲的（反题）。历史文学家应写出这种悖论，以表达历史前行的悲剧性。

但是，我们所看到的孙皓晖的《大秦帝国》却完全采取对秦始皇的歌颂态度，在第五部《铁血文明》（下）的第十二章里，秦始皇“岁末大宴群臣”，秦始皇却不屑于群臣给他祝寿，他竟然说出这样的话：“……若论天下一统，夏商周三代也是一统，并非我秦独能耳。至大功业何在？在文明立治，在盘整天下，在使我华夏族群再造再生，以焕发勃勃生机……朕今日要说：华夏积弊久矣！诸侯耽于陈腐王道，流于一隅自安，全无天下承担，全无华夏之念！”[①] 让一个生活在两千多年前的皇帝，开口闭口“文明立治”和“族群再造”挂在嘴边，让秦始皇站在历史的巅峰之上，这种描写完全没有必要的根据，是不能令人信服的。关于秦始皇“焚书坑儒”一事，作者杜撰了一个所谓的《大秦始皇坑儒诏》，为秦始皇坑杀儒生的行为进行虚伪的辩护，让秦始皇自我标榜：“朕不私天下，亦不容任何人行私天下之封建诸侯制；尔等若欲复辟，尽可鼓噪骚动，朕必以万钧雷霆扫灭丑类，使尔等身名俱裂。谓予不信，尔等拭目以待！”其中“朕不私天下”的表白，把秦始皇打扮成“毫不利己”的伟人。秦始皇是为“私”，还是为“公”，这是原则问题，作者应有清醒的理智判断。在中国历史上，哪里会有一个皇帝是大公无私的呢？对于历代皇帝来说，他们都是公私合一的，实际上是完全为私的。秦始皇也不例外。秦始皇做了皇帝以后，本来就有宫殿 145 处，藏美女多达 1 万人以上，但他还不满足，在长安西南造阿房宫，征用所谓“罪人”70 万人分工营造；又造骊山大墓，又征用所谓“罪人”70 万人日夜营造，秦始皇死，尸体入墓，没有生子的宫女全部殉葬，不待工匠出来，封闭墓门，工匠都被活埋在里面。当时全国人口仅 2 千万人左右，前两项工程共征用 150 万人，修长城 50 万人，蒙恬所率防匈奴兵 30 万人，再加别的杂役，总数不下 300 万人，占总人口的 15%。老百姓生活悲惨可以想见。农民起义四处蜂拥而起，也是可以理解的了。[②] 这是为“私”还是为“公”？这个答案是明显的。历史上没有一个皇帝不是“私天下”的，这是基本的常识，是一个历史文学家起码要有的。

但我们不能不看到，目前流行的以中国历代帝王将相为题材的历史文学作品，都没有意识到伴随历史发展的悲剧性，无价值原则的鼓吹，从秦始皇，中经汉武帝、唐太宗、明太祖，一直到对处于传统社会末世的康熙、雍正和乾隆。历史被简单化了，历史人物被偶像化了。可能是

---

① 孙皓晖：《大秦帝国·铁血文明》，郑州，河南文艺出版社，2008，第 819～820 页。

② 以上数字参见范文澜：《中国通史》，第 2 册，北京，人民出版社，1994，第 17 页。

我的孤陋寡闻，新时期以来，还没有一部写帝王将相的作品是真正经得起价值的检验的。这是令人遗憾的。

四、与现实对话问题

写历史题材的文学作品，最终是要与现实对话。历史总是处在过去、现在和未来的时间链条中。人们不是为了解过去而了解历史。人们尝试着了解过去是为了更清楚地观察现在和预知未来。反过来说，我们真要了解过去又往往要从现在出发，用我们对现在的体验和认识去建构过去的历史。换言之，历史与现在是在不同的时间点上，过去有过去的生活，现在有现在的生活。这两种生活可能是异质的，但它们又可能会有相同的结构。即所谓“异质同构”。马克思认为：“一切发展，不管其内容如何，都可以看做一系列不同的发展阶段，它们以一个否定另一个方式彼此联系着。”① 就是说，发展有低级阶段和高级阶段之分，而高级阶段发生的事情，也会在低级阶段发生过，尽管性质可能是不同的。低级阶段往往处于过去，高级阶段往往处于现在，人们可以从过去汲取教训就是自然的事情。这也说明过去与现在是彼此联系着的，不是完全隔绝的。因此，过去与现在的双向对话，就成为历史书写的重要目标。不论对于历史学家还是对于历史文学家都是如此。

“过去”作为“现在”的对话者是重要的。因为常有这样的情形，现在出现的社会矛盾和问题，过去也以另一种形式出现过，那么，我们何不从过去演出过的故事中，寻找处理社会矛盾和问题的历史智慧作为参考呢？这就是所谓的“以史为鉴”。在古代中国，“以史为鉴”的意识似乎在孔子修《春秋》时就已萌芽。孔子生活于礼崩乐坏的战国时期（前475—前221），他为何要书写春秋时期（前770—前476）的历史呢？司马迁《史记·孔子世家》做了这样的描述：“弗乎弗乎，君子病没世而名不称焉。吾道不行矣，吾何以自见于后世哉？乃因史记作《春秋》上至隐公，下讫哀公十四年，十二公。据鲁，亲周，故殷，运之三代。约其文辞而指博。故吴楚之君自称王，而《春秋》贬之曰‘子’；践土之会实召周天子，而《春秋》讳之曰‘天王狩于河阳’；推此类以绳当世。贬损之义，后有王者举而开之。《春秋》之义行，则天下乱臣贼子惧焉。”孔子写《春秋》所谓“约其文辞而指博”，就是文辞虽简约，所包含的意义

① 〔德〕马克思：《道德化的批评和批评化的道德》，见〔德〕马克思、恩格斯：《马克思恩格斯全集》，第4卷，北京，人民出版社，1958，第329页。

却很广博，因为它“据鲁，亲周，故殷”，意思是根据鲁国为中心，遵从周天子，以殷的旧事为借鉴。这里的“故”，是指旧事，引申为轨鉴。这就是有以殷代的历史为鉴之意。“贱土之会实召周天子，而《春秋》讳之曰‘天王狩于河阳’。”这里说的是僖公二十八年（前 632），晋文公破楚师于城濮，然后在践土这个地方（今河南原阳西南）与诸侯会盟，也邀请周天子参加。孔子认为“以臣召君，不可以为训”（《左传》），所以在《春秋》中改写为“天王狩于河阳”（即天子离践土不远的地方狩猎）。孔子这样曲写是为了明君臣之道。所谓“以绳当世”，就是以周礼的一套作为标准来写作。所谓“贬损之义，后有王者举而开之”，即希望以后当王的人要把《春秋》包含的意义都张扬开来，以为警惕和提醒。所以孔子修《春秋》，是有“以史为鉴”的意思的。司马迁写《史记》，用他自己的话来说，是为了“究天人之际，通古今之变，成一家之言”。这意思就是要研究人与自然的关系，探讨古今历史变化的规律，然后能卓然自成一家之言。司马迁写《史记》，其中所含的“以史为鉴”的意义就更自觉了。唐代的唐太宗更明确说出了：“夫以铜为镜，可以正衣冠；以古为镜，可以知兴替；以人为镜，可以明得失。”① 一个帝王能说出这样的话来，不是没有缘故的。这句话是唐太宗在魏徵这个敢于进谏的良臣死后说的。魏徵一生与唐太宗共事二十年，魏徵总是用历史的经验教训来告诫唐太宗，唐太宗又总是在不情愿的情况下，听取和接受魏徵的正确意见，这才使唐太宗的“贞观之治”成为可能。宋代司马光写《资治通鉴》一书，也是为宋朝的统治者写的，其“以史为鉴”的思想就更自觉了，他说：“治乱之源，古今同体，载在方册。”又说：“治国安邦，不可不读史。”② 这说明了历史的智慧总会给现在以启迪。外国的历史学家，从古至今，也强调“以史为鉴”，这里就不一一罗列了。但法国现代历史学家布罗代尔提出“用过去解释现在”，并说：“如果人们要理解现在，那么就应该调动全部历史的积极性。”③ 所谓“调动历史的积极性”，也就是以历史的经验和教训为借鉴，让历史参与到现实的改革中来。这与“以史为鉴”的思想是一致的。

但是，我们如何去理解和描述过去的历史呢？这就需要认识我们自身所处的时代，或者更直接地说，是要“用现在解释过去”。我们需要过去的历史，如上所述，是为了“以史为鉴”。但如果我们不深入研究现实

---

① 吴兢：《贞观政要·任贤》。

② 司马光：《进通志表》。

③ 〔法〕布罗代尔：《论历史》，北京，北京大学出版社，2008，第 197 页。

的话，我们就可能从过去抓来一堆无用的历史垃圾，来污染现实的环境。这不但对我们现实毫无益处，而且这历史的病菌，麻醉我们的意识，破坏现实的生态。就像现在出现的一些历史小说及其作者，他们鼓吹自己的东西是“历史正剧的巅峰之作”，可他们一味歌颂帝王们的专制主义的统治，给社会带来和平、安宁和繁荣，这是要干什么呢？我们目前正在建设具有中国特色的社会主义，我们需要改革开放和解放思想，需要民主与法制，需要公平与正义，需要和谐与发展，需要肃清贪官，需要生态平衡，需要共同富裕，等等，可不少以帝王将相为题材的历史小说，鼓吹帝王将相和达官贵人，宣扬他们的穷奢极欲和富贵享乐，欣赏君臣勾心斗角和明枪暗箭，描写宫妃如云和争宠吃醋，而对秦始皇、康熙、雍正、乾隆等禁锢思想，闭关锁国的言行，为自身的地位和利益窃国害民言行则闭口不谈，对他们禁锢思想和闭关锁国也不敢触及，这种书写究竟要在过去与现在之间建立起一种什么联系呢？他们要给现在提供什么东西呢？他们要对现实说什么话呢？也许他们要说，这是在写历史吗？不这样写能行吗？不行。

对于历史，我们要用现在去解释过去。马克思说过：“人体解剖对于猴体解剖是一把钥匙。反过来说，低等动物身上表露的高等动物的征兆，只有在高等动物本身已被认识之后才能理解。因此，资产阶级经济为古代经济等等提供了钥匙。”① 有人可能要问：为什么马克思不是如医学上那样先做白鼠的解剖再做人体的解剖呢？而是把对低等动物的认识置于对高等动物的解剖之后，采用颠倒过来的认识方法呢？因为在马克思的理解中，低等动物身上呈现出来的某些征兆，在人们解剖高等动物之前还看不清楚，难以获得准确的认识。所以，马克思进一步认为：“基督教只有在它的自我批判在一定程度上，可说是在可能范围内准备好时，才有助于对早期神话作客观的理解。同样，资产阶级经济只有在资产阶级社会的自我批判已经开始时，才能理解封建的、古代的和东方的经济。”② 这是马克思在解剖了资本主义社会之后，获得的深刻的思想发现。马克思说：“资产阶级社会是最发达的和最多样的历史的生产组织。因此，那些表现它的各种关系的范畴以及对于结构的理解，同时也能使

---

① 〔德〕马克思：《〈政治经济学批判〉导言》，见〔德〕马克思、恩格斯：《马克思恩格斯选集》，第2卷，北京，人民出版社，1995，第23页。

② 〔德〕马克思：《〈政治经济学批判〉导言》，见〔德〕马克思、恩格斯：《马克思恩格斯选集》，第2卷，北京，人民出版社，1995，第23页。

我们透视一切已经覆灭的社会形式的结构和生产关系。”① 这意思就是说，资本主义社会是集奴隶社会、封建社会之大成，它借助以前社会形式的残片和因素建立起来，以前社会还只是具有征兆性的东西，在资本主义社会发展为完满的复杂的东西。因此，充分认识资本主义社会，我们才能理解以前社会只带有征兆性的东西。同样的道理，我们时代是过去时代的发展，我们时代把以前只是残片的因素，变成为具有充分意义的东西。就像一位普通的医生，在一个病人的病初发的阶段，并不能认识这种病症的症状意味着什么，只有等到病症充分显现的时候，这位医生才能充分认识这个病人初发病症的意义。因此，只有把握现实，分析现实，深刻认识现实，把握时代精神，才能深刻分析过去的历史，深刻认识历史，并通过历史的描写对现实说话，说出有益的话。我们必须充分认识到，历史题材文学创作不是为了普及历史知识，更不是为了寻找历史的垃圾来获得感官的享乐，而是为了对现实发出自己的声音。因此，对于历史题材文学的创作来说，研究现实，把握时代精神，是十分重要的。

从上面这个意义上说，法国著名历史学家费尔南·布罗代尔所说的既“用现在解释过去”，又“用过去解释现在”② 是至理名言，对于历史题材文学创作是具有启发意义的。

五、文体的审美化问题

历史题材的文学毕竟是文学，读者是把它当做艺术品来欣赏的，因此作品的艺术文体审美提升至关重要。历史题材文学创作要讲一个故事并非难事，重要的是这故事怎样讲？或讲成什么样子？这就属于文体的审美化问题。

文体不单纯是一个简单的仅能传达意义的言语。文体作为一种语言体式，既反映了一定历史时期的时代和文化精神，又折射出作家的独特的创作个性。换言之，文体作为一个综合性的概念，是语言传达，但又不限于语言传达。文体不能仅仅满足于讲一个历史故事。

对于写历史题材的文学的作者来说，文体的审美化关键是语言表达中的“情以物兴”和“物以情观”③。言语是传情的。情从何处来？情从

① 〔德〕马克思：《〈政治经济学批判〉导言》，见〔德〕马克思、恩格斯：《马克思恩格斯选集》，第2卷，北京，人民出版社，1995，第23页。

② 〔法〕布罗代尔：《论历史》，北京，北京大学出版社，2008，第183、197页。

③ 刘勰：《文心雕龙·诠赋》。

“物”来，这里的“物”就是通常所说的生活。只有从生活的深处吸取动人之情，其文体才会有生活的和时代的根据，所以“情以物兴”是偏重客体的作用。这是一方面。另一方面，就是“物以情观”，以作家的情感去观察、体验和评价生活，让生活都从作家的诗情画意中看出，这样落笔之际就必然会有“惊风雨”、“泣鬼神”的效果。所以“物以情观”是偏重主体的作用。“情以物兴”和“物以情观”是主客体的相互激动、相互深入，正是在这相互激动、相互深入中，创作的审美升华得以完成，文体的审美化也得以完成。

文体的审美化都与“情”相关，情是鲜活的、有文化内涵的和渗透到字里行间的，因此，生命气息和文化内涵，似是历史题材文学文体的起码特征。

对于写历史题材的作家来说，他们所面对的是过去的故纸堆的历史，往往是陈旧的、死的和无生气的。历史题材文学作品的文体特点之一，就是要把陈旧的写成新鲜的，把死的写成活的，把没有生气的写成生意盎然的。不难理解，作品言语是否充满生命气息，这是历史题材文学文体的首要要求。那么，怎样做才能使文体充满生命气息呢？用中国古代文论的话来说，就是话语要有“气”。“气”有多种理解，形而上的理解是一种，形而下的理解又是一种。我觉得在文学中把“气”理解为生命的元素更为合理。中国先秦的古籍中，把“气”理解为生命的元素是屡见不鲜的。《论语·季氏》：“君子有三戒，少之时，血气未定，戒之在色；及其壮也，血气方刚，戒之在斗；及其老也，血气既衰，戒之在得。”《左传》记载“昭公十年”发生的事：齐国的惠氏、栾氏、高氏与陈氏、鲍氏闹矛盾，这年夏天，有人告诉陈桓子：惠氏、栾氏和高氏准备攻打陈氏和鲍氏，前者比后者势力大。晏子在虎门，四个家族都召见他，但他都不去。后来陈氏和鲍氏因为有准备而打败了栾氏和高氏，并且分了他们的家产。之后晏子对陈桓子说：“必致诸公（意谓陈氏栾、高者，必交给齐景公），让（谦让），德之主也。让之谓懿德（美德）。凡有血气，皆有争心，故利不可强。思义为愈（想着道义就能胜过别人）……”这里孔子说的“血气”和晏子对陈桓子所说的“凡有血气，必有争心”中的“血气”，就是指血液与气息而言，是生命的元素。

在孔子所在的战国时代，不但注意到人的“血气”的概念，而且还把“气”与“辞”联系起来。如《论语·泰伯》中曾子说：“出辞气，斯远鄙倍矣。”这是曾子说的“鸟之将死，其鸣也哀”那段话后的话，意思是，人在吐气说话时要是能讲究礼，那么便不会鄙陋乖戾了。总的来说，战国时期人们交往所用的是言辞，通过“文章”交往还较少，所以孔子只说“辞达而已”，而不讲文章如何。战国时期已注意到辞与气是有关系的。

真正把文章与血气联系起来作出判断的是魏代的曹丕。曹丕的《典论·论文》提出了“文以气为主”，这在文论史上是一次革命。曹丕说：“文以气为主，气之清浊有体，不可力强而致。譬诸音乐，曲度虽均，节奏同检（同法度），至于引气不齐，巧拙有素，虽在父兄，不能以移子弟。”我为什么说这段话是中国文论史上的革命呢？因为它从根本上揭示出了文学的本性和文体的本性。文学不是别的什么东西，是个体的人的生命力（气、血气）的舒泄。文体不是别的，也是个体的人的生命力的表现。文学不是一般的认识，不是一般的知识，文学有个人的体温，个人脉搏的跳动，个人呼吸的频率，个人心跳的样态……文学是与个人的生命气息永远联系在一起的。这是对于作为艺术的文学真正的理解。曹丕的理论对后代影响很大。其后如刘勰、沈约、锺嵘等都不断引用和发挥曹丕的思想。连唐代韩愈领导的影响甚巨的古文运动，也与曹丕的这一思想有关。

正是基于上面这些理解，我们首先把历史题材文学创作的文体与生命气息联系起来。历史文学文体的生命气息是否浓郁，既关系到文体是否把陈旧的、死的历史写活了，也关系到文体的独特创作个性问题。目前，历史题材文学创作文体所存在的问题之一，就是文体缺乏个人的生命气息。我们所看到的大多数历史小说都是用现代的白话，历史文化发展中形成的成语、熟语等语汇，来写事件、场景所构成的故事。有时候，写的故事是战国时代发生的，可那些成语、熟语却是后来或现代才产生的，完全不像几百年前、几千年前古人的生活场景里所发生的事情。这些所谓历史故事完全是凭着作者的想象编出来的。我们听不到历史的声音，听不到古人真实的对话，看不到古代的生活场景。这样的文体可能有作者一些现代的意识，个别的细节也可能写得比较有味道，也夹杂了一些古代的词语，但这都是把今人的意识、趣味、言语强加到古代人的身上去。“星河璀璨”、“露出一双美丽而朦胧的眼睛”、“绚丽夺目的霓虹灯光”、“像羊圈里待宰的羔羊”、“酒精在身体里燃烧，血液在沸腾”、“要在这座城市里买一套房子”、“涌起一阵针扎般的痛楚”、“端起纸杯，一饮而尽”、“冲着远处正在应酬客人的服务员大声叫道”、“这座城市里打拼了三年”、“爱她就应该给她幸福”、“这美轮美奂的空间迅速抖动起来”、“穿越了，我穿越了，我竟然穿越了”……这些词语和句子是用来写战国生活情境的，如此当代的言语，如此华丽的言语，或者说如此苍白的言语，是完全没有生命力的，没有独特个性的，没有色彩的，这种文体因为缺乏“气”，即必要的生命力和创作个性而不能不归于失败。

我们只要反观一些大家都熟悉的描写当代生活的作品，就会发现其中生动的“气”。如史铁生的小说《我的遥远的清平湾》，我们读后就会觉得小说中那质朴幽默的白老汉，那天真可爱的留小，那通人性的牛群，那慢慢流淌的清平河，那裸露出黄土的山梁、山坡、山沟，那韵味悠长的山歌，那纯朴的充满人性的人与人之间的关系，每一个细节，如同一股暖风或冷风，迎面地、尽情地向我们扑来，觉得那样鲜活，那样生动，那样纯真，那样质朴，那样带着生命的全部活力，让我们不能不刻骨铭心地感受到那是一种真实生活的脉动。虽然作品中所用的多是带有乡土气息的陕北山村的有趣口语，没有“星河璀璨”、“绚丽夺目”、“美轮美奂”、“穿越”之类的华丽的词语，但我们不能不说《我的遥远的清平湾》所呈现的是具有灌注了生命气息的文体。

历史题材文学创作文体的另一个特征是文化性。历史题材文学创作写历史，有时是写几千年以前的历史，这就不能不讲究文体是否充满那个时代的文化内涵。不同的民族有不同的文化，不同历史时期有不同历史时期的文化，甚至同一历史时期不同时段的历史也有不同的文化。因此，历史题材文学作品文体是否具有特定历史时代的文化内涵，就是历史题材文学作家不能不追求的。历史是什么？历史与文化的关系是怎样的？历史是时间之流。按照法国历史学家布罗代尔的看法，有三种时间，即“地理时间、社会时间和个人时间”①，这就意味着历史可以分为一系列的层次：第一，从地理时间看，有地理环境的历史，这是一种变化十分缓慢的历史，如中华民族自古以来所倚重的就是黄河和长江，长时间在黄河与长江两岸从事农业劳动，形成了农耕文明。虽然中国也有很长的海岸线，但大海对于古代中国而言大部分时间是陌生的，中国人较少出没于各岛屿与海口之间，大海对于中国人的生活影响很小。黄河与长江是我们的母亲河，所以从地理环境看，五千年的历史变化是缓慢的。第二，从社会时间看，是社会史，一种有关群体、集团的历史，它应包括经济、国家、社会、文明。如中华民族从夏、商、周起，经过历朝历代的变化，这中间经济发展、国家制度、社会生活和文明更替，都是社会史的范畴。第三，从个人时间看，有“事件的历史”，“这种历史是表

① 〔法〕布罗代尔：《论历史》，北京，北京大学出版社，2009，第5页。

面的骚动，是潮汐的强力运动所掀起的浪涛，这是由短暂、急促、紧张不安的波动构成的历史”①。如中国五千年的历史中出现了大大小小许多历史事件，夏禹治水、周代礼乐、战国七雄、秦代一统、陈胜和吴广农民起义、项羽、刘邦之争……许多与个人时间密切相关的权力、争斗、起义、变革、挫折、战争、胜利、失败、复兴、衰败、阴谋、暗算等，都属于“事件的历史”。如果是纯粹的历史书写，那么历史学家的确可以把这三个层面的历史分开来书写。当然也不能不充分认识到这几个层面的联系。

但是对于历史文学创作而言，这三个层次完全不能分离开来书写，必须从一个层次转到另一个层次，或者如布罗代尔所言：“惊天动地的事件常常发生在瞬间，但它们不过是一些更大的命运的表征。”② 这就是说，任何历史事件的发生都不是孤立的，都不能把它从整体生活中分割出来。或者我们换一个词“文化”，“文化乃是一民族大群集体人生之一种精神共业”（钱穆语），或者也可理解为一民族人的生活的整体，事件的发生与发展都与“文化”相关。当前，历史题材文学创作的缺憾之一，就是更多地看重“事件的历史”，把事件关联起来，变成历史故事，而丰富的具有魅力的文化则往往或多或少被剥离掉了。在这类历史题材的作品中，我们没有或很少看到具有独特文化性的言语、文字、风俗、习惯、神话、宗教、信仰、人伦、孝道、友情、人性、灵魂、文学、绘画、音乐、舞蹈、书法、建筑、医疗等的集合表现。有时也随笔写到，但都是个别的、偶然的笔墨，不是把文化当做一种经营的文体来对待，没有渗透到事件的连接中形成一种能够让读者突出地感受到的文化氛围。用历史事件连缀成故事是容易的，但写出一种具有民族文化的审美化文体就不是容易的事了。

童庆炳

2011 年元月

---

① 〔法〕布罗代尔：《论历史》，北京，北京大学出版社，2009，第 4 页。

② 〔法〕布罗代尔：《论历史》，北京，北京大学出版社，2009，第 4 页。

前 言

“现代”，这个来自于西方、曾被直译为“摩登”，最初只表示“新潮”“时髦”一类略带嘲讽意味的语词，如今不仅早已被人们耳熟能详，而且已与国人如影相随，在我们的生活中须臾不可离开了。然而中国现实语境里的“现代”，又是最为庞杂、最多歧义并且争论不止的一个概念。我们曾经一度认定跨越“现代”进化到了更高级的“当代”，但据说中国社会尚处于“前现代”时期，于是我们的社会文化与文学艺术（当然包括历史文学）仍在孜孜以求“现代性”。

“现代”不仅是连接“古代”与“当代”的桥梁，还是“当代”的摇篮与原型：当今历史文学创作所碰到的所有问题，无论是“历史真实”还是“古为今用”，无论是对历史的“戏说”还是“正说”，都在“现代”时期反复出现过。套用一句学界流行的话语：没有“现代”的纷乱，何有当今历史文学的繁兴？当“现代”也已成为过去的历史，我们的“温故知新”，就有了借“现代”之石，攻“当今”之玉的用心所在。

站在“当代”的视角回味“现代”，那是一个多么令人神往的时代：中国历史上从没有任何一个时代像她那样既危机四伏又孕育着“开天辟地”般的新生、既动荡不安又充满活力、既纷纭复杂又响彻着时代的强音。那是一个大悲大喜、波澜壮阔又戛然而止、让人回味无穷的时代，也是一个“海阔凭鱼跃，天高任鸟飞”的空前自由与空前创造的时代。自然，那是一个“英雄辈出”的“乱世”。具体到现代文学领域，那个时代所造就的诸多大师与天才般的杰作，至今还无人能超越。即使是历史题材作品：鲁迅的《故事新编》，郭沫若的《屈原》，施蛰存、冯至、谭正璧等人的历史小说，以及众多的通俗历史演义和吹响时代号角的历史剧作，其风格特色、艺术造诣和社会影响，都令很多当代作家难以望其项背。

“现代”还有无数的宝藏等着我们去挖掘。

“现代”不仅孕育了“当代”，在某种程度上，“现代”依然是今天人们的梦想所在。

目 录

上编 “现代”烛照与史乘重释

中编 历史个案与文学典型

下编　历史人物与形象嬗变

上编　『现代』烛照与史乘重释

第一章　现代中国历史文学之经验

如同广义的中国现代文学，不仅指从五四文学革命到1949年新中国成立的短短三十年，而且伴随着当代无限延伸一样，“现代历史文学”这一概念，也有种种可争可论之处。笔者认同这样的观点：考察现代文学之现代性的由来，不仅要充分重视五四新文化运动的巨大意义，还应追溯到五四运动之前的晚清社会。那么对“现代历史文学”的探讨，也要相应地追溯到清末民初一度繁兴的历史演义作品。而要真正探究历史题材文艺创作在我们这个古老大国长盛不衰的文化心理原因，还需要我们将目光超越“现代”，投射到古老的过去与遥远的未来。

一、历史文学繁兴的文化溯源

中华民族大概是世界上对历史最为看重的一个民族，这点可从历朝历代出现的浩如烟海的史书典籍中看出来。相对其他民族而言，我们保存至今的各类历史著作不仅名目众多、丰富多彩，而且翔实具体、生动逼真，凝聚了一代代文人士大夫们的无数心血与精力。而中国知识精英对历史编纂所表现出的热情，连远在德国的哲学家黑格尔都惊叹不已：“没有一个民族像中华民族那样拥有数不胜数的历史编纂人员。”①黑格尔的惊叹绝对有道理，但他未必能完全了解中国史学传统的深远和在整个文化领域内的尊贵地位。正如梁启超所说：“中国于各种学位中，惟史学为最发达。史学在世界各国中，惟中国为最发达。”②甚至可以说，在中国数千年的古典历史中，史官文化几乎垄断了所有的文化，哲学、文学等等不仅只能从史学那里产生出来，而且还需长期依附于史学而存在。直到今天，我们依然可以感受到此起彼伏、层出不穷、面貌各异的历史热。甚至有当代学者不无调侃地指出：“中国人就算忘记吃饭睡觉也忘不了历史，中国人就是一些历史动物，中国就是个历史国。”③

中国人为什么对历史如此看重？对此，不同专业的学者们早已做了深入的研究，并形成了普遍的共识。他们认为这与中国文化缺少一种超

---

① 转引自〔德〕夏瑞春：《德国思想家论中国》，南京，江苏人民出版社，1995，第115页。

② 梁启超：《中国历史研究法》，上海，上海古籍出版社，1998，第10页。

③ 朱建军：《中国的人心与文化》，太原，山西人民出版社，2008，第71页。

验性的精神存在不无关系。众所周知，寻求意义是人的基本属性，人不能像动物一样仅仅满足于物质化的需求，他还需要一种精神的寄托，一种自我肯定与评价，也就是说“给自己一个意义”。如果中华民族像西方人那样“相信冥冥中有一个全知的神，我们就可以让他来评价自己的行为。只要我们相信自己所做的一切，在神的眼中是非常好的，是善良虔诚的，那就够了。”但我们这个民族始终没有产生类似于基督教上帝那样至高无上、全知全能的神，于是，“中国主流文化中评价一个人的任务，就放在了‘他人’身上了。”① 而他人的评价不仅包括当时的社会舆论，更包括后世的历史评价。虽然历朝历代的官府乃至主流社会，都尝试对一个人进行“盖棺定论”式的终极评价，但实际情况常常还是把是非成败留给了后人加以评说。尤其是当中国人对自己所处的社会政治极度不满与失望的时候，幸亏还有更为久远、更具精神超越性的历史作为最终的评判者，使得他们不至于对人生、对社会和整个世界丧失信心。虽然中国人心目中的历史，不像西方文化中的上帝那样全知全能、至高无上，但至少构成了一种坚定不移的信念，一种对现实政治和世俗权力的反抗乃至超越。正是凭借这种对历史的高度信任与信念，民族英雄文天祥才豪情万丈地写下了“人生自古谁无死，留取丹心照汗青”的千古名句，并得到了后世中国人的深切同感与共鸣；正是依靠历史天理昭昭般的惩恶扬善之功能，那些良知未泯的普通百姓才能以达观与乐观的胸怀，抱定一颗相信未来的心灵；而那些在茫茫暗夜中蜗行摸索的仁人志士们，也看到了微茫的希望。因此对历史的看重，事实上决定了中国人最为根本的价值观与人生观，使得他们能在纷繁复杂的滚滚红尘中，保持相对理性的头脑；在对俗世的功名利禄、荣华富贵的追求中，怀持一颗相对高远的心灵。要知道中国人最怕的就是“遗臭万年”，最向往的则是“千古流芳”“永垂不朽”。而中国数千年的封建社会发展过程也反复证明了这一历史规律：我们的古人对于“当今圣上”自然是不敢轻易反抗乃至非议的，因为那涉及直接的利害关系，谁敢拿自己的前程与身家性命开玩笑？但对于前朝的人与事，当然就无关紧要了，于是是非成败逐渐地具有了历史公论。甚至连当今圣上也会出于自己的统治需要，而加入到对“前朝”人物的评头论足之中。然而当今圣上们却并未充分意识到：百姓对自己也绝非“心服口服”，他们把所有的不满、牢骚与愤怒都深埋在心底，他们也有足够的时间与耐心，等到“当今圣上”走进历史的那一天。正所谓

① 朱建军：《中国的人心与文化》，太原，山西人民出版社，2008，第74页。

善恶自有报应，“不是不报，时候未到”。历史就是以这样奇特的公平与公道，轮回般地延续了数千年。

相对于正统史学，小说、戏曲等文艺形式在漫长的古代社会所起的作用，一直被定位于“补正史之阙”，而且只能作为“引车卖浆者之流”口耳相传的雕虫小技。但正是出于这种对历史的高度看重，人们最感兴趣的话题往往也离不开历史，使得文艺创作者们往往以历史题材为首选，这导致了古典历史文学的极大繁兴。单以古典小说而论，正如王富仁先生所说：“在中国古代虽然没有‘历史小说’这个文学概念，但并不说明中国古代就没有‘历史小说’，恰恰相反，正是在中国古代小说史上，‘小说’与‘历史’有着格外的连带关系。……在中国古代小说中，数量最多、影响最大，最受一般读者欢迎的则是‘讲史’、‘演史’，它们实际上就是中国古代的历史小说。”[①]事实的确如此，而那些超出“讲史”“演史”之外的小说作品，如果稍加分析，也可看出它们与历史之间千丝万缕的联系。如号称古典小说四大名著的《红楼梦》《西游记》《三国演义》《水浒传》，《三国演义》被公认为“历史演义小说的典范”；《水浒传》《西游记》虽然分别被看成“英雄传奇”与“神魔小说”的代表，但这两部作品与历史之间不可分割的联系却是有目共睹；《红楼梦》虽然描写的只是一个封建大家族的历史，但作者曹雪芹却别出心裁地以女娲补天的神话传说开启小说叙事，从而使得小说主人公的命运与整个民族的历史，尤其是上古历史融为了一体。而王富仁先生对中国古典小说的这一概括，也同样适合于传统戏曲：戏曲与历史同样有着格外的连带关系，在中国古代戏曲作品中，数量最多、影响最大，同时最受读者欢迎的，也往往离不开历史题材。所有这些无不体现了古人对历史言说与品评的冲动与激情；而历史题材作品的广泛传播，更是极大地满足了普通百姓们探听历史、关注历史并议论历史的欲望。

同时我们也不应忽略的是，正是在这种对历史的探听与议论中，普通百姓们才满足了不可替代的审美和娱乐需要。这并不奇怪：历史上得以广泛流传的，往往是那些经过岁月冲刷和大浪淘沙之后的传奇人物与故事，无论是帝王将相等历史英雄们波澜壮阔、纵横捭阖的传奇人生，还是那些可歌可泣、感天动地的悲欢离合的普通人事，无不为后世的文学艺术家们提供了丰富而“现成”的创作材料。事实上，还有什么比它们更戏剧化与小说化，更靠近艺术的审美特质，更能引起人们对社会人生

---

① 王富仁：《中国现代历史小说论》(一)，载《鲁迅研究月刊》，1998(3)。

的感悟与思索呢？而对我们这个高度重视审美享受，甚至不惜将其看作人生终极目的的民族来说，包裹在历史中的一切都可幻化为取之不尽、用之不竭的审美娱乐源泉。不论是对成功者的艳羡，还是对失意者的同情与共鸣，甚至对历史人物之间悲欢离合的喟叹，因为年代的久远，都可幻化成一种审美的乐趣。所谓“是非成败转头空”，能永恒于世并超越历史的，唯有审美。

对于中国人来说，那遥远而未知(何况尚不知有无)的所谓“天国”，显然不及逝去的历史更显亲切和实在，也更有诱惑力。失去了对天国与来生的向往，人们自然会把热情的目光投向过往的历史。所以，中国的哲人们即使要实现社会变革，也不得不拿历史来作号召，美化“上古”等历史更是他们的拿手好戏。而历史说到底不过是现实尘世的另一种形式，虽然那已是逝去的尘世，但在“轮回”观念的作用下，历史与现实尘世又完全可以融为一体。所以人们对历史的看重和对历史的浓厚兴趣，其实是对现实尘世的留恋与热爱；将历史审美化与娱乐化，其实就是将现实尘世、现实人生娱乐化与审美化。理解了这一点，才能理解历史的审美化、传奇化与娱乐化为什么会成为我们这个民族最根深蒂固的传统之一。

二、现代历史观的引进与历史文学剧变

考察现代历史文学之现代性特质，就不能不涉及以进步史观为代表的西方史观对传统中国循环论历史观的冲击。特别是当这一线型进步史观，以“科学”“真理”的名义传入中国以后，对中国的社会政治、历史文化等各个领域，都产生了难以估量的影响。在已进入21世纪的今天，无论是对这一进步史观本身，还是它在历史文学创作中的影响，我们都应以历史的眼光加以审视。

(一)现代进步史观的引进

当历史的车轮碾过西元(现在称“公元”)19世纪，西方列强用它们的坚船利炮敲开了古老中国的大门，中华民族在强烈的历史阵痛中，经历了“数千年未有之变局”：她在饱受蹂躏与屈辱的同时，被迫结束了绵延数千年的古典时代，又别无选择地被裹挟进西方主导的世界化与现代化体系，从而开启了一个与古代社会近乎完全异质的新时代——现代社会。而在这种从“古代”到“现代”的天翻地覆的剧变中，从远古一直延伸下来的历史文化之链，发生了前所未有的严重断裂。

平心而论，中国历史上未必没有发生过重大的文化动荡乃至断层，例如春秋战国时期王道的衰颓，尽管孔夫子等仁者们四处奔波呼号，但

传统礼仪还是不可避免地分崩离析了；后来的秦始皇吞并六国，建立了大一统的集权帝国，但经他改造过的历史传统，已经与先秦时期的王道文化不可同日而语了；再后来汉武帝采取的“罢黜百家，独尊儒术”，对于丰富多彩的传统文化显然又是一次浩劫。然而尽管如此，它们毕竟都是中华文化独立自主的发展轨迹。而蒙古、清朝先后入主中原，虽然一时之间造成了知识分子的恐慌和对文化“道统”的忧虑，但这些“蛮族”在文化观念上的落后，反而进一步强化了华夏文化的“中心”观念和文人士大夫们的心理优越感。中华民族的文化传统在这种“一治一乱”的历史模式中，显示出了强大的生命力。然而，近代中国所面临的西方强势文明的冲击，却再也无法使这一古老的历史经验继续延续下去。因为现代中国的原型绝不可能从古老的中国、从古老中国的历史中自主地诞生出来，如果没有西方文明的“催生”，中国还要永远“古老”下去。不仅如此，过去的历史对于现代中国来说，顶多具有一定的参照意义，甚至还变成了一种沉重的包袱。而在短短不到两百年的现代化进程中，我们看到在神州大地此起彼伏上演的却是“共和”“革命”“科学”“民主”“主义”“解放”“运动”“改革”“自由”“人权”等与古代文化迥异的历史戏剧，这些来自西方(或对中国传统名称改造之后)的概念在现代中国社会的每一次盛行，都进一步冲垮和扭曲了古老中国既有的体制、观念与价值。一言以蔽之，现代中国之“现代”的文化基因更多地来自西方，而非中国本土的古老传统，至多称之为中西文化“相互结合”的产物。

那么来自西方的“现代”与“现代性”的具体含义指什么呢？虽然众说纷纭，但一般认为主要包括以下几个方面的思想文化内涵：其一是个人主义价值理念(包括现代“人权”观念)，其二是科学理性观念，其三则为现代民族国家模式。这三者相辅相成、缺一不可。但对于近代中国来说，还有一个极为重要的内容，就是时间观念与历史观念的改变，也就是说，从古代中国的历史循环论转向了来自西方的被称为“现代”的历史进步论。众所周知，古代中国人的历史观是一种典型的循环论。且不说古人的起居生活大多离不开“日出而作，日入而息”式周而复始的循环；他们所看到的自然天象，小到一天的昼夜交替，大到一年的四季轮回，都离不开一种周期性的循环。所有这些，又与历史上的分与合、治世与乱世的交替轮回，融为了一体。正所谓“天下大事，合久必分，分久必合”，《三国演义》卷首语中的这句话，几乎每一位中国人耳熟能详。循环论的历史观与时间观，在古代中国之所以如此深入人心，是与古代中国的文化模式，尤其是与古人的宇宙观有直接关系的。“中国宇宙观的最大特点是整体性”，它具体表现为时间与空间的合一、自然与历史的合一，以及“天人合一”。正所谓“大道周天”“无往而不复”，中国古代哲人们在时空合一的整体观念作用下，通过实用理性“把自然的循环表象抽象为宇宙的规律，并作用于历史”，从而形成了独具民族特色的历史循环意识。①

这种循环论的时间观与历史观，到了近代却被来自西方的直线型的历史进步论所代替。“新文化的时间观源于现代西方（即经过科学和理性改造过的基督教时间观）。它标定并强调了时间的‘前方’纬度。换句话说，它把时间理解为一种有着内在目的的线性运动。这种时间观同时也意味着一段距离，这段距离在现实中是落后的东方古代文明和先进的西方现代文明之间的距离；在未来学的意义上则是阶段目标与一个更宏大的终极目标——实现世界大同——之间的距离。”②通俗一点说，深受西方进步历史观影响的近现代中国哲人们普遍认为，时间不单单是纯粹自然的、毫无意义的，而是从黑暗、蒙昧的过去，经由现在而走向光明美好的未来。而这种历史进步论或者说经由科学和理性改造过的“基督教时间观”，无疑沾染了西方人的偏见与傲慢。带着这样的傲慢与偏见审视古老中国的文化历史，便自然而然地得出了“中国没有历史”的结论，正如黑格尔所说：“很早我们就已经看到中国发展到了今天的状态。因为缺少客观存在与主观运动的对立，所以排除了每一种变化的可能性。那种不断重复出现的、滞留的东西取代了我们称之为历史的东西。当各种因素互相结合的前提终于变成了活生生的进展的时候，中国和印度都还处在世界历史之外。”③事实上根据西方中心观念，不仅中国、印度等亚洲古国在没有接受西方文明之前仍“处在世界历史之外”，美洲大陆与非洲大陆又何尝不是如此？尽管美洲大陆在哥伦布这个西方人抵达之前已存在了亿万年，但只有在哥伦布“发现”这个“新大陆”之后，它才有资格真正进入西方主导的“世界历史”。可在“亡国灭种”的现实危机面前，当时的中国知识分子似乎来不及细细体味与反思“社会进步论”所隐含的西方中心观念，于是“社会进步论”就成了当时人们对历史的共同信仰；从梁启超到鲁迅、胡适等人全都毫无保留地接受了这一历史观，并将之奉为神明般的历史真理。值得一提的是，“社会进步论”在当时中国的广泛传播与接受，与严复翻译出版的《天演论》(1898)在其中所起的不可替代的作

① 张法：《中国文化与悲剧意识》，北京，中国人民大学出版社，1989，第19～20页。

② 唐晓渡：《时间神话的终结》，载《文艺争鸣》，1995(2)。

③ 转引自〔德〕夏瑞春编：《德国思想家论中国》，陈爱政译，南京，江苏人民出版社，1995，第114页。

用是不可分割的。正如当时的《民报》评论所说："自严氏之书出，而物竞天择之理，厘然当于人心，中国民气为之一变。"①事实上，严复对赫胥黎《进化和伦理学》一书的翻译，曾根据当时中国的需要做了很多简化与改造，但也正由于这种改造与简化，使得一种线性的进步历史（时间）观迅速在当时的中国知识界传播开来。鲁迅多年后仍记得他年轻时"一有闲空，就照例地吃侉饼，花生米，辣椒，看《天演论》"②的青春时光，胡适干脆给自己的名字取了个"物竞天择，适者生存"的"适"字。以"社会进化"为核心的历史进步论，在当时的影响由此可见一斑。正是借着"科学"与"理性"这两面醒目的旗帜，历史进步论在当时的中国所向披靡，迅速成为思想文化界的主流观念。与此同时，代表了古老与落后的历史循环论，则理所应当地被看成"封建糟粕"而加以抛弃，一并被抛弃的还有古典中国特有的时空观与悲剧观，"中国传统的时间意识曾深刻地影响了中国古代的叙事，并创造出民族特有的悲剧美学。……历史通过人生的悲剧体验，而生出了磅礴悲凉的诗意，从而也生成了中国人特有的悲剧历史诗学"。③事实的确如此，历史循环论虽然不是中国人独有的历史观念，古印度、古希腊等民族也曾相信过历史的循环，但它在中国却发展得最为完善，同时也最富历史的审美特性，从而构成了我们民族最为重要的文化传统之一。从今天的角度看，彻底与之割裂不仅不可能，而且绝非是明智的历史选择，但对当时正经历着民族屈辱和国家危亡的中国知识分子来说，历史进步论却不啻一剂思想文化领域的强心针，使得古老中国的思想文化界一时焕发出了青春活力。

然而历史进步论所带来的负面影响也同样十分明显：根据这一观点，历史被描述为一架疾速向前的列车，它总是向着前方飞奔；如果跟不上滚滚向前的历史车轮，就有可能被彻底淘汰，甚至被扔进没有价值、没有意义的"历史垃圾堆"。要知道古老的中华帝国，就是因为没有跟上西方文明的进步之步伐，才陷入当时危机四伏的可悲境地，甚至面临着被开除"球籍"的危险。同时，在这种直线进步论的作用下，历史被过于简单地划分为"过去""现在""未来"三个截然分明的历史时期。——稍加比较就会发现，这与基督教神学中对"地狱""炼狱"和"天堂"的划分颇为类

① 《述侯官严氏最近政见》，载《民报》第二号，见《辛亥革命前十年间时论选集》，第2卷上册，北京，生活·读书·新知三联书店，1963，第146页。

② 鲁迅：《朝花夕拾·琐记》，见《鲁迅全集》，第2卷，北京，人民文学出版社，2005，第305～306页。

③ 张清华：《时间的美学》，载《文艺研究》，2006(7)。

似："未来"被描述为"天堂"般美好的大同世界，为了它可以牺牲掉"现在"的一切；"现在"只是通向"未来"的一种过渡，或曰手段与媒介，如同"天堂"与"地狱"之间的"炼狱"。不仅如此，人们还将"未来—过去"这两个原本客观而中性的时间观念，与"光明—黑暗""进步—倒退""革命—反动"的二元对立观念直接挂钩。在这样一种逻辑中，谁能代表未来谁就占领了历史的制高点，谁就代表了光明与希望，这又进一步导致了人们争先恐后地求新求异求"进步"。正如李欧梵先生在对五四运动的反思中所说："就五四运动的意识形态来看，当时的思考和论说方式是基于一个新和旧的价值分野和对立，用浅显的话说，就是五四时期的知识分子对一切事物都要求新，而且认为所有新的东西都是好的，而过去的一切都是旧的，不值得遵从"。[①]于是，"新"就成为现代中国最受推崇的语词之一。从晚清的"维新""新政"到"新民""新小说"，再到"新文化""新文艺""新时代""新生活"，一直到21世纪的"新世纪""新国学"，突出的无不是一个"新"字。刚刚过去的20世纪更相继发生了一系列被认为和自认为史无前例、开天辟地的重大事件。而当把历史进步论看成唯一的、排他性的甚至是终极性的历史真理时，实际上已与真正意义的科学理性精神背道而驰。

（二）进步史观影响下的历史文学

历史进步论给包括历史题材创作在内的现代中国文学，带来了巨大而复杂的影响。首先就是前文提及的，在一种进化论观念作用下，现代文人与作家普遍形成了求新求异的时尚，并普遍认定新胜于旧、今胜于古。于是，"新文学"好于"旧文学"，"现代文学"优越于"古代文学"也就被视为理所当然。而当时人们对"新"的理解又大多流于肤浅与表面，普遍认为凡是来自西方的皆"新"，凡是中国本土自古就有的则"旧"。最典型的一个例证就是话剧传入中国之初竟被称之为"新剧"，虽然它早在古希腊时期就已非常繁兴，其历史比被视为"旧戏"的京剧长多了。在这种时代风气下，我们不难发现，与古代历史文学相比，现代历史文学实际上是处于相对边缘化状态的。尤其是在五四新文学初创时期，历史题材几乎乏人问津。除鲁迅先生1922年发表了被认为是现代历史小说开山之作的《补天》和郁达夫的《采石矶》外，在社会上产生了一定影响的佳作几乎没有。而纵观"现代文学三十年"期间，除了李劼人的《大波》三部曲和

① 李欧梵：《文化与社会：五四运动的反思》，见《未完成的现代性》，北京，北京大学出版社，2005，第33页。

谷斯范的《新桃花扇》等长篇小说之外，现代作家创作的历史小说大多为中短篇，有些还是速描性质的“极短篇”，无论艺术成就还是文学地位都不高；就社会影响而言，甚至还不如隶属“旧文学”的传统历史演义小说。现代历史剧在新文学之初更是乏人问津，难怪吴我尊不无感叹地说：“余研究新派剧八年，所演者非泰西之传记小说，即中国之时事剧，终以未能一演历史上事迹以表彰中国古英雄侠义为憾”。[①]现代历史剧的繁兴，是在20世纪30年代全面抗日战争爆发以后的事。而纵观一百多年的中国文学史，历史题材创作的高潮大概有三个时期：其一是晚清至民国时期历史演义小说的兴盛；其二是抗日战争时期历史剧的繁兴，这两次高潮都与国家民族危亡、社会政治重大斗争(辛亥革命与国共两党的纷争)直接相关；其三则是20世纪80年代兴起的历史小说与历史题材影视剧的热潮。只有最后这次出现在和平盛世年代的历史文学热潮，才体现出经久不息、前仆后继的繁兴特征，并全面展示了社会大众审美心理向传统的复归。而众所周知的是，自20世纪80年代以来，历史进步论已不再是中国作家与文学中独占性的历史观念，尽管它依然是不可或缺的精神资源。

在“进步论”史观的具体作用下，以现代视角重新审视古代历史，并运用现代意识对古代历史加以重述，就成为了现代作家们的普遍共识。而要做到这一点，则要首先解构古人的经典历史叙事。于是历史上的帝王将相、达官贵人，以及文人士大夫崇拜的英雄偶像、道德表率等等，一一被从神坛或圣坛拉到凡间，接受现代人不无苛刻的理性审视与道德评判，甚至连被视为“万世师表”的孔子也不能例外。

在中国古代几千年的历史中，孔子都以“大成至圣先师”的身份备受世人景仰，封建统治者和正统文人还将其塑造成不食人间烟火的“素王”形象。但在新文化运动的洗礼下，儒学被视为封建专制统治的理论基础，“打倒孔家店”成为当时人们激愤而极具煽动力的口号。孔子本人也被看成封建礼教的代言人而成为众矢之的，陈独秀、吴虞、鲁迅等五四文化先驱都曾加入批孔的行列。在这样的时代背景下，现代作家们通过历史文学创作刻意消解孔子头上的神圣光环，把他还原为出身卑贱、有七情六欲和喜怒哀乐的普通人，甚至胆小怕事、自私虚伪、贪婪好色的卑鄙小人，也就不足为怪了。现代作家对“圣人”形象的解构方式主要有两种：一是根据史书中只言片语的记载随意加以发挥。例如《史记·孔子世家》

① 吴我尊：《乌江·序》，载《春柳》，第1卷。

曾载："纥与颜氏女野合而生孔子"，这无疑使后人产生了诸多遐想，现代作家曹聚仁据此创作了历史小说《孔老夫子·一》，将孔子"野合而生"的传闻与《诗经》中"有女怀春，吉士诱之"一类表现男欢女爱的诗句结合在一起，一改传统文人心目中孔圣人的"封建卫道士"形象；《论语·雍也》中还有这样的记载："子见南子，子路不悦。夫子矢之曰：'予所否者，天厌之！天厌之！'"这一历史趣闻也为后世的好事者们提供了发挥和演绎的绝佳素材。现代作家中，将这一故事发挥得恰到好处并产生了强烈社会影响的，首先要提到林语堂的独幕悲喜剧《子见南子》。该剧最初发表于1928年11月的《奔流》杂志，次年又被位于曲阜的山东省立师范学校的学生们搬上舞台，由此引发了一场轩然大波；小说领域则有王独清的《子畏于匡》、非厂的《"子见南子"以后》、冯至的《仲尼之将丧》等作品。这些作品彻底瓦解了传统经典史书中孔子的正人君子形象；其二则是对历史史实采取"反其意而用之"的叙事策略。郭沫若的历史小说《孔夫子吃饭》、王独清的《子畏于匡》、陈子展的《楚狂与孔子》与《禽语》等作品，采用的都是此种策略。他们的作品往往在封建正史之外另辟蹊径，全面解构了史书中孔子的崇高形象，将孔子的虚伪作态、胆小怯懦、贪生怕死、趋炎附势等人类劣根性刻画得淋漓尽致。连圣人孔夫子都不得不遭此"厄运"，其他历史人物如孟子、老子、庄子等，成为被取笑与嘲弄的对象，更是不足为怪了。

解构与颠覆的同时自然离不开建构，正如我们一度喜欢使用的"破"与"立"的对立关系一样："不破不立""破"中有"立"。在把帝王与圣人拉到凡间的同时，现代作家们又刻意将古代历史上那些长期被认为最为卑贱的草根百姓，那些处于社会边缘的被侮辱和被损害者，以及铤而走险的"犯上作乱"者，不能见容于主流社会的"江湖"群体与土匪强盗等等，塑造为(或者还原为)正面形象，甚至将他们提升为顶天立地的历史英雄。而现代中国发生的一系列惊天动地的社会变革，不仅使外在的社会秩序发生了根本性的解体与重构，也使得内在的等级观念、价值观念、是非标准等，都来了个天翻地覆的变化。这种根本性变化对社会成员的心理冲击之大之强，后人是很难体验到的。这一根本性变化可以通过曾广为流行、并被视为天经地义的一句政治口号体现出来："高贵者最卑贱，卑贱者最高贵"。于是，为历史翻案，将过去几千年都被认为天经地义、不可动摇的是非标准颠倒过来，就成为现代作家们的自觉追求。

是非颠倒最典型的例证，是对古代造反叙事的重新描述和对造反者们的重新评价与塑造。我们发现封建社会被统治阶级视为洪水猛兽的犯上作乱者，和那些最为人不齿的盗跖们，在一种现代视角的重新观照下，却成为广受赞颂的历史英雄。——恐怕没有比这更容易引发对历史变革中天翻地覆的感慨了，而这又与现代中国“革命”思潮的兴起与现代化转型不可分割。早在晚清时期，孙中山等辛亥革命的领导者们就已从自身革命的需要出发，对刚刚被清朝统治者镇压下去的太平天国运动，持一种引以为同调的正面肯定态度。章炳麟则作《逐满歌》一诗，热情讴歌洪秀全领导的太平天国革命：“地狱沉沉二百年，忽遇天王洪秀全；满人逃往热河边，曾国藩来做汉奸。洪家杀尽汉家亡，依旧猢狲作帝王；我今苦口劝弟兄，要把死仇心里记。”而对洪秀全的这种热情赞颂，可谓是当时革命党人共同的做法，也成为现代中国历史叙事中的主旋律话语。身为同盟会会员的黄小配，还特意创作了长篇小说《洪秀全演义》，借以倡导民族民主革命。小说中的洪秀全不仅是叱咤风云的时代英雄，还近似于富有远见卓识、善于严于自律的现代革命者形象，这显然与历史上的洪秀全本人相去甚远。而随着五四新文化运动的爆发和马克思阶级斗争学说、唯物历史观的传入，古代社会被视为不仁不义的造反者，更一跃成为正义与进步的化身。受此影响的现代作家们，也自觉地将对历史上农民起义的表现，转化为一种现代革命话语形式。这可以解释现代历史文学中农民战争题材何以如此繁兴。以短篇历史小说而言，不仅郭沫若、茅盾等左翼作家创作了《楚霸王自杀》《大泽乡》《豹子头林冲》《石碣》等以农民起义为题材的历史小说，孟超、谭正璧、施蛰存、廖沫沙等作家也同样从历史上的造反者那里，汲取着自己的创作灵感。以农民战争为题材的历史剧创作，则在整个现代历史剧中占了差不多半壁江山。被称为现代历史剧开山之作的《乌江》，就取材于项羽乌江自刎的历史典故。仅就抗战时期的太平天国历史剧来说，在当时产生了重大影响的作品就有陈白尘的《石达开的末路》《金田村》，阳翰生的《李秀成之死》《天国春秋》，欧阳予倩的《忠王李秀成》，阿英的《洪宣姣》等作品，足以体现出太平天国题材在整个抗战历史剧中的分量。这些作品几乎毫无例外地站到了同情与讴歌太平天国革命的现代立场，并对这场农民战争最终走向失败，进行了充满现代性的反思。

是非颠倒的另一个重要表现，则是对传统女性叙事的颠覆与重构，在这方面以历史剧创作最为突出。欧阳予倩的《潘金莲》、郭沫若的《三个叛逆的女性》、王独清的《杨贵妃之死》、宋之的的《武则天》以及夏衍、熊佛西分别创作的同名历史剧《赛金花》等。这些作品大多以现代个性主义和女性主义为思想基础，重新叙述了古代主流社会中“淫妇荡女”“红颜祸水”的经典叙事。例如王独清的《杨贵妃之死》就对原有的故事进行了彻底改造：作品中的杨贵妃是屈从于权势，才被迫嫁给了年老体迈的唐明皇，但她心里真正钟情的，却是年轻而勇武的安禄山；安禄山因为杨贵妃而举兵反叛；杨贵妃为了国家的安危并彻底斩断与安禄山的私情，毅然决然地选择了自杀。这样的情节改造不仅彻底颠覆了杨贵妃与唐明皇之间恩爱有加的传统文学叙事，也解构了“后妃误国”“红颜祸水”等传统观念。但问题是，为了达到历史翻案的目的，而将杨贵妃塑造为救国救民的历史英雄，是否有“矫枉过正”之嫌疑？而这几乎是所有以颠覆与重塑历史为己任、热衷于做“翻案文章”的现代作家们共同的倾向：从一种历史的偏颇走向另一种偏颇。正如作家们以“现代”视角重新审视数千年的古代历史时，自然能高屋建瓴、见古人所未见、发古人所未发，但在这种前所未有的自信中，也不时可以见到现代人的“傲慢与偏见”一样。

有学者论及欧阳予倩的《潘金莲》时，曾为它在文学史上没有受到应有的重视而鸣不平：“虽然在艺术表现力上《潘金莲》稍逊于《雷雨》，但就剧作中人物个体欲望的叛逆性所体现的时代意义而言，以历史为题材的《潘金莲》基本上达到了以现实生活为题材的《雷雨》所能达到的深度，”但令人遗憾的是，“《雷雨》成为五四以来新思想新文化成就的象征而获得了巨大的荣誉，几乎家喻户晓；《潘金莲》却被简单视为唯美主义作品，而基本上无人问津。在艺术性与思想性相去不远的情况下，两部剧作在文学史上评价的反差竟是如此之悬殊，唯一可能的解释就是人们对现代历史剧心存偏见，以题材作为重要的依据来衡量作品的优劣，这是中国现代文学批评史上人们长期以来难以走出的怪圈”。①笔者也认为现有的大多数文学史与戏剧史，对《潘金莲》一剧的重视是远远不够的。但若将原因归之于“人们对现代历史剧心存偏见”，不如说与此类作品对古典主流叙事的颠覆与重构未能获得社会大众和主流批评界的认可有关。无论如何，潘金莲毕竟有“谋杀亲夫”之重罪，尽管她的遭遇着实有令人同情之处，但其罪行却不可被轻易宽恕。无论是以多么“现代”的名义，在基本的价值判断与是非标准上，也不能与历史彻底“决裂”。同样，夏衍的历史剧《赛金花》上演之后，虽然“轰动了上海从文化界直到最落后的小商人”，创造了连满 20 场的记录，②但它的饱受争议之处，依然在于作家对主人公赛金花的历史评价上。同样“无论如何”的是，主人公将身体出卖

① 范志忠：《反叛与救赎：中国现代历史剧的文化阐释》，国图“博士文库”藏本，第 26 页。

② 黄会林：《中国现代话剧文学史略》，合肥，安徽教育出版社，1990，第 329 页。

给侵略自己国家的洋人，绝对是一件耻辱的事。尽管她是为了国家民族才牺牲了自己；尽管那些先是不择手段地利用她、逢迎她，后又千方百计地污蔑她、诋毁她的王公大臣们，与她相比不知要卑劣多少倍。

总之，现代历史文学可谓是“社会进步论”史观的直接产物。现代历史文学的所有成就与缺憾，都可以说是受到“社会进步论”直接或间接的影响。作为现代中国最重要的思想文化资源，对“社会进步论”及其在文学领域的广泛传播做出学理性的清理，是极为必要的。

三、“新旧雅俗”视野中的现代历史文学

就文体形式而论，现代历史文学大致可分为历史小说与历史剧两大类型，但这仅仅是局限于“新文学”范畴以内的考察；如果把“现代中国文学”的范围扩大至五四新文学以外，则会发现还有两大文学版图理应纳入我们考察的视野：以传统章回体为主要形式的历史演义小说，和以传统历史题材为“本事”的现代时期的古典戏曲作品。这四大板块，再加上一个相对较小的板块——历史题材电影，共同组成了现代历史文学的整体版图。在本节中，笔者从“新与旧”“雅与俗”这两组既紧密相连，又有所不同的视角，粗略考察一下现代历史文学的发展脉络。但因篇幅所限等原因，本节不涉及近现代历史题材戏曲和历史题材的电影文学。

（一）晚清历史小说的“以新革旧”

把自晚清出现的历史演义小说，简单而粗暴地划归到现代文学的对立面，显然是一种不符历史事实的做法。因为晚清出现的大量历史演义，不仅直接受到了梁启超“史界革命”与“小说界革命”的影响，是“新史学”与“新小说”运动的产物，还染上了鲜明的时代印记。

站在今天的角度看晚清社会，那真是一个既危机四伏又生机勃勃、既动荡不安又力图革新、既封闭保守又阻挡不住“八面来风”的特殊时代。在传统与现代的博弈中，各种新思潮、新理论、新事物、新主张纷纷涌现；救亡图存的振聋发聩之声，与纵情享乐的市民趣味交织在一起。具体到文学领域，首先要提及的是报纸等现代传媒的纷纷出现，对包括历史小说在内的整个文学创作，都带来了根本性的变革。不仅当时的各大报纸为了吸引读者、扩大发行量，纷纷开辟副刊以登载小说，而且具有现代意义的出版社也大量涌现，其中有不少专门是以印刷出版小说为主。由此形成了一个空前繁荣的文学市场空间，作家与报纸、作家与出版社之间纷纷建立起紧密的互动关系。而包括历史小说在内的文学作品被市场化的结果之一，就是作家的专业化。晚清文坛的商业化繁荣，“制造”

了大量专门以创作小说为职业、依靠卖文为生的作家群体，这不仅在中国历史上未曾有过，而且就整个现代中国史而言，也堪称一道独特的社会风景线。

报刊等现代媒介的出现对历史小说创作带来的最大影响，是作家们在进行历史小说的创作时，已经产生了明确的小说意识和作家主体意识。因为他们的作品是要“出卖”给报刊或出版社的，而报刊或出版社又必须以读者为“上帝”。这就决定了作家在创作历史小说时，必须首先考虑读者的需要与兴趣。也就是说，他们的作品首先必须是小说，而不再是古人所说的“史余”“史补”，更不必像古人那样把史书看做小说可望而不可求的典范。正因如此，他们的历史小说自然要突破历史和史著的约束，而大大增强虚构与演义的成分。“为报纸撰写小说的作家是在各种题材中选择了‘历史’作为创作对象，他们是小说家，他们的小说中包含有历史小说，他们是为写小说而写历史小说，而不是为写历史而写历史小说。”①这无疑是一个根本性的转变，作家们不再为“写历史而写历史小说”，而是“为写小说而写历史小说”，这意味着作家创作历史小说的目的，不再是以小说的形式表现历史，而是以历史为素材达到审美的目的，从而确立了“审美”相对于“历史”的独立地位。这可以说是历史小说从古典向现代转型的重要标志。

这一历史转型当然与梁启超等人积极倡导的“新小说”运动密不可分。作为政坛风云人物的梁启超，在其无法实现政治抱负的苦痛之中，转而求助于小说等文艺形式，以完成“社会改良”的夙愿，这显然具有一相情愿的空想成分和急功近利的不良倾向。但他的主张与倡导，却在客观上大大提高了小说的社会地位。梁启超不仅明确提出了“小说为文学之最上乘”的口号，而且从国家再造、民族复兴的历史高度，这样评价小说的社会作用：“欲新一国之民，不可不先新一国之小说。故欲新道德，必欲新小说；欲新宗教，必欲新小说；欲新风俗，必欲新小说；欲新学艺，必欲新小说；乃至欲新人心、欲新人格，必欲新小说。何以故？小说有不可思议之力支配人道故。”②正因如此，小说能否革新，就成了事关国家民族兴亡之头等要事。此种以小说“新民”的主张，直接影响了后来的五四文化先驱鲁迅等人的以文艺“改造国民性”的理论与实践，成为了新文学的主流。不过令笔者更感兴趣的是，梁启超在这段文字中，使用的

① 齐裕焜：《中国历史小说通史》，南京，江苏教育出版社，1999，第222页。

② 梁启超：《论小说与群治之关系》，载《新小说》，1902(1)。

“新”字之繁之密，令人叹为观止，这也可谓晚清时期人们渴望变革、求新求异之时代风潮的某种隐喻。在梁启超看来，经过彻底“洗心革面”之后的“新小说”，自然会成为未来新中国的新生力量，将要担负起治国平天下的“大道”，绝不再是古人心中无足轻重的“小道”与“雕虫小技”，如孔子所说的“致远恐泥”，①而是蕴含着放之四海而皆准的真理的文学形式。凭借梁氏一呼百应的“社会领袖”身份，当时社会各界对小说的普遍推崇，一时竟也蔚然成风。借着“新小说”的东风，历史小说自然也不能仅仅被视为“史余”“史补”等历史的附庸了。

“历史小说”这一文学概念，最早也出现在这一时期。中国古典历史小说虽然取得了辉煌的成就，但“历史小说”一词，却迟至1902年才伴随着社会政治与文学的转型而第一次出现。在该年的《新民丛报》第14号上，登载了一则关于《新小说》杂志的广告《中国唯一之文学报〈新小说〉》，向作家们征求小说稿件。文中将其所征求的小说列为12类，“历史小说”即为其中之一。作者还对“历史小说”做了如下定义：“历史小说者，专以历史上事实为材料，而用演义体叙述之，盖读正史易生厌，读演义则易生感。”客观地说这一定义并不精确，“历史小说”绝不仅仅限定于“演义体”，回顾民族历史，反思与张扬民族精神，也应是历史小说的题中之意。而令人惊喜的是，以历史小说普及历史知识，对国民进行历史教育，以达到开民智、振民气的现实目的，几乎成为晚清作家的共识。如吴沃尧在《痛史序》中，就对普通百姓不知自己国家的历史而深感忧虑：“不然，则中夏齐民之不知故国，将与印度同列。”印度沦为英国殖民地的前车之鉴，显然对吴沃尧极具震撼性。在他看来，若一个民族完全不知自己的历史，则已经离亡国奴不远了。正是从这样的现实情怀出发，他创作了《痛史》(1906)等历史小说，通过宋朝失国那一段令人痛心的历史，意图唤起国人在面临异族入侵、国破家亡的特殊时刻的抗争精神。

在小说界革命的影响下，晚清历史小说在叙事题材上开拓了两个新领域：其一是不少作品明显地向当时的时事政治靠拢。如当时最有社会影响的两部长篇作品《孽海花》与《洪秀全演义》，一个取材于刚刚发生不久的太平天国运动，一个则以主人公傅彩云(赛金花)这样一个女性人物，贯穿起与作者时隔不远的近三十多年的历史变迁，这都称得上是“时事”型历史小说。有学者认为《孽海花》是一部徘徊于“历史”与“现实”之间的

① 见《论语·子张》。

作品，应当说颇有见地。[①]而且，这一“时事题材”型历史小说的创作高潮，直至五四运动后依然经久不息。五四运动以后，类似的作品还有张碧梧的《国民党北伐演义》、陆律西的《江浙战争演义》《中华民国演义》、杜惜冰创作于抗战时期的《中国抗战演义》等。而许啸天 1929 年的《民国春秋演义》，描述的不仅是自己亲见亲历的“当代史”，作者还让自己作为人物之一出现在作品中，直接参与“历史”的重构。这些“时事”型历史小说的大量涌现，对于传统意义上的“历史小说”概念无疑是一种冲击与挑战。

其二是异域历史题材的出现。这显然与西方列强的入侵及西方文化的大量涌入密切相关。在当时的时代背景下，“睁眼看世界”、了解西方已成为时代的迫切要求。作家们也自觉地以文学的形式通俗地演义西方历史、向国人传播世界史地知识和现代民族国家观念。这些作品中，既有以外国民族反抗殖民侵略为表现内容的《孤臣碧血记》《美利坚自立记》《波臣腥闻》《阶下囚》《苏格兰独立记》《美人魂》《菲律宾外史》《菲律宾民党起义记》等，又有《威廉第一》《洪水祸》《回天绮谈》《圣安东尼之牧师》《潜行艇》《泰西历史演义》等解读欧美历史的小说，还有《世界进化史》《世界亡国小史》《万国演义》《新列国志》等直接以世界通史为题材的作品以及表现海外华人悲惨遭遇的《檀香山华人受辱记》等作品。它们的价值与意义在当时远远超出了文学的范畴，体现了作家们鲜明的社会政治启蒙意识。可惜这些作品的艺术成就均不高，甚至有些“言之无文”，在文学史上自然也就“行之不远”了。

（二）近现代通俗历史演义的“由新入旧”

从清朝末年到民国初期，“新小说”在短短的十余年间，迅速演变为“旧派小说”，这既说明了当时的社会时事与文学观念变化之快，也折射出梁启超等人的“新小说”观念的先天不足。他在 1915 年，不得不哀叹自己以“新小说”挽救“民德”的失败：“十年前之旧社会，大半由旧小说之势力所铸成也。忧思之士，睹其险状，乃思执柯伐柯为补救之计……近十年来，社会风气，一落千丈，何以非所谓新小说者阶之厉？”[②]很显然，1915 年的梁启超已产生了明显的“落后”之感。就在这一年，比他更前卫、更具文化革新意识的《新青年》问世了，并开始独领时代之“风骚”；而十年之前的社会，在他心中已是不折不扣的“旧社会”了。他也只能作

① 范伯群：《中国近现代通俗文学史·历史演义编》，南京，江苏教育出版社，2000，第 43 页。

② 梁启超：《告小说家》，载《中华小说界》，1915 年第 2 卷第 1 期。

为旧社会的代表人物，而与新时代逐渐脱钩。

不过，即使是在五四之后的“新时代”，活跃于文坛的依然是那些已被冠以“旧派小说”的通俗历史演义。其中最值得称道的，当属蔡东藩的所谓“正史演义”。从1915年到1926年间，这位蛰居乡村小镇的落魄文人，以病弱之躯和惊人的毅力，共完成了描写上至秦始皇开启大一统的帝制时代，下至民国时期1920年的2166年的历史，总字数约600万字的《中国历朝通俗演义》。其中包括《前汉通俗演义》《后汉通俗演义》《两晋通俗演义》《南北史通俗演义》《唐史通俗演义》《五代史通俗演义》《宋史通俗演义》《元史通俗演义》《明史通俗演义》《清史通俗演义》《民国通俗演义》共11部1040回。如此皇皇巨著，不能不说是一个奇迹。更值得关注的是，蔡东藩的这些历史演义不仅是当时文坛的畅销书，产生了很大的影响，①而且直到今天还在广为流传。但直至今天学术批评界的主流观点，仍然是将蔡东藩的作品看作不具文学性的“通俗历史读物”。但自近代以来，社会上涌现了不知多少此类“通俗历史读物”，为什么蔡的作品仍对广大读者具有如此吸引力，而那些当年曾轰轰烈烈的“新”“旧”作品，大都烟消云散、不知所终了呢?

若以纯文学的标准衡量蔡东藩的历史演义，无论其艺术布局还是人物形象的塑造，都很难与严肃文学(或曰雅文学)相提并论。但稍稍阅读这些作品我们就会发现，其文字魅力和艺术趣味性别具特色，可圈可点之处甚多。蔡的语言既融汇了现代白话文的通俗生动，又传承了文言文字的丰厚内敛；既古雅清丽，又保留了口语的鲜活。在丰富与提高现代汉语的艺术表现力方面，即使对于当今作家，应当说也不无借鉴意义。更为重要的是，蔡的作品虽然时时以“正史”为最高标尺(这显然是传统“重史轻文”之观念的延续)，但其在骨子里却继承了传统小说的“传奇性”与“趣味性”，笔者认为这恰是《中国历朝通俗演义》能够赢得读者、并“长盛不衰”的根本原因所在。相对于包天笑在《留芳记》等“名副其实”的历史小说中所采用的“有闻必录”“巨细无遗”的流水账式的创作手法，蔡的历史演义至少对于历史史实进行了精心的甄别与提炼，从而使他笔下的人物与故事，具有了一定的“典型”意义。至于这些作品在艺术结构与人物形象塑造方面的不足，则应归咎于中国本土小说艺术传统的缺陷。因为小说结构与人物塑造，恰恰是中国传统小说千余年来共有的“弱项”。君

① 据说在红军长征到达陕北不久，毛泽东即致电李克农：“请购整个《中国历朝通俗演义》两部。”由此可见蔡东藩作品的影响。见霍松林：《中国历朝通俗演义序》，西安，三秦出版社，2006。

不见除了“三言”“二拍”一类的短篇，和少数几部经过历史“大浪淘沙”之后的经典作品，包括历史演义在内的大部分小说作品，在艺术结构与人物塑造方面其实大都乏善可陈吗？而相比于另外一些“宫闱秘史”“名媛艳史”类作品，蔡的历史演义毕竟还没有堕落到为后人诟病的低级趣味之中。

在近现代文坛上，专以“宫闱秘史”“名媛艳史”为表现题材的通俗历史演义作品，同样占有很大比重。其中重要的作家作品，主要有许啸天的《清宫十三朝演义》《明宫十六朝演义》《唐宫二十朝演义》、李伯通的《唐宫历史演义》、张恂子的《隋宫秘史》、张有斐的《列国宫闱秘史》、王艺的《明宫艳史》、马枕梧的《历代风流皇后》、苏海若的《五千年皇后秘史》、姚舜生的《中国历代妇女演义》、费只园的《清代三百年艳史》等。此外还有一些专门揭示秘密会党黑幕的《黑红帮演义》等作品，以及林纾、许指严的“掌故野闻”类小说。

总之，从晚清直到1949年新中国成立的近百年时间里，近现代文坛上涌现了大量的通俗历史演义作品。它们的数量与社会影响，均大大超过了五四以后新文学作家们创作的现代中短篇历史小说。但如何客观准确地评价它们的文学史地位，却仍是一个颇为棘手的学术问题。就小说艺术形式而论，它们不仅几乎全都沿用了古典小说的章回体形式，而且大都不注重人物性格的塑造，尤其不能深入到人物的内心世界。在艺术结构上更缺乏精密的构思。如果依照现代西方小说的艺术标准加以评价，它们无疑是“旧”的，但在思想内涵上，它们又的确吸纳了不少现代意识，例如这些通俗历史演义作家对帝王专制的批判，其激烈程度丝毫不亚于五四新文学作家。蔡东藩在《清史通俗演义》第24回中，就如此表达了对皇帝的深恶痛绝：“皇帝皇帝！误尽天下英雄，害尽世间百姓，吾愿自今以后，永远不复闻此二字。”许啸天的“宫闱秘史”类小说，更是专以揭帝王宫廷中的黑幕为能事。他笔下的唐、明、清各代皇帝，无一不骄奢淫逸、反复无常，有的甚至还不如那些丧失人伦、坑蒙拐骗的地痞流氓等“人渣”。更可贵的是，作家对现实生活中的皇帝意识也有着颇为清醒的省察。在《唐宫二十朝演义·自序》中，许啸天愤慨而忧虑地指出：“现在虽说没有皇帝的名称了，但那一切军阀的行为，贵族的气焰，资本家的臭架子，也未始非这一点天皇神圣暗示的缩小！”证之以许氏之后的中国历史，可知此言不虚。但这些作品都有一个不可忽视的致命缺陷，那就是在对宫廷“艳史”与“秽史”的过分渲染中，冲淡了富有现代意识的批判精神。正如有论者所言，如果这些作品的批判精神和反思意识“只在‘前言’‘后记’或‘开头’‘结尾’中偶尔‘露峥嵘’，其‘劝善惩恶’的效应是极其有限的”，①这其实也是“三言”“二拍”等古代通俗小说的“通病”。

作为历史转型时期的文学产物，近现代通俗历史演义融合了新旧文学的各种思想艺术风貌，显示出以庞杂、低俗为主要特征的文学形态，但其社会影响，却远远超过了五四作家们的短篇历史小说。直到今天，我们在众多以帝王将相、王公贵族为主人公的历史小说中，在长盛不衰、越播越红火的“皇帝戏”“清宫戏”等影视剧作中，都可窥见通俗历史演义的影子。可见这些20世纪才出现的新型艺术形式，承载的却是中国最古老、最通俗的传统文艺因子。

（三）新文学历史小说的“现代”追求

真正意义上的现代短篇历史小说的开山之作，应是鲁迅于1922年发表的《补天》（原名为《不周山》）。如果从文学史的角度加以考察，会发现“《补天》同《狂人日记》《孔乙己》《药》等一样，它从一个侧面显示了五四文学革命的实质，并表明中国历史小说艺术发生的根本变革，为现代历史小说发展奠定了基础”。②鲁迅后来又创作了《奔月》《铸剑》《理水》《采薇》《出关》《非攻》《起死》等作品，结集为《故事新编》。

鲁迅的历史小说最为典型地体现了现代历史文学的现代性特征。正如王富仁先生所说，真正意义上的现代历史小说的产生，必须具备三个必要条件：“一、中国现代小说基本形式的确立；二、中国现代知识分子新的历史观念的产生；三、中国现代知识分子对本民族历史的关怀及其相应的历史知识。”③鲁迅的历史小说正是在这三个条件之上产生的。它们所表现的，是作家对数千年封建历史的整体观照与反思，是对整个中国历史的哲理性概括与广义象征。鲁迅的历史小说虽然不是取材于历史记载和确凿的历史事实，但它们在整体上表现了一种比古人的历史记载更全面、更接近历史的本质的真实的现代性历史观。例如在《补天》中，作家通过女娲补天的古老神话传说，形象地提出并回答了“谁是中华民族的真正缔造者？谁是中国文化的创始人”这一根本性问题，从而戳穿了数千年以来专制统治者及其御用历史家宣扬的“帝王史观”。正是在这一意义上，可以说鲁迅的历史小说刚一问世，就站到了历史文学的“现代”制高点上。鲁迅历史小说的艺术形式，还具有了明显的现代主义文学特征，

① 范伯群主编、陈子平撰著：《中国近现代通俗文学史·历史演义编》，南京，江苏教育出版社，2000，第165页。

② 齐裕焜：《中国历史小说通史》，南京，江苏教育出版社，1999，第269页。

③ 王富仁、柳凤九：《中国现代历史小说论》，载《鲁迅研究月刊》，1998(3)。

与20世纪西方文学、西方史学的最新发展，形成一种彼此照应乃至同构的关系。

除鲁迅之外，郭沫若、郁达夫、茅盾、许钦文、王独清、王统照、苏雪林、孟超、施蛰存、郑振铎、何其芳、张天翼、谭正璧、廖沫沙、李拓之、刘圣旦等人，都创作了一定数量的短篇历史小说。而从“文学史”的角度来看，现代短篇历史小说在新文学的三个十年中，发展是不平衡的：第一个十年(1917—1927)是现代历史小说的发生期，第二个十年(1927—1937)则是现代短篇历史小说当之无愧的繁荣期。[①]特别是在二三十年代中前期，不仅鲁迅、郭沫若等著名作家在历史小说创作领域达到了艺术的巅峰，更有大量的新人加入到这一创作群体中。而且在表现题材和创作手法上，也呈现出多元化的繁荣倾向。新文学的第三个十年，是炮火纷飞的八年抗战与三年内战时期。与现代历史剧的繁兴与喧嚣形成鲜明对照的是，这一时期只有谭正璧、冯至、聂绀弩等少数作家从事着历史小说创作，整个现代历史小说呈现出明显的式微趋势。在国难当头的特殊时期，现代历史小说显然不如历史剧那样贴近社会政治，能够以普通民众喜闻乐见的艺术形式，直接为抗战服务。但这又从另一方面折射出现代历史小说，尤其是短篇历史小说的“雅化”特征。它们更多的是精英知识分子们对历史进行个人化哲思的艺术结晶。正因如此，现代短篇历史小说的艺术探索与创新追求以及对中国古老历史进行现代性反思的思想深度，都丝毫不亚于现代历史剧。它们更多地体现出现代知识分子对中国历史的个人化体验与反思，无论是鲁迅那样整体性的文化反思与批判，还是郭沫若的“翻案”作品对传统经典历史叙事的解构与重构以及郁达夫式的借古人之“酒杯”，浇自己之块垒，借历史故事抒发现实的感慨，无不体现出知识分子高度自由的、充满个性特征的人生体验与历史反思。

在这里值得一提的是郭沫若的历史小说，兼具诗人与史学家双重身份的他，凭借对历史的浓厚兴趣，既创作历史剧又写作历史小说，在二三十年代先后创作了《漆园吏游历》《柱下史入关》《孔夫子吃饭》《孟夫子出妻》《秦始皇将死》《楚霸王自杀》《司马迁发愤》《贾长沙痛哭》《齐勇士比武》等一系列小说。与其在历史剧创作中对民族精神的深入挖掘与弘扬不同，郭沫若在他的短篇历史小说中，基本上是以“平视”的目光展示着那些古代圣人、伟人乃至杰出文人们的生活际遇，揭示了他们无异于凡人的内

---

① 王富仁、柳凤九：《中国现代历史小说论》(三)，载《鲁迅研究月刊》，1998(5)。

心世界，甚至以不无嘲弄的笔触，撩开了孔子、孟子等“圣人”们的神秘面纱。这既与前文提及的“历史进步主义”观念不无关系，也反映出郭沫若在创作历史小说时与历史剧的明显区别：它们更为突出地彰显了郭沫若“张狂”地“斜睨”古人的浪漫个性。

王富仁先生曾将现代短篇历史小说划分为农民起义题材、爱国主义题材、政治斗争题材等类型。农民起义题材历史小说的繁兴，除了社会进步论历史观的直接作用以外，还与马克思主义阶级斗争学说在当时中国的广泛传播不无关系；而爱国主义题材成为现代历史小说创作的一大热门，既是数千年中国传统文化的现代延续，更与晚清以来不断加深的民族危机直接相关，尤其在抗日战争全面爆发的特殊年代，抗敌御侮成为了时代的主旋律。这使得包括历史小说在内的作家们的所有创作，都或多或少地染上了一层爱国主义的情感色彩。例如冯至创作于抗日战争最艰难时期的《伍子胥》，从题材上看虽然可划归为“政治斗争”一列，但作家通过塑造坚忍不屈、顽强抗争的伍子胥形象，表现的却是对民族苦难的深沉思索。可见政治斗争题材类历史小说，与爱国主义题材作品有时是重合的。而将“爱国”“卖国”这两条路线的争斗与当时的国、共两党之争结合起来，是将这两类题材相结合的主要途径。这一点在历史剧创作中同样表现得非常明显。

相对于短篇历史小说的“雅化”与“创新”品格，涌现于现代文坛的两部长篇历史小说，谷斯范的《新桃花扇》和李劼人的“大河小说”三部曲，却体现出一种新旧杂糅、雅俗共赏的特征。尤其是李劼人的“大河小说”三部曲，甚至有学者认为他是现代文坛上，独立于“新”“旧”阵营之外的“第三种力量”。[①]在思想倾向上，他无疑属于“新文学作家”中的一员，曾留学法国，接受并深深地服膺于西方现代文明；五四运动爆发以后，他又以报人的身份积极投身到这一伟大的文化革新运动中去。但他的作品“却不带一点‘洋文字’与意识的气息”。[②]关于这一点，“大河小说”刚一问世时郭沫若就评价说，三部曲除“唯一的缺点是笔调的‘稍嫌旧式’”之外，他都钦佩不已。并为李劼人鸣不平说：“李劼人这样写实的大众文学家，用着大众语写着相当伟大的作品的作家，却好像很受着一般的冷落。”[③]其实，对于李劼人及其作品来说，不仅在当时的文坛“很受着一般的冷落”，而且在整个现代文学史上的地位，也被大大忽视与低估了。“三部曲”中，艺术成就最高、社会影响最大的是第一部《死水微澜》，但最不像历史小说的，也是这部作品。

---

① 徐德明：《中国现代小说雅俗流变与整合》，北京，社会科学文献出版社，2000，第170页。

② 徐德明：《中国现代小说雅俗流变与整合》，北京，社会科学文献出版社，2000，第170页。

③ 郭沫若：《中国左拉之待望》，载《中国文艺》，1937年第1卷第2期。

笔者认为，《死水微澜》即使跻身于茅盾的《子夜》、巴金的《家》、老舍的《骆驼祥子》等现代文学中成就最高、最为经典的长篇小说之列，也毫不逊色。《死水微澜》这部作品之所以被忽视与被冷落，或许与它的大众化、通俗化的艺术风格不无关系。但以今天的眼光观之，《死水微澜》的巨大成功，却的的确确与它对传统小说审美情趣的自觉承继直接相关。

《死水微澜》的最独特之处，不仅仅在于通过描写成都城外一个小乡镇上几个人物命运的跌宕起伏，折射出整个社会的风云变幻，也不仅仅在于作家敏感的历史意识与时代视角，而在于作家对一种生命本真形态的审美表现。——不带任何道德偏见和居高临下的“启蒙”视角，作家充满兴味地表现着那一群小人物们的无奈与洒脱，悲苦与欢乐。无论是蔡大嫂、罗歪嘴，还是在走投无路和阴差阳错之中“奉了洋教”的顾天成，甚至被戴了“绿帽子”的蔡兴顺、妓女刘三金等等，他们在生活重担面前表现出来的生存智慧，在悲欢离合中显示出的人性宽容，在时代剧变中爆发出的生命闪光，无不令人感慨万千、难以忘怀。而所有这一切，都离不开一种叫做“情趣”的艺术特质。李劼人将中国古代文化中的“情趣”传统与“游戏”精神，加以创造性的发挥与现代转化，创造出一种出神入化的艺术境界。我们中国的文化是一种典型的“乐感”文化，追求快乐、充分享受世俗人生，是中国文化传统的主流。而古典中国的各种文艺形式，都与这种文化密不可分。值得注意的是，西方文学中也有一种源远流长的“游戏”传统。但西方文学的游戏传统不仅是一种率真无伪、朴实自然的情感流露，和对客观世界真实冷静的观察探究，还往往导向一种崇尚神性的崇高情怀。而中国文学传统中的“游戏”精神，则表现为一种对尘世的留恋与热爱，而其末流却可能陷入到一种放纵本能的低级趣味之中。这一点在包括近现代通俗历史演义在内的古今通俗小说中，已表现得淋漓尽致。虽然我们有着历史悠久的琴棋书画等文人式的“雅趣”，但在小说领域中表现出的却更多的是低级的“俗趣”，这恐怕与自古以来的“小说卖浆者之流”，登不得“大雅之堂”的观点有关吧。应当承认，《死水微澜》是和这种“俗趣”不可分割的。但可贵的是，作家以一种惊人的才华和高雅的品位，剔除了其中低级下流的成分。因此，作家运用了纯粹洁净的语言来表现男女主人公酣畅淋漓的生命形态，丝毫不给人以粗俗、低级之感。读者在读这样的作品时，犹如欣赏西方名画中的裸女画像，获得的只是审美的愉悦和灵魂的提升。

将传统文学与乡野民间的“俗趣”，提升到高贵典雅的艺术形态，李劼人的成功，无疑给我们以丰富的启示。而作为将雅俗融汇到一种出神入化境界的经典杰作，《死水微澜》的艺术价值和文化内蕴，还有很多值得我们深入挖掘。

（四）现代历史剧的"新旧雅俗"与"古为今用"

若依据"新旧雅俗"之视角，对现代历史剧做一整体观照的话，则会发现另一番图景。五四文学革命后不久的文艺界，曾一度认为"新"与"旧"是势不两立、截然不同的两个范畴。"新剧"（话剧）之"新"不仅体现在其艺术形式和思想主题上，更直接表现于各自的取材和题材上。所以当郭沫若等人以现代话剧演述古代历史时，在当时颇招致一些新派激进人士的非议，甚至有人指责郭沫若的历史剧"颇有复古运动之倾向"，并认为"既曰创作，不当再于古纸堆中讨生活"。①以至于郭沫若不得不反复申明，他创作历史剧只是借"古人的骸骨，来吹嘘些生命进去"，是绝不可与复古派同日而语的。针对这样的指责，郭沫若还做出了颇为情绪化的回应："他们如说我做的古事剧不好，他们能够指出我的不好处来，那还可以佩服。如说我做了古事剧便不好，那譬如一只盲犬在深夜里狂吠，我只好替他可怜了。"②言辞如此激烈，却也可以从侧面折射出，郭沫若对自己的历史剧有可能被批评为与"现代性"剥离所产生的焦虑是何其严重了。可见，当时的人们已普遍将文学的"新"之特质，当作了现代文学合法性最根本的要素。而郭沫若为其历史剧的辩护理由，则是他反复强调的、要将现代意识注入古代历史题材之中，这与当时史学界以"现代""科学"的观点，重新阐释古代历史的主导理论是一致的。

以话剧这一"崭新"又"现代"的文艺形式，来表现中国的古老历史，就有一个现代与传统的冲突与磨合问题。也就是说，"传统的历史题材能否负荷异质的现代意识？当现代意识借助于传统的历史题材来表现时，现代意识是否遭到削弱甚至遭到传统意识的侵蚀？"③这应该是每一位现代史剧作家不得不面对的问题。而快捷、妥善地解决这一问题的最佳方式，就是从古老的历史题材中发掘出符合现代（包括价值观念、意识形态等）的"新意"。因此，五四之后最早出现的历史剧作，不论是郭沫若的《三个叛逆的女性》、欧阳予倩的《潘金莲》、王独清的《杨贵妃之死》，还是袁昌英的《孔雀东南飞》等，都集中到了个性解放和女性主义主题上，与五四时期"人的解放"的主流思潮相呼应。而随着抗日战争的全面爆发，

① 万良濬致茅盾的信，载《小说月报》，第13卷第7期。

② 郭沫若：《孤竹君中二子，幕前序话》，载《创造月刊》，第1卷第4期。

③ 范志忠：《反叛与救赎：中国现代历史剧的文化阐释》，苏州大学中文系博士论文，国家图书馆藏本，第7页。

救亡图存与民族主义思潮成为了时代的主旋律，带来了包括历史剧在内的现代话剧创作的空前繁荣。历史剧作家们也更多地把目光投向了历史深处的“国家兴亡”和抵抗异族“入主中原”一类叙事。当代学者范志忠将这一创作题材的转向，解释为“从个人本位向民族本位的转换”，并认为：“中国现代历史剧以个性主义揭开了反叛传统的、非个性的宗法神话的帷幕，其最终的结果却是制造出现代的、超个性的民族新神话。”①另一名学者王家康则从“文化抵抗”的角度解释了抗战史剧的繁兴，“文化抵抗是现代民族战争时，被征服一方的民族在军事抵抗以外，在文化的领域内进行的反抗征服者文化的抵抗。……抗战是一种民族间的战争，这样，被称为是在文化疆域收复国家文化空间的文化抵抗就很自然的发生了。”②

其实，不论是知识分子“民族本位”的文化立场，还是“文化抵抗”的斗争策略，都可谓是中华民族自古就有的文化传统。且不说“民族本位”原本就是中华民族固有的文化传统，“文化抵抗”也同样在中国历史上屡屡出现，并且大多取得了成功，导致清朝等“征服者”反被彻底征服，并实现了民族和解。然而在另一方面，我们又不得不承认，民族意识、民族本位观念虽然自古就有，但作为一种理论的“民族主义”，却是近代以来伴随着西方文化的入侵而形成的，它无疑是彻头彻尾的充满“现代性”的思想观念。现代意义上的“中华民族”观念，最初发端于鸦片战争后的亡国危机。历经戊戌变法、五四运动等救亡图存的社会改良与文化革新运动后，在抗日战争时期达到了高潮与成熟。这绝非是一种“历史的偶然”。它证明了另一条颠扑不破的历史真理：越是一个民族受到压迫的时期，就越是民族主义思潮高涨的年代。当然，在这种崭新的充满现代性的民族主义思潮中，针对日本侵略者而进行的“文化抵抗”运动，也就与古代社会的“王朝更替”，在本质上发生了变化。

根据王家康的统计，抗战时期的历史剧大致可划分为三种类型：第一类是“晚明史剧”。代表性作品有阿英的《碧血花》《海国英雄》《杨娥传》、蒋旗的《陈圆圆》等；第二类是“战国史剧”。包括郭沫若的《屈原》《棠棣之花》《虎符》《高渐离》等，以及顾一樵的《荆轲》《西施》等作品；第三类则是“农民战争历史剧”。这一类包括的作品最多。单以太平天国历史剧为例，

---

① 范志忠：《反叛与救赎：中国现代历史剧的文化阐释》，苏州大学中文系博士论文，国家图书馆藏本，第16页。

② 王家康：《抗战时期思想文化背景中的历史剧写作》，北京大学中文系博士论文，国家图书馆藏本，第4页。

就有陈白尘、阳翰生、欧阳予倩、阿英等作家创作的大量作品。其他表现秦末农民起义、明末李自成起义的历史剧作则更多，限于篇幅不再一一列举。农民战争之所以成为现代历史剧创作的“热点”所在，不仅是因为它与民族主义话语的交织(不少农民起义，如太平天国运动，原本就可解释为驱逐异族统治、“光复中华”的现代性内涵)，更主要的是可以影射国共两党的纷争。因此，以太平天国为表现题材的历史剧作，又往往将叙事焦点集中在太平天国领导者们的内讧与天京事变上，以警示大敌当前加强民族团结与国共合作的必要性，批判国民党当局的“消极抗日、积极反共”政策。这可谓是“古为今用”原则的典型体现。

但是，“古为今用”的过分运用乃至滥用，也在现代历史剧中表现得极为突出。尤其是剧作中过多的象征、影射、比附与类比手法，将今人之事强加到历史人物身上，让古人完全变成当今时代精神的“历史传声筒”，甚至让古人替今人直接进行道德说教，不能不说犯了文学创作的大忌。尽管从数量上看，抗战时期的历史剧最为繁兴，但其中真正称得上艺术精品、在文学史上占据重要地位的历史剧作，除了郭沫若的《屈原》等少数作品之外，很难寻到。大多数都只是一些“应急”与“应命”之作，不仅在艺术上表现得草率与低劣，也违背了起码的历史事实与常识。

以某一特定时代的政治意识改造历史，违背基本的历史事实，并与数千年传统社会的历史共识发生断裂，可谓是现代历史文学的最大教训。从根本上讲，现代中国过于剧烈的社会动荡，是造成这一现象的主要原因。自鸦片战争开始的整个中国现代史，不仅是名副其实的多灾多难的“乱世”，而且还是数千年来未曾遭遇过的天崩地裂般的特殊时代。民族、国家的危机与激烈的社会革命，成为自19世纪中期至20世纪70年代期间，现代中国社会的“最强音”。而这两大时代强音又都不得不诉诸极端性的暴力与战争手段，都需要全民动员的特殊应急体制。其他所有的一切，都必须让位给社会革命与现代民族国家建立这个“中心”任务。为了它可以牺牲一切，包括文学的审美特性和历史的基本认知。不幸的是，现代历史剧就成为其中最为直接的牺牲品之一。而这又与话剧本身的文化艺术特性直接相关。因为戏剧与小说等其他文艺形式的一个根本区别，就在于它的集体仪式性。这就决定了它的传播方式与小说等其他文学体裁的根本区别：观众来到剧场观赏戏剧是一种集体行为；任何戏剧的演出，也都是一次“群体性”事件。因此戏剧的社会影响更具直接性与集体性，更容易产生社会轰动效应。

尤其是其中的话剧这一西方文化的“舶来品”，完全不同于中国传统戏曲的世俗性与单纯的娱乐性，更不同于中国古代说书人出没的“勾栏瓦舍”。它起源于一种“神圣的祭典”。古希腊的剧场建筑如同神庙一样，具有特殊的崇高位置，那时的人们到剧场观赏话剧，也如同进入神庙参加宗教仪式一样庄严神圣。也就是说，人们到剧场去，绝不仅仅是为了娱乐，更多的是参加一种神圣的仪式。[①]正因如此，话剧与同样跟“神圣”不可分割的政治之间，自古就有一种天然的密切关联。难怪曾任捷克总统的戏剧家哈维尔干脆断言：“明显地，戏剧乃政治不可或缺的一部分，但是它也可能转变成极为有用的暴行工具。”[②]因此在特殊年代里，话剧被高度政治化，乃至成为社会政治的“马前卒”，也就势所必然、理所应当了。

抗战时期，话剧是最有生命力的文艺形式之一，活跃于都市街头与乡野民间。话剧作家与广大演员为了民族的解放和抗敌御侮，更是做出了可歌可泣的历史贡献，当然也为此付出了惨痛的艺术代价：文艺的“正常”功用原本是审美，但在迫不得已的时候，也能发挥“战斗”的功能；如同人的牙齿原本是用来咀嚼食物的，但在迫不得已的激烈争斗中，也会用来充当“咬人”的武器一样。然而，那只能是在特殊情境下不得已而为之的非常规手段。愿在和平与理性的年代里，这种自我伤害性极大的非常规手段不再延续下去。

最后笔者以“雅俗”交替的视角，简单考察一下现代历史剧叙事题材的转向。如果说五四时期个性主义、女性解放等思想主题的表现，是求新求雅的结果，体现的是现代知识分子的精英话语，那么抗日战争爆发后涌现出来的农民起义与家国覆亡的历史叙事，则明显地体现出向大众化立场倾斜的“俗文学”倾向。其中的道理非常简单：为了唤起社会大众的抗敌激情，为了使团结御侮的观念深入普通百姓的内心深处，就必须采取通俗化(或曰大众化)的、普通百姓喜闻乐见的艺术形式；而为了增强民族的自信，凝聚民族意识，则必须挖掘与弘扬传统文化中的优秀成分。于是抗战文艺的整体面貌，就呈现出向传统“旧”形式回归的特征。现代历史剧更是责无旁贷地担负起挖掘历史深处的积极精神这一使命，力求将现代与传统、新与旧、古与今，乃至雅与俗融为一体。但在从知识分子精英话语向大众话语的转化过程中，却也表现出了以精英自居的现代知识分子的尴尬姿态。尤其是以“革命”这一最新的意识形态话语，

---

① 胡志毅：《神话与仪式：戏剧的原型阐释》，上海，上海学林出版社，2001，第307页。

② 〔捷〕瓦茨拉夫·哈维尔：《戏剧与政治》，见《政治再见——瓦茨哈夫·哈维尔演说集》，台北，左岸文化，美国，倾向出版社，2003，第134页。

要求知识分子放弃教育者与启蒙者的身份，转而接受底层百姓(后来叫“贫下中农”)的“教育”和“改造”时，不仅预示了此后半个多世纪精英知识分子的特殊命运，也在某种程度上意味着“新文化”对扎根在乡野民间的“旧传统”的妥协。我们从大量农民战争历史剧中的那个总是被批判被嘲弄的小知识分子“文人”身上，也可以看出其中不少端倪。

四、“历史真实”在现代

历史真实问题，是现代历史小说与历史剧创作中争议最大、也最受关注的一个理论问题。它被理论批评界长期视为历史题材创作中最为核心、最为本质，同时也是最纠缠不清的问题。笔者注意到，几乎所有从事过历史文学创作的现代作家都曾被这一问题困扰过，而这也意味着几乎所有现代历史文学作家都对这一问题或多或少地发表过自己的看法，提出过自己的主张。在本节中，笔者对此加以梳理，并提出了自己一些不成熟的看法，以求教于大方之家。

(一)经典观点："随意点染"与"失事求似"

纵观现代作家们关于历史真实问题的主张，其中绝大多数都认为在进行历史题材创作时应有充分的虚构自由。其中以鲁迅先生的说法最有代表性，他指出：“对于历史小说，则以为博考文献，言必有据者，纵使有人讥为‘教授小说’，其实是很难组织之作，至于只取一点因由，随意点染，铺成一篇，倒无需怎样的手腕。”所以他在创作历史小说时，“叙事有时也有一点旧书上的根据，有时却不过信口开河”。①

鲁迅在这里说得再明确不过，所谓完全根据历史文献、力求做到“言必有据”的历史小说创作，其实是非常艰难的。所以他在创作《故事新编》时，不过是从“一点旧书上的根据”进行自由的发挥与想象，有时甚至是完全“信口开河”。或许正因如此，《故事新编》中的八篇小说是否真的属于“历史小说”，长期以来备受争议。但可以设想的是，如果鲁迅的《补天》《奔月》《铸剑》等取材于神话故事与民间传说的作品被历史小说“除名”的话，则不仅会使整个现代历史文学失色许多，而且显现出我们对“历史”概念的见解是何其褊狭：近代以来，随着西方科学和理性精神的传入，被中国知识界普遍理解和接受的“史学”，几乎全是清一色的“科学”思想与方法。从五四运动初期史学界兴起的“疑古”思潮开始，现代史学

① 鲁迅：《〈故事新编〉序》，见王富仁、柳凤九主编：《中国现代历史小说大系》，第1卷，石家庄，河北人民出版社，1999，第1页。

家们普遍奉行的，就是一种实证史学观念。他们把神话、传说乃至古老的民族史诗统统视为“科学历史观”的对立物，无视世界上绝大多数民族的历史记忆其实都未曾完全脱离想象与虚构的这一基本事实。要知道，日本人至今仍坚称自己的民族是“天照大神的后代”，犹太民族乃至整个西方民族都用《圣经》一类具有神话色彩和明显虚构痕迹的宗教经典来解释他们过去的历史。为什么科学理性可以在这些民族高度发展，却并没有影响他们自身的历史叙述与历史记忆？另一方面，过于迷信考据得出的“历史真实”与“历史事实”，甚至将自己想当然的“历史真实”与客观事实混为一谈，并视之为不可动摇的“历史真理”，这本身岂不又是对科学理性的亵渎？此种独断性、排他性的实证史观，对现代国人的历史想象与民族自信所造成的伤害，已在今天并会在不远的将来日益凸显出来。

除鲁迅外，郭沫若、郁达夫、茅盾、夏衍等人也都深入探讨了历史文学与历史真实之间的辩证关系。郭沫若的历史剧创作不仅是整个现代历史文学的“扛鼎之作”，而且他在史剧理论方面也最有建树。他关于“历史真实”的观点有一个颇为明显的发展过程：早期郭沫若的历史文学创作，深受歌德、莎士比亚等西方作家的影响。他自述说是在翻译完歌德的《浮士德》第一部之后，开始历史诗剧《棠棣之花》创作的，“我读过了些希腊悲剧家和莎士比亚、歌德等的剧作，不消说是在他们的影响之下想来从事史剧或诗剧的尝试的。”①但他又认为“歌德的影响对于我始终不是甚么好的影响”。②那么，为什么郭沫若认为歌德的影响对他“不是甚么好的影响”呢？众所周知，歌德、席勒乃至莎士比亚等西方作家，从来就没有让所谓的“历史真实”束缚自己的历史题材创作，他们更强调创作中虚构与想象的自由。海涅曾这样评价过莎士比亚的历史剧：“所谓客观性，无非是一个乏味的谎言；描写过去，而不添加我们自己感觉的色彩，那是办不到的。是的，所谓客观的历史家到底是在向现代发言，他便无意间会用自己时代的精神写作，这种时代精神在他的文章中是如此明显，就像在书信中不仅表露出写信人的性格，还会表露出收信人的性格一样。那种笼罩在事实上的刑场之上，以其死气沉沉而自夸的所谓客观性，其所以被斥为谎言，乃是因为对历史的真实性，不仅需要详细地陈述事实，而且还需要在一定程度上传达出那个事实对于同代人所引起的印象。但

① 郭沫若：《我怎样写〈棠棣之花〉》，见《郭沫若全集》，第6卷，北京，人民文学出版社，1986，第273页。

② 郭沫若：《写在〈三个叛逆女性的后面〉》，见《郭沫若全集》，第1卷，北京，人民文学出版社，1986，第144页。

是，这种传达却是极其艰难的任务，因为这不仅需要关于文件的普通学识，而且还需要这样一种诗人的直观能力，他能了解莎士比亚所说的‘过去时代的真髓和血肉。”[①]在这里，海涅强调的是莎士比亚历史剧中那充盈着“自己时代精神”的艺术表现，而不是什么“笼罩在事实上的刑场之上，以其死气沉沉而自夸的所谓客观性”。一言以蔽之，在海涅等人看来，为了所谓历史真实而牺牲掉作品的艺术性，是绝对不能考虑的。

关于类似的观点莱辛则说得更为直白：“历史事件只要像一个布局很好的故事，能够和诗人的意图联系在一起就行了，用不着再进一步照顾到历史的真实。”[②]这样的话语出现在大名鼎鼎的《汉堡剧评》中，已无可辩驳地说明了它在西方文学理论界的主导地位。郭沫若最初创作历史剧时，主要是受到这些观点的影响，所以他更强调：“写历史剧不是写历史，这种初步的原则，是用不着阐述的。剧作家的任务是在把握历史的精神而不必为历史的事实所束缚。”[③]这一主张可视为西方作家轻视“历史真实”的中国翻版，不过郭沫若显然已意识到了西方理论如何才能“洋为中用”的问题。也就是说，他在为自己的创作主张辩护时，已充分考虑到如何与当时中国的现实语境，乃至中国文化传统接轨。这就难怪后来他在回忆早年创作历史剧“只是借一段史影表示一个时代或主题而已，和史事是尽可以出入”的创作方法时，又特意强调“这种办法，在我们元代以来的剧曲家固早已采用，在外国如莎士比亚、如席勒、如歌德，也都在采用着的”。[④]在强调莎士比亚、歌德等西方作家之前，先突出了“在我们元代以来的剧曲家固早已采用”，足以体现郭沫若在理论上“融合中西”的努力。

郭沫若的历史文学观，最集中地体现在他写于 1942 年 4 月 19 日的《历史·史剧·现实》一文中。写作此文时，郭沫若已完成《屈原》《虎符》等历史剧的创作，与他历史剧创作的高潮相应，他的史剧理论也日趋成熟完备。在这篇两千多字的短文中，作家不仅系统阐述了自己创作理念，而且提出了诸多极具创造性与启发性的真知灼见。值得注意的是，该文四分之三的篇幅都在阐释“历史真实”与历史剧的关系问题，可见“历史真

---

① 〔德〕海涅：《莎士比亚的少女和妇人》，见杨周翰编：《莎士比亚评论汇编》(上)，北京，中国社会出版社，1979，第 326 页。

② 〔德〕莱辛：《汉堡剧评》第十九篇，上海，上海译文出版社，1998。

③ 郭沫若：《我怎样写〈棠棣之花〉》，见《郭沫若全集》，第 6 卷，北京，北京人民文学出版社，1986，第 277 页。

④ 郭沫若：《孔雀胆二三事》，见《沫若文集》，第 4 卷，北京，北京人民文学出版社，1957，第 269 页。

实”在作家心目中的地位是何等重要了。作为现代历史文学创作的“纲领性文件”，该文最大的理论贡献就在于提出了历史文学创作的“失事求似”原则。笔者认为，这一理论术语既简洁鲜明又意思明确，既形象生动又深邃周延，可谓郭沫若的语言天赋在理论探讨中的绝佳体现。

“失事求似”理论的提出，无疑是东西方文化融汇的结晶。它在精神实质上是对西方“创作自由”、强调艺术虚构这一文学传统的传承，但在语言表述上却又凝结了古老东方的诗性智慧。“失事求似”中的“失”与“求”不仅互相对应，而且“事”与“似”更是彼此呼应。这里的“似”，当然不是指拘泥于史实的琐碎而浮于表面的“形似”，而是指内在的、精神气质方面的“神似”。其背后的思维方式，很容易使我们联想起中国古代独特的绘画理论：中国画在唐宋以后，逐渐形成一种“弃真求写(意)”的理论，追求一种空、灵、虚、无的精神境界，强调与客观事物之间的“神似”，而不是细致琐碎的现实模拟和模仿。这种重神似、轻造型的绘画主张，自顾恺之、谢赫之后，逐渐成为文人们普遍追求的艺术境界，而在苏轼等宋代文人那里，则达到了登峰造极的地步。尽管以现代的眼光来看，过于强调“神似”带来了一定的消极因素，甚至一度出现“以文掩技”的不良倾向。而且长期以来中国画的写实传统未能充分发展起来，不能不说与此有关。但将这一理论借鉴于现代现代历史剧的创作主张中，用来比拟历史文学与历史史实之间的精神关联，却实在是一种天才般的创见。再进一步分析，还会发现这一思维方式深深地打上了中国禅宗文化的烙印，它不仅展现了“醍醐灌顶”般的顿悟性思维，而且追求的是类似于“羚羊挂角、无迹可求”的艺术境界。

另外，“失事求似”还是文化折中乃至话语“妥协”的产物。在语言表述上，郭沫若显然比他的西方同行们更加注意语言的策略与技巧，并注重将自己的理论主张与当时中国的现实语境的衔接。所以他在一针见血地指出“史学家和史剧家的任务毕竟不同，这是科学与艺术之别”的同时，又进一步强调：“史剧既以历史为题材，也不能完全违背历史的事实。大抵在大关节目上，非有正确的研究，不能把既成的史案推翻。”他认为剧作家在下笔之前，对于人物的性格与心理、时代的风俗与制度等等，“总要尽可能的收集材料，务求其无瑕可击”。甚至还提出了“优秀的史剧家必须得是优秀的史学家”的主张。①可见郭沫若对中国文化中深厚久远的

① 郭沫若：《历史·史剧·现实》，见彭放编：《郭沫若论创作》，哈尔滨，黑龙江人民出版社，1982，第138页。

"史官"传统，有着深切的认知与体验，也顾及到了现代中国文化界对"历史真实"的高度推崇。所以他强调史剧家在"大关节目上"，绝对不能违背历史的真实。

语言技巧的圆熟，文化视野的广阔深远，再加上郭沫若本人天才般的创造性思维，以及他在当时文艺界的巨大影响力，决定了"失事求似"成为现代中国历史文学创作中最为人称道的理论概念。直到今天，"失事求似"仍然是现代历史文学创作中最重要的理论收获。

（二）理论迷误之一：文学比史学中的"历史真实""更高"

郭沫若《历史·史剧·现实》一文的另一个理论贡献，却常常为我们所忽略乃至误解。那就是对文学作品所表现的"历史真实"的艺术本质，给予的清醒认识和准确界定。郭沫若援引了亚里士多德的著名观点："诗人的任务不在叙述实在的事件，而在叙述可能的——依据真实性，必然性可能发生的事件。"这强调了"史家与诗家的不同"。① 针对有人提出的"写历史剧就是老老实实的写历史，不要去创造历史，不要随自己的意欲去支使古人"的观点，郭沫若一针见血地反驳说："史剧家在创造剧本，并没有创造'历史'，谁要你把它当成历史呢?"②这可以说是道出了现代文学界、史学界针对历史题材创作而争论不休的根本症结所在。此后围绕这一问题的论争，基本上都没有超出郭沫若在这篇文章中提出的观点。令人遗憾的是，郭沫若这些富有创造性的观点并没有引起现代文化界足够的重视，甚至被片面性地发挥乃至误解。而被片面性地发挥乃至误解的观点，主要是郭沫若所引用的亚里士多德在《诗学》中的经典论述。

亚里士多德以"描述已发生的事"与"描述可能发生的事"来区分历史家与诗人（文学家）的区别，的确道出了文学创作与历史写作各自的本质特征。但他紧接着所说的"写诗这种活动比写历史更富于哲学意味，更被严肃的看待（更高）"的观点，③却实在有失偏颇。对此罗念生在其《译后记》中作了解释："古希腊的历史大都是编年纪事，其中的内在联系和因果关系不甚显著，因此亚里士多德没有看出历史也应揭示事物发展的规律。"④很显然，所谓文学家比历史家更靠近哲学、"更高"的观点，其实是由亚里士多德的"历史局限性"所导致的。但大多数中国现代作家并没

① 郭沫若：《历史·史剧·现实》，见彭放编：《郭沫若论创作》，哈尔滨，黑龙江人民出版社，1982，第139页。

② 郭沫若：《历史·史剧·现实》，见彭放编：《郭沫若论创作》，哈尔滨，黑龙江人民出版社，1982，第139页。

③ ［古希腊］亚里士多德：《诗学》，罗念生译，北京，人民文学出版社，1962，第28页。

④ ［古希腊］亚里士多德：《诗学》，罗念生译，北京，人民文学出版社，1962，第106页。

有意识到这一点，他们仿照郭沫若对亚里士多德这一观点的引用，而反复牵强附会地“借机发挥”，试图说明历史文学家比历史家“更高”。

例如在郭沫若发表《历史·史剧·现实》一文的次年，即1943年，夏衍在《历史剧所感》一文中针对亚里士多德的观点作了自己的阐发：“‘依着真实性和必然性的法则而可能发生的事件’，这就是比‘实在的事’更真实的真实。……就是要诗人不必拘束于或有的‘实在的事件’，而应该努力去接近‘更高的真实’。”①这里的“比‘实在的事’更真实的真实”，自然会导向“历史本质的真实”。在夏衍看来，既然作家更接近“历史本质的真实”，那么他们比历史家“更高”也就是自然而然的事情了。所以他紧接着提出：“历史家的工作是记述，保存，说某一件事情如此如此，某一个人在什么时候作了什么。而历史剧作者的工作，却是整理这些历史，删除偶然的、表面的枝叶，发现历史的发展法则，说某人某事之间存在着怎样的成因”。②照此说法，“发现历史的发展法则”竟然成了文学家们的“专利”，而历史家的责任只在于记录好历史就可以了，至于研究历史、“整理”历史的更重大的责任就落在了作家身上。可事实果真如此吗？若仔细分析夏衍所列举的历史家与历史剧作家的区别，实际上更像是古代的史官与今天的历史研究者之间的差别：古代的史官只是做着“某年某月某日某时皇帝诏曰……”一类的文字记录，今天的历史学者却必须从事“整理历史”的工作，而且要善于“删除偶然的、表面的枝叶”，从而“发现历史的发展法则”。夏衍的这一说法就远不如郭沫若的观点更有说服力：“史家是发掘历史的精神，史剧家是发展历史的精神。”③虽然郭沫若对“发掘”与“发展”两个语词的使用，颇有点儿像是文字游戏。

（三）理论迷误之二：“历史真实”歧义种种

20世纪的40年代初与60年代初，文艺界先后开展了两次大型的关于历史剧的讨论。第一次讨论从1942年下半年开始。这一年的7月14日，由《戏剧春秋》杂志的主编田汉邀请并主持，先是举行了一次“历史剧问题座谈会”，参加者有茅盾、欧阳予倩、柳亚子、胡风等当时文坛上的著名人士，并在当年的《戏剧春秋》第2卷第4期上，推出了“历史剧问题特辑”，引起了文艺界的广泛关注。郭沫若、陈白尘、葛一虹、刘念渠等人也先后著文发表自己就这一问题的看法。当时颇有影响的杂志《戏剧月

① 夏衍：《历史剧所感》，见《边鼓集》，重庆，美学出版社，1944。

② 夏衍：《历史剧所感》，见《边鼓集》，重庆，美学出版社，1944。

③ 郭沫若：《历史·史剧·现实》，见彭放编：《郭沫若论创作》，哈尔滨，黑龙江人民出版社，1982，第137页。

报》《戏剧时代》《戏剧与文学》《文艺生活》《文艺月刊》等，也纷纷刊发关于历史剧的讨论文章，历史剧问题一时成为抗战文坛上的热点理论问题。

第二次大讨论则发生在新中国成立后的1960年下半年至1961年上半年，出于当时特定的时代需求，讨论的热点问题除了“历史真实”以外，还加上了“古为今用”“如何表现人民群众在历史上的作用”等问题，但最受关注的依然是“历史真实”这个“老问题”。在这次讨论中出现的一个颇让人“耳目一新”的观点，是吴晗提出的历史剧既是“艺术”，又是“历史”的看法。他首先在《谈历史剧》一文中提出：“历史剧必须有历史根据，人物、事实都要有根据。……人物、事实都是虚构的，绝对不能算是历史剧。人物确有其人，但事实没有或不可能发生的也不能算历史剧。在这一点上，历史剧必须受历史的约束，两者是有联系的。”①从这样的观点出发，吴晗认为历史上曾广泛流传的《杨门女将》《秦香莲》《封神榜》《西游记》等，都不能称为历史剧，而应分别纳入“故事剧”“神话剧”的范畴。顾及到可能的反对声音，他还特意声明说：“故事剧、历史剧、神话剧各有其作用，这里并不发生地位高低的问题。《杨门女将》这类戏不算历史剧，只能算故事剧，仍然是好戏。……成千上万的观众只问这个戏好不好，并不考虑是历史剧还是故事剧。”②应当承认，吴晗敏锐地看出了取材于历史史实(记载)与取材于神话传说之中的历史文学，的确是不同的，但他却忽略了历史与文学之间的本质区别。他对历史的看法也体现了近代西方“科学历史观”的某种狭隘化与片面化。虽然今天再来评价吴晗观点的正确与否已无意义，但吴晗的看法在当时却得到了不少学者的支持，这本身就已说明“把文学当历史”的思维惯性是如何深入人心的了。至于李希凡、王子野等人对吴晗的反驳，所强调的也只是“历史剧是艺术，不是历史”这一常识。类似的观点郭沫若早在40年代就已表述得很充分。

我们把这两次相隔二十年的讨论稍加比较，会发现在“历史真实”这一问题上，其实并没有多少更进一步的深入与拓展。20世纪60年代初的讨论，虽然文艺界在“历史剧是艺术作品，不是历史科学”这一问题上达成了共识，并普遍认为“在符合历史真实的原则下”，允许作者根据剧情需要进行创造性的“想象、虚构、集中、概括”等艺术活动，③但何谓“历史真实”，怎样才叫“符合历史真实的原则”，大家的看法并未达成一

---

① 吴晗：《谈历史剧》，载《戏剧报》，1962(2)。

② 吴晗：《谈历史剧》，载《戏剧报》，1962(2)。

③ 鲁煤：《关于历史剧问题的争鸣》，见《戏剧报》编辑部选编：《历史剧论集》，上海，上海文艺出版社，1962，第356页。

致。一种意见认为历史真实就是“重大历史事实的真实性”，也即郭沫若等人所说的“大关节目”上的大致真实；另一种意见则主张“历史真实是指历史生活本质的真实，而不要求历史事实的真实”。①第一种观点比较容易理解，后一种观点理解起来却要困难得多：何谓“历史生活本质的真实”？从词源学的角度来看，“本质真实”来自于哲学领域的“现象”与“本质”这一组基本概念。将人类的历史生活划分为“历史现象”与“历史本质（规律）”，就是这一组概念在历史哲学中的具体运用。按照这种认识论的思维方式，“历史真实”自然就可被划分为“表面真实”与“本质真实”了。接受过现代科学与理性启蒙的大多数现代作家，正是在这一认识论层面上理解并使用“历史（本质）真实”这一概念的。例如胡风就认为：“不论是不是历史家，但既要写历史题材，就得有理解这题材的历史观点作底子；观点愈科学，愈接近历史的真理。”②在这里，胡风巧妙地以颇具认识论意义的“历史的真理”，取代了客观意义上的“历史真实”。另一位评论家蔡楚生说得更明确：“怎样才能把握其历史真实性呢？这要通过历史轨辙……要通过真理。我们得用新科学的尺度正确地估价每一历史人物，对历史人物的性格，及当时社会制度，风俗习惯，应当有较明确的全面认识。真理既然只有一个，那么我们对历史人物的估价相去不会很大。否则便由于作者不深思，对问题中心把握不牢，创作态度不严肃，因而历史人物会被他们歪曲，变质。”③在这里，他对作家最为醒目的告诫，就是“真理只有一个”。既然历史真理只有一个，而且已经被发现也被证明，那么包括作家在内的所有人的任务，就只能是不断地提高自己对这一“历史真理”的认识并加以具体的阐释，没必要再去进一步地进行探索与发掘。如果文艺家对历史人物的评价与表现与这一“历史真理”不合拍，那就是创作态度“不严肃”、作家主观“不深思”，总之后果可能会很严重。还有一位评论家周钢鸣，则将历史剧中的历史真实与“历史的进步性”直接挂钩：“一个历史剧作家，他是要一方面客观的反映历史，将历史真实再现；同时又主观的表现历史，将自己进步的主观透过历史的客观的进步性具体的表现出来。这是作家的进步主观与历史进步客观相结合。”④这显然是把“历史进步论”当成了终极并普遍的历史真理，要求作家们必

---

① 鲁煤：《关于历史剧问题的争鸣》，见《戏剧报》编辑部选编：《历史剧论集》，上海，上海文艺出版社，1962，第356页。

② 《历史剧问题座谈》，载《戏剧春秋》，第2卷第4期。

③ 《历史剧问题座谈》，载《戏剧春秋》，第2卷第4期。

④ 周钢鸣：《关于历史剧的创作问题》，载《戏剧春秋》，第2卷第4期。

须倾力追随。这些发表在40年代初的观点，已多少预示出某种独断性、排他性“历史真理”的端倪。

需要追问的是，将自然科学领域里的“现象与本质(规律)”概念，原封不动地照搬到人文社会科学领域，是否完全恰当？谁也不能否认，迄今为止，包括历史学领域内的多种“规律”与本质，并没有而且不可能像自然科学规律那样经过严格的、反复的科学验证。因此，人文社会学科领域里的“本质”与“规律”一类词语，在其“本质上”不过是一些主观色彩非常强烈的概念罢了。至少人类历史发展演变的某些所谓“规律”，绝对不可能像牛顿的万有引力定律等科学原理那样客观中立，更没有被不同文明、不同民族和持不同意识形态的人们所共同认可与接受。那么，对某些“本质”与“规律”持有异议的一些人，则完全可以站到另一个“本质”与“规律”的角度，为表现这一“历史(本质)规律”的作品扣上违背“历史真实”的帽子。

另外，时间的单向度和一维性也决定了人类历史不可被还原的本质属性。如果不借助于一定的媒介(如语言等)，那么人类的历史将永远无法完整地加以追溯与重现。而只要借助于语言等媒介，就不可避免地会被打上主观的乃至“虚构”的烙印。历史的悖论就是如此。而且我们还必须清醒地意识到的一点就是，历史观念尤其是一个国家和民族的历史记忆，首先是一种意识形态，其次才是历史学自身或者其他。正如海登·怀特所说：“历史不是科学，历史是每一种意识形态争取以科学的名义，把自己对过去和现在的一得之见说成就是‘现实’本身的重要环节。”①以这样的观点重新审视那些人们曾深信不疑的“历史真实”，与其说它们是客观的历史事实，不如说是在某一历史观作用下的，对主要历史事件与人物的总体评价与认识。这就难怪在尼采等西方现代哲人看来，人类历史上的“历史真实”话语，不过是出于幻想而构建的一种虚假比喻，是建立在虚假真理之上的幻象。自19世纪以来，西方史学界更是兴起了一场否定历史客观性的相对主义运动。历史相对主义者们攻击传统史学家们所主张的历史的客观性和绝对性，他们认为历史并不是实际发生的往事，而只不过是历史学家用笔写出来的。在历史上只有主观，没有客观；只有相对，没有绝对。这当然是极为偏激和片面的说法，是从一个极端走向了另一个极端。但这些理论与观点，至少给我们带来了多元化的“历史

① Haydeng White, Topics of Discourse: Essays in Cultural Critical Criticism. Baltimore: Johns. Hopkins University Press, 1978, p. 204.

真理”观。

我们还需要追问的是：既然连历史学家都无法完全破解“历史真实”这一古老的斯芬克斯之谜，又怎能要求文学家在从事历史题材创作时，遵循所谓的“历史真实”呢，尤其是本质性的“历史真实”？从现代历史文学的发展线索来看，历史小说与历史剧越能获得独立于历史的平等地位，其艺术特质也就越能受到重视，而它们也就越能获得艺术虚构的权力，从而与传统意义的“历史真实”渐行渐远。要知道文学家的天职和喜好就在于虚构，他必须张开双臂热情地拥抱“虚构”，大张旗鼓、“明目张胆”地从事虚构。因为没有虚构就没有文学，文学的领地就是自由幻想的园地；文学家的责任，就是要对历史进行加工、改造和变形，使历史“小说化”或“戏剧化”，也就是传奇化、审美化和虚拟化。由文学家所表现出来的历史，与其说是对历史的还原，不如说是艺术地呈现出他心目中“应当如此”或“想象中如此”的历史面貌。而文学创作体现出来的“真实”，不管是“社会真实”还是“历史真实”，与其说是客观的、外在的真实状况，不如说是人们心目中(包括作者与读者心目中)的那个“真实”。

(四)“历史常识”概念的尝试引入

笔者认为，“历史真实”这一在西方文艺界几乎不是问题的问题，在现代中国却成为每一位从事历史题材创作的人不得不面对，却又纠缠不清的理论话题，其原因就不能不追溯到中国数千年“文史一家”的历史传统上了。在一种整体性思维模式下，我们的古人从来就未认真思考并区分过“记录”与“虚构”的差别。一方面，即使是在强调“实录”精神的《史记》等历史典籍中，虚构与想象的文学成分依然随处可见。另一方面，长期以来，历史小说与戏曲等等文艺作品又以“史补”“史余”乃至“野史”的身份广泛流传，历史文学长期被认为是历史的“奴仆”与“丫环”。随着近代以来西方文化的涌入，中国的知识精英们逐渐明晰了“史学”与“文学”的区别，并将“史学”冠之以“科学”，把文学称之为“艺术”，但知识精英以外的广大普通民众和草根阶层，却未必能有机会经受或认同此种“现代化转型”。也就是说，他们在意识深处依然不自觉地把历史题材文艺作品，等同于历史教科书。历史家乃至其他社会人士，之所以频频举起“违背历史真实”的招牌向文学家发难，其原因也恰恰在这里。而文学家的任意虚构乃至“胡编乱造”，可能会在社会上造成广泛的影响，从而导致“以假乱真”“混淆是非”的后果，也使得有识之士们忧心忡忡。尽管文学家在进行艺术创作时的确不是在“写历史”，只是写“剧本”或“小说”，但广大读者与观众却未必懂得此种差别，甚至往往将“历史”与“文学”混为一谈。

例如，历史上的曹操或许真雄才大略、抱负非凡，但经过《三国演义》等历史小说的“丑化”，他们的确又以历史上的“反面人物”和戏曲舞台上的“白脸”丑角形象深入人心。——这同样构成了中国历史文化的重要组成部分。而当我们承认一个民族的历史绝对不能仅限于各类史书的记载，还应包括各种历史传说与神话故事，以及各类文艺作品所呈现出的“历史”时，我们就不能对此类虚构和“戏说”掉以轻心。但因为惧怕文艺家们的“以假乱真”和“历史歪曲”，而禁止他们向历史索要“文学”，岂不是有“因噎废食”之嫌疑？更不要说如今我们是法理社会，法理无据，岂能禁止得了？就目前而言，除了对社会大众进行大规模的“文学不是历史”的常识性启蒙之外，文学家所能做的，也就只有在作品扉页加上一句“本书纯属虚构”的说明了。

我们再来反观文艺界关于“历史真实”的种种争论，就会发现文人自负的意气之语以及逻辑不清、概念混用的现象时有所见。这恐怕与数千年来中国人的模糊性思维方式直接相关。因为中国人对于概念的使用，从来都是相当随意的，“偷换概念”更是家常便饭。我们自古至今都只看重辩证逻辑而不注意形式逻辑，尤其对“纯思辨的抽象”更是缺乏兴趣。直到今天，学术界仍习惯于将“抠概念”讽刺为“咬文嚼字”。而对于这种“咬文嚼字”的工作，当代中国学者大都缺乏兴趣，也最感头疼与无聊。古代中国的自然科学的发展长期不足与严重滞后的原因，也不能不说与此相关。以至于近现代中国人文社会科学的发展，更是深受自然科学发展的停滞与落后之苦。且不说中国古典文学批评乃至传统文化中的一些核心概念，如“天”“道”“比兴”“风骨”“意境”等，其内涵与外延大都模糊不清，就连纵观当今中国，不论是那些对整个社会都能起到“牵一发而动全身”之功效的主流意识形态概念，还是具体到人文社科领域各门学科内的众多学术名词，就不知有多少早已“面目全非”“文不对题”了。具体到关于历史真实问题的定论，诸如此类的教诲我们早已耳熟能详：历史剧及历史小说创作既要符合历史真实，又要遵循艺术真实，要在忠实于历史真实的基础上进行艺术创造。此道理的确非常正确，但又的确与废话无异：怎样才算是“忠实于历史真实”而又不是“完全置历史事实于不顾”的“凭空捏造”呢？并没有也不可能有一个明确的“说法”。笔者认为要解决这一争端，就必须引入一个新的概念：历史常识。“历史常识”又可称之为“历史共识”“历史通识”，乃至“历史良知”等。它不仅指一个民族代代相传、约定俗成的基本历史记忆，还包括社会成员普遍认可的、对重大历史问题的基本认知与信念。正是那些基本的历史记忆、历史认知与历史观念，在数千年的历史积累中逐渐融汇到该民族的文化传统和社会习俗之中，成为民族文化中不可分割的组成部分，有的甚至已上升为不可随意挑衅的道德规范与历史禁忌。

历史常识并不完全等同于“历史真实”。正如我们经常自称“炎黄子孙”，将黄帝与炎帝当成中华民族的共同始祖，这在今天已是一个人人皆知的“历史常识”，但它未必完全符合“历史真实”一样。因为并非所有民族成员的祖先都可以追溯到“黄帝”与“炎帝”那里，肯定还有一些“蚩尤”们的后代。再比如作为一名当代中国人，你不能把秦桧描写成大义凛然的“爱国英雄”，更不能把岳飞改造为卖身求荣的“汉奸”，因为那样做违背了人人共知的历史常识，也破坏了我们人人应遵守和回避的“历史禁忌”。同样，如果把大诗人屈原描述为“卑鄙小人”，把孔夫子塑造成滥杀无辜的“屠夫”，这样的艺术表现虽然“标新立异”，却注定要遭人唾弃。历史禁忌就应该成为这样一些全民普遍认可并遵从的基本规则。

笔者在这里借用的“禁忌”一词，并非指宗教与民俗学范畴的所谓“信仰”，而仅指社会学意义上的一种否定性的行为规范。——事实上任何一个民族的历史文化中，都不可能没有任何禁忌；换句话说，一个完全没有历史禁忌的民族，是不可能很好地保存自己的历史文化传统的。历史禁忌应当是一种文化心理意义上的禁忌与敬畏，而不应只是一时一地的政治禁忌。单纯的政治禁忌，或者说依靠政治强权制造出来的禁忌，如果不能上升到社会历史与文化心理层面，不能成为全体民众发自内心的理性与情感的自觉“坚守”的话，那就绝不可能长久。而纵观我国数千年的封建历史演变，虽然王朝更替颇为频繁，不同的王朝、不同的时代也都有各自的“主流价值”与“主流话语”，但一些基本的历史常识(或者说历史共识与禁忌)还是稳固地延续了下来。例如《三国演义》中的“拥刘反曹”倾向，是完全符合封建社会敬畏“血统”这一“历史常识”的；《水浒传》中“只反贪官、不反皇帝”的思想主题，也符合人们对皇帝“犯错”加以避讳的历史禁忌。然而总的来看，历史常识与历史禁忌的相对匮乏，加上将政治禁忌与历史禁忌混为一谈，应当说是中国社会文化的一个严重不足。再加上近代中国的剧烈动荡与变革，更使得中国知识界一边倒地唯西方“马首是瞻”，一定程度上造成了中国历史文化的断裂；同时在“亡国灭种”的现实危机的强烈刺激下，我们对本民族文化传统的认识与判断也不由自主地发生了偏差，在“反封建”与“反传统”的旗帜下践踏了许多宝贵的历史文化遗产。所有这些都导致了现代国人与古人之间所达成的“历史共识”，已经少之又少了。这种令人遗憾的社会文化现象，无疑给当前历史题材创作带来了很多深刻的负面影响。

历史常识既然是今人与古人达成的“共识”，那就绝对不能“此亦一是非，彼亦一是非”，更不能在“创新”“进步”等名义下将古人的“见识”统统视作落后、腐朽与糟粕，那只能说明现代人的傲慢乃至狂妄。这种“傲慢与狂妄”的一个典型表现，就是完全置古人的具体历史环境于不顾，让古人直接对今人今事进行说教，将他们变成今天某一“现代”而“正确”的特定话语的传声筒。而根据这种历史观创作出的历史剧作，自然也就变成了非古非今、不伦不类的宣传剧。遗憾的是此类宣传剧的倾向，连那些顶尖级的艺术家都未能幸免。在当代著名导演张艺谋的电影《英雄》中，创作者们让刺杀暴君秦始皇的刺客因为彻悟到“天下一统”及“天下人的安定与安宁”，而最终放下了手中的刀剑。这虽然是站到了当今“天下和平”“民族统一”等“历史高度”，却忽略了一个起码的历史事实：那种为了崇高理想而舍生忘死的精神，那种反抗暴政、蔑视强权的信念，不论过去、现在与将来都应作为一种“核心价值观念”凝聚为我们的历史共识。同样，在曾经在中央电视台热播的一部历史剧中，编导们将历史人物施琅“卖主求荣”的道德劣迹完全回避，而仅仅出于一时的社会政治需要把他塑造为顶天立地、气壮山河的大将军与大英雄，他们“古为今用”的意图虽然用心良苦，却未免有些失之分寸。可见，历史常识的相对断裂与缺失、历史禁忌范围的模糊不清，尤其是把应具有更深广文化心理意义的历史禁忌与某一特定历史时期的政治禁忌混为一谈，已使得作家们在处理历史题材时有些茫然失措、顾此失彼，更造成了批评话语的混乱。

需要指出的是，历史题材创作不应违背历史常识的观点，并非笔者的独创。早在七十多年前，郁达夫在强调历史文学的虚构自由时，就提出过类似观点：“历史小说，既然取材于历史，小说家当创作的时候，自然是不能完全脱离历史的束缚的。然而历史是历史，小说是小说，小说也没有太拘守史实的必要。小说家当写历史小说的时候，在不至使读者感到幻灭的范围以内，就是在不十分的违反历史常识的范围以内，他的空想，是完全可以自由的。……历史小说的好处，就在小说家可以不被史实所拘，而可以利用历史，小说家的利用历史的最大利益，是在历史的事件的多而且富。”他还感叹说：“往往有许多历史家，常常据了精细的史实来批评历史小说，实在是一件煞风景的事情。”①郁达夫的观点虽然有些偏激，但他将“历史常识”首次引入到历史文学创作中，的确显示了

① 郁达夫：《历史小说论》，载《创造月刊》，1926(2)。

一定的理论创见。

历史常识虽然与历史真实不是一回事，但它又是建立在历史真实的基础之上的。正如人类永远无法还原历史上的真实事件，从而无法绝对而完整地挖掘出历史的真相一样，人类对"历史真理"的探索也永无止境，从而杜绝了任何人以独断的、唯一的"历史真理"拥有者而自居。这恰恰最大限度地对真正意义上的"历史真理"起到了维护作用。从这个意义上讲，"历史常识"的提出，正是出于对真正意义上的"历史真实"的敬畏。所谓"历史常识"就是指你、我、他，乃至社会上的最大多数人对历史的共有的、通常的认识，它不单单指向客观世界，还指向了人们的主观世界。对于中华民族伟大而神秘的古老历史，我们既不必像清末民初疑古派历史学者们那样"怀疑一切"、否定一切，也不能完全迷信古书的记载，将传说当成事实。例如民国时期，曾有史学家怀疑夏禹不过是"一条虫"，就遭到了鲁迅等人的讽刺。笔者认为，作为史学家产生这种怀疑未尝不可，但在尚未发掘出确凿的证据材料，能够推翻现有的结论之前，我们只能"假定"他就是一位伟大的英雄。如果有文艺家将中华民族的这位始祖英雄，丑化为一条虫子，那就是对中华民族不折不扣的亵渎，因为他违背了中国人最为熟悉的"历史常识"。

茅盾在 20 世纪 60 年代初提出的历史题材创作要做到"历史真实与艺术真实相统一"的主张，曾被认为是文艺界就"历史真实"问题最具总结性的学术观点，也得到了广大文艺工作者们的普遍认可。不过，据说他曾认为将这一观点改为"历史真实与艺术虚构相统一"，才更符合其本意。① 可见他所说的"艺术真实"，其实是"艺术虚构"的代名词。但在笔者看来，"历史真实与艺术真实相统一"的观点之所以能够广泛流行和被普遍认可，不仅仅因为它的折中性、总结性特征，还在于将两个"真实"并列更符合现代国人的语言习惯。鉴于"艺术真实"在现代文学理论中的核心地位，笔者认为它是不可或缺的，而只是要对"艺术真实"做出更为准确的解释：文学作品对于历史的表现，可以不必完全拘泥于"历史真实"，但必须"像真的一样"。即艺术虚构也要合情合理，符号艺术规律，历史小说与历史剧首先要成为一件艺术品，其次才能再考虑其他。而作家在进行历史题材创作时，也自然应拥有充分的虚构与想象自由。只不过虚构必须有一个限度：不能违背历史常识。所以，茅盾先生的观点似乎可改为：历史题材创作应做到"历史常识与艺术真实的统一"。

让我们都来尊重历史常识，敬畏历史真实。

---

① 茅盾：《茅盾同志谈历史剧》，见《戏剧报》编辑部选编：《历史剧论集》，上海，上海文艺出版社，1962，第 260 页。

第二章　现代历史小说中的“解释”与“讽喻”

一、历史小说理论与重写问题

在现代重写型小说中，以史乘为前文本的小说数量最多。这部分中所讨论的小说和“历史小说”有很大程度上的重合。一般来说，重写史乘的小说都可以归入“历史小说”一类，而“历史小说”比“重写史乘的小说”的范围更大。换句话说，重写史乘的小说一定有前文本存在，而历史小说就不一定有前文本。比如李劼人的《大波》虽是历史小说，但不是重写型小说。这样的区分看起来很简单，不过，“重写”给以史乘为前文本的小说提供的绝不仅仅是清晰勾勒一个概念的外延，毋庸置疑，这部分小说的研究在“重写”的视角下将焕发出新的生机与活力。

(一)“历史小说”概念

尽管学者追溯中国历史小说的起源一般会上溯到宋元之际甚至更早，但是“历史小说”的概念在中国出现却是晚清的事。关于“历史小说”的内涵和外延问题，学术界一直存在着争议。此后，不断有学者就“历史小说”的创作方式、功能效用阐发自己的见解。学术界对历史小说的理解，开始只是从题材角度入手，进而深入到探讨历史小说的创作方式、创作目的、功能效用、评价方式等方面，在这样不断开掘的讨论中，“重写”问题也逐渐凸显出来。

1902 年，《新民丛报》上刊登了梁启超起草的《中国唯一之文学报〈新小说〉》，在可以见到的资料中，该文首先提出了“历史小说”的概念。文中介绍了《新小说》的十五类内容，除了图画、论说(关于小说的批评文字)、世界名人逸事、新乐府、粤讴及广东戏本这五类，其余十类都是小说，而历史小说在此十类小说中位列第一。文中的“历史小说”概念通过比拟中国的历史演义体小说而来，“历史小说者，专以历史上事实为材料，而用演义体叙述之。”文章还以新小说报社要翻译的外国著作来举例，诸如《罗马史演义》《十九世纪演义》《华盛顿外传》等。从所举例子来看，这些并不是我们现在意义上的“历史小说”，而更接近历史通俗读物。这一点也和文中所表露的“历史小说”的创作目的相适应：“本社同志凝注精力于演义，以恢奇俶诡之笔，代庄严典重之文。"[①]可以看到，这里的"历史小说"在题材上限定为"专以历史上事实为材料"，在文体上只以演义体的"恢奇俶诡"与史书的"庄严典重"之差别来界定小说和历史的区别。《新小说》附设于《新民丛报》，由梁启超、韩文举、蒋智由、马君武等主办，该文主旨代表了当时梁启超的小说观念，其倡导"借小说家言，以发起国民政治思想，激励其爱国精神"，和梁氏同年所写《论小说与群治之关系》的表述非常一致。

梁氏虽然提倡了"历史小说"，但晚清真正致力于"历史小说"创作并且阐释了这个概念的是吴沃尧。1903 年，吴氏自第 8 期开始接手《新小说》，并且自该期开始连载《痛史》，其内容是宋朝贾似道卖国的"痛史"。1906 年，《月月小说》创刊，吴沃尧任总撰述，自该刊创刊号开始连载《两晋演义》。正是在《月月小说》创刊号上，吴氏发表了《历史小说总序》和《〈两晋演义〉序》，阐述了自己的"历史小说"观念。他特别提出了"遣兴"和"趣味"的问题，不过其终极旨归仍在"教育"，基本上延续了梁启超的历史小说观。

理论总是和创作相联系的，梁启超等倡导"小说界革命"，提出了"历史小说"概念，要借小说启民智，把历史小说当作传播知识、激发爱国热情的工具，不过，梁氏自己并没有进行相应的创作来支持这一观念，而是主要依靠翻译国外历史读物来为中国"历史小说"给养。吴沃尧的历史小说观和梁启超大致相同，不过，他强调了小说的"趣味"，并且还能身体力行进行历史小说创作。吴沃尧的仍然基于演义体的历史小说，加上出版的商业化，大大推动了晚清民初的历史演义小说创作。蔡东藩就是其中一个典型的例子，从 1915 年到 1926 年，他创作的一大批历史演义小说影响深远。

和"重写"以及"历史小说"有关的，除了历史演义小说以外，晚清还有一类"拟旧小说"(也称"翻新小说")值得注意。晚清民初的历史演义小说，主要是沿袭，创新不多，而"拟旧小说"的出现则显示了小说写作的另一种可能性。"拟旧小说"是吴趼人首发其端[②]的。1905 年 9 月 19 日，吴趼人以"老少年"的笔名开始在《南方报》上连载《新石头记》，此书于

---

① 梁启超：《中国唯一之文学报〈新小说〉》，见梁启超著、夏晓虹辑：《〈饮冰室合集〉集外文》(上册)，北京，北京大学出版社，2005，第 123 页。

② 在吴趼人写《新石头记》之前，1904 年 6 月 20 日《中国白话报》第 17 期刊载了白话道人的《新儒林外史》，1904 年《二十世纪大舞台》第 1、2 期刊登了寰境楼主人的《新水浒》，不过，这两部小说只是借用了《儒林外史》《水浒传》的题目，其人物和内容与后两部小说都没有关系。

1908 年出版了单行本。《新石头记》发表后，一批以“新”字打头、袭用旧小说题目的小说相继出版。这些作者不仅不回避同题，似乎还以同标题下各出新意为有趣。吴趼人有《新石头记》，南武野蛮也写了一部同名小说；以《新水浒》为题的小说有西泠冬青、陆士谔两个版本；以《新西游记》为题的则有冷血、煮梦两个版本；陆士谔写了《新三国》，珠溪渔隐则写了《新三国志》。此外，还有萧然郁生《新镜花缘》、大陆《新封神榜》、无名氏《新列国志》、陆士谔《新野叟曝言》、慧珠女士《新金瓶梅》等。

“拟旧小说”是阿英在 1935 年出版的《晚清小说史》中对此类小说的命名。阿英对这些小说评价很低，认为“实无一足观者”。① 的确，在反对把文学当作“高兴时的游戏或失意时的消遣”的新文学观早已占据文坛主流的情况下，阿英对这些不无游戏色彩的小说当然不可能给予较高评价。其实，这些“拟旧小说”虽然题目沿袭了旧题，但在内容和技巧上倒不乏“新意”，题目里标榜的“新”字确乎不是空穴来风。这些小说的基本构架就是让古代小说中的人物来到新时代，人物虽是“旧”的，而内容都是时事，正所谓“旧瓶装新酒”。这种独特的小说创作方式带来了叙事结构上的突破，具有时空交错等新的文体特征。当然，这种创作方式也不是没有先例，可以说，清初董说《西游补》就是一部“先行”的优秀“拟旧小说”。不过，拟旧小说只是在 1905 年到 1909 年期间大行其道，后来形势发生了变化，加上此类小说本身也有粗糙的弊病，于是渐渐失势了。新文化运动之后，拟旧小说也并未绝迹，张恨水《八十一梦》中《我是孙悟空》《天堂之游》就采用了此种写法，写得很漂亮。甚至鲁迅《故事新编》中那些“油滑”的现代成分也不无“拟旧小说”的幽默气息。近些年来，对于晚清小说的评价开始回升，欧阳健一反阿英的“拟旧”说，将这些小说称为“翻新小说”，强调了其“新”意。② 其实，不管“翻新”也好，“拟旧”也好，这些小说的一个显著特点都是有先前存在的文本，然后依托旧有文本的人物来讲述新故事。严格来讲，这类小说很难说是重写型小说，更不是历史小说，但却能够对后二者有很大的启发。拟旧小说在小说文体、主旨两个层面上颇有突破之势，显示了小说创作的更多可能性。

新文化运动之后，文学观念的转变使得历史小说、拟旧小说的创作都被压抑下来，直到新文学第一个十年的末梢，1926 年，郁达夫发表《历史小说论》才开始呼唤历史小说的创作：“中国自新文学运动起来之

---

① 阿英：《晚清小说史》，北京，人民文学出版社，1980，第 177 页。

② 欧阳健：《晚清“翻新”小说综论》，载《社会科学研究》，1997(5)。

后，七八年间创作已经产生了不少了。而这许多创作中间，尤以小说为最多，自传式的小说，忏悔小说，心理小说，传奇小说，现在生活的小说，大抵都有人做过，而历史小说，在新小说里，在我的浅陋的认识范围以内，却是寥寥无几。”在这篇文章里，郁达夫限定了历史小说的范围：“是指由我们一般所承认的历史中取出题材来，以历史上著名的事件和人物为骨子，而配以历史的背景的一类小说而言。”这里，郁达夫的历史小说定义除了指明题材，还对题材有所限制：小说要描绘“著名的”事件和人物，背景也必须是“历史的”。郁达夫还在文中将历史小说分为两类，一类是“当我们读历史的时候，找到了题材，把我们现代人的生活内容，灌注到古代人身上去”，另一类是“小说家在现实生活中，得到了暗示，若把这题材率直的写出来，反觉实感不深，有种种不便的时候，就把这中心思想，藏在心头，向历史上去找出与此相像的事实来，使它可以如实地表达出这一个实感，同时又可免掉种种现实的不便的方法”。[①] 关于前者郁达夫举的例子是郭沫若的《聂嫈》(《聂嫈》是历史剧而不是小说，郁达夫举这个例子主要是为了说明创作方法)和英国司科特的小说，对于后者郁达夫则举了郭沫若的《鹓雏》为例。从郁达夫的举例来看，前一种历史小说是以现代人的思想尽量去理解历史事件，而后一种则是通过历史事件与人物来反映现代人的思想和情感，两者的指归不同。从郁达夫自己创作的小说来看，应该说《采石矶》属于后者，而《碧浪湖的秋夜》则倾向于前者。

(二)“解释”与“讽喻”问题

到了 20 世纪 30 年代，随着历史小说创作的逐步增多，作家在创作中不断回应着郁达夫对历史小说的两种看法。这中间以郭沫若《豕蹄》的序言论述得最为清晰。郭沫若径直将历史小说的创作动机分为两种：“史料的解释”和“对于现世的讽喻”，正好对应了郁达夫所说的两种历史小说的创作方法。

从“解释”与“讽喻”的两个角度谈历史小说，这种观念在现代作家那里是英雄所见略同。茅盾在为宋云彬的小说集《玄武门之变》所作的序言中也提到创作“历史题材作品”的方式，既可以“用现代的眼光去解释古事”乃至“将古代和现代错综交融”，也可以“思忠于事实”，“爬罗剔抉，显幽阐微”。同时给《玄武门之变》作序的郑振铎也说，“新的历史故事，我以为至少不是重述，而是‘揭发’与解释”。其实，茅盾的“用现代的眼

① 郁达夫：《历史小说论》，载《创造月刊》，第 1 卷第 2 期，1926(4)。

光去解释古事”“显幽阐微”也好，郑振铎的“解释”也好，和郭沫若的“解释”是一回事；茅盾的“将古代和现代错综交融”和郑振铎的“揭发”则更像是郭沫若的“讽喻”。茅盾和郑振铎的序言中还不约而同地指出宋云彬的创作有着“还古人古事一个本来面目”的特点。还原真面目，这一点主要还是侧重于“解释”古事一方面。

随着创作的进展，对历史小说的批评、探讨的文字也逐渐增加。张平《评几篇历史小说》将茅盾《大泽乡》等小说视为“旧瓶装新酒”的作品，强调“把历史和传说的人物赋予一种现代的新的意识”。① 这里“赋予现代意识”也就是“重新解释”的意思。张香山谈到历史题材的作品时，也倾向于这个观点：“我们怀着好意，对于以历史为题材的文学作品之作者，愿他以利用题材，用新的进步的世界观，重估过去的历史”。②

阿英在总结1934年文坛的创作倾向时，曾专门谈到“历史小说的新倾向”，特别指出郑振铎的《桂公塘》等小说是“最能表现出智识阶级在这一个时代的正义感的”。③ “表现正义感”，就更侧重对现实的讽喻一面。许钦文对历史题材作品的看法也更接近“讽喻”说，而且他还注意到了读者效应层面：

> 历史作品，对于事迹，无非利用；就是藉着事迹的叙述，“暗示”出一种“作意”来，目的是在“弦外之音”的。……
>
> 创作作品，为什么要到历史上去剪取题材呢？这是因为，文学非“具象化”不可；有了感想，要发表意见的时候，必须拿个“故事”来寄托，才可以具体的表现起来。如果在当时的环境中找不到相当的事实，为着“写实”，又不能采用“寓言”，也不便随意杜撰“卮言”，只好溯之于历史，原是推广采用题材的范围的办法，而且历史上的事实早为一般人所明白，相信是实在的，用作题材，容易使人注意而发生效果。④

曹聚仁也指出“这样写那样写”各种历史人物，不过是“以各个意识形态跟着时代变换出来”，但是他以为借题发挥而歪曲史事的做法并不足取，不愿意读者将古老的故事“轻松看过”：

① 张平：《评几篇历史小说》，载《现代文学评论》，第1卷第3期，1931(6)。

② 张香山：《论以历史的题材为题材的文学作品》，载《申报·自由谈》，1934-12-13。

③ 阿英：《一九三四年中国文学小记》，载《文艺电影》，1935(2)。

④ 许钦文：《历史作品中的事实》，载《申报·自由谈》，1935(5)。

> 胸中先对于现实某事件要有所批评，借史事来发挥发挥，偶或能把胸中的沉哀表达出来，但未免有时要歪曲那史事的本相，不能算是正格的历史小品。有时我自己有深深的感触，在读者的眼里，却当作古老的故事轻松地看过了，因此我不想再写这类托古寄怀的小玩意，立下决心试作正格的历史小品。①

当代的研究者在讨论历史小说时也往往不脱“解释”和“讽喻”的框架，并在此基础上有了新的发现。汪毅中、姚春树《中国现代历史小说的初步考察》就将历史小说看作“史实、现实、作者自我诸点连成的三角形”，由此将中国现代历史小说细分为“铺陈史实”“比附现实”“寄托自我”三个基本型。② “铺陈史实”近于“解释”，“比附现实”近于“讽喻”，“寄托自我”则在自我抒怀的基础上混合了“解释”与“讽喻”。金宏达《论历史讽喻小说》则注意到所谓“历史小说”其实包含着神话、传说这一事实，并且“历史小说”的指归往往在于现实的讽喻，于是这样定义“历史讽喻小说”的概念：“所谓历史讽喻小说，就是取材于历史的神话、传说和史实，着重表现作家的现代意识的一种小说。作家的这种现代意识，既包括他的作用于现实的创作目的性，也包括他对原始材料所作的解释以及通过艺术想象所作的补充。它从一开始就不接受必须严格忠于历史事实的清规戒律的限制，因为它并不认为自己负有替代历史教科书的功能的义务，而是更倾向于把自己看作小说这个大家族的一员，和姊妹品种一样都享有驰骋想象的权利。”③而王富仁对现代历史小说的研究则强调了“史观”问题，他指出，古代历史小说家是依附于古代历史家的思想观念和情感态度的，他们只能对历史家的记述作出演义式的叙述和表现，不能改变其记述的整体框架和模式。而现代历史观念的产生以及对中国传统历史观念的批判，则使中国现代小说家可以站在与中国古代历史家完全不同的立场上看待和感受其记述的历史事实，他们不是古代历史家观念的演义者和宣传者，而是用古代的历史事实表达自己的独立思想观念和人生感受。④这样，王富仁就将“解释和讽喻”的问题深入到了观念性、认知模式的

① 曹聚仁：《历史小品脞谈》(二)，载《申报·自由谈》，1935(2)。

② 汪毅中、姚春树：《中国现代历史小说的初步考察》，载《中国现代文学研究丛刊》，1984(3)。

③ 金宏达：《论历史讽喻小说》，载《中国现代文学研究丛刊》，1985(4)；“历史讽喻小说”并非金宏达首先提出，此前，王瑶《新文学史稿》第二编第八章就有一节专门论述“历史讽喻小说”。

④ 王富仁、柳凤九：《中国现代历史小说论(一)》，载《鲁迅研究月刊》，1998(3)。

层面。

梁启超、吴趼人式的历史小说观，主要就题材方面对小说作了限定。郁达夫谈历史小说，思考了“怎么写”的问题，而后，郭沫若阐明“为何写”的问题，这样，随着郁、郭在历史小说理论上的深入，也就触到了“重写”的问题。郁达夫所说的“怎么写”和郭沫若讲的“为何写”也就是“怎么重写”“为何重写”的问题，当然，郭沫若的“解释”与“讽喻”也包含了“怎么写”的意味。茅盾和郑振铎也都在此基础上立论。当代研究者则沿着“解释”与“讽喻”进一步探究了现代小说家对历史的书写，已经从不同角度涉及重写问题。历史小说理论的深入，必然会触及“重写”问题。但是，“历史”一词既包含着“历史事实”，还包含着“历史记录”“历史评价”的意味，“历史小说”又是按照题材划分的小说类型，对“历史小说”的讨论往往就限于“虚构”与“真实”“讽喻”与“还原”的矛盾纠葛。对历史小说的讨论，即使涉及重写，也往往认为是重写“古人古事”，而没有想到这“古人古事”本来也是前人的“书写”。就此而言，王富仁提出现代史观对于现代小说家创作的决定性作用，比其他论者深入的地方就在于注意到了古人“书写”史实的观念与现代人不同，也就在此角度触及了“重写”问题。不过，他并没有指出前文本的问题，其论述的焦点还在于作家的思想观念。

(三)“衍生态历史小说”与重写的文本性

相比而言，欧阳健《历史小说史》提出了“衍生态历史小说”一说，这一概念就和以史乘为前文本的重写型小说颇为相近。欧阳健认为，宋元的“讲史”“演义”是后人从史书中派衍出来的，可称为“衍生态历史小说”；如《燕丹子》《西京杂记》等作品则是从原始史料中分离出来的，可称为“原生态历史小说”；诸如《明英烈》等“本朝人用本朝题材”写的小说和后来的“时事小说”也可归入历史小说，它们都不是根据史书敷衍的，超出了史书范围，因此称为“新型原生小说”。欧阳健还注意到了“衍生态历史小说”的前文本问题，他认为，衍生态历史小说“既是对史书的传播与接受，又是对史书的改造和创新，进而是对史书的挑战与超越”，它“与史书文本之间互相依傍、相互纠缠、相互超越的特殊关系，使得它不仅仅是题材分类学的概念，而且获得了文体学的意义”。在欧阳健的论述中，衍生态历史小说占据了历史小说的大部，历史小说的文体特征正是在分析衍生态历史小说的基础上建立起来的：

> 从根本上说，历史小说是一种特殊的小说文体，它首先是小说而不是历史书，但又与历史有着密切的关系；要辨明历史

> 小说的文体性，离不开对史书文本的密切关注。对比小说和史书在反映历史(过去时代的社会生活)方面的高下短长，它们之间的相互分工、渗透、促进、竞争，以及小说家如何发挥自己天赋的权利，创造属于自己的“第二历史”，是获取对历史小说文体性质确切认识的最佳途径。①

显然，在这段对历史小说与史书文本关系的说明中，“重写型小说”的概念呼之欲出。他进一步指出，作为一种文体的历史小说要具备“虚实”和“结构”两大要义。虚实涉及的是如何剪裁、取舍材料，结构涉及的是怎样组织、驾驭材料。他将史书和历史小说都视作文本，探讨两种文本在“虚实”和“结构”上的异同。

欧阳健的研究对象是从宋元到晚清的中国历史小说，在其讨论的时间段里，中国历史观念虽然也有各种细微变化，但是整体上有着同一性和稳定性，仅仅在晚清的最后才发生了立场和观念的显著变更。他所涉及的史书作者和小说作者处在相同的大历史观念下，他所处理的衍生态历史小说问题和本书所论以史乘为前文本的现代重写型小说诸问题却很不一样。中国现代重写型小说正是在文化转型时期出现的文学新形式，其前文本所代表的思想认知模式和小说文本所处时代的认知模式有了深刻的不同。因此，欧阳健虽然在讨论历史小说的文本性时实际上已经触及了“重写”的关键问题，不过，其方法却不能简单地移来用于研究以史乘为前文本的现代重写型小说。况且，欧阳健以历史小说为研究对象，坚持“文本”和“题材”的双重性，对历史题材的高度关注造成他的研究与“重写”研究最终不同的取向。

欧阳健所谈的衍生态历史小说和史书之间的文本关系，其实就是重写史乘的小说和前文本之间的关系，他所提供的研究视角当然可以用之于考察重写史乘的小说，不过，由于研究对象的不同，对于现代重写型小说中重写史乘的这部分作品来说，“虚实”“结构”的问题还不是最紧要的。20世纪初中国发生的思想文化的剧变，使得重写型小说和前文本之间认知模式的不同成为最突出的问题，只有基于认知模式的改变来考察这些小说，才能准确把握其和前文本之间的区别与联系。从前面的论述可以看到，作家和批评者，尤其是作家，不断提及关于小说的“解释和讽喻”问题，若将这个问题看作硬币的话，硬币的背面就是具有了与前文本体现的认知模式完全不同的现代作家如何看待前文本以及现在的创作。

① 欧阳健：《历史小说史》，杭州，浙江古籍出版社，2003，第14～15页。

换句话说，"解释和讽喻"问题也就是为何重写史乘、如何重写史乘的问题。

二、"解释"

中国现代文学三十年间的第二个十年，重写史乘的小说大量出现。许多很有影响的杂志开始刊载这类小说，关于历史题材作品的评论也逐渐增多。重写的作者既有郭沫若、茅盾、郑振铎等知名的作家，也有如孟超、冯乃超这般文坛上的新秀。阿英在总结 1934 年的中国文坛时，特别提出"历史小说的新倾向"。① 李程骅分析"三十年代历史小说的总体倾向"，认为当时创作基点往往是"革命的功利主义"，他将 30 年代历史题材小说数量猛增的主要原因归结为文学外部的力量——社会发展的冲击：大革命失败后开始的是军阀混战以及专制统治，"九一八"之后又加上外患，作家对国家、民族抱有深切的忧虑，而创作环境的限制使他们不能畅所欲言，于是借助历史人物故事来表达自己的情感与认知②。金宏达也指出"历史讽喻小说"在 30 年代有着"更大的勃兴"，他主要从题材开拓、写作方法实验的角度分析这些重写史乘的小说。③ 王富仁则将 1927 年到 1937 年这段时间称为现代历史小说的繁荣期，他指出，这时期有三种题材最突出：农民起义、爱国主义、政治斗争，而农民起义题材的历史小说可以说是 30 年代的主流。王富仁从社会背景、思想观念、题材开拓三个方面进行了分析，认为农民起义题材小说的兴起，"是当时空前尖锐的社会矛盾的产物，是马克思主义的阶级斗争学说在中国知识分子中传播的结果，同时也是当时左翼作家对中国现代历史小说题材的新开拓"。④

(一)重写"相斫书"：阶级史观的引入

农民起义题材重写型小说的大量涌现的确是一个非常典型的症候，这些小说也鲜明地体现了重写史乘的小说迥异于前文本的认知模式。从另一个角度来说，正是有了新的认知模式，才为重新看待前文本提供了新的眼光，从而为具有新命意的重写提供了可能，也就催生了对史乘的重写。在传统史观中，农民运动往往是造反、叛乱、骚动，是以下犯上；

---

① 阿英：《一九三四年中国文学小记》，载《文艺电影》，1935(2)。

② 李程骅：《传统向现代的嬗变——中国现代历史小说与中外文化》，南宁，广西教育出版社，1996。

③ 金宏达：《论历史讽喻小说》，载《中国现代文学研究丛刊》，1985(4)。

④ 王富仁、柳凤九：《中国现代历史小说论》(三)，载《鲁迅研究月刊》，1998(5)。

当阶级观念在中国史学界得到认可的时候，农民作为被压迫阶级，其反抗统治阶级的行为就具有了革命的正义性，从而成为“起义”。可以说，阶级斗争的史观为重写农民运动提供了和传统史观不一样的认知模式。

在重写史乘的小说中，描绘大泽乡起义的就有五篇，这个数目可不少。1929 年孟超写了《陈涉吴广》，后来他又重写为《戍卒之变》，1930 年茅盾《大泽乡》发表在《小说月报》上，1937 年宋云彬有《夥涉为王》，1948 年廖沫沙则以《陈胜起义》为题再次重写。此外，1935 年天马书店出版了刘圣旦的小说集《发掘》，其中重写历史上农民暴动的就有三篇。在这些重写作品中，最突出的就是小说中鲜明的阶级意识。

“阶级的发现”当然和马克思主义的阶级斗争学说在中国的传播有着直接的关系。阶级斗争学说在中国是以社会学说（主要是史学观念）被接受的。和中国神话学这种在西风吹拂下建立起来的学科不同，史学是中国固有的学问。梁启超在其具有非凡意义的《新史学》一文中首先申明：“于今日泰西通行诸学科中，为中国所固有者，惟史学。”钱穆《国史大纲》起首则说，“中国为世界上历史最完备之国家”。不过，在马克思主义史学传入中国之前，中国历史学家记载的往往是上层政治势力的斗争、帝王英雄的家谱，梁启超称之为“相斫书”：“昔人谓《左传》为相斫书，岂惟《左传》，若二十四史，真可谓地球上空前绝后之一大相斫书也。”①

马克思主义史学为中国历史提供了完全不同的解释模式。中国最早介绍马克思主义的可能是马君武，1903 年他在《社会主义与进化论比较》中介绍了马克思主义的唯物史观。② 当然，史学界真正开始系统介绍马克思主义阶级斗争学说的是李大钊。1919 年至 1920 年间，李大钊在《新青年》等杂志上相继发表了《我的马克思主义观》《史观》《马克思的历史哲学与理恺尔的历史哲学》《唯物史观在现代史学上的价值》等文章，1924 年李大钊的《史学要论》由商务印书馆出版，介绍了唯物史观、剩余价值理论和阶级斗争学说。在此之后，马克思主义对中国学界影响日益增大，郭湛波《近五十年中国思想史》一书就认为，从北伐成功的 1928 年开始到成书的 1934 年、1935 年间，马克思主义或者说唯物辩证论已经成为中国思想的决定性特征：

近五十年中国思想之第三阶段，以马克思的“唯物史观”为

---

① 梁启超：《新史学》，见林志钧编：《饮冰室合集·文集》，第 4 册之九，上海，中华书局，1936，第 3 页。

② 马君武：《社会主义与进化论》，载《译书汇编》，1903(11)。

> 主要思潮，以辩证法为方法，以辩证唯物论为基础，以中国社会史为解决中国问题的锁钥。①

早期对马克思主义的介绍重点并不在"阶级斗争"这一观念上。1926年，瞿秋白有着这样的论断："在五四运动期间人人谈论社会主义，1925年之后他们都谈论阶级。"②当然，阶级斗争一说早就存在。1908年，刘师培等创办的《天义报》上就有了阶级斗争的提法，该报第16到第19卷合刊刊登了《社会主义经济论》，译者在序言中提道，"自马克思以为古今各社会均按产业制度而迁，凡一切历史之事实，均因经营组织而殊，惟阶级斗争，则古今一轨。"

1925年的五卅运动，1925年到1926年的省港工人大罢工，1927年收回汉口和九江的英租界，这些既是刚刚建立的中国共产党在城市劳工运动中的成绩，也是当时社会阶级矛盾激化的表征。到1927年"四一二"事变的发生，马克思主义者更加认同阶级斗争和暴力革命的观念。阿里夫·德里克认为，1925年以前的革命被认为主要是政治性的(争夺政权)，而五卅运动之后的革命越来越呈现出一种社会性的向度——阶级斗争，"这最终摧毁了维系国共两党在统一战线中关系的脆弱纽带"。③ 不管省港工人大罢工以及"四一二"事变的发生和阶级斗争学说的关系是怎样的互为因果，对于阶级斗争从1925年开始成为马克思主义史学的关键问题这一点来说，论者有着基本认同。就中国现代学术而言，1927年则是一个标志性的时间。陈平原把1927年视为一个界线："1927年以后的中国学界，新的学术范式已经建立，基本学科及重要命题已经勘定，本世纪影响深远的众多大学者也已登场"。④ 正是在这样的背景下，"社会史论战"作为一种学术争论引发了全国性的讨论，其背后隐藏的正是知识分子通过对中国历史的学术探讨来解决中国现实社会问题的用心。其中，阶级的划分、生产力水平的确定这些马克思主义史学的研究方法就成为社会史论战的核心方法论问题。

1928年郭沫若以杜顽庶的笔名在《思想》月刊第4期上发表了《中国社会之历史发展阶段》一文，这是他后来结集为《中国古代社会研究》一书的数篇论文中的第一篇。在这篇文章中，生产力和阶级问题是其关键问

① 郭湛波：《近五十年中国思想史》，上海，上海古籍出版社，2005，第141页。

② 瞿秋白：《国民运动中之阶级分化》，载《新青年》，14卷3期，1926(3)。

③ 〔美〕阿里夫·德里克：《革命与历史——中国马克思主义历史学的起源，1919—1937》，翁贺凯译，南京，江苏人民出版社，2005，第49页。

④ 陈平原：《中国现代学术之建立》，北京，北京大学出版社，2005，第6页。

题。文章中论述了奴隶制的形成与衰落，封建制的形成，还特别提到中国历史上第一次的平民暴动：周厉王十二年，这位暴戾的君王被庶民赶下了王位。郭沫若认为，这次暴动不亚于法国的巴黎暴动和苏俄的十月革命。后来，廖沫沙的《厉王监谤记》(1941)和陆冲岚的《放逐》(1947)就是重写的这段周厉王故事。郭沫若写《中国社会之历史发展阶段》之前，同年1月就创作了诗歌《我想起了陈涉吴广》：

> 我想起了几千年前的陈涉，
> 我想起了几千年前的吴广，
> 他们是农民暴动的前驱，
> 他们由农民出身，称过帝王。

诗歌前半部赞美“农民暴动的前驱”，后半部却是号召现在的暴动：

> 可我们的农民在三万二千万人以上，
> 困兽犹斗，我不相信我们便全无主张。
> 我不相信我们便永远地不能起来，
> 我们之中便永远地产生不出陈涉、吴广！
>
> 更何况我们还有五百万的产业工人，
> 他们会给我们以战斗的方法，利炮，飞枪。
> 在工人领导之下的农民暴动哟，朋友，
> 这是我们的救星，改造全世界的力量！

第二年，孟超在《引擎》上发表的小说《陈涉吴广》可以看作对郭沫若这首诗的应和。孟超自1924年进入上海大学中国文学系读书，受到瞿秋白等人的影响，开始参加革命并进行文艺创作。1928年孟超和蒋光慈等人组成太阳社，和创造社关系密切，大力倡导无产阶级革命文学。《引擎》是孟超等人组织的“引擎社”的刊物，1929年5月出版创刊号之后就被查禁了。该期《引擎》除了小说《陈涉吴广》，还刊登了巴克《近代资本主义构造之特质》、孟晖《社会的阶级观》、劳朋译《社会科学的实际意义》等文章。很明显，这唯一一期《引擎》就能折射出当时“阶级问题”和“社会史问题”讨论的热潮。1942年，孟超又将《陈涉吴广》“加以补充改作”，重写为《戍卒之变》——因为他在新的历史环境中对这一事件有了新的理解。

孟超、茅盾、宋云彬、廖沫沙的左翼身份是毋庸置疑的，他们重写大泽乡起义，莫不基于阶级斗争学说来重新解释。马克思主义史学的阶级观念为重写提供了和中国传统史家完全不同的认知模式。“阶级的发现”成为重写大泽乡起义的关键，这一点已无须过多解释。现代作家的重写既然有了新的视角，对前文本的取舍剪裁、解释生发自然就在这个意义上进行。那么，他们是如何重写的呢？

首先，重写陈胜这位领导者时，他的“前史”被大书特书，而“后事”则被完全略去。陈胜的出身如何，被征之前的境遇怎样，关于这些的记载并不多。《史记·陈涉世家》只有这样一段记载：“陈涉少时，尝与人佣耕，辍耕之垄上，怅恨久之，曰：‘苟富贵，无相忘。’庸者笑而应曰：‘若为佣耕，何富贵也？’陈涉太息曰：‘嗟乎，燕雀安知鸿鹄之志哉！’”在重写的小说中，陈胜的前史被改造成不尽相同的模样。在孟超的《陈涉吴广》(1929)中，陈涉和吴广占卜之后、发起暴动之前，陈涉回忆起旧事，正是对上面一段前文本的改写。在小说里陈涉在田间耕地，“忽的想到了兵荒马乱的扰攘，想到田主人抽筋剥皮般的苛刻，想起了自己和同伴们都是牛马般的一群，胼手胝足终日勤劳的都是供给了旁人的享乐”。他甚至那时就有了翻身的渴望：“假令有这样的一天，翻转过来的时候，他们——地主，官吏，暴虐无道的皇帝，有钱有势的贵族——都消尽了他们的威势，也低落成我们这个样子”。到了《戍卒之变》，孟超则扩写了这一段故事，将《陈涉吴广》中陈涉的这段回忆改成一节完整的情节段落，成为一段插叙。在孟超的重写中，陈胜固然有了一定的“阶级觉悟”，但是他被征还是完全被动的。廖沫沙《陈胜起义》(1948)中干脆一开始就将陈胜安排在“一家地主的家里当长年工的雇农”，地主还诬陷陈胜偷了他家的衣服，陈胜受不了窝囊气，于是主动要从军。宋云彬《夥涉为王》(1937)中也将“苟富贵，无相忘”这段情节大写特写，安排在开头，不过目的是为了衬托陈涉称王之后的转变。

如果说陈涉早年的经历和后来的起事有密切关系，值得特别关注，那么重写大泽乡起义的小说往往忽略起义之后的事情，这也是小说主旨的需要。即使《夥涉为王》这样批评陈涉富贵之后就变化的小说，也没有涉及陈涉最终的结局及死后的情况。实际上，《史记·陈涉世家》清楚地记载了陈涉的死以及死后受汉天子祭祀的后事：“陈胜虽已死，其所置遣侯王将相竟亡秦，由涉首事也。高祖时为陈涉置守冢三十家砀，至今血食。”小说忽略陈涉被汉高祖祭祀的事实，当然是为了突出其农民/奴隶的阶级属性。

其二，随着时间的推移，阶级观念在重写大泽乡起义的小说中逐步深入，小说的重写性不断在加强。通过上面的分析，可以看到这样的倾向；进一步对比小说，这种倾向就更加突出了。孟超《陈涉吴广》(1929)中，描绘大泽乡起事用的词是“反了”，“囚与王的变转，生与死的关键”，“拿锄头造反的第一次”，也就是说，“造反”是小说的关键词。孟超后来在《戍卒之变》中修改了“造反”的说法，代之以“农民的，奴隶的，向着统治势力的反抗”。茅盾《大泽乡起义》(1930)则称“被压迫的贫农要翻身”，“始皇帝死而地分”，小说中非常鲜明地提出阶级斗争问题，描述被征发的贫民怨声载道：“到渔阳去，也还不是捍卫了奴役他们的富农阶级的国家，也还不是替军官那样的富农阶级挣家私，也还不是拼着自己的穷骨头硬教那些向南方发展求活路的匈奴降而为他们一样被榨取的‘闾左贫民’么?”宋云彬《夥涉为王》(1937)中，陈涉甚至成了反面角色。当初在田间辛苦耕作之时，陈涉嘴里说“苟富贵，毋相忘”，称王之后，当年那些同伴想要进陈王府也非易事。即使这些同伴终于见到陈涉，看到的也不是当年的陈涉了。甚至当同伴感慨贫富不均，问陈涉夺了天下是否解放农奴，陈涉的回答却是开玩笑般空口许给对方职位。不仅如此，陈涉更不能忍受从前的同伴在外面说起自己的旧事，为了面子，他不惜杀人。于是，当了王的陈涉成为被革命的对象，年青的农奴喊出这样的口号：“陈涉已经不是我们的同伴，而是我们的仇敌了！……他心目中只有权位利禄，没有劳苦大众！我们不要受他的欺骗！我们应该团结起来，用我们自己的力量去争取一切应享的自由和权利。打倒一切压迫我们，剥削我们的敌人！打倒一切反叛我们，出卖我们的敌人!”在此，“不断革命”的意味再明显不过。

(二)英雄与民众

现代重写史乘的小说中也有以帝王为主人公的，这些小说中清晰体现了提倡人民史观、反对英雄史观的史学观念。

廖沫沙《厉王监谤记》(1941)、陆冲岚《放逐》(1947)都重写了周厉王故事。关于厉王监谤，《国语·周语上·召公谏厉王止谤》这样记载：

> 厉王虐，国人谤王。召公告曰：“民不堪命矣!”王怒，得卫巫，使监谤者。以告，则杀之。国人莫敢言，道路以目。王喜，告召公曰：“吾能弭谤矣，乃不敢言。”召公曰：“是鄣之也。防民之口，甚于防川。川壅而溃，伤人必多，民亦如之。是故为川者，决之使导；为民者，宣之使言。故天子听政，使公卿至于列士献诗，瞽献典，史献书，师箴，瞍赋，蒙诵，百工谏，庶人传语，近臣尽规，亲戚补察，瞽、史教诲，耆、艾修之，而后王斟酌焉，是以事行而不悖。民之有口也，犹土之有山川

> 也，财用于是乎出；犹其有原隰衍沃也，衣食于是乎生。口之宣言也，善败于是乎兴；行善而备败，所以阜财用、衣食者也。夫民虑之于心而宣之于口，成而行之，胡可壅也？若壅其口，其与能几何?”王弗听，于是国人莫敢出言，三年，乃流王于彘。

廖沫沙《厉王监谤记》中，周厉王听信荣公的话搞国家专卖，芮良夫劝说，无效。不久，京城小贩家属包围官署，要求释放违禁被拘的小贩，荣公却说是百姓毁谤王室。召公劝解，厉王不理，进而止谤、杀人。三年后，厉王终于被推翻。在重写文本中，周厉王的暴虐主要体现在听信荣公，执行国家专卖，伤民而自肥，更压制百姓，滥杀无辜。陆冲岚《放逐》主要依据“召公谏厉王止谤”这一段前文本，将召公作为小说重要的角色，体现了厉王的暴虐与刚愎自用。这两篇小说，陆冲岚《放逐》更忠实于前文本，廖沫沙《厉王监谤记》借古讽今之意更强。作家不约而同地重写周厉王的故事，当然有指向现实的讽喻意味，而之所以重写这个故事，就在于前文本固有的“王”与“民”之间尖锐的对立。更为重要的是，前文本中“民”有着自己的力量，王虐，国人就“谤王”，王监谤、止谤，国人终于“流王于彘”。“召公讽谏”时，“防民之口，甚于防川”一句话充分肯定了“民”的力量，流传千载。

此外，还有不少古代帝王成为现代重写型小说的主人公，例如，秦始皇出现在郭沫若《秦始皇将死》(1935)、李拓之《焚书》(1945)中，汉高祖出现在宋云彬《霸上》《刘太公》《朝仪》、谭正璧《还乡记》中，隋炀帝出现在曹聚仁《焚草之变》(1935)、宋云彬《隋炀帝之死》(1937)中，很显然，这些人物在小说中都是负面的暴虐君王形象。

反对英雄史观，代之以群众史观既是唯物史观的题中之意，也和当时提倡“民史”的史学观念关系密切。比如，20世纪30年代崭露头角的史学家吴晗曾担任天津《益世报》的《史学》专刊主编，其起草的发刊词就指出，“帝王英雄的传记时代已经过去了，理想中的新史当然是属于社会的，民众的。”[①]当时吴晗还不是唯物论者，但其治学方式有着唯物史观史学的色彩，他奉行民间本位的治学立场，则和梁启超以降的“民史”观有继承关系。晚清倡导史学革命时，梁启超批评传统史学，“二十四史非史也，二十四姓之家谱而已”，将中国历史看作帝王的家谱，提出历史应

---

① 《史学·发刊词》，载《益世报》，1935(4)。

当"为国民而作"①。的确，反对"君史"、提倡"民史"于20世纪初颇有蔚然成风之势。邓实把神史、君史、民史当作反映三个不同时代的历史，呼唤中国"民史"时代的到来，自己更以"民史氏"自命②。陈黻宸则感叹，"民亦卑矣贱矣，虽至流血百万，伏尸千里，吊荒墟而问故事，无一人知其姓氏者。积冢累累，悲风烈烈，茫然四望，橐笔无言，民于史无色矣。"③

重写中最明显体现出反对英雄史观的例子，应该是以项羽为主人公的一系列小说。郭沫若《楚霸王自杀》(1936)、张爱玲《霸王别姬》(1937)、孟超《垓下》(1941)这几篇小说都以项羽为主人公。《楚霸王自杀》中，郭沫若借乌江边一个读书人之口，将项羽的失败归结为"始终都是为的他那个'自己'"从而失去了民心，说明"英雄仅是一个人的时候"也就到了他的末路：

> 我们受着秦始皇的暴政，天下的人都在想推翻秦人的统制，所以能够顺从民意的项王便得了天下人的同情。大家都不惜身家性命来帮助他，拥戴他，所以不两年便把秦人的暴政推翻了。但是，这是谁的力量呢？……在你或者以为是项王这位盖世英雄的力量罢？英雄仅是一个人的时候，他的末路是怎样，今天是已经摆在了我们的面前的。

这位读书人更劝说要追随项王而去的锺离昧不要自杀，提出"做人的标准"的问题：

> 我们要抛弃了自己去利益他人，利益了他人也就成全了自己。……一个人要善于利用这个自己，要使为这个自己受益的人愈多而所受的益愈大。

类似的情节、类似的观念在顾一樵1925年的话剧《项羽》中就已经露出端倪。在这个剧本中，乌江边主动要用小舟载项羽过江的亭长是这样说的：

---

① 梁启超：《新史学》，见林志钧编：《饮冰室合集·文集》，第4册之九，上海，中华书局，1936，第3页。

② 邓实：《史学通论》，载《政艺通报》，1902(12、13)；邓实：《民史总叙》，载《政艺通报》，1904(17)。

③ 陈黻宸：《独史》，载《新世界学报》，第2期，1902(9)；转引自俞旦初：《二十世纪初中国的新史学思潮初考》(续)，载《史学史研究》，1982(4)。

> 大王起义灭秦，原是天下为公。但是大王凭着百战百胜的威风，便以天下为己有，却不知天下人不愿任何人以武力来统一，天下人不愿大王以拔山举鼎得天下，亦正同不愿强秦以焚书坑儒治天下一般无异。

孟超《垓下》的立意是消解“英雄—凡人”的对立。恶战之后，西楚霸王项羽在“极度的损失与困顿”中，开始怀疑起自己：“到这时候，一切的雄心，一切的壮志，都失了凭藉，才觉到自己是多么平凡，正如一个普通的人，那里有什么特殊的地方，可以值得向世人骄傲呢？”他甚至对虞姬诉说自己发现了这样的秘密：“一个英雄的末路，是和一个平凡的人一样的呵！”他检讨自己的失败：“我失掉了许多人，我只剩了我自己，一个光杆的英雄呵！”

《垓下》的前文本是《史记·项羽本纪》中这一段：

> 项王军壁垓下，兵少食尽，汉军及诸侯兵围之数重。夜闻汉军四面皆楚歌，项王乃大惊曰：“汉皆已得楚乎？是何楚人之多也！”项王则夜起，饮帐中。有美人名虞，常幸从；骏马名骓，常骑之。于是项王乃悲歌慷慨，自为诗曰：“力拔山兮气盖世，时不利兮骓不逝。骓不逝兮可奈何，虞兮虞兮奈若何！”歌数阕，美人和之。项王泣数行下，左右皆泣，莫能仰视。

《史记·项羽本纪》中，项羽是一个不失为好汉的英雄。司马迁描写的项王慷慨悲歌、美人相和的场面实在太动人了，项王与虞姬的故事也就逐渐被敷衍、绘饰。孟超《垓下》也重写了这个场面，《史记》中项羽所唱的歌被稍加改变，悲慨的情绪变成了绝望与无奈，“一点也不雄壮”，“简直是大声的号啕”：

> 力拔山呀，一口气要遮盖了天下！
> 背时倒灶呀，马也不嘟嘟的跑哪！
> 马不跑呀，怎么搞呀！
> 虞（口夭），虞（口夭），你看我们要怎样搞呵！

从《史记》的文本来看，提到虞姬的仅垓下之围这一处，此后连其下落也没有交代。唐代张守节《史记正义》引到汉朝陆贾《楚汉春秋》中项羽垓下歌的虞姬和歌：“汉兵已略地，四面楚歌声。大王意气尽，贱妾何聊生。”从和歌的五言诗形式来看，应该不是秦末汉初之际的作品，很可能是后人假托。不过，“贱妾何聊生”暗示了虞姬可能会自杀。在流传过程中，“霸王别姬”的故事被不断增饰。小说中最早出现“霸王别姬”记录的应该是元末明初施耐庵的《水浒传》，“鲁智深大闹五台山”一节描写鲁达听挑酒的汉子唱歌：“九里山前作战场，牧童拾得旧刀枪。顺风吹动乌江水，好似虞姬别霸王。”可见，霸王与虞姬的故事那时就在民间流传很广。明代冯梦龙的《情史·情贞类》中也有“（虞姬和歌之后）姬遂自刎”的明确记录。明代甄伟《西汉通俗演义》小说中第八十三回《霸王帐下别虞姬》就详细描绘了虞姬自刎的场景：项羽看大势已去，要告别虞姬，虞姬不愿落入刘邦之手，于是借口扮成男子追随项羽，骗过项羽的剑来自刎而死。项羽和虞姬的故事如此具有戏剧性，从元代张时起的杂剧《霸王垓下别虞姬》，明代沈泉的传奇《千金记》，一直到齐如山《楚汉争》、梅兰芳《霸王别姬》，戏剧中的“霸王别姬”更是长盛不衰。顾一樵的话剧《项羽》（1925）和陈白尘的独幕剧《虞姬》（1933）则是重塑项羽和虞姬形象的现代剧作。

顾一樵《项羽》更多体现“民史”观念，是对“民”的赞美和崇拜。在这个四幕剧中，虞姬并非贵族女子，却变成了宋国一位普通的农家女。正是这位美丽纯朴的女子，在类似鸿门宴这样的情况下，劝说项羽不要为了自己的私利而杀人。项羽听从了她的话，在临死时仍然为当初听了虞姬的劝告而欣慰。

陈白尘的独幕剧《虞姬》也重述了垓下之围这段故事，贯彻的则是反对个人英雄的阶级观念。《虞姬》具有反战色彩，而这种反战主旨则是通过揭发阶级对立、反对英雄史观来达成的。在这出独幕剧中，陈白尘虚构了项羽的一个卫兵罗平（平这个名字暗示了和平）。罗平有了阶级觉悟，当四面楚歌响起，士兵纷纷恋家渴望结束战争的时候，他与其他士兵却在谋划一次哗变。罗平的出现改变了项羽和虞姬的故事。在这里，虞姬爱上了罗平，自认为是生活在魔王项羽阴影里的女人。当罗平劝说虞姬逃走的时候，虞姬对项羽以往恩情仍存报答之心，希望自己能说服项羽独自逃走，从而结束战争。可是，罗平对此不以为然：他既不需要借助虞姬这个贵族女子的力量来达到结束战争的目的，也不试图采取暗杀项羽的手段，他要显示“群众的力量”。终于，他面对面将“全体的意见传达”给项羽，告诉项羽，“我们全体弟兄们现在觉悟了！……你们争权夺利，我们却血肉横飞！你们锦衣美食，我们却饥寒交迫！我们快要全体毁灭了，而你们却还酣战未已！……我们不再为你做牺牲品了！”当项羽和罗平等士兵对峙的时候，虞姬要保护罗平而被项羽所杀，项羽则最终在群众力量面前溃败，只得落荒而逃。

孟超《垓下》并未写到虞姬之死，小说对项羽英雄形象的颠覆是将英雄置换成了凡人。陈白尘写了虞姬之死，却是颠覆性地将项羽变成杀人凶手。张爱玲《霸王别姬》却在继承《史记》之后的多种前文本的基础上，以女性视角颠倒了流传已久的传统故事。在一系列“霸王别姬”的前文本中，虞姬自刎是心甘情愿的，是“情贞”，是以死回报项王的厚爱深恩，是美人对英雄无条件的崇拜和爱慕。但是，张爱玲在重写时却让虞姬对自己的生活产生了怀疑：

> 十余年来，她以他的壮志为她的壮志，她以他的胜利为她的胜利，他的痛苦为她的痛苦。然而，每逢他睡了，她独自掌了蜡烛出来巡营的时候，她开始想起她个人的事来了。她怀疑她这样生存在世界上的目标究竟是什么。他活着，为了他的壮志而活着。……然而她呢？她仅仅是他的高亢的英雄的呼啸的一个微弱的回声，渐渐轻下去，轻下去，终于死寂了。

女性自我意识的发现，摧毁了对英雄无条件的顺从。这种女性独立意识是另一种反对男权式英雄史观的新观念，重写时这种新观念的灌注逆转了传统的霸王别姬故事。

(三)观念性与文本的裂隙

类似陈白尘《虞姬》这样的重写，引发了一些评论家的不满。张香山就认为，如此重新塑造的主人公，“已经给灌足了作者的思想了，整个地成了作家所企图的人物，一点不像原来的人物”，陈白尘描绘的虞姬甚至“成了个完全相反的人物了”①。的确，作家的重写作品既显示了新的认知模式——比如阶级斗争观念，群众史观与英雄史观的对立——带来的具有冲击力的全新观念，不过，这样的重写也存在着一些很明显的问题。陈白尘这样将项羽变成魔王、让虞姬爱上卫兵的重写，使得作品题材与主题“格格不入”②，陈白尘想要重新解释垓下之围，可是他对前文本的随意更改反而削弱了对项羽兵败的重新“解释”的企图。《虞姬》是一个极端的例子，这样的例子却并不少见。对比郭沫若和孟超对项羽的重写，前者就胜后者一筹。《楚霸王自杀》中，项羽保持了前文本中勇猛、刚烈的性格，最后战死的描写也充满了悲壮色彩，小说虽然通过亭长之口对项羽有诸多批判，但是重写的项羽形象并没有背离前文本《史记·项羽本纪》中霸王形象的基本特征，因而这个重塑的形象也就能够成立。《垓下》

---

① 张香山：《论以历史的题材为题材的文学作品》，载《申报·自由谈》，1934(12)。

② 张香山：《论以历史的题材为题材的文学作品》，载《申报·自由谈》，1934(12)。

中，项羽被赋予了凡人的软弱性格，小说想由此改变项羽的英雄形象，描写由于个人英雄主义使他不得不一步步走向末路，但是软弱之于项羽在前文本中丝毫看不到，这样的重写就缺乏说服力。新的史观能够带来新的解释，但是急迫的、不顾前文本而一意求新的解释冲动，也会戕害重写型小说。

新的阶级斗争观念的引进，旧的英雄史观的扬弃，甚至女性视角的加入等等，这些观念性问题都决定着重写史乘的小说之面貌。在史乘的重写中，新的史观(而不是新的史学方法)起着至关重要的作用。从当时作家、评论家的发言来看，他们津津乐道的也是新观念的使用、新意义的生成。进一步考察新史观在重写史乘的小说中的表现形式，我们将会发现，与这种观念性相关，小说和前文本之间、小说文本内部也往往存在着各种裂隙。裂隙的产生正来自重新解释的冲动。

如前所述，阶级斗争史观鲜明地体现在现代重写农民起义的小说中。以《史记·陈涉世家》为前文本的几篇小说，就都基于这样一种与中国古代历史观念完全不同的解释模式。孟超、茅盾、宋云彬、廖沫沙都重写大泽乡起义，作为观念“左”倾的作家，他们都不由自主地运用了“先进的历史观”，比如他们都很重视前文本中陈涉“闾左”的身份，并在重写时加以强调。但是，究竟“闾左”是什么？是农民？奴隶？还是农奴，或者雇工？在不同的小说中就有不同的说法。当然，在不同的重写中，尽管对“闾左”的解释不同，但是都认为这属于被压迫、被剥削的阶级，往往称大泽乡起义者为“闾左贫民”。可是，问题并没这么简单。能够证明陈涉阶级属性的“闾左”一词，在我们所能够见到的资料中，只在《史记》中出现过这么一次。“闾左”一词的确切涵义在史学界至今是一个有争议的话题，有学者认为“陈涉的出身是相当高贵的”①，有学者认为“闾左相当于第五级爵大夫以上”②。如果大泽乡起义中那些被征的戍卒未必贫弱，那么，现代以阶级史观为基础的陈胜起义的重写就存在着被质疑的内在危机。

再以茅盾的《大泽乡》为例。作者晚年认为这篇小说并不成功，他在回忆录中谈到，自己曾有写长篇的计划，陈胜吴广起义是开场白，接着还要写楚汉争霸直到汉帝国的建立，结果只写了这个短篇。同一时期茅盾还创作了《豹子头林冲》《石碣》。《豹子头林冲》描写林冲初上梁山、被

① 曾祥文：《陈胜新论》，载《四川师范大学学报》，1988(5)。

② 庄春波：《“闾左”钩沉》，载《社会科学辑刊》，1991(4)。

王伦逼迫交“投名状”的一段故事，小说中林冲被重写为“农家子”，视朝廷为“吮咂老百姓血液的魔鬼”，认王伦之类的“秀才”为“农民的对头”。《石碣》则描写萧让奉吴用之命而来，交代金大坚偷刻“石碣”，两人在对谈中透露出，“我们水泊里最厉害的家伙还是各人的私情”(亦即“各人的出身”)，“事到临头，借此安身”的和“立定主意要在此地替天行道”的两伙人“心思不一样”。茅盾后来坦言，“那时的我，思想上虽有变化，而对于一个作家来说，进步的世界观虽然提供给他一个分析并提炼社会现实的基础，却还不能使他立即有比较成熟的题材以供形象描写。这便是当时我只能取材于历史或传说的缘故。”①他自己对这些小说评价并不高：“这次尝试，总的说来不很成功，尤以《大泽乡》为最。”②如果不谈小说的成败，仅从小说的主旨与创作方法来看，《大泽乡》《豹子头林冲》《石碣》三篇小说有着高度的相似性。有人指出，茅盾创作这三篇小说，“受到错误的机械论创作方法的影响，重在理性分析综合，而不是建立在大量感性材料和经验的基础上进行描写，便使作品产生了明显的概念化毛病”③。这样的批评和茅盾对自己小说的评价较为相符，过度的“理性分析”确实存在于小说文本之中。不过，注重理性分析是茅盾小说的特点，这种创作方式和创作成功与否并无直接联系，很显然，以上的批评是以现实主义的标准来要求重写型小说的。而《大泽乡》等小说的问题在于，作者太轻视前文本，完全按照自己“进步的世界观”随意改写，使得小说缺乏“重写”性，失去了与前文本的有机联系，小说变得主观、僵硬、不真实。

王富仁在谈到现代文学中重写农民起义题材的小说时，对于以上问题有进一步的发掘。他认为，古代农民起义不是一种完美的革命形式，而是一种盲目的报复力量，是对统治者的惩罚，因而起义者都打着“替天行道”的旗号，但是，现代的小说家却要赋予农民起义以“现实革命的希望”的象征意味。于是，小说家的创作要求和基本的历史认识之间产生了矛盾，“他们的创作目的使他们不能完全自由地对待这一题材，他们使用的题材也使他们无法自由地贯彻自己的创作意图”④。这里，现代小说家

---

① 茅盾：《〈茅盾文集〉第七卷后记》，见《茅盾全集》，第 9 卷，北京，人民文学出版社，1985，第 439 页。

② 茅盾：《“左联”前期》，见《茅盾全集》，第 34 卷，北京，人民文学出版社，1997，第 445 页。

③ 曾广灿：《茅盾创作转变期的“前奏”——读茅盾的三个历史短篇小说》，载《河北大学学报》(哲社版)，1979(1)。

④ 王富仁、柳凤九：《中国现代历史小说论》(三)，载《鲁迅研究月刊》，1998(5)。

的“创作目的”，指的是为了实现对现实革命的象征，小说家要赋予古代农民起义全部的正义性和可行性；小说家“基本的历史认识”，指的是基于现代马克思主义史学观对古代农民起义的批判性认识。

这样看来，除了重新解释时过于轻视前文本而造成重写的根基不稳之外，重写史乘的小说中的裂隙，还可能基于小说家创作时想“解释”与“讽喻”两者兼得而产生的矛盾。对于小说家而言，他有了新的学术眼光，面对史书文本就有了重新解释的欲望；与此同时，他还想通过重写前文本达到讽喻现实的目的。就“解释”的层面而言，古代农民起义是要被检讨的；就“讽喻”层面而言，古代农民起义的正义性与合理性是毋庸置疑的。这样就可以明白，正是为了从阶级斗争的角度来“解释”农民起义，陈胜被征发之前的故事就要大书特书；正是为了“讽喻”现实的目的，所有重写大泽乡起义的小说都没有提及陈胜的死以及被汉高祖祭祀的后事。解释和讽喻并非不可兼得，但是现代重写史乘的小说往往由于不能平衡两者之间的关系而造成作品水准大打折扣。

（四）破“迷信”与除“禁忌”：鸠摩罗什的心理分析

在小说中运用新的史观来解释历史，这是小说重写史乘前文本的一种方法，心理分析手法则是另一种运用较多的重写方法。当我们检索重写型小说时，可以发现很多作家用到了弗洛伊德的学说：鲁迅《不周山》(《补天》)和郭沫若《孟夫子出妻》中可以见到弗氏的影响，施蛰存、沈祖棻、李拓之等人的重写尤其以细腻的心理分析见长。应用心理分析的重写文本，其前文本多为史乘，比如施蛰存的《鸠摩罗什》《将军底头》，沈祖棻的《马嵬驿》《茂陵的雨夜》，李拓之的《惜死》《佯狂》，等等。相应地，应用心理分析的现代小说有相当数量的作品是重写文本，其中又以重写史乘的小说为多。那么，为什么作家们在重写史乘时纷纷青睐心理分析手法呢？

中国学界接受弗洛伊德理论的进程，差不多与世界同步。随着弗洛伊德学说在世界上的影响逐渐扩大，20世纪二三十年代的中国出现了不少翻译、介绍心理分析的文章和书籍。《心理》《教育杂志》《教育新潮》等心理学、教育学杂志开始刊登介绍弗洛伊德心理学的文章，《东方杂志》《民铎》等综合性刊物也开始发表关于精神分析的论文。另外，高觉敷等人翻译了不少关于心理分析的书籍，而张东荪、朱光潜等人则出版专著介绍新兴的精神分析学说。在国外，弗洛伊德学说从心理学界逐渐渗透到文学艺术领域——其实弗洛伊德自己就常通过分析艺术作品以及艺术家来展现其心理分析学说的效力。在中国文学界，作家们也很敏锐地注意到心理分析强大的解释力。前文说郭沫若曾用弗洛伊德学说来解释《西厢记》，而他在《创造十年续篇》中也明确提到自己对心理分析理论的熟悉与运用。鲁迅也自述《不周山》(《补天》)是自己有意运用弗洛伊德理论的小说。此外，鲁迅表彰过的许杰也极为服膺弗洛伊德主义：

> 在四五年前，我曾经一度注意过福鲁特的所谓新心理学；恰好在那个时候，厨川白村的《苦闷的象征》也介绍到了中国来，于是乎文学史苦闷的象征，变态的被压抑的性的升华，下意识潜入意识阈的白日的梦，便染上我的思想。那时的情形，差不多想以性的行动，为一切的中心行动，而去解决、观察一切的人生问题社会问题了。①

许杰的自述很能代表当时一部分中国作家对待弗洛伊德学说的态度。

弗洛伊德学说在20世纪初大行其道，其观念颠覆了人类对理性的信仰，而将非理性的东西展现在人们面前。其实，在康德具有启蒙色彩的理性哲学之后，德国哲学家叔本华、尼采等人就开始特别关注人类的欲望，生命哲学逐渐崭露头角。可以说，弗洛伊德是在叔本华、尼采的基础上前行的，他同样逼视人类欲望，特别将人的性欲望和性冲动当作心理学研究的核心，并进一步提出其泛性论的精神分析学说。弗洛伊德学说强调人的本能的强大力量，重视无意识对人的行为的重要影响，这些革命性的见解强有力地吸引着刚刚从专制体制与传统封闭的文化氛围中挣脱出来的中国知识分子，中国现代作家对弗洛伊德的亲近因而也具有反叛与革新的意味。这一点，从张君劢为张东荪《精神分析学 ABC》一书所作的序言中可见一斑：

> 精神分析学之贡献，亦曰此不自觉的我之春光之漏泄而已。有疾病之治疗为佐证；其理论之成立，悉遵理学之方法；乃独以非科学或神秘性排之，毋亦以"不自觉"之承认，动摇全宇宙之理性的了解乎？自我观之，合自觉与非自觉而一之，谈何容易！宗教之迷信，初民之禁忌，与夫政治上之上行下效，溯之于不自觉的我，而求其明了之解释，其最适矣。②

张君劢所说的"不自觉"，后来翻译为"潜意识"或"无意识"。从以上

---

① 这是1929年许杰为自己的小说集《火山口》写的序言中的一段，转引自余凤高：《"心理分析"与中国现代小说》，北京，中国社会科学出版社，1987，第179～180页。

② 张君劢：《〈精神分析学 ABC〉张序》，见张东荪：《精神分析学 ABC》，上海，世界书局，1929。

引文可以看到，张君劢认为弗氏学说最适于解释“宗教之迷信，初民之禁忌，与夫政治上之上行下效”。与此相应地，作家在重写中运用弗氏学说，恰好可以颠覆宗教的迷信上、习俗上的禁忌以及体制上的专制：沈祖棻《马嵬驿》就将杨贵妃爱的本能描绘成可以使她忘却生死、从容赴难的高贵人性。于是，社会习俗在她面前失去了影响力，贪生怕死、难抛功利的唐明皇在她光辉的映衬下黯然失色。施蛰存的《鸠摩罗什》则将史乘中得道的高僧描绘成不能忘情、为情欲所苦的尴尬人，将人的性欲本能描绘成佛教的禁欲主义无法压制的自然力量。

在诸多现代作家当中，施蛰存的名字是与心理分析手法紧密相连的。1932 年，施蛰存将四篇重写型小说结集出版，小说集的题目《将军底头》取自集中同题小说。1932 年 9 月《现代》第 1 卷第 5 期发表了一篇未署名的书评，这样评价这部小说集：“这一本集子里包含的四篇作品……我们却发现了一个极大的共同点——二重人格的描写。每一篇的题材都是由生命中的两种背驰的力的冲突来构成的，而这两种力中的一种又始终不变地是色欲。”书评指出《鸠摩罗什》写“心理错综”，《石秀》是“一篇心理分析上非常深刻的作品”，“与弗洛伊德主义的解释处处可以合拍”。其实，早在一年之前《将军底头》《石秀》等刚刚发表的时候，批评者就指出了施蛰存小说中的心理分析，认为《将军底头》的特色是“偏重在心理分析”。[①] 后来在《我的创作生活之历程》一文中，施蛰存承认这些创作运用了弗氏的理论：“我知道我的小说不过是应用了一些 Freudism 的心理小说而已”。[②]

1930 年(《鸠摩罗什》发表的第二年，《将军底头》发表的同一年)，朱光潜出版了《变态心理学派别》，书中称“着重性欲是佛洛德心理学的最大特色”，而“‘压抑’是佛洛德学说的精髓”。[③] 施蛰存在重写时运用心理分析，正是从这样两个角度入手。施蜇存在《〈将军底头〉自序》中介绍集内所收四篇小说都是“以古事为题材的作品”，“《鸠摩罗什》是写道和爱的冲突，《将军底头》却写种族和爱的冲突了”。[④] 爱(性欲)与冲突是重写的焦点所在，而之所以有“冲突”，则是由于“压抑”的存在。“道和爱的冲突”，就是禁欲主义的宗教与人的自然本性的冲突；“种族与爱的冲突”，则是

① 张平：《评几篇历史小说》，载《现代文学评论》，第 1 卷第 3 期，1931(6)。

② 施蛰存：《我的创作生活之历程》，见《施蛰存七十年文选》，上海，上海文艺出版社，1996，第 57 页。

③ 朱光潜：《变态心理学派别》，上海，开明书店，1930，第 68～69 页。

④ 施蛰存：《〈将军底头〉自序》，见《将军底头》，上海，新中国书局，1932。

习俗制度与人的自然本能的冲突。在一般的情形下，后者总是被前者所压抑，当两股力量都很强大时，冲突也就不可避免了。

朱光潜《变态心理学派别》将弗洛伊德学说作为“变态心理学”的最重要内容，确实，弗氏的心理分析在解释非常态精神状况时最为犀利。将心理分析用之于重新打量史乘、神话中那些戏剧性、特异性的故事与人物形象，往往会有新鲜而若合符节的发现。以《鸠摩罗什》而言，小说的成功首先就得益于作家选择了很有吸引力的前文本来重写。小说的主人公鸠摩罗什是历史上非常有名的高僧，僧祐(445—518)《出三藏记集》、慧皎(497—554)《高僧传》《晋书》等史乘都有记载。读者看到这样的题材就会有相应的阅读期待，而小说的重写具有颠覆性，使读者在震惊的阅读过程中可以获得审美的愉悦。其实，心理分析的祖师弗洛伊德本人就是在历史人物达·芬奇、神话人物俄狄浦斯等实例上成功运用这把“手术刀”，从而展示了心理分析的功效。中国的社会学家、心理学家潘光旦于1927年出版了轰动一时的《冯小青——一件影恋之研究》，也是将弗洛伊德学说用于解释历史上实有其人的冯小青，从而获得成功。相反，由于弗洛伊德学说在解释心理问题上并非全能的，其有效性是有限度的，将心理分析用于描写当世现实的话，有时会产生过犹不及的效果。

心理分析手法在《鸠摩罗什》中的成功运用，另外关键的一点就在于，小说的前文本群中不同的前文本之间存在着互相矛盾的地方，甚至同一个前文本中也存在裂隙，而施蛰存发现了史乘记述中的裂隙与解释的可能性，进而通过细腻的心理分析实现了对历史文本的颠覆性重写。在这样的重写中，心理分析达到了最大程度的解释性功效。可以说，在充分利用前文本提供的讯息的前提下，心理分析成为重新解剖历史人物的利器，使人物既保存了前文本的基本设定，同时又呈现出与以前的解读很不一样的面貌。

鸠摩罗什出生于西域龟兹国，幼年出家，游学于天竺各国。后来，东晋后秦皇帝姚兴派人将他接到长安，从事译经、讲经。鸠摩罗什最终卒于长安，火化时，形骸粉碎，独舌头并不焦烂，成为有名的舌舍利(供奉在甘肃省武威鸠摩罗什寺的舌舍利塔)。施蛰存《鸠摩罗什》就将寂灭之后舌头不烂的细节作为小说结尾，而小说的中心情节则是身为高僧的鸠摩罗什犯色戒。“荼毗之后舌成舍利”在《出三藏记集》《高僧传》《晋书》中都有记载，而犯色戒的情节在三书中也都有记录，只不过三本书记载的情形有所不同。僧祐《出三藏记集》卷十七《鸠摩罗什传》、慧皎《高僧传》卷二《晋长安鸠摩罗什》的文字上非常相似，记录大同小异。一般认为，慧皎是根据僧祐《出三藏记集》并参考其他材料为鸠摩罗什作传的，因僧祐与慧皎同为中土佛教中人，他们对鸠摩罗什的态度较为相似。而唐代官修的《晋书·艺术传·鸠摩罗什》对以上两书摘录、缩编，并增添了描绘鸠摩罗什“异能”的其他来源的材料，与前两书有较大差异。因此，这里我们只将慧皎《高僧传》《晋书》对鸠摩罗什的记载与小说《鸠摩罗什》加以对比。下面，我们就通过对比重写文本与前文本，来审视现代作家是如何运用心理分析来破除迷信、打破禁忌、重新解释历史上的著名人物以张扬人的自然本性的。

慧皎《高僧传》中鸠摩罗什破戒两次，第一次发生在罗什年轻时仍在龟兹国的时候，前秦的吕光受苻坚之命征讨西域，破龟兹，戏弄罗什，强令罗什娶了龟兹王女；第二次是罗什被后秦姚兴请到长安之后，姚兴认为罗什聪明超悟，不可无后嗣，于是强令罗什接受妓女十人：

> 什为人神情朗彻，傲岸出群。应机领会，鲜有伦匹者。笃性仁厚，泛爱为心。虚己善诱，终日无倦。姚主常谓什曰：“大师聪明超悟，天下莫二，若一旦后世，何可使法种无嗣。”遂以妓女十人，逼令受之。

《晋书》中鸠摩罗什破戒有三次，第一次与第三次如慧皎所述，而中间加上了一段看起来具嘲讽意味的罗什主动要女人的记录：

> 尝讲经于草堂寺，兴及朝臣、大德沙门千有余人肃容观听，罗什忽下高座，谓兴曰：“有二小儿登吾肩，欲鄣须妇人。”兴乃召宫女进之，一交而生二子焉。兴尝为罗什曰：“大师聪明超悟，天下莫二，何可使法种少嗣。”遂以伎女十人，逼令受之。

在后秦皇帝姚兴以及朝臣、沙门千余人都在听讲经的场所，罗什走下高座，直接问姚兴要妇人，还托言“二小儿登吾肩”，不管当时对待佛教的态度与现在有多大差别，这样的场面总是很怪异的。有了这样的记录，后面姚兴强迫罗什接受妓女，也就有了投其所好的意思。

施蛰存的小说《鸠摩罗什》中，主人公也是破戒三次。第一次破戒虽是吕光逼迫，但是罗什与表妹龟兹王女互生爱欲在先。小说描写罗什在被吕光带往长安的路上不断后悔：

> 自己是后悔当龟兹国被吕氏攻破的时候，不该起了一点留恋之心，遂被吕氏所羁縻。到后来吕光将他与她都灌醉了酒，赤裸了身子幽闭在同一间陈设得异常奢侈的密室里，以致自己

> 亵渎了苦行，把不住了定力，终于与她犯下了奸淫，这样回想起来是一半怨着自己一半恨着吕光的。

第二次破戒之前，小说增添了罗什先有欲念的细节，他见到听讲经的一个女子而想起去世的妻子：

> 他的妻底幻象又浮了上来，在他眼前行动着，对他笑着，头上的玉蝉在风中颤动，她渐渐地从坛下走近来，走上了讲坛，坐在他的怀里，做着放浪的姿态。并且还搂抱了他，将他的舌头吮在嘴里，如同临终的时候一样。

于是他在迷狂中冲着一个宫女喊出“我的妻”，当晚弘治王遂将这个宫女赐给罗什。接着，小说描写了罗什次日的苦闷心理：

> 从前是什么事情都能够凭着自己的智慧推测出来，而近来却完全地蒙昧。昨天的事，也是一些不先知着的，不知怎的，一阵强烈的诱惑竟会得破坏了他，使他那样地昏迷。……要是戒行坚定的僧人，昨天不会那样地胡乱的。

这样，接下来就是罗什第三次破戒：弘治王赐给他妓女十余人，“据说是让他广弘法嗣”。

可以看到，小说中几次破戒都有罗什的主动成分在内。不过，小说却强调了鸠摩罗什与妻子龟兹王女的感情，罗什的破戒并不仅仅是由于欲念，更来源于他对妻子强烈的爱与压抑这种爱欲造成的更强烈的冲动。通过对罗什细致的心理分析，小说也就有力地将罗什的压抑与冲动呈现在读者面前。

鸠摩罗什显示吞针异能的记载，并不见于《高僧传》而见于《晋书》，鸠摩罗什受妓女之后，为了说服其他僧众，就展示了他独有的吞针绝技：

> 而后不住僧坊，别立解舍，诸僧多效之。什乃聚针盈钵，引诸僧谓之曰：“若能见效食此者，乃可畜室也。”因举匕进针，与常食不别，诸僧愧服乃止。

如果说罗什“二小儿登肩”“一交而生二子”就有神奇怪异的色彩，那么罗什为了不让众僧仿效自己而展示吞针的异能，就更加不可以常理度之了。有论者认为，《晋书》的主要撰写者许敬宗人品学德不佳，常以自己好恶篡改史实，而且许还是一个好色之徒，因此，《晋书》的记录不足为据；同时，《晋书》将《鸠摩罗什》放在《艺术传》，而“艺术”在这里差不多可与“方术”等同，那么，在传记中多涉及奇技淫巧也就在所当然了。[①]但也有人认为，《晋书》的作者记录吞针事迹并没有谤佛的动机，加之近来在敦煌发现的文献中也有“吞针糜钵中，机戒弟子色”的颂诗，可见强调一种超自然力量正是表彰罗什的神异。[②] 当然，如果仅就《晋书·鸠摩罗什》文本内部来看，这段文字也未尝不可以暗藏褒贬的春秋笔法视之。不管怎样，《晋书》中并无罗什为自己几次破戒有所悔恨的记载。慧皎《高僧传》则这样描写罗什接受姚兴强送妓女之后的情形：

> 自尔以来，不住僧坊，别立廨舍，供给丰盈。每至讲说，常先自说譬喻，如臭泥中生莲花，但采莲华，勿取臭泥也。

虽然“别立廨舍”，鸠摩罗什内心并不以为是对的，这从他自己常用的譬喻可以看出。他总是在讲经前先将自己比喻成臭泥，将所讲的经文比作莲花，透露出深深的忏悔之情。小说《鸠摩罗什》将《高僧传》透露的忏悔与《晋书》描绘的吞针异能结合起来，综合这两种前文本并加以变形，既描写鸠摩罗什为了尊严而利用“小时候曾经从术士处学会了的魔法”来哄骗别人，又通过心理分析的手法表现罗什破戒后的苦闷，展示他的“三重人格的纷乱”：

> 他是为了想起了妻而与这些宫女妓女生出关系来的，这里他觉得对于妻始终未曾忘掉，这却不适宜做一个高僧，但为了要使自己做一个高僧而这样刻意地要把妻从情爱的记忆中驱逐出去，现在他也觉得是不近人情了。是的，他现在是有了人情的观念，他知道自己已经不过是一个有学问的通晓经典的凡人，而不是一个真有戒行的僧人了。再自己想，如说是留恋着妻，那个美丽的龟兹公主，但现在却又和别的女人有了关系，似乎又不是对于情爱的专一。鸠摩罗什从这三重人格底纷乱中，认出自己非但已经不是一个僧人，竟是一个最最卑下的凡人了。……他悲悼着自己。

最后再谈一下“舌舍利”的情节。《高僧传》《晋书》都写到了鸠摩罗什火化之后舌头不烂的异事，小说《鸠摩罗什》的结尾也采纳了这个说法。

---

① 霍旭初：《鸠摩罗什“破戒”问题琐议》，载《新疆大学学报·哲学人文社科版》，2007(4)。

② 陆扬：《解读〈鸠摩罗什传〉：兼谈中国中古早期的佛教文化与史学》，见《中国学术》，第23辑，北京，商务印书馆，2007。

不过，将三种不同文本中舌舍利的情节分别与各自前面的情节相对照，舌舍利的出现在这三种文本中透露出很不相同的意味。《高僧传》描写鸠摩罗什临终之前为自己未竟的事业而遗憾，同时自信他已经翻译的佛经非常有价值，并且立下誓愿，如果自己的译经没有谬误，那么“焚身之后，舌不焦烂”。这样，传记最后舌舍利的出现就证明了鸠摩罗什的誓愿和他的功德。《晋书》延续《高僧传》的说法，罗什临终对外国弟子感叹，“因法相遇，殊未尽心，方复后世，恻怆可言。”不过，《晋书》只截取了这段遗憾的话，却完全省去了鸠摩罗什所发的誓愿。这篇传记最后记录“薪灭形碎，惟舌不烂”，就只能对应前文中鸠摩罗什无可比拟的辩才了。施蛰存的小说《鸠摩罗什》在描写主人公为了唬住对他宿妓进行质疑的外国僧人而当众显示吞针的异能时，巧妙地将《晋书》的记载加以变化，增加了一处心理分析的细节：当鸠摩罗什吞到最后一支针时，他瞥见了之前见过的妓女，随之回忆起妻子的模样，于是升起欲念，结果那支针“刺着在舌头上再也吞不下去”，他只好偷偷吐了出来。这样，小说结尾写到鸠摩罗什火葬之后，“只留着那个舌头没有焦枯”，对应的正是他因欲念而被针扎了舌头的细节，显现的是鸠摩罗什终究不能完全战胜人的自然本性的一面。

至此，史乘记载高僧鸠摩罗什“破戒”与“异能”时携带的“禁忌”与“迷信”色彩，就在小说家心理分析的烛照下荡然无存了。

三、“讽喻”

很多时候，现代重写型小说并不试图为前文本加上新的解释，而以讽喻见长。郁达夫《采石矶》带有自况色彩，这样的重写中讽喻指向个人性；李拓之、欧小牧等人重写过不少文人故事，如前者的《阳狂》《招魂》《投暮》，后者的《当垆》《投阁》《捉月》，这些小说显然是以古代文人轶事来讽喻现代文人的境遇。自然，重写史乘的小说更多的寄托着家国兴亡的感慨与忧愤，这与当时特定的历史时期密切相关。自况也好，物伤其类凭吊文人也好，借古讽今针砭时事也好，对历史的解释退居其次，重写更侧重于讽喻性。在此，作家创作的驱动力正是讽喻，读者阅读的关注点也往往是讽喻。

在重写中，“解释”指向的是前文本，“讽喻”则指向现实语境。当然，首先是认知模式的改变为重新解释提供了可能，不过，之所以解释某一个前文本，之所以如此这般解释某一个前文本，则和重写者所处的现实语境关系密切，质言之，“解释”的同时更有“讽喻”的目的。为何重写大泽乡起义的小说要强调以陈涉为首的戍卒是“闾左贫民”？为何作家不约而同地用阶级斗争观念来解释这次起义？新的史学观念提供了新的解释模式，从而使重释成为可能，这是一方面；另一方面则是现实时局激发了作家们借古讽今的写作欲望。

孟超两次重写大泽乡起义就是很有说服力的例子。相隔十余年，孟超对这段历史的理解就有所变化，他认为自己有了进一步的认识，“了解了‘奴隶们才真正是亡秦的’他的新的意义，就是不仅适用于农民的抗争，更适用于民族解放的局面”[①]。当1929年写《陈涉吴广》的时候，正是国内阶级矛盾尖锐之时，十余年后重写为《戍卒之变》，则正当异族入侵、政府无力、民族危亡的时刻。从孟超的自述可知，小说本来就有讽喻的意味，要借古讽今；现实语境的改变使作家对前文本有了新的理解，观念有所变化，于是再次重写时讽喻的指向也就有所改变。

（一）发潜德之幽光：重写南宋与晚明故事

既然是讽喻，喻体和本体必然有相似之处。单纯讽喻性的重写，就要找到“古”事与“今”事的相似点，将笔触放在这些相似点之上。现代重写型小说中有相当数量的作品重述南宋与晚明的人物与故事，这些重写作品有着一望而知的讽喻色彩。这两个特定时期的故事之所以被选择来重写，就在于不管作者还是读者，都认为当时的时代环境与上述两个时段在历史氛围上有着某种相似性。

有论者曾指出，过去的一百年里研究“明清之际”有两次高潮：“一是民族革命风头正健的20世纪初，一是三四十年代艰苦卓绝的抗日战争时期”[②]。围绕孔尚任《桃花扇》的研究与重写就是最佳例证。

梁启超就很推崇《桃花扇》，赞其“结构之精严，文藻之壮丽，寄托之遥深”，进而表示“读此而不油然生民族主义之思想者，必其无人心者也”，显见得，“寄托遥深”才是最触动梁氏的关键。[③] 梁氏还系统地研究了《桃花扇》，并在1925年完成注释和考订工作。在注本前面，梁氏写了一篇《著者略历及其他著作》，文中称孔尚任为“历史戏剧家”，“专好把历史上实人实事，加以点染穿插，令人解颐”。[④] 王国维1904年发表的《红楼梦评论》中，也曾论及《桃花扇》，描述此曲为“政治的也，国民的也，历史的也”。梁、王二人重视《桃花扇》，看来都侧重“民族主义”“政治、

① 孟超：《骷髅集》自序，见王富仁、柳凤九主编：《中国现代历史小说大系》，第1卷，石家庄，河北人民出版社，1999，第565页。

② 夏晓虹：《晚清女性与近代中国》，北京，北京大学出版社，2005，第114页。

③ 饮冰（梁启超）：《论〈桃花扇〉》，载《新小说》，第1年第7号，1902。

④ 孔尚任著、梁启超注：《桃花扇》，北京，文学古籍刊行社，1954，第7页。

国民、历史”的层面，为其“寄托遥深”。换句话说，他们都用讽喻的眼光看这个经典文本。

上述倾向同样体现在诸多重写《桃花扇》的剧本中。田汉《新桃花扇》(京剧剧本)1915 年 5 月 26 日至 29 日在上海《时报》副刊《余兴》上连载，当时署名为“汉儿倚声”，重写的是孔尚任《桃花扇》的一折。欧阳予倩则将《桃花扇》的故事改成了电影剧本和话剧剧本，1935 年出版了《新桃花扇》(电影文学剧本)，1947 年出版了《桃花扇》(话剧剧本)。此外周贻白的《李香君》(1940)、周彦的《秣陵风雨》(1944，后改名《桃花扇》)也是重写此剧的话剧剧本。

1944 年，郭沫若和翦伯赞分别写出《甲申三百年祭》和《桃花扇底送南朝》两篇史学论文，前者纪念“明朝灭亡的第三百周年”，后者剖析“明朝亡国前夕的社会一里一面”，两者都以马克思主义史学观来重新阐释李自成起义和明王朝的灭亡。两篇文章一出，震动文坛。与这些研究相伴的，还有文学重写。谷斯范的小说《新桃花扇》(原名《桃花扇底送南朝》)就是在这样的研究与重写氛围中出现的。这是一部很有特点的重写型小说，采用了传统章回体的形式。小说开始时在《东南日报》连载，1947 年出版了单行本。

孔尚任的《桃花扇》当然是戏剧而非史乘，以两个动荡时代的小人物的命运为主线来描绘历史，在当时处境下还不得不做了许多曲笔。不过，李香君与侯方域确有其人，翦伯赞在《桃花扇底送南朝》中还将《桃花扇》当作史料来用。谷斯范《新桃花扇》的直接前文本是孔尚任的著作，前文本群中还有明季的正史野说，那么，小说也可以算得重写史乘了。

更多现代重写型小说以史书为前文本，直接书写晚明风雨变换中令人感慨系之或扼腕叹息的英雄抑或奸佞。廖沫沙《碧血青磷》(1941)以《明史·史可法传》为前文本，描写史可法在最后一个除夕夜依然尽忠职守，殚精竭虑为明朝的延续而草拟奏章。史可法虽然不能力挽狂澜、改变偏安一隅的小朝廷终将覆灭的结局，其人其事却激励人心，感动后世。孟超《瞿式耜之死》(1941)和苏雪林的《秀峰夜话》(1943)则写更晚时候在广西拥立新帝的瞿式耜的事迹。苏雪林曾写了一组以南明忠臣为主人公的小说，除了《秀峰夜话》，还有《蝉蜕》《黄石斋在金陵狱》《偷头》等。同样描写亡国之痛与抗敌之忠勇的还有廖沫沙《江城的怒吼》(1941)，这篇小说中的英雄是奇迹般把清兵拒在城外八十余天的江阴人民。除了这些忠勇之臣外，晚明也有很多在国家危亡时刻只看到个人的利益、只关心一己荣辱的令人不齿之徒。郑振铎《毁灭》(1934)、廖沫沙《南都之变》

(1941)都重新刻画阮大铖之流在江山摇摇欲坠之时仍争权夺利的可鄙面目，苏雪林《丁魁楚》(1945)写的则是另一个投机大臣，临难变节却被杀的丁魁楚。

如果说，在“民族革命风头正健的20世纪初”明季故事更受瞩目；那么，“三四十年代艰苦卓绝的抗日战争时期”，一再被重写的不仅有晚明，还有南宋。

岳飞精忠报国、负屈含冤的故事，中国人耳熟能详。不仅《宋史》有记载，旧小说中也多有描写，旧戏中岳飞戏的数量更是相当可观，其中尤以反映秦桧陷害忠良、岳飞从容就义的部分最动人心魄。小说中，明代《大宋中兴通俗演义》、清代《说岳全传》等都以岳飞为主人公。戏剧中，金仁杰所撰元杂剧《东窗事犯》描绘秦桧与妻子王氏在东窗下密谋陷害岳飞，类似的情节在元代南戏《东窗记》、明代南戏《精忠记》等戏曲中都有表现。现代重写型小说也有不少重写岳飞故事。1932年，顾一樵创作了四幕剧《岳飞》，和《荆轲》《项羽》《苏武》一起编为《岳飞及其他》由新月书店出版。宋云彬《国策》写秦桧与宋高祖为了各自的私心，定下国策，要与金人议和，把岳飞送上冤死之路。廖沫沙《东窗之下》写秦桧夫妇如何密谋陷害岳飞，与《东窗记》等戏曲情节相近。罗洪《薄暮》则主要描写皇帝连下十二道金牌催岳飞回京，虽然不愿意离开抗敌前线，也有将士提醒他可能面临的陷害，岳飞还是毅然上路。郑振铎《桂公塘》、吴调公《突围》、罗洪《笼着烟雾的临安》则以文天祥为主人公，前两篇小说描写文天祥从敌人的软禁中逃出，后一篇小说写在朝政昏庸的状况下，文天祥在临安忧心忡忡。沈祖棻《厓山的风浪》和秦牧《死海》都重述了陆秀夫背负小皇帝投江的惨烈史实。

从以上介绍中可以很清晰地看到，重写的“讽喻”目的/功能已经完全压倒了“解释”目的、功能。作家的重写不再致力于往古事中灌注新观念，彰善瘅恶的传统史观重新回归，[①] 成为重写的主流。岳飞、文天祥、史可法、陆秀夫、瞿式耜，这些忠臣良将被一再重写，凸显的是爱国精神，他们抗敌救国置生死于度外，其忠贞气节正是传统史观中春秋大义的表征。《左传·昭公元年》中就有“临患不忘国，忠也”的说法，《左传·僖公九年十年》记载献公向荀息托孤的时候，荀息即许以忠贞，后来荀息果然

① 刘勰《文心雕龙·史传第十六》：“自周命维新，姬公定法，紬三正以班历，贯四时以聯事，诸侯建邦，各有国史，彰善瘅恶，树之风声。”刘知几《史通·曲笔》：“盖史之为用也，记功司过，彰善瘅恶，得失一朝，荣辱千载”。

“以死继之”。[1] 春秋时代士人此种忠贞誓死的道德律，也涵盖在中国文化传统中的“义”字当中。文天祥等人的故事苍凉悲慨，既让人心中凄恻，也令人血脉贲张，他们共同的死亡结局，正为其践行春秋大义之“贵死义”而具有了沉重的意义。[2] 在全民抗战的时节，作家纷纷重写南宋与晚明，可谓“发潜德之幽光”，起着振奋民气、凝聚人心、针砭时弊的作用。就像胡山源，早年组织弥洒社，主张顺着灵感创作，20 世纪 40 年代则在《万象》《小说月报》等杂志刊载了《明季义民别传》系列小说。

（二）“断念”与“选择”：伍子胥的哲理化重写

讽喻性的重写是指向现实的，有着“及物性”：作为喻体的“古”事与作为本体的“今”事之间要具备足够的相似性，才能使读者迅速穿越喻体达到本体，从而达到讽喻的目的。这样，本体往往需要是具体、清晰的，讽喻也就具有了即时性的功力效用。不过，讽喻也可以是情感性的，比如郁达夫将自己的心境融入重写黄仲则故事的小说《采石矶》中，颇有抒情意味。同时，讽喻也可以是哲理化的，比如冯至的中篇小说《伍子胥》。

《伍子胥》原名《楚国的亡臣》，看题目就能知道，小说重写的是伍子胥的故事。伍子胥是春秋时楚国大臣武奢次子。楚平王听信了奸臣费无忌的谗言，要杀害武奢与其两个儿子。武奢与长子武尚忠君受死，次子伍员则亡命天涯，后投奔吴国，并立志为父兄报仇，最终实现了臣子向君王的复仇行为。

伍子胥故事是中国历史上流传很广的一个传说。关于伍子胥的记载，最早见于《左传》《国语》，此后《韩非子》《吕氏春秋》对伍子胥故事有进一步加工。第一次完整记述伍子胥故事的是《史记・伍子胥列传》，《史记》中《吴太伯世家》《楚世家》《范雎蔡泽列传》对这个故事有补充描述。东汉时，《越绝书》更加丰富了伍子胥故事的细节，而到《吴越春秋》的记载，伍子胥故事基本成型。后世的野史、小说、戏曲往往是在此基础上加以创作的。冯至《伍子胥》的前文本主要是《史记》和《吴越春秋》。有研究者将《吴越春秋》视为野史，也有人视之为小说，那么，也可以认为《伍子胥》的前文本群其实包括了史书和小说。在这里，我们将《伍子胥》放在重写史乘的小说中讨论。

---

① 《左传・僖公九年十年》：“献公使荀息傅奚齐。公疾，召之，曰：‘以是藐诸孤，辱在大夫，其若之何。’稽首而对曰：‘臣竭其股肱之力，加之以忠贞。其济，君之灵也。不济，则以死继之。’公曰：‘何谓忠贞？’对曰：‘公家之利，知无不为，忠也。送往事居，耦俱无猜，贞也。’”

② 杨树达：《春秋大义述》，第 1 卷“贵死义第三”，上海，上海古籍出版社，2007。

在中国，伍子胥是一个代表着坚忍性格与复仇精神的人物形象。不过，小说《伍子胥》没有描写复仇的情节，只选取了从出逃及至到达吴国这一段逃亡经历来描绘。这篇小说是冯至 1942 年冬到 1943 春在昆明西南联大任教期间创作的。在小说完成四十多年后，冯至在《昆明往事》一文中回忆：

> 我在 40 年代初期写的诗集《十四行集》、散文集《山水》里个别的篇章，以及历史故事《伍子胥》都或多或少地与林场茅屋的生活有关。换句话说，若是没有那段生活，这三部作品也许会是另一个样子，甚至有一部分写不出来。①

同一篇文章中冯至还说：

> 从《山水》一类的散文转移到现实性较强的杂文，我在 1942 年冬至 1943 年春写的《伍子胥》可以说是一架桥梁，它一方面还留存着一些田园风光，一方面则更多地着眼于现实。②

“林场茅屋的生活”为何这样重要？小说《伍子胥》在什么意义上是“一架桥梁”呢？

冯至所说的林场茅屋是昆明附近一处林场的管理处。1939 年，冯至接受西南联大的聘请来到昆明，别人将一处山间林场里的瓦房借给他躲避空袭。此后一直到 1941 年 11 月，冯至经常到林场茅屋去住，喜欢那里的宁静与田园风味。后来之所以离开茅屋，冯至在回忆中提到是因为一件事情的触动。1941 年秋天，老舍来到昆明做了几次讲演，讲演中说到抗战期间文人要为抗敌写作，不要在小花小草中寻求趣味。冯至这样回忆当时看到老舍这段话的感触：

> 我在学生壁报上读到这段话的记录，内心里感到歉疚。我自信并没有在小花小草中去寻找什么小趣味，也思索一些宇宙和人生的问题，但是我的确没有为抗敌而写作。我一走近那两间茅屋，环顾周围的松林，就被那里自然界的一切给迷住了。我前边提到过，抗战把沉睡中的昆明摇醒，昆明醒了，我自己是不是又入睡了呢？

---

① 冯至：《昆明往事》，见《冯至全集》，第 4 卷，石家庄，河北教育出版社，1999，第 355 页。

② 冯至：《昆明往事》，见《冯至全集》，第 4 卷，石家庄，河北教育出版社，1999，第 359 页。

> 不，在醒了的昆明我是不会入睡的。只要我回到城里，和朋友们交往，和同学们接触，看到目能所及的现实，我还是警醒的。①

林场茅屋虽然不是“小花小草小趣味”，但终究是远离现实的，冯至决定离开。不久之后，昆明的这处林场茅屋悄然进入小说《伍子胥》，变成了亡臣伍子胥遇到的楚狂居住的林泽间茅屋。小说描绘的茅屋里，住着隐逸的楚狂夫妇。打开门，满屋都是阳光；点燃松球，满屋都是松香。伍子胥刚刚踏进这样的屋子，“仇恨重担也真像行李似地放在一边”。可是，当他再一想，“还是爱惜他自己艰苦的命运”：“你们这样洁身自好，可是来日方长，这里就会容你们终老吗？……你们尽可以内心里保持莹洁，鹓鸰不与鸱枭争食，就算是解决问题了吗？——我却要先把鸱枭射死……”茅屋的隐士生活虽然高洁，但是伍子胥却不能忘记残酷的现实与自己肩上的复仇担子。他虽然向往前者，却依然选择了后者。

的确，断念与选择是贯穿《伍子胥》的主线。在整篇小说里，伍子胥经历了一场漫长的逃亡之旅，在这艰辛的奔逃之路上，他经过一次次的“把捉”“断念”“选择”，终于，如同蚕蜕去蚕茧，如同蛇蜕去旧皮，他度过了由死而生的蜕变，承担起自己的命运。

《伍子胥》中共描写了九个场景，起点是城父，逃亡之路经过林泽、洧滨、宛丘、昭关、江上、溧水、延陵，最后到达吴市。在林泽，他舍弃了宁静的茅屋；在洧滨，他为着太子建的猥琐庸俗而失望，为着贤明的子产之去世而感到异代不同时的惆怅与孤独；在宛丘，他为伏羲与神农留下的印迹而开阔心胸，为渺小势利的陈国人而感到憎恶；在昭关，他在躲藏的黑夜里听着楚国士兵为死去同伴招魂的歌声，经历了更生的蜕变，鬓角染了秋霜，心境却无比清爽，坚定了复仇的信念；在江上，他遇到白发的渔夫，不经意的歌声恰中他的命运，寻常的引渡却给了他博大的恩惠；在溧水，他遇到红颜女子，豁然洞悉了“人”与“我”“施”与“受”的界限，郑重送他米饭如同在土地播撒种子；在延陵，他曾经接近视王位如羽毛般轻的高洁的季札，最终却克制了仰慕之情，“对于登门拜访季札的心完全断念了”，“仿佛是对于他生命里一件最宝贵的事物的断念”：

> 他知道他眼前的事是报仇雪恨，他也许要为它尽他一生的

---

① 冯至：《昆明往事》，见《冯至全集》，第4卷，石家庄，河北教育出版社，1999，第356页。

> 生命。他眼前的事是一块血也好，是一块泥也好，但是他要用全力来拥抱它。

伍子胥对林泽茅屋的亲切之情，对江上白发渔父、溧水浣衣红颜的感恩，对人人称颂的季札的钦仰，这些描绘都可以在冯至对昆明林场茅屋的喜爱之情中唤起回应。伍子胥深深明白，“他虽然还有向着高处的、像着纯洁的纸鸢似的心，但是许多沉重的事物把他拖住了，不容许他的生命像水那样清，像树那样秀”，这就如同冯至被那有茅屋有松林的自然界“迷住”之后却幡然警醒：在“触目所及的现实”中，自己不能“入睡”。伍子胥对曾经只追求纯洁而高贵事物的少年心事“断念”了，选择承担起父兄的仇恨，去洗刷污秽的城市；正仿佛诗人冯至毅然转换了写作方向，不再抽象地思考宇宙与人生，而是拿起笔开始指向现实的创作。《伍子胥》正是冯至20世纪40年代写作转型的一个标志，或者用他自己的话，这篇小说是“一架桥梁”，“留存着一些田园风光”，却“更多地着眼于现实”。创作了这篇小说之后，冯至开始了直接面对现实的杂文创作。

在这篇小说中，冯至将个人的经验内化到对古代故事的重写中，同时也将自己所受德国存在主义哲学的影响融入对中国古代一个坚忍复仇者——伍子胥的形象再塑中。在《伍子胥·后记》中，冯至对这一点表述得很明白。早年冯至为伍子胥与江上渔父与溧水边浣纱女的美丽的遇合而神往，想象中都是浪漫的元素，可是，这样音乐一样的画面，他并不能“把住”。只有到了抗战时期，经历了严酷与艰辛，经历了家国的危难，他才重新“把住”这个故事：

> 当抗战初期，我在内地的几个城市里流离转徙时，有时仰望飞机的翱翔，我也思量过写伍子胥的计划。可是伍子胥在我的意象中渐渐脱去了浪漫的衣裳，而成为一个在现实中真实地被磨炼着的人，这有如我青年时的梦想有一部分被经验给填实了、有一部分给经验驱散了一般。
>
> ……一时兴会，便写出城父、林泽、洧滨、昭关、江上、溧水、吴市七章。……其中掺入许多琐事，反映出一些现代人的，尤其是近年来中国人的痛苦。这样，两千年前的一段逃亡故事变成一个含有现代色彩的“奥地赛”了。

城父、林泽、洧滨、昭关、江上、溧水、吴市七章的主要情节，大多在《史记》中可以找到前文本：父兄被杀与伍员的逃走，伍子胥与申包胥的相遇，太子建与晋国勾结害宋而被杀，伍子胥困于昭关，江上渔夫引渡，伍子胥到吴国之前生病而乞食，最终来到吴国。江上渔父的故事在《史记》中较为简略，但是已经有了子胥送剑、渔夫不受的对话。《史记》中并没有浣纱女的记载，不过其中“乞食”的说法为后来的传说打下了铺垫。到了《吴越春秋》，渔夫与浣纱女的故事就非常详细了。不过，冯至并不局限于《史记》《吴越春秋》这些前文本，他在重写时加上了自己的虚构。比如，《林泽》一章就虚构了子胥与楚狂夫妇的相遇。冯至更自述道，写完上面七章之后，“索性不顾历史，不顾传说”，又添加了宛丘与延陵两章。

小说中虚构的部分最突出体现了重写的主旨。《宛丘》一章，冯至描写伍子胥先遇到一个一味巴结楚国却鄙视自己祖国的陈国司巫，接着遇到一个为贫穷与忧患而神经质的陈国百姓。前一个人令人鄙夷，后一个人却叫人同情，但是这两个人都让伍子胥看不到陈国的希望，伍子胥无法苟同这两个陈国人面对忧患的态度。《延陵》一章，冯至浓墨重彩地刻画子胥决断之前最后的思虑。子胥来到贤明高洁的季札所在的延陵境内，他很想去拜望这位人人称誉的贤人，表达景仰的心意。可是，他却为即将到来的会面与对话而踌躇，他不知道该如何面对那位轻视王位的老人：

> 他要用什么样的话来回答呢？是说他复仇的志愿，可是叙述他一向仰慕的心？若是说他复仇的志愿，又何必到季札这里来？若是叙述他仰慕的心，走出季札的门，又何必还望东去呢？

在这里，季札代表着出世的清高，仿佛庄子描绘的逍遥游的仙人，和伍子胥念念不忘“父母之仇，不与戴天覆地，兄弟之仇，不与同城接壤”的沉重心境，又如何相称呢？子胥固然景仰季札的超脱，可是他毕竟需要选择，而命运已经为他规定了应该承担的重任：

> 季札的门并不是宫门那样森严，随时都可以叩得开，子胥的心也不住地向那边向往。但是不同的运命把他们分开了，他的心无论怎样往那里去，他的身体却不能向那里走近一步。水里有鱼，空中有鸟，鱼望着鸟自由地飞翔，无论怎样羡慕，愿意化身为鸟，运命却把它永久规定在水里，并且发不出一点声音。——子胥想到这里，对于登门拜访季札的心完全断念了。同时也仿佛是对于他生命里一件最宝贵的事物的断念。

这里的“断念”，正是对出世的、隐逸的、个人的逍遥自由的断念，而选择承担起个人在社会中所扮演角色的任务，也就是去担负自己的责任。这里的断念，是对《林泽》一章中子胥选择离开楚狂夫妇的茅屋的再次回应。楚狂，唱着“凤兮之歌”的楚狂，正是逃避浊世的隐士高人。而子胥虽然敬重楚狂夫妇，却不能认可他们的避世，他甚至怀疑他们在林间茅屋的平静生活也会在不久的将来遭到破坏。正是有了这些冯至所谓的“捏造”，《伍子胥》在他手里“好像一棵树在老的树干上又发出了新芽”。而“新芽”来自冯至从书斋宁静深远的沉思到战火纷飞、敌机扰攘中的忧虑这些切切实实的自身“体验”，来自他经过里尔克的存在主义哲学思考浸润的对个体生命承担的认识。可以说，经由自身的“经验”，冯至将其存在主义色彩浓郁的思考与个人的抉择，由一个古代逃亡故事的重写表现出来。冯至所谓“含有现代色彩的‘奥地赛’”正是在这个意义上而言的。

冯至又说，《伍子胥》中“掺入许多琐事，反映出一些现代人的，尤其是近年来中国人的痛苦”。的确，小说中颇有一些指向现实的讽喻性细节。当时的读者都敏锐地发现了这一点，有人这样评价这本小说：

> 这本书上的故事不仅仅拘泥于真实的史实，著者自己幻想补了史实的记载，但没有感到对史实有什么不忠，反而更浮塑了这个历史人物。尤其在当前的中国里，通过这首诗，我们更真实的体验了当前人民的灾难，与国家的不幸。①

的确，小说中齐国囤积居奇的贩私盐的商人、陈国谄媚楚国人的司巫，都令人想起抗战中一些人的丑恶面孔，想起现实中的种种现象。也有读者将小说中的讽喻细节解说得更清楚，认为小说“特别使我们听到这个时代的声音”：

> 让我们再看看子胥穿过宛丘的矮林，在田畴里碰见的那个陈国的司巫，那个渺小丑恶的人物，不就正是这次抗战期间像蛆虫一样活动着的汉奸的画像吗？让我们再听听那个困居台墓园的陈国小民的悲诉。……不就正是抗战期间沦陷区内无望无告的同胞底哀鸣吗？②

也许可以这么理解，《伍子胥》中冯至所虚构的这些“琐事”，正来源于中国的现实。现实在作家的笔下变形，渗入对古代故事的重写之中；于是，重写的小说也就成为对中国现实的讽喻。

以上两位评论者都注意到《伍子胥》的文字之美，称它是晶莹透亮的长诗，称它是“炉火纯青”的“人的高歌”。唐湜也特别感触于《伍子胥》的

---

① 田堃：《伍子胥》，载天津《大公报》“文艺”副刊，1946(34)。

② 马逢华：《〈伍子胥〉》，载天津《大公报》“星期文艺”，1946(11)。

诗意，把它比作“完熟而透明的诗的果子”。不过，他却认为作品的形式与复仇的主题不协调：“那一夜白了头的故事该是杜斯也耶夫斯基式的杰作，在这里却给诗人的梦似的抒写冲淡了”，“我始终觉得这样的复仇主题不应该写在这么平坦的平原似的流利的散文里，而应该写在连峦一样严峻的，或海洋一样深沉有力的史诗样的小说里”。[①]

唐湜对《伍子胥》的不满涉及对重写的不同理解。在中国历史与传说中，伍子胥故事的核心就是复仇。那么，唐湜就要求冯至的重写要把重心放在复仇主题上。但是正如冯至自我表白的，《伍子胥》是现代的奥德赛，逃亡与决断才是小说的核心主题。冯至改写了历史悠久的故事，赋予了它新的意味。这样的重写，一样是成功的。并且，《伍子胥》中依旧保留了前文本的复仇主题。在小说里，避世的轻逸而高洁的隐士生活与入世的沉重而污浊的复仇重担，一直是伍子胥需要二选一的选项。不过，这样严峻的抉择，冯至主要通过里尔克式的一个个场景中的静观、体验与沉思来实现，而没有通过冲突的戏剧矛盾来完成。这样的决断，带着冯至在战争中的个体体验，而远离了《史记》《吴越春秋》等前文本。但是，伍子胥在轻与重之间的断念与选择，对逍遥的离弃与对承担的认可，却实现了对前文本的重新阐释，于是小说与前文本之间有了直接的对话。

冯至《伍子胥》式的重写其实并不是孤立的现象，将视野从中国文学扩大到世界文学范围的话，我们将会发现一个与《伍子胥》极为相似的文本——萨特的戏剧《苍蝇》。这两个文本的相似是多重的。第一，它们都是对流传已久的故事的重写，《苍蝇》重写的是希腊神话中俄瑞斯忒斯在姐姐厄拉克特拉的鼓动下杀母为父报仇的故事。第二，这两个文本的创作时间相差无几，《伍子胥》写于 1942 年冬至 1943 年春，《苍蝇》则于 1943 年 4 月演出。第三，它们都对前文本的“复仇”主题有所偏离，而直接指向现实，具有鲜明的讽喻性。《伍子胥》针对的是中国被日本法西斯侵略的现实，《苍蝇》指涉的是在德国纳粹占领下法国维希政府的绥靖政策。第四，也是很重要的一点，两个文本在哲学层面上也都有着相似的存在主义理念。

但是，冯至与萨特之间不存在相互影响的关系。冯至曾在德国学习文学与哲学，师从存在主义哲学家雅斯贝尔斯，他热爱歌德与里尔克，熟悉尼采与克尔恺郭尔，这是导致冯至与萨特在哲学理念上具有相似性的个人学术背景。而第二次世界大战中，在德日法西斯的侵略下，法国

① 唐湜：《冯至〈伍子胥〉》，载《文艺复兴》，第 3 卷第 1 期，1947(3)。

维希政府采取软弱的绥靖政策，而中国政府也暴露出无力与腐败的症候，这些则是萨特与冯至的重写所面临的相似的政治环境。

佛克马曾经分析过萨特《苍蝇》三个不同层面的重写向度——三重文本指涉。第一重文本指涉是指向文学作品的，《苍蝇》没有将重点放在古希腊戏剧家对相关戏剧所处理的主题上，而是和法国的季洛杜的戏剧《厄拉克特拉》、小说《厄拉克特拉的选择》等现代作家的作品展开对话。第二重指涉关系到哲学理念，《苍蝇》使用了《圣经》中的词汇，用自由的人道主义观念来反对基督教的忏悔与救赎观念。第三重指涉则有明显的政治意味，1940 年法国维希政府的马歇尔·贝当在不少场合连续向法国人民喋喋不休地谈到忍受的主题，谈到战败是天命以及必须建立一种新秩序，1940 年 9 月 6 日的演讲中贝当将服从称为首要的义务，《苍蝇》用反讽的手法影射贝当的诡辩，抵制贝当所鼓吹的忍受与服从命运。①

相应地，《伍子胥》的重写也有类似的不同向度的指涉。历史上各种版本的伍子胥故事大多关注忍辱负重以复仇的主题，而冯至的重写没有落在这个层面。《苍蝇》的作者萨特自己表述其创作动机最直接的是针对法国政府与人民，而冯至则在自述中表明《伍子胥》本身最直接体现的是作者个人在大时代中的抉择。《苍蝇》的哲学意味在于以人道主义的承担替代基督教式的忍受与救赎，而《伍子胥》则以混合了存在主义与儒家责任感的决断代替了道家式的逍遥与高蹈。田堃在评论《伍子胥》时曾特意指出，冯至喜欢歌德，钦佩里尔克，又是鲁迅先生的优秀学生。② 但他没有对此作出进一步解释。其实，我们不难看到，如果说那些存在主义哲学气息的成分来自德国诗人与哲学家的话，那么拥抱“复仇”、放弃“逍遥”则直接和鲁迅《铸剑》《起死》的主旨遥相呼应。

四、解释与讽喻之间的张力

前面分别论述了重写史乘的小说“解释”前文本与“讽喻”现实的两个方面，其实，这两个方面往往共存于同一篇小说之中。在同一文本内，解释与讽喻之间形成一种张力，使小说文本有了更广阔的解读空间，使重写更有活力。

---

① 参见 Douwe Fokkema：*Why Intertextuality and Rewriting Can Become Crucial Concepts in Literary Historiography*，Neohelicon，2003(2).〔荷兰〕杜威·佛克马：《为何文本间性与重写会成为文学史编撰中至关重要的概念》，载《世界比较文学》，2003(2)。

② 田堃：《伍子胥》，载天津《大公报》“文艺”副刊，1946(34)。

(一)解释中的讽喻

上一节谈到忠臣故事体现的忠贞节义、爱国情怀，如果说这种重写主题颇为传统的话，细读文本，在重写中旧中有新，这忠贞节义、爱国情怀中其实又蕴涵了新的内容。

苏雪林《秀峰夜话》(1943)写瞿式耜与张同敞在临刑前一晚彻夜长谈。式耜与同敞夜话的情节出自《明史·瞿式耜传》：

> 七年正月，南雄破。王惧，走梧州。诸大臣讦时魁等下狱，式耜七疏论救。胡执恭之擅封孙可望也，式耜疏请斩之。皆不纳。九月，全州破。开国公赵印选居桂林，卫国公胡一青守榕江，与宁远伯王永祚皆惧不出兵，大兵遂入严关。十月，一青、永祚入桂林分饷，榕江无戍兵，大兵益深入。十一月五日，式耜檄印选出，不肯行，再趣之，则尽室逃。一青及武陵侯杨国栋、绥宁伯蒲缨、宁武伯马养麟亦逃去。永祚迎降，城中无一兵。式耜端坐府中，家人亦散。部将戚良勋请式耜上马速走，式耜坚不听，叱退之。俄总督张同敞至，誓偕死，乃相对饮酒，一老兵侍。召中军徐高付以敕印，属驰送王。是夕，两人秉烛危坐。黎明，数骑至。式耜曰：“吾两人待死久矣”，遂与偕行，至则踞坐于地。谕之降，不听，幽于民舍。

《明史》中，式耜与同敞秉烛危坐是在孔有德俘虏两人的前夜，此后两人被幽囚一段时间后才遇害。孟超的小说《瞿式耜之死》就是完全依照《明史》铺叙的。但是，苏雪林却对此做了一点改变，把夜谈的时间改为孔有德杀害两人的前夜。时间一改，谈话就更加带有遗言的意味了。小说中，苏雪林借瞿式耜之口检讨南明败落的根由，所论老庄之弊竟然和她半生诋毁鲁迅的论调极为相似，她直接指责中国士大夫“阳儒阴道”，甚至“阳老庄而阴杨朱”：

> 同敞吃惊道：吾教已不是孔孟真传，又是什么？……
>
> 式耜道：其所以潜移默换逐渐变成今日之状况者，我亦愧不能言其所以然。大概原因总是很多罢了。其比较显明者，则魏晋以来，老庄之学混入儒教是也。盖老庄之学教人听天任命，随遇而安；教人泯是非，混善恶，和光同尘，与世沉浮，无论何事都不必计较。换言之，就是叫人不必认真。
>
> ……许多人受了老庄的影响，一味旷达，旷达，几个旷达一来，一定要变成顾泾阳批评王龙溪之所云：龙溪标榜心无善

恶，无非成就一个"空"和一个"混"。

……我看我们中国士大夫，也是口头上讲的是孔孟之学，实行的是老庄之学，可以名之曰"阳儒阴道"，说得逼真一点，则又可以名之曰"阳老庄而阴杨朱"，吾人平日做杨朱的信徒，尚无大害，及其至内忧外患，国势飘摇之际，那害处便不可胜言了。

然而，苏雪林借瞿式耜之口批评中国士人，和鲁迅对中国文化的内部批评有着立足点的不同。瞿式耜和历史上其他忠肝义胆的贤臣有一个不大一样的背景，就是他与天主教的关系。学界关于瞿是否教徒有所争论，但倾向于瞿确实曾受洗的观点似乎更占优势。方豪曾谈到明永历皇太后、皇后以及大臣瞿式耜等众多"奉教者"："桂王政权差不多半是个天主教徒的政权，永历帝的拥立者大学士瞿式耜、司礼监庞天寿、焦琏、丁魁楚等大员皆教中人，帝之嫡母王太后、生母马太后、正妻王皇后、太子慈炬也都从德籍神父瞿安德领洗入教"。[①] 王治心《中国基督教史纲》、杨森富《中国基督教史》也提及瞿式耜"奉教"。苏雪林早年留学法国时皈依了天主教，她之认同瞿式耜与此有着微妙的关系。或者换个角度来说，《秀峰夜话》对式耜的重写正是借助了小说主人公和天主教的关系，借式耜之口以西教对比中国儒教。

《秀峰夜话》没有明确交代式耜是否天主教徒，是否受洗。小说中，同敞开始并不理解式耜表彰西教的缘由，他追问式耜是否"西教徒"，式耜作了一个模糊的回答："我到如今还是儒门子弟"，"但我觉得我们的教化似乎缺欠了点什么，而彼西来之教，则大可补吾儒之不及，所以我有取于他罢了"。式耜表白，他所感召于天主教的，"一曰热爱，一曰虔诚"，所以，"自从与西儒交游以来，受其感召，以爱神之心爱君父，以信道之义捍卫国家"。《秀峰夜话》通过有天主教背景的瞿式耜将西方文化与中国文化对比，展开对中国传统文化的批判。小说能够充分利用前文本的空隙施展虚构本领，将晚清以降特别是新文化运动之后中西文化的对比引入到重写史乘的小说当中。

在抗战的背景下，除了南宋与晚明忠奸对比的故事被大量重写，还有一个人也多次出现在小说家的重写中，这就是汉代的李陵。李陵是颇具传奇性和争议性的人物，不同的时代、不同的人对他有着不尽相同的评价。姚苡《李陵》(1939)、陈鹤翔《刀环梦》(1940 年作，1942 年发表)、孟超《苏武与李陵》(1943)都是描写这个由于身处复杂政治环境而心态复

① 方豪：《中国天主教史人物传》(中册)，北京，中华书局，1988，第 275～301 页。

杂的人物，分别从不同的侧面重写这个人物。

孟超《苏武与李陵》将陷于匈奴18年而矢志不改的苏武来对照李陵，赞扬苏武之坚贞不屈，贬抑李陵虽有可恕但并不可取的心志与行径。姚苡《李陵》对主人公的怯懦也有辛辣的嘲讽。关于李陵的故事，《史记》虽有记载，但较简略，附在李广列传之后。为突出李广以及后代的悲剧性命运，在当时苛责李陵、其全家无辜被害的境况下，《史记》的记载特别强调了李陵降敌的外在原因。《汉书》则秉持当时正统的观念，在多采自《史记》的记载而外，对司马迁作了严正的批评。班固的记录考虑到了李陵投降匈奴时难以选择的处境，但是并不认可他的降敌，对他有鲜明的针砭。孟超与姚苡的小说，和《汉书》的态度相似，对李陵多有贬抑，但却出于各自不同的立场，在不同的语境下对这个人物及其经历进行重新认识。不错，李陵的行为确有可以理解之处，其人品性也并非不堪，反而有很多值得称道之处。在太平年月，若重新考虑李陵的遭遇，并联系到他全家的遭遇，这会是一个值得同情的人物，也不乏优点。但是，在危难时刻，在中华民族处于艰难困苦、内忧外患、甚至面临亡国危险的时候，人们更看重气节与忠贞，在这样的处境下重新审视李陵，就不免对他不满，把他无奈的申诉看做一种遁词。于是，孟超与姚苡的小说对李陵的批判就严厉起来，比《汉书》的态度有过之而无不及，甚至不惜在原有基础上丑化这个人物。

这种“不太公正”的倾向其实在古代就有。王夫之批评李陵就颇为苛酷，称其“背逆”，谓其“大节丧”“不可浣”：

> 司马迁挟私以成史，班固讥其不忠，亦允矣。李陵之降也，罪较著而不可掩。如谓有孤军支虏而无援，则以步卒五千出塞，陵自炫其勇，而非武帝命之不获辞也。陵之族也，则嫁其祸于绪；追其后李广利征匈奴，陵将三万余骑追汉军，转战九日，亦将委罪于绪乎？如曰陵受单于之制，不得不追奔转战者，匈奴岂伊无可信之人？令陵有两袒之心，单于亦何能信陵而委以重兵，使深入而与汉将相持乎！迁之为陵文过若不及，而抑称道李广于不绝，以奖其世业。迁之书，为背公死党之言，而恶足信哉？
>
> 为将而降，降而为之效死以战，虽欲浣涤其污，而已缁之素不可复白，大节丧，则余无可浣也。关羽之复归于昭烈，幸也；假令白马之战，不敌颜良而死，则终为反面事雠之匹夫，而又奚辞焉？李陵曰：“思一得当以报汉”，愧苏武而为之辞也。

> 其背逆也，固非迁之所得而文焉者也。[1]

船山先生为何如此苛责李陵甚至司马迁？原因正在于他所处的时代。他看到晚明诸多弊端，小南明的盛衰荣辱，大时代的家国兴亡，特别是本来寄托着南明希望的吴三桂转而投清使形势逆转，这些使得他不能不感慨于文臣武将的无能与无行，使得他不能不渴望着忠贞节烈、侠肝义胆的英雄，使得他不能不苛责李陵。可以说，孟超与姚苡在小说中对李陵批判得十分严厉，其动机正与船山先生相同。

比起姚苡《李陵》和孟超《苏武与李陵》，陈翔鹤《刀环梦》则对李陵多有同情。小说重写的是，汉朝和匈奴停战后，李陵拒绝了奉命出使匈奴想接他回汉的旧友任立政的一段故事，其前文本是《汉书·李广苏建传》的一节：

> 昭帝立，大将军霍光、左将军上官桀辅政，素与陵善，遣陵故人陇西任立政等三人俱至匈奴招陵。立政等至，单于置酒赐汉使者，李陵、卫律皆侍坐。立政等见陵，未得私语，即目视陵，而数数自循其刀环，握其足，阴谕之，言可还归汉也。后陵、律持牛酒劳汉使，博饮，两人皆胡服椎结。立政大言曰："汉已大赦，中国安乐，主上富于春秋，霍子孟、上官少叔用事。"以此言微动之。陵墨不应，孰视而自循其发，答曰："吾已胡服矣！"有顷，律起更衣，立政曰："咄，少卿良苦！霍子孟、上官少叔谢女。"陵曰："霍与上官无恙乎？"立政曰："请少卿来归故乡，毋忧富贵。"陵字立政曰："少公，归易耳，恐再辱，奈何！"语未卒，卫律还，颇闻余语，曰："李少卿贤者，不独居一国。范蠡遍游天下，由余去戎入秦，今何语之亲也！"因罢去。立政随谓陵曰："亦有意乎？"陵曰："丈夫不能再辱。"

《刀环梦》选取任立政暗示李陵"还"汉而屡屡抚摩"刀环"的细节，以"刀环"为题，却继之以"梦"字，富于象征意味。小说巧妙地增加了很多心理、细节描写，刻画出一贯的思想性格如何在特定的环境中影响李陵的选择，以及这些选择给他带来的刺痛、愤怒和忧郁。小说中还增加了李陵回忆与任立政定交的细节。原来，年轻时李陵与立政曾有口角，李陵"素即激烈"，拔剑出鞘指向立政，结果后者只是招架而被击中额头。被逼无奈的立政还击，却只打落李陵的剑，不肯伤他，继而严词批评李

---

[1] 王夫之：《船山全书》，第10册，长沙，岳麓书社，1996，第151页。

陵竟将应该杀敌的剑来对付朋友。李陵为此羞愧难当，负荆请罪，两人由此交好。这个细节的添加，突出了李陵与立政不同之性格与为人，也为后来李陵归降匈奴与再后来的立政之规劝埋下了伏笔。小说心理描写很细腻，比如李陵看到任立政的暗示举动，心有所悟，一时心情极为复杂：

> 当他明白后，他登时的便为下面两种不同的感情所攫捕者(着)，——一是他平时对于汉朝，和对于汉朝的一般人，如贰师将军李广利等的轻蔑和仇恨，一则是他对于昔日友情的怀念，以及从前在汉朝种种生活的前尘往影的招引。这便使得李陵此刻的心中，真有一种说不出来的难过；大约伤感和刺痛，还夹杂着一些难以抵抗的愤怒，这便是他当时的感情。

有了上文年轻时李陵伤及立政的细节做铺垫，这段心理描写显得更加合情合理。李陵本身激烈的性情使他有诸多不平，情绪影响他的判断，现实逼迫他的选择。所以他最后只能无奈地这样答复立政：“算了罢，少公！你回到汉朝时，可替我谢谢一切的朋友们。但我自己却早已决定不再回去了！真是，男儿汉，大丈夫，到处都可为家，那能够再去随便加以侮辱呢！……”对比前文本，这段话其实是将《汉书》中卫律的话加到了李陵的回答中，不过，这样的改动却愈加突出李陵之看重“男儿汉”的尊严以及他内心选择的艰难。

当然，陈翔鹤之所以选择重写李陵这个独特的人物，也有着与孟超与姚苡相近的讽喻的写作动机，就是涉及如何评价“投降”。但是，陈翔鹤不像后两位那样激烈，他更能设身处地同情李陵。《刀环梦》写于1940年，发表于1942年，当时正处于抗日战争最为艰苦的时期，已经有大片大片的中国土地沦为“日据区”，而中国政府当局却又软弱无力、腐败堕落。在这样的时代，在这样的“日据区”生活，人们该如何自处？考虑到这样的现实环境，作家重新审视李陵的故事，就会对他的行为有所同情、宽宥。从上面的分析可以看出，陈翔鹤尝试对李陵这个人物作出一些自己的解释。对比前文本，《刀环梦》中增加心理描写和虚构细节，其实就是在试图解释李陵为何作出“不归还”的选择。前文所述的《秀峰夜话》，同样是在前文本的基础上添加了关于天主教的新内容，于是在表彰其忠贞以外还赋予了瞿式耜故事新的解释。

（二）讽喻中的解释

其实，由于近现代以来史学观念的更新，即使一些重写史乘的小说偏于讽喻，“新解释”也会悄悄潜入其中。重写南宋、晚明的小说大多为了表彰爱国、宣扬忠贞英勇、贬斥怯懦自私。不过，小说中除传统的家国之忠爱以外也隐隐透露出新鲜的国族理念。的确，“新观念”早已无孔不入。所谓旧中有新，小说中“爱国”之“国”看起来和古代的“家国”相似，实际上已经渗透了新的现代民族国家观念。① 梁漱溟《中国文化要义》就论及这个问题：

> 像今天我们常说的“国家”“社会”等等，原非传统观念中所有，而是海通以后新输入底观念。旧用“国家”两字，并不代表今天这涵义，大致是指朝廷或皇室而说。自从感受国际侵略，又得新观念之输入，中国人颇觉悟国民与国家之关系及其责任……常有人引用顾亭林先生“天下兴亡，匹夫有责”的话，以证其义，这完全是不看原文。……他(指顾炎武)所积极表示每个人要负责卫护的，既不是国家，亦不是种族，却是一种文化。②

对作家来说，传统的忠贞节义观念还存留在意识中，同时又接受了现代民族国家的理念，这种新旧观念的交融与碰撞也出现在重写中。郑振铎的《黄公俊之最后》(1934)与《王秀才的使命》(1936)两篇小说的对比就很有意思。前一篇小说写投奔太平天国的湖南文人黄公俊的故事，他奉忠王李秀成之命试图联合曾国藩，结果被曾杀害。后一篇小说写鸦片战争中王秀才等一干人自愿效劳英国鬼子，为的是换取一点“油水”。《黄公俊之最后》中，从顾炎武到章太炎的“夷夏之辨”是小说的文化背景，黄公俊为了“兴复故国”才反抗清廷，他对曾国藩所说的一番话正是基于这样的观念：“曾老先生，我们做了二百多年的臣仆，还不足够么？为主为奴，决在你老先生今日的意向！你难道不明白我们汉族所受的是怎样不平等，不自由的待遇么?”《王秀才的使命》中，王秀才开始还忧虑所做的事是“通敌”，周茂林却说：“有奶便是娘，管他妈的敌不敌!”阿林哥更是干脆：“什么敌不敌，妈的那皇上家还不是个番人?”最后，王秀才想通了：“孔子是圣之时者：生今之世，必从今之道，三月无君，便遑遑然莫知适从。我们既为世所弃，为何不自择所适呢?”前一篇小说，黄公俊被描绘成一个视死如归的反清志士；后一篇小说，王秀才被刻画成一个卑鄙无耻的卖国小人。这两个文人都背叛了清廷，却得到完全不同的评价，原因就在于在满汉对立之外又加上了中外的对立。而在主旨颇为传统的

① 王汎森《晚清的政治概念与“新史学”》中对“国家”概念在晚清的形成与衍化有细致的论述，见王汎森：《中国近代思想与学术的系谱》，石家庄，河北教育出版社，2001。

② 梁漱溟：《中国文化要义》，上海，学林出版社，1987，第166页。

《黄公俊之最后》中主人公对清朝“不平等”“不自由”的斥责也透露出迥异于传统的现代观念。①

（三）批评的错位

重写史乘，可以“解释”，也可以“讽喻”，或者兼具解释和讽喻两种功能。当批评者各持己见，以不同的标准来要求重写史乘的小说时，争议就产生了。围绕郑振铎《桂公塘》的一系列争论就由此而来。

《桂公塘》发表于1934年4月《文学》第2卷第4号《文学创作专号》，描写文天祥被元军扣留之后设法逃出的经历，同时以回溯的形式描绘了文天祥所处的历史氛围。小说的前文本正是文天祥的《指南录后序》。小说刚刚发表，就有人高声叫好。1934年4月出版的《新垒》第3卷第4期，发表了署名马儿的评论文章《郭源新的〈桂公塘〉》。文章称《桂公塘》是“满胸热血千行泪写成的作品”，是“死寂腐臭的中国文艺园地”里“一棵壮丽的花树”。不过，这叫好的声音却只能使郑振铎无可奈何，因为接下来文章就给《桂公塘》戴上了“真正的民族文艺，国家文艺”的高帽子，借赞美《桂公塘》而攻击“普罗文艺的英雄们”写的是“没有灵魂的傀儡文艺”，嘲笑“提倡民族文艺的英雄们”写不出值得一看的作品。这篇文章的作者马儿，就是《新垒》的主编李焰生。李当时追随汪精卫、陈公博的国民党改组派，很显然，文章的真正命意不在表彰这个小说，而是为了将矛头指向“普罗文艺”以及国民党蒋介石一派搞出的“民族主义文艺”。正如鲁迅致郑振铎的信中所说，“其意在一面中伤《文学》，侪之民族主义文学，一面又在讥讽所谓民族主义作家，笑其无好作品。此即所谓‘左打左派，右

① 在此，再交代一下两篇小说的前文本问题。当时评论家异口同声称之为历史小说的《黄公俊之最后》，其主人公黄公俊实在是个虚构出来的人物。当然，虚构者并非郑振铎，郑乃是重写者。关于黄公俊，这里还有一段史学的公案。首先提出这个问题的是罗尔纲，他在《大公报》上发表《太平天国诗文钞订伪》，正是《黄公俊之最后》刊载几个月之后。罗尔纲在这篇文章中指出，黄公俊《断句》其人其事都是假的，原因之一就是清末一些宣传革命的人往往伪托太平天国文献来鼓吹革命。后来，胡怀琛在上海《时事新报·学灯》发表《读太平天国诗文钞》，透露黄公俊其人其事本是自己1913年虚构的小说，后来却被写进《太平天国野史》，继而小说中的诗句入选《太平天国诗文钞》，“假诗变成真诗，假人也变成真人”。胡怀琛1913年在《中华民报》刊登写黄公俊的小说时，郑振铎年纪还小，他看到的“黄公俊本事”应该来自《太平天国野史》和《太平天国诗文钞》，后来径直将其采为史料，接着重写了这个故事。可能是考虑到《黄公俊之最后》曾涉及小说主人公是否历史上真人的问题，郑振铎在1936年写的《王秀才的使命》的结尾，加上了一段后记：“右一章系依据牛津大学一图书馆所藏鸦片战争的汉文文件之一而写的，这文件的时间是庚子年，即英国兵舰陷舟山，侵宁波的时候；这文件的作者是一位通敌的秀才；他献书于英国舰长，自愿效劳；措辞之卑鄙，读之令人心胆俱战。故更易其姓名，并隐其地名，写成如上的一章。”

打右派'"。[①] 紧接着李焰生的这篇文章，1934年5月出版的《新垒》第3卷第5期又发表了署名天狼的《评〈桂公塘〉》，继续李的论调。一方面，天狼称《桂公塘》"在国家民族意识上说起来最为可取"，用意却在利用小说的"讽喻"层面大做文章："在今日，当然不乏文天祥之类的爱国忧时的志士；就譬如忠肝义胆的杜浒，热血真情的余元庆，吴渊等人在今日也正多得很，这班人碍于一切，自然不为国人所谅且进而被摒弃了"。"爱国忧时的志士"云云，当然是拉来套在改组派之流头上的纸糊桂冠。另一方面，天狼干脆称左翼作家为"灭弃国家民族意识者"，称提倡"民族主义文学"的国民党文人为"假冒民族招牌者"，对后两类人大肆攻击，以至于谩骂：

> 所有的专事笑骂《桂公塘》作者的许多以批评家自命的人许就是没有灵魂的傀儡文艺中的健将们，许就是那些假冒民族招牌灭弃国家民族意识的大混蛋！……自然啰，假冒民族招牌者见了《桂公塘》必定要眼红，灭弃国家民族意识者见了《桂公塘》当然也必定要气短的，不这么来挑剔一下子似乎总是有点不甘的。

所谓"眼红"，文中指明是"署名烘燎者"之流写《四月的〈文学创作〉》等文章；所谓"气短"，应该指的是艾淦在《春光》月刊上发表文章批评《桂公塘》。1934年5月出版的《春光》月刊第1卷第3期，有一篇署名艾淦的文章《〈桂公塘〉和〈天下太平〉》，对同期《文学》上的两篇小说一贬一褒，批评《桂公塘》没有提供任何新东西，是"老作家""不甘没落，卖卖名子"。文章说：

> 像文天祥《指南录》之类的东西，多分是和史官所作的历史一样的不可靠的。他们作这种东西的动机，只是为了"颂德"或者贬斥，他们根本没有表现当时那动乱的社会状况的企图。而作家根据了这种东西来写作，根据这种东西加以"缀饰"或者"铺张"，不但不会有什么精华开采出来，甚至还会开出毒蛇来的。

这位艾淦，就是宋之的。对于这些来自左翼阵营的批评，鲁迅非常生动地形容道："《新光》(应为《春光》)中作者皆少年，往往粗心浮气，傲然凌人，势所难免，如童子初着皮鞋，必故意放重脚步，令其橐橐作声

---

① 鲁迅：《书信·340516致郑振铎》，见《鲁迅全集》，第13卷，北京，人民文学出版社，2005，第104页。

而后快，然亦无大恶意，可以一笑置之。”[①]

显然，宋之的批评《桂公塘》不在于“讽喻”的指向，却在“解释”的效用。鲁迅用“童子初着皮鞋”来描绘，确实精彩。称《指南录》只是为了“颂德”或者贬斥，指责其没有表现动乱的社会状况，从这些地方，可以很明显地看出，“皮鞋”者，唯物史观也，新的认知模式也。当这些“少年”发现依照唯物史观能够对历史作出完全不同于传统史观的解释时，他们当然兴奋于这样的发现，于是并不深究，便“傲然凌人”，苛责别人没有新观念，不能作出历史的新解释了。

相比《新垒》上别有用心、近乎肉麻的赞美，相比《春光》上“粗心浮气”的批评，这之后1934年7月《文学》杂志上刊登的读者来信似乎更能代表一般读者的阅读眼光。显然，读者很容易以“讽喻”的眼光来阅读《桂公塘》，比如，苏蜚认为在“一团漆黑”的“现在的中国”，这篇小说比来上一篇《文天祥评传》有价值；[②] 汪家瑜则读出《桂公塘》“充满了救亡图存为国奋斗挣扎的精神”。[③] 另一面，也有读者以“新的解释”来要求《桂公塘》，弱缨就觉得小说“没有什么味道”，因为“一个民族英雄的故事对于我们这个时代的读者大众是不会引起亲切之感的”。[④] 有意思的是，从读者所附的地址来看，以“讽喻”的眼光赞美《桂公塘》的读者更像是一般市民，如苏蜚的地址是“苏州吴趋坊同顺典”，汪家瑜的地址是“苏州城内义巷十六号”，前者像是一个店铺，后者像是一户人家；而以“解释”相要求《桂公塘》的读者更像大学里的学生，如弱缨的地址是“北平清华大学”。甚至“苏州”和“北平”一南一北两个城市，似乎也暗示着不同地方的读者有不同的阅读倾向。

并不止宋之的这样的批评者和弱缨这样的读者在“解释”的层面不满意《桂公塘》，几个月以后，张香山从另一个角度批评这篇小说，认为“主人公已经给灌足了作者的思想了，整个地成了作家所企图的人物，一点不大像原来的人物”。[⑤] 这里，张香山不是像宋之的一样认为《桂公塘》没有给出“新解释”，恰恰相反，他认为小说给出了新的解释，但却是不忠于历史真实的解释。应该说，《桂公塘》还是很忠实前文本的，不然，鲁

① 鲁迅：《书信・340516致郑振铎》，见《鲁迅全集》，第13卷，北京，人民文学出版社，2005，第104页。

② 苏蜚：《读文学创作专号》，载《文学》，第3卷第1号，1934(7)。

③ 汪家瑜：《读文学创作专号后》，载《文学》，第3卷第1号，1934(7)。

④ 弱缨：《评文学创作专号》，载《文学》，第3卷第1号，1934(7)。

⑤ 张香山：《论以历史的题材为题材的文学作品》，载《申报・自由谈》，1934(12)。

迅也就不会指出小说“太为《指南录》所拘束，未能活泼耳”了。[①] 张香山以上述理由批评陈白尘《虞姬》是准确的，他以此批评《桂公塘》却并不准确。不过，张香山的批评却从另一个层面体现出，批评家(主要是左翼批评家)往往以“解释”来要求“重写”。

郑振铎创作《桂公塘》当然主要出于“讽喻”的目的，所以他才会“自己写完了再读一过，却又落了一会泪”。这种“讽喻”的创作倾向同样十分鲜明地体现在他重写希腊神话的小说《取火者的逮捕》上，体现在他重写史乘的小说《黄公俊之最后》《毁灭》上。《桂公塘》之所以会引发争议，很大程度上是由于当时批评家与读者对这类重写型小说的“解释”与“讽喻”两种目的/功能有着不一样的要求。郑振铎这些小说预示了一种新的文学创作倾向。阿英总结1934年的文坛时，专门提出“历史小说的新倾向”；[②] 王任叔也指出，郑振铎的小说发表之后，以历史为题材的作品有了“显然的变化”。王任叔将郁达夫《采石矶》和郑振铎的小说比较，注意到前者基于“个性主义的立场”，“借古人的尸体，来还自己的灵魂”，而后者却是“通过历史底某一现象”来“反映现实社会的一面”。[③] 显然，是时代语境使“个性主义”褪色，而作家开始更关注现实社会。如果说前者具有五四色彩，那么后者就是20世纪30年代的新动向。关于这一点，《文学》第2卷第4号(发表《桂公塘》的同一期)上署名芬的评论文章《从五四说起》《我们有什么遗产》就曾谈到。“芬”是茅盾的笔名。文章指出，五四的启蒙还没有完成，就被新的时代精神、时代任务所取代。这里涉及的正是所谓“救亡压倒启蒙”的问题。当然，“借尸还魂”也好，通过历史反映现实也好，其实都是讽喻。两者固然有表现个人与表现社会的区别，其实，更重要的一点在于，后者比前者更尊重(甚至拘泥于)前文本。

① 鲁迅：《书信·340516致郑振铎》，见《鲁迅全集》，第13卷，北京，人民文学出版社，2005，第104页。

② 阿英：《一九三四年中国文学小记》，载《文艺电影》，1935(2)。

③ 王任叔：《中国现代小说的发展动向底蠡测》，载《创作》，第1卷第3期，1935(9)。

第三章　历史题材话剧中传统母题的重释与改写

现代文学时期是历史题材话剧发展的重要时期，产生了丰富的历史题材剧作，形成了独特的艺术风格。在此涉及两个重要的范畴：历史与改编。历史是意指过去的时间与事件集合的范畴，蕴涵多元混杂、冲突矛盾的文化信息、价值观念，是社会发展中各种精神现实生成的资源宝库。改编则是艺术范畴，是基于与原作或原事件对话基础上的重新构造，内含着对事件的重新叙述和重新阐释等要求。话剧创作者往往借助对历史人物、事件的审读和阐释，抽取某种意义和题旨，顺承或批判历史的某些精神取向，凸显或压制历史中的某类价值，以服务于各自时代的政治、文化需求。因此，历史题材的改编也就成为话剧创作者回望历史，观照现实的一种重要方式。但关于历史题材的改编一直存在着两种争论，一是改编与创作的关系问题，二是历史题材改编与历史的关系问题。

改编是创作还是对原作的模仿，虽然在现代文学时期并未作为一个明确的命题提出，但一些艺术家、理论家在改编实践或理论阐述中实际上暗含着对改编是创作或模仿的认可与否。如历史题材的改编，王独清的创作实践表明其认同改编是新的创造，而顾仲彝则恰恰相反。① 由于各执一端，明晰的厘定依然难以形成。因为这一命题中隐含着一个理论困境，即如果改编是模仿，那艺术的创造性价值是否会被抑制？而如果只是借原作的躯壳进行新的创作，那与原作的传承关系又如何显示？这一问题在当代还存在一个保护民族遗产和发展现代艺术的问题，尤其涉及古代艺术的改编。比如周星指出名作改编面临如何协调“保名著”和“创新路”的两难。② 对此，当代学界虽然依旧有各种声音，但一般认为要“在尊重原著保留原著精华的基础上，进行再创造”。③ “忠于原作”，但不迷信原作。④ 当然，这一界说是总括性的描述，但已经突出了改编的

---

① 王独清：《貂蝉》，江南书店，1929。顾仲彝：《今后的历史剧》，载《新月》，1928年第1卷第2期。

② 周星：《对影视创作中名作改编问题的思考》，载《中州学刊》，2008(2)。

③ 戏曲研究所：《传统剧目改编研讨会综述》，载《文艺研究》，1994(6)。

④ 曾昭弘：《〈西厢记〉改编琐谈》，载《剧本》，1994(6)。

“再创造”的性质。

而具体到话剧改编，情况则更为复杂，因为话剧比一般艺术门类更“需要提炼冲突和戏剧性，紧缩时空”，而且需要在传承的同时，进行语汇转型。廖奔即以话剧《生死场》的改编为例，指出通过语汇转型，可以使改编作品产生“比原创更大的影响”。①可见，话剧改编时对原作改写、重组的幅度更大，而在重新阐释中植入的剧作者的主观意识更丰富，创造性也更强。但不能忽视的是，话剧等改编作品在与原作的关系上，不会只有一种关系。也就是说，改编可以有不同的类别。邹红曾着眼于改编作品与原作的关系，将改编分为两类：移植性改编和创造性改编，前者强调“不同艺术样式之间的移植”，而后者则突出“并不以忠实原作为终极追求”的创造性转换，“原作对于改编者不是一个移植的对象，而仅仅是引发改编者创造欲望的契机或触媒”。②但她指出了两类改编都离不开改编者的主观能动性，他们对原作不是机械复制，而是以改变去再创造，使剧作或保持原作的神韵，或生出新的题旨，产生新的艺术魅力和价值。从这一层面上，可以说改编与创作不相伯仲。

话剧改编“据之进行再创作的对象”如果不涉及历史人物、历史事件，学界则一般只关注改编中的人物性格、冲突及主题的变更或深化等艺术层面的问题。而一旦涉及历史人物、事件，改编问题就变得复杂，研究和讨论就会在艺术与历史层面等不同维度展开。自 20 世纪 20 年代起，以郭沫若、邵荃麟、顾仲彝等剧作家、理论家为代表，着力探讨史与剧的关系和史剧定位，寻绎历史题材剧的本质。③ 至 20 世纪 60 年代，吴晗、李希凡、王子野、朱寨等人在《光明日报》《文学评论》《剧本》等报刊中发起争鸣，问题直接转换为历史剧是历史还是艺术的争论，并将研究扩展到如历史剧的特点、历史的真实问题、创作的原则、古为今用的问

① 廖奔：《关于名著改编》，载《文艺研究》，2001(2)。

② 邹红：《如何对待名著的改编》，载《戏剧文学》，1998(2)。

③ 当时一些争论的主要观点可参见顾仲彝的《今后的历史剧》(《新月》1928 年 1 卷第 2 期)、邵荃麟的《两点意见》(《戏剧春秋》，1942 年 2 卷第 4 期)、诸家(黄旬记录)的《历史剧问题座谈》(《戏剧春秋》，1942 年 2 卷第 4 期)、郭沫若的《谈历史剧——在上海市立戏剧学校的演讲》(《文汇报》，1946 年 6 月 26 日 1 版)等；还有一些剧作家在剧作序言中阐释对于史与剧关系的理解，如周贻白的《连环计·序》(世界书局，1945)、陈白尘的《历史与现实——史剧〈石达开〉代序》(《戏剧月报》，1943 年第 4 期)、姚克的《清宫怨·序》(人民文学出版社，1980)、夏衍的《历史剧所感》(《夏衍选集(第四卷)》，四川文艺出版社，1988)以及周靖波《中国现代戏剧序跋集》(北京广播学院出版社，2003)所收录的相关序跋；当代一些研究者也曾对当时的论争有专门的研究，如邓齐平的《中国现代历史剧“史”“剧”争议评析》(《理论与创作》，2004 年第 1 期)、孙书磊的《20 世纪历史剧争论之检讨》(《南京师大学报》，2005 年第 3 期)等。

题等方面。① 这种探讨在20世纪八九十年代尚有余续。回顾关于史与剧的探讨，无论认为历史剧是艺术还是认为历史剧是历史，都希望调和历史题材剧作中的历史与艺术的成分。但因为历史剧作为艺术却描写历史的特殊性，及历史性与艺术性兼有的品格，使争论很难形成交集。2005年童庆炳的《"历史3"——历史题材文学创作的历史真实》则具有里程碑的作用。他通过历史的分层描述，提出历史1、历史2和历史3的概念，确立了历史本事(历史原貌)、历史知识形式(史书)和历史小说或历史剧的历史真实的三个层递结构，厘定了历史在不同维度的内涵。依据这一结构，他指出如"历史学家对于历史小说或历史剧的种种'不符合历史真实''不尊重历史真实''不符合历史原貌'等一类批评，常常只是对于历史2的迷恋，对于史书的迷恋，并非要小说家或剧作家真的尊重历史1——历史原貌，因为历史本真原貌基本上是不可追寻的。"②

既然历史题材改编剧作处于历史3的维度，那改编者面对历史2中的正史或野史记载，如"屠案贾对赵家的灭门"、岳飞抗金、妲己与纣王的荒淫和残酷导致国家灭亡，或卓文君与司马相如私奔，都有相似的叙述、阐释权利及以想象补足历史空白的自由。如果后世改编者所依据的原本不是历史3系列中的艺术文本——如当代改编者根据纪君祥《赵氏孤儿》改编的话剧，而是根据历史2系列中的历史文本进行改编，那么不同时代的改编剧作间也就不存在原作与摹本的等级序列。它们的差异仅在于对历史2记载的辨识与选择的不同，在于叙述和阐释的重点有别。每一剧作由于剧作者的文化、价值观念及人文信仰不同，但其对历史事件、历史人物重新叙述和阐释，都将是对历史1的靠近。历史题材改编剧作在同一序列上，以其具有创造性的、不同的历史阐释和历史精神的开掘，共同完成对历史的叙述，并丰盈历史的多重面貌。

---

① 20世纪60年代的历史剧问题争鸣相比现代文学时期更具针对性和学术性，且更为集中，如吴晗的《谈历史剧》(《文汇报》，1960-12-25)、《论历史剧》(《文学评论》，1961年第3期)、《再谈历史剧》(《文汇报》1961-5-3)、《并非争论的"争论"》(《光明日报》，1962-4-28)、李希凡的《"史实"和"虚构"——漫谈历史剧创作中历史真实与艺术真实的统一》(《戏剧报》，1962年第2期)、《答吴晗同志——〈说争论〉读后》(《光明日报》，1962-4-7)、茅盾的《关于历史和历史剧》(《文学评论》，1961年第5—6期)、王子野的《历史剧是艺术、不是历史》(《光明日报》，1962-5-8)、张真的《古为今用及其他》(《剧本》，1961年第1期)、张真的《论历史的具体性》(《剧本》，1961年第5、6期)、李纶的《有关历史剧的几点感想》(《剧本》，1961年第1期)、王季思的《多写写这样的历史故事戏》(《剧本》，1961年第2、3期)、戴不凡的《历史剧三题》(《红旗》，1962年第6期)、朱寨的《关于历史剧问题的争论》(《文学评论》1962年第5期)、朱寨的《再谈关于历史剧问题的争论》(《文学评论》1963年第2期)等。

② 童庆炳：《"历史3"——历史题材文学创作的历史真实》，载《人文杂志》，2005(5)。

此外，历史事件的传播很大程度上依赖于艺术，历代文艺者都在以不同的方式言说历史，评价历史，而社会各层面的大众在欣赏艺术时则会接纳并进一步传播其中的历史信息。这种历史——艺术者——接收者的结构形成了艺术视野中的历史 3，与历史 1、历史 2 有时存在很大距离——其中有歪曲、错谬，也有校正、修改。如郭沫若以“翻案”为目的的历史题材改编话剧。他基于历史考证重新评价曹操、武则天，进而以剧作的形式复现“去妖魔化”的曹操、武则天，使观者体味到他们在历史 2 中被刻意遮蔽的人性善、治世才能等。相比于一些记载曹操、武则天的历史著述，郭沫若剧作中的形象或许更接近历史本身，其思想品德及历史功绩的评价更符合于历史本真。从这一意义上来说，历史题材话剧并非历史记述的附庸，而是与历史记述具有相似的叙述与阐释功能。不过它修补、校正历史记载中的虚妄不实，借助的是形象化的语言、情节。在这一意义上，可以将历史题材改编话剧称为“重构历史的现实文本”。

话剧作为叙事类艺术要借助情节推进发展，剧作能否设置合理的冲突、紧凑的情节决定着其成败。而剧作之所以能吸引欣赏者，一个重要原因是他们在观赏前不知道情节，观赏的乐趣就在于情节的开端、发展、高潮和结尾渐次展开。这也意味着历史题材话剧在情节方面没有太多优势。因为历史是公共资源，什么人做了什么事基本上都为人熟知。如卓文君私奔司马相如、项羽泪别虞姬不肯过乌江、花木兰代父从军、王昭君远嫁匈奴，已经成为难以变更的固定情节，如果不是以新视角介入或采用新的叙述策略，那么在情节上谋求突破并不容易。因此，现代剧作家改编的重心自然就移到了对情节及主题的思考上，着力于从历史中发现新的命意，提炼出新的题旨。这与现代时期人的文化心态和历史意识紧密相关，渐渐形成了与元明清戏曲、小说不同的特点，并成为改编话剧的重点和新的走向。现代文学时期历史复仇、爱情、兴亡类的改编剧作相对丰富，并形成了系列，且艺术水平较高。下文将以三类改编话剧的现代阐释为例，探讨通过改写来变更传统主题的趋向。

一、复仇主题的现代阐释

(一)现代文学时期的刺客、复仇戏

在现代文学时期历史题材改编话剧中刺客、复仇剧数量较大，以刺客为题材的改编作品有 14 部，其中取材于《战国策》、司马迁《史记·刺客列传》的荆轲、聂政和豫让戏有 12 部。刺客戏以刺杀个人为核心，其动机大约有三种。

第一，士为知己者死。如聂政刺杀侠累，即为严仲子的真诚所动，代他去报睚眦之怨。在现代剧作中关于聂政刺侠累事件的改编有5部作品，即胡开瑜的《聂政》和郭沫若《棠棣之花》系列作品。根据郭沫若的描述，他在1920年至1925年发表的关于聂政的话剧，不过是《棠棣之花》的片段。即1920年的《棠棣之花》——"在一九二〇年的十月十日《时事新报》的《学灯》增刊上把第二幕发表了，"1922年的《聂母墓前》——"在一九二二年五一节《创造季刊》的创刊号上把第三幕发表了，"1925年的《聂嫈》——"即现在的《棠棣之花》的最后两幕"。①最终郭沫若于1941年完成《棠棣之花》。

第二，受人之托刺杀皇帝以救国家，如荆轲刺杀秦王、大力士椎击秦始皇。现代剧作家关于荆轲刺秦王事件的改编话剧约有7部：李之常的三幕剧《荆轲之死》(1921)，顾一樵的四幕剧《荆轲》(1925)，林文铮的三幕剧《易水别》(1932年创作，1933年出版)，胡开瑜的六幕剧《荆轲》(1934)，张匡的两幕剧《荆轲刺秦王》(1935)，王泊生的《荆轲》(1936)和鲁青的独幕诗剧《易水》(1948)。而刺杀秦始皇的故事，只有漫铎改编的《博浪沙》一部。

第三，为死难者而刺杀关键人物，如杨娥刺杀吴三桂。阿英的《杨娥传》所写的杨娥，本身即是一位有武功的女子，在闻听丈夫殉难，南明王被鸩杀后，她对于亲人和所忠诚的明皇帝都要有个交代。这里有一个罪魁祸首——吴三桂。因之杨娥凭借着武功化身为刺客，既要去报丈夫的仇，又要去报明王的仇，前者是家仇，后者是国恨，因为这种复杂目的，杨娥的复仇才少了些稚嫩气，而多了些知其不可为而为之的悲壮气。关于杨娥的改编，现代话剧中只有阿英改编的《杨娥传》一部。而豫让刺杀赵襄子，也只有李朴园改编的《豫让》一部。此外，还有剧作家为了推进剧情的需要，而在剧作中加入的刺杀情节，如谷剑尘的《岳飞之死》中，加入了"倪狱官的女儿四喜刺秦的一件事"。②

这类作品沿用了任侠使气的脉络，采用点对点的复仇原则，如聂政刺杀侠累，是报严仲子与侠累的仇怨，而荆轲刺杀秦王，虽然荆轲刺秦背后承载着燕国的兴亡，但太子丹选用的方式不是举国之力，而是用刺客挟制秦王的策略。

复仇戏的另一种类型则是将家国之恨结合在一起，采用的方式不是

---

① 郭沫若：《郭沫若论创作》，上海，上海文艺出版社，1983，第369页。

② 谷剑尘：《岳飞之死》，北京，中华书局，1936，第12页。

刺杀某一人，而是通过国家政体的颠覆，实现复仇的目的。在现代剧作中有两个题材得到改编，一是伍子胥复仇之事，将杀亲复仇与国家利益相交叉。伍子胥通过别国的力量杀掉楚王，帮太子建重夺王位，这本来有复国的意味在其中，但由于伍子胥用钢鞭鞭尸以泄怨愤，使历史中更关注其杀亲寻仇的一面，而忽略了政治斗争的一面。伍子胥之事在现代文学时期只有杨晦改编的《伍子胥》一部。二是越王勾践灭吴国之事。这一题材由于涉及越王卧薪尝胆的奋发之力，献美女以媚夫差的策略，且最终以举国之力灭掉了夫差，其题材具有极大的延伸空间。因此，现代剧作家的改编有 6 部之多。如熊佛西的《卧薪尝胆》，林文铮的《西施》、舜卿的《西施》，顾一樵的《西施》、孙家琇的《复国》(《吴越春秋》)、聂绀弩的独幕剧《范蠡与西施》。

现代剧作家对于复仇题材的改编兴趣，大多出于对勇士豪杰的钦佩之情，为他们的舍弃生命、英勇赴死的精神感动。此外，这类刺客戏中除聂政的故事外，刺杀本身都与国家的兴衰有密切关系。联系当时中国积弱的境况与为外强凌辱的尴尬，“敢于直面淋漓的鲜血”的勇士总是可以承载知识者的用心，并通过弘扬为国赴难的精神，激发人民爱国的热情，鼓舞人民反抗的勇气。

（二）复仇主题与民族大义

在历史本事的记载中，史学家最大的限制在于无法对某一历史事件进行无限阐释，并根据时代精神去发展、推衍其内在情节可能性的方面。这种限制一方面保证了历史记载文本关于真实记录的经典地位，另一方面也抑制了历史阐释的进一步发挥。而历史剧的优势却正可以弥补这种限制，与正史、野史的记录形成互补关系。以现代的观念统合不同时期的正义观、伦理观、价值观，并延伸为戏剧史中的历史主义线索。变异史实的改编理念在复仇剧改编中表现较为突出，剧作家通过调整复仇的英雄所处的关系，变更历史事件的主题指向，进而从根本上改变事件的性质以及其意义。

聂政刺杀侠累之事记载于《战国策》。这一事件，在历史记载中不过是由“睚眦之事”引起而雇人刺杀的些微小事。在《史记·刺客列传第二十六》中，严仲子与侠累的恩怨属于私人恩怨。“濮阳严仲子事韩哀侯，与韩相侠累有郤。严仲子恐诛，亡去，游求人可以报侠累者。”而聂政因为母亲健在的缘故一再辞谢，聂政母死，聂政接受严仲子的恳求，他对于严仲子与侠累之间的仇怨并不感兴趣，却感动于严仲子“奉黄金百溢”[①]以求的重视，“夫贤者以感忿睚眦之意而亲信穷僻之人，而政独安得嘿然而已乎！”[②]从历史记载来看，笔者意在表达聂政的侠士风范，承袭着中国历来所推崇的“士为知己者死”的观念。把历史事实改编为戏剧，这种文类间的转换在元代较为盛行，但在元杂剧中，这类在历史上赫赫有名的侠士复仇故事开始成为叙事的背景，在这种带着压抑的背景中，文本铺展着一种儒者的精神品格，其魅力不仅感动了亲人，如聂嫈，而且震动了原先的帮凶，如卫兵。

对于聂政刺杀侠累事件的改编，郭沫若侧重其在历史上的地位，其复仇后“自皮面决眼，自屠出肠”，[③] 以免连累别人的决绝和死难的勇气。对于聂政之事，郭沫若之所以有如此大的兴趣，一是事件本身感动了郭沫若，二是借此事件可以生发出更多的隐喻意义，郭沫若希望通过这一事件去传递“历史的精神”，“具体地把真实的古代精神翻译到现代。”[④]变异事件内部的人物关系，从而使一件普通的刺杀事件转变为涉及国家兴亡的事件，并由此变更了事件的主题。由个人恩怨的受人之托，变为基于国家的为大局计，这可以说是郭沫若在《棠棣之花》中改编的最大功效处。但是郭沫若在改编中抛弃了《史记·刺客列传》中记载的关节点，提升了聂政复仇的内在动机，突出了聂政“愿以一己命，救彼苍生起”的刺杀动机，主写聂政在母亲墓前的准备，希望通过刺杀侠累这一奸相，“用鲜红的血液”，“迸发成自由之花，开遍中华”，[⑤] 使睚眦之怨上升为忠奸之争。在《棠棣之花》中，聂政是承载着民族国家大义的英雄，其人格魅力不在于对仇恨的宣泄，而在于对这种仇恨所原动力或根基的调整，使仇恨在一种错综复杂的关系链条中，成为摆脱了单纯个人间睚眦之恨的情绪；在事件的次第展开和人物的轮换登场中，成为表征社会情感与社会道德准则的审判之所。而胡开瑜的《聂政》借鉴了郭沫若剧作中的核心思想，同样将聂政的刺杀定义为“为民除害”。聂政事件话剧改编的主题变异与郭沫若的主观思想观念有很大关联，更多地源于他的天才创造，也基于他对于历史以及历史剧的态度，使他在自由驾驭历史事件的同时，赋予事件更多的现代内涵。

---

① 司马迁：《史记》，长沙，岳麓书社，1988，第638页。

② 司马迁：《史记》，长沙，岳麓书社，1988，第639页。

③ 司马迁：《史记》，长沙，岳麓书社，1988，第639页。

④ 郭沫若：《郭沫若论创作》，上海，上海文艺出版社，1983，第373页。

⑤ 郭沫若：《郭沫若剧作全集》，第1卷，北京，中国戏剧出版社，1982，第13页。

而对豫让故事的改编则更为典型。元杂剧有杨梓的《忠义士豫让吞炭》，京剧有《豫让桥》《豫让击袍》、秦腔有《豫让剁袍》，剧作都把重点放在赵襄子灭掉智伯，并以智伯头为溺器，而豫让想方设法为智伯复仇之事。而在具体的复仇情节上除了吞炭、躲于桥下行刺外，各剧目间略有差别。如《豫让剁袍》中复仇行为包括：一是豫让诈称秦使复仇；二是吞炭躲于桥下行刺，均不成功。而京剧《豫让桥》则更为详细地描述了复仇，展示了豫让的锲而不舍的精神，主要包括：一是盗回智伯的人头祭奠；二是匿于赵襄子家的厕所中行刺被搜获；三是漆身吞炭，藏于桥下行刺，均不成功，后向赵襄子索要袍子并用剑刺之，以全心愿。但此剧的处理不同之处在于，赵襄子“取己袍视之，有血迹，昏绝而死”。[①] 应该说，以上的诸类剧作基本上依照了《史记》《东周列国记》《战国策》等史书的记载，并且一般突出了豫让所说的智伯以国士待豫让，所以豫让以国士之行为回报智伯的“愚忠”“义气”的一面。如元杂剧《豫让吞炭》，“作品对他这种‘一片为主，胆似秋霜烈日’的行为大加歌颂，对‘背义忘恩，有始无终’的败类则大加贬责”。[②] 而从情节设置上，并未改变智伯强大时妄图吞并包括赵襄子的三个小城邦，并百般凌辱的情节，在剧作的内部逻辑上造成了一定的矛盾和不顺畅，影响了其主题。而李朴园改编的三幕剧《豫让》[③]，则避免了其中一些关节性的失误。通过一个小小的置换，颠倒了智伯与赵国之间的强弱关系，使豫让的复仇从开始就成为正义的，从而使刺杀行为不再是狭隘的、没有是非观念的，而是代表正义对非正义的惩戒。使刺杀从道义上是正确的，但从力量对比上则处于劣势，这更增加了其行为本身的悲怆力量。但从豫让的历史记载中可以看出，豫让事件本身所折射的在“士为知己者死”之外，并无更为高尚的情操。豫让的复仇以及死亡虽然带有浓重的悲剧色彩，却因为其褊狭性，缺乏与国家意识关联的丰厚支撑，所以在现代文学史上的改编逐渐趋弱。

无论聂政还是豫让的刺杀事件，都难摆脱因个人私怨而生意气的嫌疑，相比而言，《博浪沙》和荆轲戏则因事件本身带有的国家意识，在题材上具有很大的优势。

《博浪沙》写的是张良谋划行刺秦始皇，大力士用大铁锥实施刺杀的事件。在《史记·秦始皇本纪第六》中的记载不过数言，即“二十九年，始

---

① 王森然遗稿，《中国剧目辞典》扩编委员会扩编：《中国剧目辞典》，石家庄，河北教育出版社，1997，第 954 页。

② 商韬：《论元代杂剧》，济南，齐鲁书社，1986，第 27 页。

③ 李朴园：《朴园史剧(甲集)》，上海，商务印书馆，1938。

皇东游。至阳武博浪沙中，为盗所惊。求弗得，乃令天下大索十日”。[①]在这一段记载中，只简单地交代东游时在博浪沙(地点)发生了惊驾之事。而在《史记·留侯世家第二十五》中，描述得则相对详细，“良尝学礼淮阳，东见仓海君，得力士，为铁锥重百二十斤。秦皇帝冬游，良与客狙击秦皇帝博浪沙中，误中副车。秦皇帝大怒，大索天下，求贼甚急，为张良故也”。[②] 文中交代了时间、地点，刺杀的武器和刺杀方式，后世的诸多改编大都没有脱离这一情节模式。后来班固的《前汉书·张陈王周传第十》，除删去“为张良故也”外，全文照搬。而从题旨上看，元明清时的知识者已经自觉地把刺杀事件与反抗强权联系在一起，每每将之作为反击统治者威权的象征加以运用。比如元代陈孚《博浪沙》一诗，写道：“一击车中胆气豪，祖龙社稷已惊摇。如何十二金人外，犹有人间铁未销。”在盛赞大铁锥一击的伟力之时，更着意于“犹有人间铁未销”的指涉蕴含。而清代“扬州八怪”之一的罗两峰也曾作《咏始皇》，其中“焚书早种阿房火，收铁还留博浪椎”，后一句同样蕴含着威权之下反击犹存的含义，提醒着统治者时时警惕，莫忽视威权背后的激变。或许这一题材涉及张良，而张良最终助刘邦灭秦建立汉朝天下，而以封侯之名留存史册。因之，张良的刺杀行动既有叛逆的内涵，同样有警惕统治者的深意，其叙事空间相比单纯的刺杀行为更大。在戏剧改编方面，明朝时张公琬做传奇《博浪椎》(已佚)，王万几作《椎秦记》，明末清初王翃也有传奇《博浪沙》(已佚)，均是些张良于博浪沙狙击秦始皇的事，但对于事件的阐发大多依从于知己——灭暴——逃或死难的模式。漫铎的《博浪沙》在剧作中丰富了大力士的事件，将之处理为一个反抗者，比如在一年前曾在蓬莱造过反等，使刺杀事件成为造反事件的延续行为，在很大程度上超越了明清传奇中渲染的主题。而张良在失败后“为着祖国还得从大众着手去”的叹息[③]，则从另一侧面对刺杀事件进行了反思。但剧本还加入了大力士的孩子向李斯索要父亲，后被李斯命令马踏而死的情节。虽然其本意在于突出秦皇治下的暴虐残忍，却削弱了对秦始皇的批判，也在一定程度上损害了主旨。

虽然漫铎扩展了《博浪沙》中的题旨，但张良“从大众着手去”的叹息在很大程度上否定了刺杀的行为，抑制了事件发展中的意义延伸。相比而言，汪笑侬改编的京剧《博浪椎》中，大力士沧海公掷椎中副车，被擒

① 司马迁：《史记》，长沙，岳麓书社，1988，第59页。

② 司马迁：《史记》，长沙，岳麓书社，1988，第453页。

③ 董健：《中国现代戏剧总目提要》，南京，南京大学出版社，2003，第569页。

后撞死的处理，其精神的震撼力更大。更多剧作者在改编中将传递抽象思想与发掘历史精神结合在一起，并使之展现出无穷魅力。相比《博浪沙》中模糊的大力士形象，《史记·刺客列传》中荆轲的形象、行动、语言，无不充满着魅力。作为为国赴难的勇士形象，荆轲虽然同样有报答燕太子丹的知遇之恩的初衷，但其行为却跳脱了个人恩怨，而是承载着燕国及各小诸侯国的命运，因此命定地成为国之英雄。荆轲事件背后的弱国与现代文学时期列强蹂躏下的中国，处境何其相似，因此，荆轲在现代文学时期具有极大的象征蕴含。剧作家往往借荆轲的改编表达一种渴望，一种呐喊，传递一种精神。

荆轲刺秦王事在《史记·刺客列传》中记载已较详细，如荆轲的语言、燕太子的行为、刺秦的过程及后人的慨叹，层次清晰，不乏文学之张力与叙述之美。但每一情节都简略而不铺张，侧重人物行动的结果，抑制了人物行动背后性格的揣摩及内在心理的探索。对阅读者来说，这一记载如索引般，只勾勒出了人物、事件的外在形态，而其内在的精神气脉、性格演进则需要依据自我的理解补足。当然，历史的魅力也部分源于史载的空缺，为后世戏剧家提供了丰富的发掘空间。现代文学时期荆轲剧最多，各剧作家根据自己的理解充实人物的性格，丰盈事件的细节，或者突出刺杀秦王时荆轲的勇、无畏以及悲怆，或通过赴秦前“风萧萧兮易水寒，壮士一去兮不复还”的渲染，增加个人与国家的取舍中的悲剧精神。对于荆轲刺秦的理解及兴趣点的不同，造成了剧作家在具体改编中的处理差别。

现代荆轲话剧一般沿用了三个场景，即荆轲与太子丹的会面、易水别及荆轲大殿刺秦。而一般通过怒斥秦王的罪恶点题，如周阆风、张匡的《荆轲刺秦王》，荆轲在“急急的追着”秦王时，控诉道：“呀，秦王，你逃到哪里去？哟，我把你这逼迫弱小国家，罪恶滔天的魔王，今天定要你的狗命！”①而顾一樵的《荆轲》中则处理为荆轲“左手把秦王之袖，右手持匕首欲刺秦王”，在要挟秦王的一段中，加入了一段对话：

荆：强暴的秦王，现在你的性命在我荆轲手掌之中，你的生路只有一条，你是要活还是要死？

秦王：（哀求）寡人自然要活。

荆：那么你要答应我！

秦王：答应什么？

---

① 张匡、周阆风编辑：《儿童史剧》（下册），石家庄，新中国书局，1933，第102页。

荆：我说什么，你就要答应什么！

秦王：好！好！我什么都可以答应。[①]

这段对话不仅强化了荆轲的英雄形象，呼应了《史记》中“事所以不成者，以欲生劫之，必得约契以报太子也”。[②]而且显示了秦王在逼迫中的委曲求全的形象。正义的强大和暴政的弱小在此得到了戏剧化的表达。

荆轲的刺客身份在不同社会时代会呈现出不同魅力，或者是为知己者死的个人取舍，或者是为国赴难的国士大义，或者是作为反抗暴政的一个象征符号，宣泄着人们对美好、和平、自由和谐社会生活的企慕。但现代剧作者无疑相比元明清的剧作者更强调荆轲作为国家勇士的身份。荆轲的事件在历史的河流中因为带有以弱小对抗强大的意旨，而成为一个象喻符号，成为每个时代关于牺牲个我、献身民族大义的表意符号。

（三）刺客之死与功臣隐逸

在刺客复仇戏中，包括杨娥刺杀吴三桂在内，除了聂政顺利杀掉侠累之外，荆轲刺秦王、豫让刺杀赵襄子以及大力士刺杀秦王等都以失败而告终，其中刺客全数当场而亡，或因刺杀受伤而死亡。死亡在刺客复仇戏中具有轴心作用，在刺客借由武功完成一个嘱托、一份责任，甚至改变国家、民族命运的道义之外，增添了其刚性、烈性。如写豫让屡次刺杀赵襄子，无视自己身体、生命的坚执，聂政刺死侠累，“自皮面决眼，自屠出肠，遂以死”[③]的冷静与决然，荆轲在断左股、被八创后，“倚柱而笑”[④]的潇洒。死亡既是一个结局，也是通过死亡场景的凸显和细化，使刺杀的行动生长为一种精神，一种侠客的精神、英勇的精神、为国赴死的精神等。因此，在剧作家改编此类题材的话剧中，重点的场景都放在死亡的部分，通过对于死亡中的语言与行为的刻画，彰显刺客不寻常的一面以及作者意欲传递给民众的思想观念。

荆轲戏大多是通过荆轲的语言传递对抗暴秦、强国的呼吁。在张匡、周阆风的《荆轲刺秦王》中，荆轲在被卫兵刺中后“颓然倒地怒目视秦王”：“呀！便宜了你这恶魔！我满心想要拼我一命来击杀你这恶魔，夺还各弱小国家被你侵略去的土地，哪知道事情不成，辜负了燕国几千万人民的期望。（向阶下的秦舞阳）秦兄，我们现在死就死好了，决不要屈服！决不要屈服在强暴的魔王的手下！”而秦舞阳同样把死亡视作象征，“荆卿，

---

① 顾毓琇：《顾毓琇戏剧选》，北京，商务印书馆，1990，第65页。

② 司马迁：《史记》，长沙，岳麓书社，1988，第644页。

③ 司马迁：《史记》，长沙，岳麓书社，1988，第639页。

④ 司马迁：《史记》，长沙，岳麓书社，1988，第644页。

我们要悲壮的死，我们要轰轰烈烈的死，不要作亡国奴！啊！不要作亡国奴！”①在顾一樵的《荆轲》中，荆轲则将死亡与唤起未来的抗争相联系。“我荆轲纵没有能除这个强暴，但是秦王的罪状，必定为天下后世所共晓，暴君的末日，必定很快地到来！我为天地存一息正气，虽死何恨！哈哈！哈哈！（狂笑。）”②

《杨娥传》在写杨娥死亡之时，通过隐喻性的语言表达斗争的信念。杨娥虽然在酒店中刺中了吴三桂，但却没有杀掉吴三桂，杨娥在病榻上为这复仇未竟而忧心不已。她的痛苦在于：“（声大）这是病魔使我不能为人民报仇！（转凄哀）出师未捷身先死，长使英雄泪满襟！”阿英通过对杜甫《蜀相》诗句的借用，写出了一个女子，一个刺客，一个承载着保护祖国任务的勇士的满腹心事。但她的不屈服也正在于此。在弟弟为她的病痛苦时，杨娥愤愤地说：“你是保护祖国的健儿，为什么也要哭！前面的死了，后面的跟上去！（大声）前面的死了，后面的跟上去呀——！”③这一段话，几乎成为刺客复仇剧魅力之所以永在的一个总结，而现代剧作家改编此类题材并变异其主题的目的，正在于这一呼喊，希望民众以一种决然的心，跟进这些勇士。

对于死亡后的影响力，郭沫若在《聂嫈》中通过聂政的姐姐聂嫈的行动、酒家女的行动进行了渲染。在剧作中，郭沫若同样对暴政进行了批判。当卫士长三问：“聂政为甚么要杀我们的国王和宰相呢?”酒家女回答：“你们晓得不晓得国王和宰相的罪恶呢？……你们假如晓得如今天下年年都在战乱，就是因为有了国王，你们假如晓得韩国人穷得只能吃豆饭藿羹，就是因为有了国王，那你们便可以不用问我了。”郭沫若借这一问答，使刺杀行为与死亡的意义超越了对暴政的抵抗，而提升为对国王及封建君权制度的批判。“我们的血汗成了他们的钱财，我们的生命成了他们的玩具。他们杀死我们整千整万的人不成个甚么事体，我们杀死了他们一两个人便要闹得天翻地覆。”死亡—精神—平等观念，这一切激发了卫士甲的反思，他“挥拳大呼”：“啊，朋友们！我们来杀死这一些没良心的狗官啊！……朋友们你们有良心的，便请来帮助我把这几位好人的尸首抬进山里去吧！你们有良心的，便请跟着我来，跟着我山里做强盗去吧！”。随后众卫士为之响应：“好啊，我们做强盗去！我们

---

① 张匡、周阆风编辑：《儿童史剧》（下册），石家庄，新中国书局，1933，第103页。

② 顾毓琇：《顾毓琇戏剧选》，北京，商务印书馆，1990，第67页。

③ 阿英：《阿英剧作选》，北京，中国戏剧出版社，1980，第348页。

做强盗去！……"[①]显示了批判精神由个人而至集体的散播过程。

相比而言，复国戏的结局则是皆大欢喜，如现代文学时期的越国复国剧。实际上在元杂剧、明清传奇中，吴越春秋的故事即以不同的版本被改编，而因为西施的评价问题，更多的改编者于是把兴趣放在了西施的塑造上。现代剧作家则在西施的塑造中探问越王复国的关键，并把人民的力量提到了核心位置。复国与民众结合一处，主题也就由卧薪尝胆的皇帝发奋，变为激发国族民心，维系一国之兴亡。如顾一樵的《西施》结尾是："军乐声，欢呼声，'越国万岁'声"，[②] 虽然有西施死亡的情节，但着力点仍在复国成功的全民欢腾。如熊佛西的《卧薪尝胆》文末，勾践与外侍的对话。外侍："禀告万岁，营外在开国民庆祝凯旋大会，请万岁发驾！"勾践："即刻就到！好了，我们大家一齐赴凯旋大会！希望从此国泰民安，风调雨顺！"而剧作也在"万人呼喊越国万岁声中，闭幕"。[③] 这样的处理，主要是为呼应当时中国饱受外敌侵略的局势，唤起民族意识和国家观念。

但即使在民众力量——复国成功的叙事框架中，一些现代剧作家也没有一味盛赞复国成功，而是通过对复国后功臣命运的反思，探问更深层的封建君权之弊端。如孙家琇通过范蠡与西施的退隐反思封建君王与功臣义士的关系，揭露越王勾践所代表的封建君王的自私、刚愎及对自己皇权的维护。如果说刺客剧中，死亡是杀身成仁或失败后保留尊严的方式，那复国剧中，功臣隐逸则在达观、逍遥之外，带有畏君如虎，因之以退避求自保的无奈。在传统戏曲、小说中，吴越春秋故事的主角西施一般被处理为三种结局：第一，回归越国，皆大欢喜；第二，为越王所杀，以灭掉这亡掉吴国的红颜祸水；第三，与范蠡一道泛湖舟上，过上隐逸避世的江湖生活。第一种处理是将西施作为复国英雄，往往可以在民族危亡中起到激励民众的作用，而第二种处理则承传了中国古代兔死狗烹的君王立国传统，矛头指向越王，但也隐含着对西施以色相诱惑吴王的不满，第三种处理则是对死亡结局的理想转换。毕竟功臣的死亡不符合民众的情感期待和文化期待，一般剧作因之借助传说与神话的魔杖，使死亡的人或成仙得道，或于传言中出现于彼时彼地，或因缘际会而得以隐遁出世，化解功臣死亡中蕴藏的凄凉。这不仅符合国人的观剧

① 郭沫若：《郭沫若剧作全集》，第1卷，北京，中国戏剧出版社，1982，第186～188页。

② 顾一樵、顾青海：《西施及其他》，上海，商务印书馆，1936，第76页。

③ 熊佛西：《佛西戏剧第四集》，上海，商务印书馆，1935，第214～215页。

心态，且在一定程度上使悲态的叙事借由想象转为喜态。

在《复国》中，孙家琇通过凸显勾践的封建君王的形象，来消弭复国剧作中固有的感奋力量。这一点与一般剧作中将勾践塑造为仁慈、贤能、忍辱负重的形象，从而使之能团结民众，以突出越国在吴国的压制中全民反抗有别。在第二幕勾践出场时，是一个忧愁而萎靡不振的模样。“越王勾践腌脏，狼狈，忧愁地坐在大树根上，以手撑着头”。① 他的性格则在外形刻画中给予交代和推测：“他的态度也能由极谦卑变到极刚戾，不过无论在什么时候，他的眼睛总是锐刺地注视着人，使人感觉着一种杀气，感觉他是一个难斗，冷酷，而有条理的人。”②孙家琇对越王复国的动机及民众力量的强调，同样区别于其他剧作。在《复国》中如勾践所言：“寡人一向，对民无恩，对国有罪”，③ 指出勾践与民众的分离。因此，勾践为复仇成功对范蠡许诺：“大夫，有一天真能报复这个仇恨，寡人要平分越国的天下请你享受！”④剧作的这一伏笔为后来凸显复国成功后勾践的虚伪做了准备。如上文我们提及的，孙家琇的意图是突出君王的虚伪、自私和刚愎以及对功臣的嫉妒。范蠡在剧作中则被处理为一个有抱负、能担当、审时度势且以民为先的形象。他的退隐江湖与一般戏曲中的退隐不同，不只是担心勾践的加害，“越王的相貌——长颈，鸟啄，鹰眼，狼步，他的为人，据我看，多半是可以与共患难而不可以与共安乐。在太平无事的时候我恐怕他会妒贤嫉能。俗语常说，飞鸟散，良弓藏，做人臣子的应该明白进退之道”。⑤ 而主要是范蠡与勾践在政治观念上的巨大分歧。勾践主张压制吴国以免吴国“恢复国力，又要秣马作乱，对付越国。”而范蠡则认为：“越国要设法求得一个绝对安全的保障是帮助吴国施行仁政，铲除霸道，消灭彼此仇恨”。⑥ 后者是一种民主国家的思想，通过取法仁政，去消灭霸道。

而建构平等、祥和的国家是现代文学时期剧作家的普遍的一种渴望，因此借助不同的故事类别，现代剧作家将传统剧目中疏离的题旨进行了强化，并以不同的方式将之凸显。虽然在死亡或者隐逸的处理上，剧作家因思考的维度有别，使主题发生了局部的变异，但在总体向度上却始终没有脱离构建民主国家的理念。

---

① 孙家琇：《复国》，上海，商务印书馆，1946(上海初版)，第 39 页。

② 孙家琇：《复国》，上海，商务印书馆，1946(上海初版)，第 42 页。

③ 孙家琇：《复国》，上海，商务印书馆，1946(上海初版)，第 42 页。

④ 孙家琇：《复国》，上海，商务印书馆，1946(上海初版)，第 45 页。

⑤ 孙家琇：《复国》，上海，商务印书馆，1946(上海初版)，第 156 页。

⑥ 孙家琇：《复国》，上海，商务印书馆，1946(上海初版)，第 154 页。

总之，现代文学时期剧作家通过现代意识的介入和服务于当下的处理，为传统中国颇为流行的复仇主题植入了新的内涵。或由个人恩怨、义酬知己扩展为诛杀国贼、为国赴难，或由普通的杀戮行为转化为唤醒危亡意识，使民众觉醒的必要手段。相比传统复仇剧，当时的改编剧涌动着一种不息的激情，具有一种内敛的气质和雄壮的风格，而其审美境界也相对阔大得多。

二、爱情主题的现代阐释

传统戏曲中爱情题材的作品一直数量较多，如影响颇大的西厢记、卓文君私奔、红拂夜奔、薛仁贵与王宝钏等，在元杂剧、明清传奇中都有很多版本。但在传统戏剧的处理中，此类爱情故事更多是作为一种理想，以遮蔽现实中的无奈，而不是作为播散自主精神的资源。戏剧创作者更关注爱情故事的传奇性，比如卓文君的私奔、红拂的夜奔、崔莺莺的幽会，每每以之作为赏玩的事件，并加入警世的语句与叹惋的语气，以哀伤之笔渲染爱情的凄美，以落泪的伤情营构苦涩的诗境。剧作往往曲终奏雅，给出团圆的结局，却全以男子得势的角度来完满离奇的爱情故事，比如卓文君与司马相如爱情的合法化得益于司马相如的辞赋，得到汉武帝的赏识，从而一朝显贵，得以重归家门；红拂夜奔的合法化得益于李靖作为开国将军的伟业；西厢记中张生与崔莺莺的爱情归宿，则得益于张生进京赶考中了状元。女子在传统爱情剧中，无论开初如何的勇猛、如何的激奋而执著地反叛陈规，拥抱爱情，但仅止于佳人慧眼识才子，对于推进爱情的走向女子几乎毫无作为。且女子率性而为的反抗在私订终身后，无一例外地演化为贤惠、温良的退守。西施、卓文君、莺莺这些古代的奇女子，无不如此。这种状况正符合郭沫若在《写在〈三个叛逆的女性〉后面》中总结的："女人的一生都是男子的附属品，女人的一生是永远不许有独立的时候的。"①可以说，在传统爱情故事的叙写中，虽然情节丰盈，但主旨上却差别不大，基本没有脱离封建意识中的女子最终依附男子的格局。

自五四以降，婚姻爱情即已成为启蒙的突破口，一时间各类知识者都以此为题材写女性的出走、叛家，以勇力和决绝对抗家族的包办婚姻，写自由恋爱的快乐和激情，并以此表征新与旧的对立，现代对封建旧传统的否弃。在西方现代意识的影响下，一些现代话剧家开始重新解读传

① 郭沫若：《郭沫若论创作》，上海，上海文艺出版社，1983，第353页。

统爱情题材，探究追求爱情与个性自由、婚姻自主与反抗封建的因子，以此作为启蒙的工具，更新民众的爱情婚姻的观念，建构民众的主体意识。这表现于爱情主人公的变化，改编剧中女性人物开始成为爱情事件中的主体，凸显女性在爱情中的主动、积极、自主，女性在爱情中的掌控力和影响力也就成了当时的重点。如郭沫若、恽涵的《卓文君》、陈学昭的《文君之出》、顾一樵的《西施》、王修明的《杨贵妃》等，都将爱情事件的女主角作为题目，并在传统故事的基础上给予女性更多的笔墨。

(一)女性主体自觉意识的强化

在爱情题材中，现代剧作家将自由作为第一要义，凸显女性意识的自觉，比如《卓文君》《王昭君》、聂绀弩的《范蠡与西施》。与传统戏曲中的处理不同，现代剧作家侧重以人性的视角品察女性内心的幽微，而不再以伦理等为基点探寻事件的起始、终结。

相比一般的爱情故事，卓文君私奔司马相如更具现代韵味和可拓展的空间。司马相如、卓文君事因其才子佳人的爱情模式，携手私奔的自由大胆，文君当垆卖酒的无所避讳，及最终司马相如得偿所愿为皇帝赏识的美好结局，使得它的群众基础非常牢固。如《史记·司马相如列传》、宋朝的《卓氏女鸳鸯会》、元朝铁叫郎的《卓文君夜奔相如》、明朝朱权的《卓文君私奔相如》、清朝舒位的《卓女当垆》及传统京剧《卓文君》。还有部分剧目源于民间传说，如元朝孙仲章的《卓文君白头吟》，写卓文君与司马相如以及茂陵女子的故事。卓文君是一位为爱而斗争的女性，宋元明戏曲也注意到这一点，但由于封建礼法观念，剧作刻意描述了卓文君的服从、司马相如的厌倦，并将叙事重点放在司马相如得到皇帝重用，两人苦尽甘来上。剧作重心也就由女性对爱情的抗争变为对男子才能的鉴识，其潜台词是卓文君依附司马相如而走向喜剧。这类作品重点突出了司马相如的才、汉武帝的贤、卓王孙的愚和文君的慧眼。在此，文君私奔相如与红拂夜奔的写法较为相像。这种写法正如郭沫若所批判的："卓文君的私奔相如，这在古时候是视为不道德的……有许多的文人虽然也把她当风流韵事，时常在文笔间卖弄风骚，但每每以游戏出之，即是不道德的仍认为不道德……决不曾有人严正地替她辩护过"。[①]

现代文学时期以卓文君事为中心的改编话剧约有四部，如寒蝉的五幕新剧《中古时代之文明结婚》(1917)、郭沫若的三幕剧《卓文君》(1923)、陈学昭的四幕剧《文君之出》(1929)以及恽涵的七幕剧《卓文君》(1940)。

① 郭沫若：《郭沫若论创作》，上海，上海文艺出版社，1983，第357页。

相比刘兰芝的柔弱，卓文君的形象始终带着坚韧和决绝，对各方面的威压她没有过丝毫的妥协。从题材上看，如果说刘兰芝与焦仲卿为传统型，那卓文君与司马相如的爱情则为现代型，也正可看作女性自身命运的两种写照。而从结果上看，前者是服从地走向分裂的悲剧结局，而后者则是不屈服地迎接着喜剧式的完满结局。对于刘兰芝，几乎所有剧作者都没有改变其悲剧结局，希望借助悲剧震撼人心，宣扬某种关于爱情、婚姻的现代理念。而卓文君，无论在历史上还是现代文学时期，都是一个独特的自主女性形象。几乎所有的笔触都集中在了卓文君的独立、自由、有思想、敢行动的方面，而且这一剧作被现代改编者注入了更多自由意识、民主观念等新元素。

剧作家作为历史的评判者重新审视历史爱情故事，总是要结合当时的社会思潮，调整内在的人物、事件关系，变换戏剧冲突中的核心力量，凸显女性在爱情婚姻中逐渐走向主动的社会变化，同时也是为这种变化摇旗呐喊。剧作家不仅延续了传统爱情故事中女性对爱情的渴望，而且凸显了女性在爱情中的主动选择。很多剧作更着意于扭转困守于爱情、依附于男子的传统书写模式。

如陈学昭的《文君之出》，选择了出自《西京杂记》的司马相如与茂陵女子相遇之事。本事记载：司马相如奉命开通蜀道，路遇茂陵女子，“相如将聘茂陵人女为妾，卓文君作《白头吟》以自绝，相如乃止。”[①]对司马相如的移情别恋，卓文君的选择只是劝止。元杂剧中有孙仲章的《卓文君白头吟》、明传奇中有朱权的《卓文君私奔相如》也写到这一故事，但除了以之讥讽司马相如喜新厌旧外，也隐含着对卓文君所嫁非人的讥讽和感慨。故事中卓文君始终是被动的。而陈学昭则在《文君之出》中将文君的劝止变为决然的指责。“时代的男子！时代的男子！……呀！长卿！长卿！我不料你也受人诱惑到这样！完了！完了！往日的深情哪里去了！可曾还想到我当炉设店的时日，那些患难共处的时日？我不责你没信义，别了！长卿！在你们所认为幸福的幸福，我决不妨碍你们，别了！长卿！别了！”[②]在此，卓文君用感叹的语气显示内在的愤怒，以质问的话语责问背弃，以“别了！”这一连贯的话语显示了对司马相如的失望。卓文君最终走出了家门，抛弃了自己选择的爱情。这一形象已全然抛弃了元明戏曲中的含蓄和忍让。虽然陈学昭于剧作中仅暗示了司马相如的动摇和思

① 王森然遗稿，《中国剧目辞典》扩编委员会扩编：《中国剧目辞典》，石家庄，河北教育出版社，1997，第372页。

② 陈学昭：《蔓草拾零》，杭州，浙江文艺出版社，1984，第211～212页。

想上的游移，并将茂陵女子描述为“矮胖身材”“带着骄倨的样子”，全然没有传统故事中的才情，但误会本身更加剧了文君主动出走的力量。剧作凸显的是一种心理上的期待、焦灼、恐惧及突然而至的心理崩溃等变化过程。剧作家选择茂陵女子的传说，却抛弃了卓文君“自绝以劝”的“从夫”的贤良，而是任压抑、嫉恨的心理宣泄，并最终抛弃了背却前盟的“负心男”，走出家庭的拘囿。这种处理虽显极端，却张扬了女性自思、自决的主动意识。虽然剧作简短，却将女性自主的题旨展露得淋漓尽致。

抛弃爱情或者怀疑爱情当然是题材处理中的极端，却反映出现代剧作家在爱情题材处理上的多元倾向。一些剧作家已经不再满足于咏唱爱情的魅力，或者感叹有情人不能终成眷属的悲情，而是希望通过现代西方理念改造传统爱情，使之呈现新的面貌。比如剧作家试图展示为爱情付出代价的受难女性的抱怨，如袁牧之的独幕话剧《爱神的箭》。

袁牧之《爱神的箭》取材于薛仁贵与王宝钏的故事。在清代有《红鬃烈马》，主要写唐丞相工允因王宝钏抛绣球选中乞丐薛仁贵，被逼退婚不从，父女反目。薛仁贵参军出征西凉，王宝钏苦守寒窑十八年。“十八年古井无波，为从来烈妇贞媛，别开生面；千余岁寒窑向日，看此处曲江流水，想见冰心。”(西安武家坡供奉薛仁贵与王宝钏的祠庙上的对联)传统故事中王宝钏苦守寒窑十八年，一直被作为从一而终的女子终得圆满而歌颂。即使薛仁贵已娶了异邦女子代战公主，王宝钏依然因这份苦守获得了正房的位置。这一故事源自《说唐后传》，小说与戏曲中的女主人公则有所变化，或为柳金花，或为王宝钏。但小说家和戏曲家都保留了薛仁贵试探妻子十八年是否贞节的一段，薛仁贵通过试探，从怀疑柳金花不忠到满心欢喜地相认。此中虽有讽刺薛仁贵的狭隘、歌颂柳或王的贞节的意图，但受难女子被质询却在封建伦理的框架中得以合理化。袁牧之在改编中正是通过试探去实现其批判。在《说唐后传》中，贫寒度日十八年的柳金花，依然花容月貌，而且打扮虽然朴素，却十分清洁。但袁牧之却写了贫穷度日的柳金花，“消瘦”“憔悴”的面容，柳金花也自言：“我两手做得只剩一张皮了”。[1] 这使柳金花对薛仁贵的归来没有半分欢喜，只是满腹怨恨：“我成天整晚地盼你回来，不想你竟会这个模样回来！”[2]抱怨的柳金花不仅责问着薛仁贵，而且也由之否弃了十八年为了爱的等待。

---

① 袁牧之：《爱神的箭》，上海，上海大光书局，1930，第13页。

② 袁牧之：《爱神的箭》，上海，上海大光书局，1930，第12页。

而聂绀弩的独幕拟剧《范蠡与西施》中，西施质疑范蠡牺牲自己去复国的计谋，责问范蠡牺牲爱人的罪过。“都是你的好计策，断送了你我的一生。你自然不在乎，可害死我了。”①剧作家开始从爱情、伦理之外推测为爱付出巨大代价的女性，是否真的如传统描写中那样忍耐、服从且毫无怨言。他们从女性个人的角度，重新思考幸福，独立地评判男性行为中潜藏的狡诈（范蠡）、嫉妒（薛仁贵）、懦弱（焦仲卿）和无能（唐明皇）等。

（二）爱情现实力量的强化

爱情题材的改编始终与现实需求相关，并带着明确的现实指涉目的，这也体现了现代话剧改编的一个特点。在传统处理中，爱情不是批判时代观念的工具，即使一些爱情悲剧，也是意在劝诫，而非批判。而现代剧作则恰恰相反，剧作家更关注爱情事件的工具性，将之作为载体，使题材承载的观念超越了爱情本身的魅力。

现代话剧史上被改编最多的是古代叙事诗《孔雀东南飞（并序）》，即刘兰芝与焦仲卿凄美的爱情悲剧。改编集中在1922年到1935年，有六部之多：1922年北京女子高等师范改编的《孔雀东南飞》，1925年凤汉改编的《孔雀东南飞》（仅发表一幕），1928年杨荫深改编的《盘石与蒲苇》，1929年熊佛西改编的独幕剧《兰芝与仲卿》，1930年袁昌英改编的三幕剧《孔雀东南飞》，1935年季剑改编的《孔雀东南飞》。由于剧作者的时代背景、阅历、价值观念等的差别，他们的改编重点也有所差别，传递在历史情境中被搁置或者潜隐的问题，以新的立场和叙事丰富焦仲卿刘兰芝爱情悲剧的历史意义和价值。

诗歌中焦仲卿、刘兰芝的性格并不十分鲜活，而焦母的形象则更为隐晦不明。由于诗歌的体裁限制及浓郁的浪漫主义叙事风格，使刘兰芝为什么被遣返回家，焦仲卿为什么唯命是从，刘兰芝哥哥的势利等都未能展开。而诗末一直广为传颂的劝诫之言，侧重其死后的结合而忽视了对现实的批判。从戏剧的角度看，这一故事的戏剧性不是很强。原诗故事中兰芝被逐的动机描述上比较模糊，仅有焦母的“此妇无礼节，举动自专由。吾意久怀忿，汝岂得自由！”指责刘兰芝缺乏礼节，且一举一动全凭自己意见。虽然刘兰芝抱怨：“三日断五匹，大人故嫌迟。非为织作迟，君家妇难为！”却仍主动提出“妾不堪驱使，徒留无所施。便可白公姥，及时相遣归。”并没有形成兰芝与焦母之间的正面冲突，缺乏了戏剧

① 聂绀弩：《婵娟》，桂林，桂林文化供应社，1943，第37页。

应有的张力。另外，焦母将兰芝逐出家门也符合于封建礼法。根据《大戴礼记·本命》的记载："妇有七去：不顺父母去，无子去，淫去，妒去，有恶疾去，多言去，窃盗去。"[①]而焦母"此妇无礼节，举动自专由。吾意久怀忿"使驱逐符合于七去的第一条。因此，这一题材常见于古代诗歌、散文，却鲜见于元杂剧和明清传奇，如陈墨香编的京剧《孔雀东南飞》等。但这些导致兰芝被逐而自杀的礼法，却正是五四以来社会所竭力抨击、颠覆的对象，因而兰芝的形象更能得到现代人的同情，正契合于五四以来关于爱情婚姻的压制与抗争的脉络，兰芝被视作封建礼教迫害的一方，而焦母则代表着泼悍的封建专制一方。

这六部作品在情节结构上基本一致，在保持故事基本矛盾的前提下，都是写焦母的蛮横、挑刺，写兰芝的屈从、哀求和被逐后的自杀。从人物关系的设计及人物性格的塑造上，剧作者使兰芝呈现出柔弱、贤惠、刚强和反抗的不同侧面。将原诗中一直处于幕后的焦母的性格则进行了更为细微的设计，凸显了焦母对儿子焦仲卿的疼爱：或者是因为爱儿心切，或者是由于嫉妒心理，或者就是封建的喜欢欺压媳妇的婆婆，通过寻衅滋事平衡自我的心态。因此，剧本不单单停留于一种描述，而是关注专制与自由、爱情之间的冲突与矛盾、反抗与坚贞以及信念等一系列蕴含的主题。在杨荫深的《盘石与蒲苇》和袁昌英的《孔雀东南飞》中，两人通过对焦仲卿与兰芝自杀的描写，将爱情与自由并置一处。杨荫深让他们喊出了："牺牲了我们肉体上的快乐，就可以换的我们永远无穷的幸福"。[②] 袁昌英让他们喊出："死是永生！死是爱的不朽！"（焦仲卿）"让你我永生！让你我不朽！"（刘兰芝）[③]虽然在情节上类似于原诗，但在题旨上却突出了主体的自我选择，以死亡对抗压制的观念。

以爱情的压制与反抗的模式影射现实社会的悲剧，从而批判现实，来推进现实中的变革，这个模式在当时比较流行。一些剧作家则在此基础上，寻找爱情悲剧的其他表达，如姚克在《清宫怨》中将爱情处理为政治斗争中的动力。

姚克用了二元对立结构处理人物性格及各方的关系。如光绪与珍妃的关系中，光绪懦弱、犹豫、政治上动摇，而珍妃则倔犟、坚定、对未来充满信心，她的爱情成为光绪政治变革的动力。珍妃与慈禧的关系中，珍妃代表着自由、民主、新生力量，她进入皇宫后反抗慈禧、保持自我

---

① 高明注译：《大戴礼记今注今译》，台北，台湾商务印书馆，1975，第469页。

② 董健：《中国现代戏剧总目提要》，南京，南京大学出版社，2003，第350页。

③ 昌言编辑：《现代最佳剧选·第五集》，现代戏剧出版社，1942，第58～59页。

的自由品性，勇于为爱人光绪皇帝献身等生命轨迹，融合了民主、自由的现代个体主义精神。而慈禧则代表着保守、顽固、颓败和挣扎的力量，也成为光绪、珍妃爱情和政治变革的最大敌人。姚克将两人的爱情具象化为“船桨”(第一幕第二景：舟盟)的约定，这支想象中的操控爱情、命运与国家的“船桨”，不仅象征着他俩对爱情的渴望和尽享天伦的憧憬，而且暗示出他们对把握自我命运的期待。其中既有对自由、国家昌盛的向往，也有对暴虐的、昏庸的、日渐崩溃的“慈禧王朝”的憎恨。

在慈禧与珍妃、光绪的斗争中，后者节节败退，光绪权力旁落，珍妃被打入冷宫。但即使在如此隐晦、黯淡无光的政治岁月中，珍妃对未来依然充满信心且坚定不移。第三幕第二景“冷宫”写光绪密会冷宫中的珍妃，珍妃的话语中充满着希望。

> 珍：……你一天活着，我一天不肯死。……我情愿受罪，我情愿让人家骂我没出息，没志气。因为我还指望着你——
>
> 光：(热烈地)你要我怎么样？
>
> 珍：我总指望着你有出头的一天。
>
> 光：(抱歉地)咳，我何尝不想争口气？可是我现在是一个囚犯，一个傀儡，睁开眼向前看，只有一条绝路，死路。还说什么哪！
>
> 珍：(站起来)皇上，这不是一条死路！皇上今年还不满三十岁，可是太后已经有六十五岁了。太后总不能活一百岁……再等十年八年皇上不是就可以出头了吗？
>
> 光：(眼睛里透出了一丝希望的光芒)再等十年八年……①

第四幕光绪与珍妃再次见面，重新讨论“船桨”，珍妃在她制作的小船上的对联别有深意。“君乘破浪风，妾忆西江水”，② 前句化用了李白《行路难》之一的诗意，“行路难，行路难，多歧路，今安在？乘风破浪会有时，直挂云帆济沧海。”暗指光绪皇帝因维新变法而被幽禁之苦痛与茫然，影射光绪皇帝的政治抱负无法实现而“拔剑四顾心茫然”的心态。“妾忆西江水”则化用了唐朝鱼玄机的诗。在《江陵愁望有寄》中鱼玄机以：“枫叶千枝复万枝，江桥掩映暮帆迟。忆君心似西江水，日夜东流无歇时”，表白痴心等待的心迹。无论时空距离多么远，阻隔多么大，对爱人

① 姚克：《清宫怨》，北京，人民文学出版社，1980，第114页。

② 姚克：《清宫怨》，北京，人民文学出版社，1980，第126页。

的思念就如西江水一样日夜东流，没有停歇的时候。但珍妃借此诗意表明在惨烈的政治争斗中对爱情的执著，并以爱作为光绪在政治上搏杀的动力。

无论是焦仲卿与刘兰芝的分离和殉情，还是珍妃与光绪将爱情作为重新获取权力以革新王朝的动力，都超越了男女之间两情相悦的日常含义，而凝缩为穿越黑暗、冲破传统的象征。这种包孕于剧作中的信息如一支春天的响箭，在呼啸声中向现代民众播散启示，给人以希望，并提供生活中奋进的方向。现代剧作对爱情的隐喻化和象征化的处理，使之延伸为社会革新的重要力量。

(三)爱情“翻案”与新释

我们在上文提到，现代剧作家具有强烈的现代意识，其改编剧作往往带着强烈的个人感情色彩。由此，也就导致了一些改易旧作，变更历史的爱情剧作出现。为爱情翻案应该说是现代剧作相较于传统戏曲的一大变化。现代剧作家在解读吴王夫差与西施、唐明皇与杨贵妃、貂蝉与吕布等历史题材故事时，在兴衰、忠奸之外，更着意于他们之间的爱情。而正是因为爱情作为历史要素，而非情感要素的介入，使得历史事件的传统内涵发生了变化。在这类剧作中，剧作家往往采用新的视角重新观察世代传唱的爱情故事，或者重新审视历史中的一些男女间的关系，表达剧作者的爱情观、历史观。

1. 爱情关系的变更

(1)西施与夫差。

西施是历史上著名的“四大美女”之一，她的名气主要在于范蠡将之献给吴王夫差，而西施则在吴国采用了美女误国的种种招式，使夫差倦于国事，而使越王勾践得以重整国家，灭了吴国。在一般的历史艺术或野史记载中，范蠡与西施是情人关系，但他们为了国家牺牲了个人的幸福。

孙家琇在《复国》中虽然变更了勾践、范蠡及西施等人的性格、变更了历史事件的种种关系，但却保留了范蠡与西施纯美、坚贞的爱情。在爱情这条副线上，孙家琇通过苎萝村定情、进献、重逢、泛舟湖上几个时间段的描写，继续着传统故事中的爱情传奇，并以此比衬政治的丑陋、残忍。如第一幕中，作者通过《诗经》中《野有蔓草》《关雎》《桃夭》三首诗歌，写出了西施与范蠡之间的爱慕之情，并做出承诺。《野有蔓草》隐指两人邂逅，一见钟情，两情相悦；而范蠡借吟诵《关雎》，表达了对西施的爱慕。当西施因家境贫寒，感觉配不上范蠡时，范蠡则以《桃夭》的“桃之夭夭，灼灼其华。之子于归，宜其室家”，打消了西施的顾虑。第二幕中写范蠡被囚禁于吴国时吟诵《采葛》，再次强化范蠡对西施的爱情。后为了越国复国，范蠡牺牲西施为吴王妃子。当复国成功，范蠡重见西施时有一段对话：

> 范：……假如你还情愿，我希望我们再续旧好。
>
> 西：(忽然很快乐，但是马上又苦笑)范大夫，你的心地真好。可是，我很明白在吴国住了几年的西施，已经不是当年苎萝村的西施。越国的大功已经告成，西施的一生也断送啦！现在的我怎么配同故人再续旧好？……我知道，今后不能跟随故人，我心里不会完全没有痛苦，可是……这天地之间有多少多少人都是痛……苦……的！(以手遮脸)
>
> 范：西施，你现在不但是从前的那位美丽聪慧的小姑娘，你更是一位高贵，悲天悯人的女丈夫。你虽然久住吴宫，受着君王的宠幸，但是你是湖里的白莲出污泥而不染。你若是觉得配不上我，我更觉得卑贱了。西施……我们是婚缘天成，不必游移啦！①

从一见倾情到泛舟湖上，虽然两人都遭遇了不同的人生事故，但却始终遥相思念。与孙家琇的处理不同，顾一樵在《西施》中抛弃了旧说。他虽然同样以西施与范蠡的两相倾慕入手，却更着意于写出经过诸多变故后，西施心理上的变化，而由此西施与范蠡、西施与夫差的关系也随之变更。

《西施》剧的主线是西施的爱情，但前段写西施与范蠡的爱情，后段写西施与夫差的爱情，以范蠡赠给西施的宝玉串联整部话剧。第一幕《浣纱女》以范蠡送玉——西施还玉，写两人的爱情及国难当头时西施对儿女私情的舍弃。剧作按传统故事的叙事脉络交代范蠡与西施的爱情。但当西施为了越国赴吴时，她把越国的责任放在首位，毅然舍弃了儿女情长。当范蠡在痛悔中表达对西施的不舍时，西施的回答是："国破家亡，我们个人的事都谈不到了呀。"因此，西施返还范蠡的定情宝玉——"(意甚坚决)范哥哥，我今以身许越国，在国难没有挽救以前，我没有爱你的自由。谢谢你一向爱我的好意，我今只得把你的爱和宝玉送还于你！"②至第三幕《醉西施》，西施的情感发生了变化。这一幕写范蠡再次赠玉——夫差劈开宝玉与西施定情。第一环节写赠玉。当范蠡为太宰嚭所救，回

① 孙家琇：《复国》，上海，商务印书馆，1946(上海初版)，第158页。

② 顾一樵、顾青海：《西施及其他》，上海，商务印书馆，1936，第32页。

越国前他托东施把宝玉带给西施，并传话：“他说他的心亦随着宝玉交给你了。”东施取宝玉给西施时，凸显了一个细节——西施接玉“潜然深思”[①]，为西施对夫差的情感变化埋下伏笔。第二环节写西施在夫差的爱情攻势下的犹豫不决。剧作突出了夫差对西施的爱。比如当太宰嚭祝：“大王万岁，娘娘千岁”时，夫差的反应是：“ 哦！我要是万岁，她是千岁，那不兴。我们要常在一起的，我情愿千岁吧。我们要活在一起死在一起！”[②]随着夫差与西施对话的展开、称谓的变化，西施对夫差的爱趋于明朗。夫差劈玉是一段隐喻描写，暗示西施与范蠡爱情的终结，夫差与西施爱情的开始。

> 夫：这是什么宝玉？
>
> 西：这是我的心。
>
> 夫：（攫宝玉，用剑切为两片）好极了，这宝玉便是我们的心。你留这一半，我留这一半，我们从此以后，永远的地久天长不变心。
>
> ……
>
> 西：哎呀，我的心碎了！
>
> 夫：西施，让我的爱来补你的心。
>
> 西：夫差，你要牺牲了一切来爱我。[③]

西施是一个冷静的女子，也是一个感性的女子，她时时刻刻感受着夫差的爱恋，但又处于爱夫差与灭吴国的矛盾中。因此在第四幕第二景夫差殉国部分，夫差迎战越军失败后，西施开始向夫差表白爱意。

> 夫：西施，你快跑吧。我同范蠡打了几个回合，我终于打不过他，他口口声声要我还他的西施！
>
> 西：大王，我是你的。
>
> 夫：西施，你真爱我么？
>
> 西：大王，我爱你，但是我爱你爱得太晚了。
>
> 夫：爱永远不会嫌晚，你爱我就够了。[④]

而夫差也成了爱美人而不要江山的痴情种。顾一樵在剧作结尾如此

---

① 顾一樵、顾青海：《西施及其他》，上海，商务印书馆，1936，第42页。
② 顾一樵、顾青海：《西施及其他》，上海，商务印书馆，1936，第43页。
③ 顾一樵、顾青海：《西施及其他》，上海，商务印书馆，1936，第53页。
④ 顾一樵、顾青海：《西施及其他》，上海，商务印书馆，1936，第73页。

处理两者的关系，并抛出了两人的爱情。夫差在国家败亡之际，也不忘向西施表白爱意。

> 西：大王，你不恨我么？你不后悔么？你为我放了勾践，你为我杀了伍子胥！
>
> 夫：一切的一切都不要管了，一切都抵不过你的爱。①

西施在爱情面前也丧失了国仇家恨的情绪，不仅劝诫夫差，而且自刎以随夫差——“夫差，西施亦为你而死了”。② 从而将范蠡与西施的爱情故事与泛湖舟上的浪漫结局一举击碎。顾一樵所依据的是日久生情的原则，但其深意却是以西施与夫差的爱情变更传统中美人计承载的历史信息。夫差、西施等不再是单一的、抽象的，不具有人情味的角色，而是感性的、为爱甘愿牺牲的人。

(2)貂蝉与吕布。

西施爱上夫差变更了历史的成规，貂蝉与吕布的爱情同样让人震惊。貂蝉也是历史上美人计的主人公，王允送貂蝉给董卓，却又将貂蝉口头许配给吕布，从而离间这对义父子。最终吕布杀了董卓，而关羽杀了吕布。在《三国演义》中只有吕布对貂蝉的爱恋，却没有貂蝉对吕布倾心的叙述。而王独清的《凤仪亭》《貂蝉》(是《凤仪亭》的扩展)同样改变旧说，将吕布与貂蝉的关系处理为情人关系。这样处理是为了突出貂蝉为了民众，为了杀掉独夫董卓，“她把一己底情爱放在一旁，甚至还借一己底情爱去实现她为民众利益的希望，她便在这种公与私的交错之中作了她底牺牲了”。③

《凤仪亭》仅短短的几幕剧，第一幕写吕布夜等貂蝉，向貂蝉表白，希望与她私奔。在这一幕中，貂蝉出场后的第一句话，就暗示了她对吕布的暗恋。貂蝉在月夜赏月，“在这儿看月儿比在亭中好多了。——唉，园门开着呢：假使他——假使他现在能到这儿来时，那我一定——”④而在吕布向貂蝉表白爱意时，剧作改变了传统的关系设定，写出了两人的相互爱慕。

> 吕布：我爱你爱得几乎连生命都要丢弃了，我爱你爱得把我底心脏，把我底血液，甚至于把我全身的筋骨都弄得失了一向和平的作用和一向健康的能力了，我爱你爱得——哦，我不

---

① 顾一樵、顾青海：《西施及其他》，上海，商务印书馆，1936，第73页。

② 顾一樵、顾青海：《西施及其他》，上海，商务印书馆，1936，第75页。

③ 王独清：《貂蝉》，上海，江南书店，1929，第5～6页。

④ 王独清：《独清自选集》，上海，乐华图书公司，1933，第228页。

知道怎样说的好！……你，你是我底皇后，你是我底神圣，你是操着我底生存权的主宰，同时你又是我底希望，我底信仰，我底唯一的灵魂……

貂蝉：(沉醉地)真的……真的你那样爱我吗？

吕布：……总之，我在全中国底人面前是英雄，在你底面前却是一个寻常的男子！我实在不知道怎样说了……——不过，不过你呢。……你可是也还爱着我吗？

貂蝉：(在沉醉中自然地冲口而出)我也在爱着你呢……①

貂蝉对吕布不再是戏弄与玩耍，不再是以计谋赚取吕布的嫉恨和董卓的愤怒，而是以爱情刺激吕布的斗志和决心，杀董卓，奉献国家。在这方面，王独清的改编理念虽然极端，却也能代表现代剧作家求新求变的姿态。在《貂蝉·序》中，他针对别人批评他篡改历史这样回应："我给了貂蝉些什么？我给了她一个沉思的与殉教的性情，我给了她一个时代底刺激和一个环境底压迫，我给了她一个不安定的生活和一个渴喊着自由的心境，然后，我便给了她一个转变的勇气。……她在我们底眼前竟然变成一个为自由斗争的勇士，竟然变成一个为自由牺牲的圣者。并且，同时她底身旁的人物，吕布，王允，都跟着转变了他们底生命了。"②他在《凤仪亭》《貂蝉》的改编中，不仅变更了貂蝉、吕布的爱情关系，使吕布杀董卓由私欲转向了为民众、为国家锄奸，以建立新的世界，而且赋予了貂蝉等人全新的性格和内涵。正如张健所评价的："貂蝉等人与董卓的矛盾纠葛就早已超越了历来英雄美人的旧套，而表现出一种崭新的时代精神。"③

意在翻案，却非为了谋得一时的喝彩。这不同于以新奇博取关注，跟随时代风气的改编作品，陈白尘曾自谓早期的《汾河湾》《虞姬》等作，即为求新、媚俗的幼稚之作。但舍却陈白尘的指责，关注这另辟蹊径的改编，由历史眼光中的爱情到爱情视野下的历史，却实实在在变换了一个面貌，也自成了一个体系。在这类改编剧中，主题自然不在爱情的困苦与争取的艰难，如《孔雀东南飞》等作品中的专制与自由的对立，《卓文君》中反抗与自由的抗衡。王独清通过调整两人的情感关系，突出了爱情的力量，当这种力量涉及国家时则变为一种推动力或者破坏力，可以变更历史，推动历史的进步。这也就是在《貂蝉·序》中所表明的："请看

① 王独清：《独清自选集》，上海，乐华图书公司，1933，第232～235页。

② 王独清：《貂蝉》，上海，江南书店，1929，第4～5页。

③ 张健：《中国30年代话剧创作中的人物悲剧》，载《国际关系学院学报》，1999(3)。

罢！我把为自由斗争的战云布满在这儿。并且又使一个综合的伟大的呼声从这儿突进了出来，那便是：讨暴虐的民贼！”[①]虽然说这类改编有悖于历史记载或历史类艺术文本的原貌，却透露出一股新鲜的气息。

2. 爱情冲突的变更

五四以来社会知识阶层特别宣扬人有情爱的权利，政府对爱情剧目也“力持精神恋爱”。[②] 因此，一些剧作家以历史爱情题材凸显反抗、主体精神外，同时也敏感地意识到男女间情爱悲剧的复杂性，如其他情感与男女爱情的矛盾——母子之爱与之的矛盾，亲子之爱与之的冲突，这可以理解为现代心理学上俄狄浦斯情结的倒错。如何评判不同情感冲突导致的悲剧，左右着爱情在生活中自由发展的程度。如《孔雀东南飞》的部分改编剧写出了母亲对儿媳的嫉妒而致憎恨，薛仁贵、柳金花故事的改编则描写了父亲对儿子的嫉妒。这类作品的重心不在说明爱情的社会功能，而在反思爱情的本质。

(1)焦母与刘兰芝。

《孔雀东南飞》中焦母对刘兰芝的讨厌、憎恶一直为学者所关注，学者从不同角度寻找其可能的原因。从封建礼法角度考虑，焦母认为刘兰芝行为自由，使她感到不舒服，仅此即符合《大戴礼记·本命》中的“七去”。但现代剧作家并不满意于从封建礼教角度探讨原因，转而从心理角度探寻，即焦母因恋子而生出对刘兰芝的嫉妒，或焦仲卿与刘兰芝的爱恋导致了焦母的嫉妒。焦仲卿与兰芝过好的感情引起焦母的愤恨，也符合于驱逐的礼法，即如《礼记·内则》中所载：“子甚宜其妻，父母不悦，出。”但剧作家们没有依照封建礼法去度量事件，而是将嫉妒变为母子之爱与夫妻之爱的冲突，如熊佛西的《兰芝与仲卿》、袁昌英的《孔雀东南飞》都以嫉妒作为改编的中轴来阐释这段爱情悲剧。

《兰芝与仲卿》开篇即写焦母对刘兰芝毫无遮拦的憎恨，而理由是刘兰芝导致了焦母与儿子关系的变化，男女的爱情遮蔽了母子之爱，这让焦母愤恨异常。焦母向女儿抱怨道：

> “从前他没娶媳妇，总是和你妈妈吃，和你妈妈睡，整天的妈妈长妈妈短，无论怎么啦亦不肯离开你妈妈一步。哼，殊不知自从讨了这个贱东西，就把你的妈妈忘到九霄云外了！只要

① 王独清：《貂蝉》，上海，江南书店，1929，第7页。

② 上海市教育局第四科通俗教育股：《审查戏曲》，上海，上海市教育局出版，1931，第68页。

他从外面回来，那个贱东西就吸他到屋里去了，我差不多见不到他的面，这真叫着'讨了媳妇不要娘！'唉！"①

如果这种表达还属于常情，那在袁昌英《孔雀东南飞》中，焦母的反应则近乎歇斯底里，对儿子的占有欲也变得异乎寻常的强烈。而且焦母对仲卿有一种畸形的依赖，袁昌英在改编中填入了焦仲卿未娶妻时的一段生活描写，写病中的仲卿和母亲的对话。焦母对仲卿说：

"只要你常常在我身边，让我时时摸抚你这美发，（又摸抚儿子的发）这二十几年来我无日不摸的美发，我一生的精力造出来的美发，我也就心满意足了"。②

《孔雀东南飞》原作中，焦母说"东家有贤女，自名秦罗敷，可怜体无比，阿母为汝求，便可速遣之，遣去慎莫留"，以印证焦母对于刘兰芝的憎恨纯属个人喜好。改编剧则大多删去了这一伏笔，只写焦母因嫉妒而生的冲突——袁昌英曾推测焦母之嫌兰芝自然有一种心理作用。由我个人的阅历及日常见闻所及，我猜度一般婆媳之不睦，多半是'吃醋'二字的作祟。③ "吃醋"的心理拆散了一对鸳鸯，这种拆散虽然仍带着家长专制的色彩，却将专制及其危害从心理学而非社会学意义上来考虑，凸显不同性质的爱导致的冲突。因此，爱情至上在各改编剧作中都得到了极端的强化，如袁昌英在《孔雀东南飞》中，通过两人殉情前的对话显示一种超越生死的爱情观念。

兰芝：（激昂迷恍）我愿和你吻死在白炎炙骨的太阳光里！我愿和你净化在血样红的火山口里！

仲：骨与肉，血与命，永远……永远化在一起！

兰：正如清水塘里那对鸳鸯颈挽颈死在清流里！④

(2)薛仁贵与薛丁山。

如果说，《孔雀东南飞》改编侧重家长专制与自由爱情的冲突、母子之爱与夫妻之爱的冲突交错的双重线索，那么这基本上还是依照着五四以降呼吁爱情自由的思路。袁牧之的思考则较为独特。与改编《孔雀东南飞》相反，袁牧之的《爱神的箭》写父亲由于嫉妒母亲对儿子的爱而分享了

---

① 熊佛西：《兰芝与仲卿》，载《东方杂志》，1929年第26卷第1期。

② 昌言编辑：《现代最佳剧选·第五集》，现代戏剧出版社，1942，第6页。

③ 浩文：《孔雀东南飞及其他》，载《新月》，1931年第3卷第3期。

④ 昌言编辑：《现代最佳剧选·第五集》，现代戏剧出版社，1942，第58页。

对他的爱恋，怒而杀死儿子。改编主旨受到威尔斯《世界史纲》中的一段描述的启发，“长老为群中唯一之丁男，群中有妇人，童男，童女；及童男长大，足以引起长老嫉妒时，往往寻隙加之罪而逐之或杀之”。[①] 情爱嫉妒超越父子间的情感，这在中国鲜有记述。在中国传统观念中两类情感不仅本质上不同，而且往往父子之爱高于男女情爱。比如“人皆可夫”的典故（出自《左传·桓公十五年》），实际指涉的就是基于伦理考虑上的情爱观念。袁牧之借西方思想处理中国传统爱情题材，首先给薛仁贵误杀薛丁山事件赋予了新的动机——起于嫉妒而致疯狂的有意加害，使男女情爱压倒了父子之爱。

离家十三年后返家的薛仁贵没有得到期待中柳金花的热情欢迎，他连用了七个“我以为”表述他十三年来所渴望和希望的见面场景，又用了五个“却会”描述柳金花对他的冷漠、抱怨、误会。但袁牧之没有顺着传统的思路去发展剧情，而是把重点转到薛仁贵对柳金花行为的猜测，并将原因归之于柳金花对儿子薛丁山的关心。薛仁贵毫不掩饰地表达着自己的嫉妒，对自己十三岁的儿子的嫉妒——“最使我妒忌的是见你那样地爱着丁山，那会把我十三年梦一般甜蜜的希望全行打消，他已从你身上把我从前的……唉！金姐……”[②]

传统故事中薛仁贵试探柳金花，是因为不信任柳金花十多年固守贞节、从一而终，而在《爱神的箭》中，薛仁贵与虚拟的情敌的矛盾转为薛仁贵与薛丁山的矛盾。矛盾的中心不是传统故事中的对于贞节的试探，而是能否独占、独享柳金花的爱。因此，袁牧之抑制了薛仁贵作为父亲应有的身份意识，凸显了他作为丈夫的性别意识。当薛仁贵问：“能不能让我们再继续过着从前那种生活?”柳金花否定的回答导致了薛仁贵意识的混乱。

> 薛仁贵：是不是因为有了丁山?
>
> 柳金花：……
>
> 薛仁贵：是的了！是的了！一定是的了！伤心。唉！我十三年来梦一般甜蜜的希望已全被他打破了！他已把你从前爱我底爱完全夺去了！
>
> ……
>
> 柳金花：不。丈夫是夫妻之爱，孩子是母子之爱；各不相

---

① 袁牧之：《爱神的箭》，上海，上海大光书局，1930，第 38 页。

② 袁牧之：《爱神的箭》，上海，上海大光书局，1930，第 38 页。

犯的。

薛仁贵：唉！天下没有一个做娘的不是用这样的话去安慰她们的丈夫的……

薛仁贵：因为天下的爱只有一个，没有两个，母子之爱也是这个爱，夫妻之爱也是这个爱。①

薛仁贵渴望独占柳金花爱情的欲念转化为一种破坏力，使他最终射杀了儿子。正如朱穰丞在《代序》中指出的："'爱神的箭'里描写夫妇的性爱与亲子的爱(虽然近世的心理学家说亲子的爱也就是性爱，但他总是第二义的)底冲突——顾全了前者便得牺牲了后者，至少在现世的社会组织里。这里他隐示了一个社会问题，儿童公育问题底袒护，否则真正的性爱得受多大的创伤！"②作序者认为这种冲突在"现世的社会组织"里是难以解决的。

无论是变更爱情关系还是变更爱情冲突，都反映了当时一部分剧作者对传统的历史编纂与历史艺术叙事的不满。他们努力以符合人之常情的改编为历史事件赋予新的含义，这里遵循的是人的维度而非封建礼法的维度。对这种超越历史本事的阐释，因视角的变化而形成了新的剧作景观，创造了一种新的意识形态话语。

三、兴亡主题的现代阐释

(一)现代文学时期的兴亡戏

纵观历史朝代的兴亡变迁，以"鉴前世之兴衰，考当今之得失"，这几乎成为中国传统知识者自觉的追求。元杂剧、明清传奇中不乏国家兴亡剧，但传统剧作在内容、结构、主题等方面不乏雷同，对兴衰之变大多归因于皇帝昏庸或佞臣误国，而忽略或搁置了更为复杂的社会原因。这一点在现代剧作者的改编中得到了修正。当时中国一直为列强欺凌，后遭日本帝国主义侵略，国人时时有亡国灭种的危机感，剧作者无论以塑造人物为核心，还是以叙述事件为核心，都会从历史中透析亡国的要素和兴国的要素，以兴亡去惊醒民众。这类剧作涉及题材广泛，且数量较多，大约可分为以下几类。

第一，美女误国剧。这种剧作包括两类。一类是纣王宠妲己导致商朝亡变的剧作，如《纣王宠妲己》(作者待考)(1918)和徐葆炎的《妲己》(1929)；另一类是西施媚惑夫差以复兴越国、消灭吴国的剧作，如顾一

① 袁牧之：《爱神的箭》，上海，上海大光书局，1930，第31页。

② 袁牧之：《爱神的箭》，上海，上海大光书局，1930，第3页。

樵的《西施》(1932)、熊佛西的《卧薪尝胆》(1932)、林文铮的《西施》(1933)、舜卿的《西施》(1935)、孙家琇的《复国》(《吴越春秋》)(1944)。妲己纣王剧采用的是批判叙事，侧重写妲己的淫荡、凶残和助纣为虐的恶毒，以妲己作为商朝灭亡的核心构件。而西施夫差剧则采用了赞颂西施和批判夫差的双重叙事。虽然西施媚惑夫差亡了吴国，但灭吴是为了复兴越国，西施的媚术也就带有了正向价值。

第二，忠臣卫国剧。忠臣卫国剧基本上采用以英雄为中心的叙事策略，以彰“明君贤臣，俊功伟烈”，批“昏虐贼乱，祸根罪首”。剧作的重点是写国运衰败之时的英雄，写他们为挽败局的坚韧、处于颓势中的忠贞和宁死不屈的气节，并由他们反衬皇帝及奸臣等人的懦弱、摇摆和失去品格的逃避，进而暴露国家败亡的深层缘由。如描写北宋王朝衰败而近灭亡的岳飞抗金剧——顾一樵的《岳飞》(1932)、谷剑尘的《岳飞之死》、王泊生的《岳飞》(1935)、江上青的《岳飞》(1941，该剧 1944 年改为《精忠报国》)，梁红玉抗金剧——顾仲彝的《梁红玉》(1936)和周剑尘的《梁红玉》(1940)。描写南宋王朝灭亡的文天祥抗元剧——镜秋的《文天祥》(1936)、罗永培的《正气》(1939)、彭子仪的《文天祥》、吴祖光的《正气歌》(1940)、王梦鸥的《燕市风沙录》(1944)。描写明朝灭亡的史可法抗清剧——陶秦的《史可法》(1936)、佚名的《史可法》(1937)、白沙的《梅花岭》(1941)。

第三，义士守节剧。主要写王朝败亡时一些普通人基于民族气节而对新王朝的反抗、抵制和不认同，如姚伯欣的《明末遗恨》写王承恩死节，舒湮的《董小宛》颂扬董小宛。而周贻白的《李香君》、周彦的《桃花扇》、欧阳予倩的《桃花扇》都改编自孔尚任的《桃花扇》，但在顺承了“借离合之情，写兴亡之感”的模式外，把重点放在李香君的不妥协上，并以之比衬侯方域的“没有气节”。正如周彦所说的：“不管侯方域有任何的借口，以他这样一个人，在明朝亡了以后，出来应清朝的考试中了副贡生是不可原谅的。”①

第四，农民政权败亡剧。写大顺政权覆亡的——《甲申记》(1945)、阿英的《李闯王》(1945)，写太平天国政权灭亡的——陈白尘的《石达开的末路》(1936)、阳翰笙的《李秀成之死》(1938)、《天国春秋》(1941)、魏如晦(阿英)的《洪宣娇》(1941)、欧阳予倩的《忠王李秀成》(1941)。

此外，还有写如伍子胥灭楚的——周近新的《秦庭泪》(1934)和楚国

---

① 周彦：《桃花扇》，上海，建国书店，1946(上海初版)，第 3 页。

灭国的——杨晦的《楚灵王》(1935)，展示蜀国灭亡的——周贻白的《北地王》(1939)，反映南明政权灭亡的——阿英的《杨娥传》(1941)等政权灭亡剧。

这些不同剧作虽都以兴亡为叙事轴心，但不同时期由于现实需求不同，改编重心也略有差别。九一八事变之前，兴亡剧承续着传统叙事结构及主题，但开始侧重以新的历史兴衰观念省察国家衰败的缘由，呼应社会史观变迁的大潮。1932 年后至抗日战争结束，由于受到日本帝国主义的侵略，中国处于亡国的危境中，兴亡剧更关注历史朝代灭亡中英雄义士的奋争、抵抗精神，以期唤醒民众沉睡的民族主义意识，激发民众的爱国主义热情。即如周钢鸣在《民族危机与国际戏剧》中指出："我们必须采用中外历史为题材，以提高抗敌情绪充实斗争的经验与力量"①。第三次国内革命战争期间，兴亡剧则转向写国家兴亡中符合或违背民众意志的正反两种势力的斗争，从政党意识层面以明确的赞扬或贬斥态度，批判国民党祸国殃民的险恶，并积极探讨农民政权的衰败原因为共产党献策。由此剧作逐渐走向为生民立言、为国家献策、为胜利宣传等，具有了更为明晰的政治功利性。

(二)亡国悲剧与社会批判

现代话剧改编中，把政权败亡置于宿命层面探析的模式已经式微，剧作者开始认识到神秘主义的遮蔽会影响对兴亡的深层反思。因此，追问兴亡之变的社会原因，寻找其中潜隐的历史必然要素，成为现代以兴亡为主题剧作的主流。而除越国复国剧采用先悲后喜的结构，其余剧作基本上或采用先喜后悲，或全篇皆悲的结构。配合于败亡主题，剧作也由性格悲剧转向了社会悲剧，这一变化使改编剧充盈着浓烈的批判精神。

皇帝昏聩、奸佞误国在当时的剧作中依然存续，如岳飞、梁红玉等精忠报国剧，一般突出岳飞与秦桧、梁红玉与主和大臣的矛盾，而皇帝则完全听信奸佞之言，没有主张。但大多数改编剧的视点有所变化，在人们熟悉的忠奸矛盾外，又设置了上层权贵与民众的矛盾，并以之作为衰败的深层原因。这在吴越春秋系列剧改编中最为明显。由于其中蕴含着越国失败吴国兴盛到吴国灭亡越国复国的多重线索，在探讨民众与兴亡的关系上也就更为深入。如熊佛西的《卧薪尝胆》、孙家琇的《复国》等剧，如果从吴国角度审视，则线索是从越国败落——送钱财与美女贿赂吴国——勾践归国，夫差骄横——吴国败亡。虽然吴国的灭亡遮蔽于越

① 葛一虹：《中国话剧通史》，北京，文化艺术出版社，1990，第 156 页。

国复兴的喜悦中，但在写越国依靠民众复兴时，则已暗示吴国背离人民导致的灭亡。但有些剧作家并未就此止步，如范廉的《靖康耻》，不仅寻绎政权覆灭的原因，而且把覆灭前后社会的苦难进行了展示，将帝王将相失势的悲凉与民众生死无依、饱受凌虐的悲苦并置，剧作由此转向了“兴，百姓苦；亡，百姓苦”的社会批判。

范廉的《靖康耻》分四幕，选取了由金兵压境到屈膝投降的几个特定场景和事件。前三幕的场景为北宋宫殿，第四幕为金人大营，前后对比凸显昨是而今非，重点凸显“耻”与此前的妥协和逃避。第一幕写北宋的危境，内有江淮水灾，百万流民，外有金兵压境；朝廷有奸佞童贯、蔡京，边关是大将不战而退。而宋钦宗却耽于享乐、为取悦朱后不惜耗百万白银购买花岗石。这一幕主要凸显宋钦宗的昏聩和面对危难的惶恐。剧作先写宦官黄经进谏钦宗把购花岗石的白银用以赈济灾民，宋钦宗斥责黄经造谣，并用笔筒打伤黄经。再写大臣李纲进谏，水灾和金兵压境的事实让钦宗惶恐。钦宗惊醒，派李纲赴边关带兵，并诛杀童贯、蔡京。第二幕写宋钦宗由主战到主和的变化，暗示北宋王朝在策略上的变化。这一幕以李纲的三次边关捷报开场，吴敏、种师道辅政，钦宗情绪昂扬。后接蔡懋不战而逃、李纲后撤求援的边关告急，钦宗为白时中、李邦彦、张邦昌所鼓动，以效法勾践、“兵凶战危”等为借口，准备召回李纲，与金议和。这一幕依然采用佞臣与忠良对抗的模式，但佞臣的建议契合于钦宗的心意。第三幕写宋钦宗在金人逼迫和佞臣的谗言中，无视李纲的反对和陈东等万民的进言，接受金国提出的丧权辱国的议和条件：称金为伯父、缴纳巨额钱币、割让三镇、罢免李纲、皇太子与大臣到金国作质。北宋放弃抵抗，由此进入败亡边缘。第四幕写北宋皇帝被拘，张邦昌带北宋玉玺返回称“楚帝”，北宋灭亡。这一幕凸显了金将军干离不的骄横，卖国贼张邦昌的阴毒，宋徽宗、钦宗的卑微、紧张，将冲突由前三幕的奸佞之争转向金人对北宋人——从皇帝到民众——的欺凌和侮辱。

虽然范廉的剧作中对宋钦宗、李纲等人物的性格刻画略微单薄，但在选取戏剧场景、设置戏剧冲突、表现亡国之痛等方面，却极为出色。因此，暴露和呼吁成为两条改编主线。暴露的批判指向权贵，而呼吁的惊醒则更多指向民众。《靖康耻》四幕中始终都有民众的影子，前三幕写水灾中流离失所的灾民，尤其第二幕写一对姐妹的遭遇：她们于水灾后流落京城，为生存被奸臣买入宫中。而第四幕与此呼应，剧作没有以北宋二帝被拘结尾，而是以从金营逃出的这对姐妹被宋兵虏获结束。从水灾流亡——买入宫中——掳入金营——宋兵虏获，两位姐妹饱受凌辱，从而言简意赅地写出了亡国之民的悲惨、屈辱的生活。并在达官显贵无视民众疾苦之外，写出了北宋灭亡的重要原因，即与民为恶。

以兴亡为主题的改编剧一般都有很强的现实功利目的，汉族成为国家的替代符号，而守护汉族统治也就使一些兴亡剧成为民族战争的核心主题，金、满族、突厥甚至清政府在这种语境中都成为异族，使朝代更替中的征战上升为汉族与外族的民族战争。这与当时社会受外国侵略的社会语境颇为相近，剧作的这种处理不仅能够让人民对社会局势有深刻的理解，对造成危局的原因有清晰认识，而且能够收聚民心，激发斗志。而政权的兴亡废立昭示着历史中两种力量的强弱，强者兴而弱者亡，有其历史必然性。但恰是以弱对强的政权维护者，不甘于衰败的境遇，带着知其不可而为之的决绝，这就赋予了对抗浓郁的悲剧色彩。岳飞、文天祥、史可法等民族英雄剧，无不是把节烈与兴亡并举，以其悲怆凸显政权覆灭的悲凉。但现代剧作在塑造民族英雄时，一个积极的变化是下了更多的笔墨刻画民众在亡国边缘或复兴国家中的积极作用。如孙家琇的《复国》、彭子仪的《文天祥》、吴祖光的《正气歌》、陶秦的《史可法》等，虽然民众的参与未能挽政权于颓败，但却为民众救中国的宣传植入了深切的希望。

此外，现代历史题材改编话剧的另一重要变化是将兴亡思考的重心转向了农民政权。明清传奇和传统戏曲中凡涉及李自成起义、太平天国运动，考察的都是明王朝和清王朝的覆灭，大顺政权和太平天国政权的覆灭则被搁置一旁。而现代剧作则不仅将之视作重点，而且从中探寻农民革命失败的核心弊端在哪里。

农民政权与历史各朝代的兴亡交替有相似的特质，只不过亡国的主因由最引人关注的妖女祸国、奸佞误国等变为义军内部矛盾。明末李自成起义的改编魅力在于李自成推翻了明朝，建立了大顺政权，却在最强盛时因内部的混乱及人际纠纷，致使义军变为了匪类，从根本上脱离了民众。而外因则是刘宗敏霸占陈圆圆，导致了吴三桂“冲冠一怒为红颜”，拒绝与李自成的大顺政权合作，甚至作了汉奸引清军入关，把大顺政权推向灭亡。而清末洪秀全领导的太平天国运动的改编魅力则是洪秀全作为一个屡次落第的穷弱书生，凭借对“天主”的信仰建立了庞大的太平天国，封了王分了地，与清政府分庭抗礼 14 年之久。但同样是由于内部问题使如火如荼的太平天国运动由盛转衰，并最终覆灭。

阿英、陈白尘、阳翰笙等人改编时都将重点放在政权走向败亡的过程，用放大、聚焦的方式写农民起义军由反权贵、均民权到背弃初衷的变化，凸显政权建立后随之而来的纷争、明争暗斗、自相残杀，以及覆灭之际帝王、将军、普通士兵的惶恐、哀伤。如阿英的《李闯王》选取的是 1644 年 2 月到 7 月李自成占领北京——为敌所困——退出北京的由盛转衰的转折时期，而重点在北京城内全军上下渐失民心、走向匪类的变化。李自成与李岩的关系从“李公子”的称谓开始已埋下了悲剧的伏笔，李自成能为民众所接纳和崇信得益于李岩的能力——比如李岩以民谣宣传起义，但当李岩威胁到李自成的自信与权威时，也就导致了其被诛杀的结局。而从忠奸角度看，李岩将牛金星推荐给闯王使之才尽其用，但牛金星却对李岩一次次诋毁，他诬陷李岩造反的话触动了李自成最敏感的神经。而杀李岩成为大顺王朝覆灭的导火索，由此引发了一系列连锁反应：刘宗敏率部出走，牛金星叛变，军队凝聚力丧失，民众对义军怨声载道。

而太平天国剧则着力刻画政权转衰的天京事变，如陈白尘的《石达开的末路》、魏如晦（阿英）的《洪宣娇》、阳翰生的《天国春秋》，写洪秀全的帝王意识、韦昌辉或杨秀清的骄横、诸王的分裂、士兵的哗变。而《李秀成之死》《忠王李秀成》则写太平天国政权最后的覆灭。这里灭亡的主因已经不再是外敌入侵与投敌卖国，或者奸佞当道，或者力量上的悬殊，其普遍存在的问题，是农民义军初掌政权时，无法正确处理内讧，无法遏制内部的堕落等。如论功行赏的争执，对权势的渴望与对金钱、女色的贪欲，嫉妒、报复、刚愎、意气用事等造成的义军内部的分化。《洪宣娇》虽然由封王写起，其中不乏政权盛期的欢腾之象，但其意却是比衬衰败时的凄凉。农民政权上层王侯间的争斗不仅动摇了士气，而且导致了军事上的整体溃败。由之而生的哀叹不仅带着惋惜的色彩，而且带有憎恶的意味。

现代剧作从多个角度审视不同政权的兴亡成败，扩展丰富了剧作的内涵，深化了兴亡的题旨。剧作的重心由叙事转向达意，复现纷扰芜杂的历史场景，凸显失败的历史记忆。历史的故事层面逐渐从人们的视野中退至远景，而意义层面的关于兴亡的深度反思则得以凸显。

（三）悲剧英雄与曲终奏雅

现代兴亡剧继承了传统艺术中以人物写兴亡的写法，但兴趣点由讲故事转化为写人物。在人物性格、事件演进脉络的处理上凸显历史人物而非历史事件，开掘蕴含于历史事件中的人格魅力就成为延伸悲剧内涵、增强悲剧感染力的着力点。但现代剧作者们更注重将历史人物的悲怆置于社会史观中省察。如在塑造范蠡的牺牲儿女私情、岳飞的愚忠、李香君的节烈、侯方域的懦弱等之外，还通过历史情境的复现和相关历史关系的建构，反思人物的历史局限性或特定历史条件中的反抗价值。相比对于传统朝代兴亡的重述，剧作者对农民起义政权的书写更能见出变化。

在以李自成、洪秀全为核心的农民政权剧中，个体作为兴亡之变的承载者和象喻符号，诠释了农民政权走向颓败的历史必然。因此，如李自成、李岩、洪秀全、洪宣娇、石达开等悲剧英雄区别于岳飞、梁红玉、文天祥、史可法等，后者守护千疮百孔的旧政权，而前者则是守护刚刚开创的新政权。虽然剧作都凸显了他们的性格、行为及结局充盈着悲伤、无奈，甚至是哀叹的情感，但这些农民义军的英雄还承载着更多的含义，他们努力建构的梦想之都的坍塌和覆灭，所埋葬的绝不仅仅是农民起义军的尸体，而是多年的精神希冀。他们的悲剧表征的是群体的失败和信仰的受挫。而在这一系列人物中，李秀成无疑最具代表性。

李秀成是太平天国运动中受争议最大的一位。他是太平天国的忠王，被俘后却写了《李秀成自述》。据此有学者认为他有投降的意图，而反对者则指出《李秀成自述》被曾国藩篡改，以造成李秀成投降的假象，瓦解残存的义军。还有论者则推测李秀成运用的是缓兵之计，先保住性命后图大业。如罗尔纲认为李秀成是学三国时的姜维。“姜维伪降钟会这一个故事给他的影响自然更加深重，这个故事给他以一种封建道德的教训：一个身为国家柱石的人物，遇到国破身虏，然而事尚有可为的时候，一死了之，是无补于事的，应该打定主意筹谋出怎样去应付非常之变的策略。只要目的在于复国，‘伪降’乃是用‘权’应‘变’的手段，是无伤大节的。”①这一观点也为曾国藩的后人认可。② 这段历史悬案，从侧面显示出亡国之将的诸多尴尬，其忠勇因清廷的操纵而变得可疑甚至可鄙。现代剧作家并不在投降问题上施展想象，而主要刻画其勇力护国的悲壮及令人钦佩的忠肝义胆，其中也有感其境遇，叹其不幸的用心。

当时写李秀成事迹的剧作既有以他为主要人物的：阳翰笙的四幕剧《李秀成之死》、欧阳予倩的五幕六场剧《忠王李秀成》，还有以他为次要人物的：魏如晦(阿英)的五幕剧《洪宣娇》。他们依据各自兴趣，选取李秀成的不同生命的片断，展示其忠(有愚忠的成分)，其勇，其智，其刚烈，其气概，及与天国共生死的决绝。阳翰笙的《李秀成之死》截取的是

---

① 罗尔纲：《关于李秀成写自传问题》，见苑书义、林言椒：《太平天国人物研究》，成都，巴蜀书社，1987，第470～485页。

② 罗尔纲：《一条关于李秀成学姜维的曾国藩后人的口碑》，见苑书义、林言椒：《太平天国人物研究》，成都，巴蜀书社，1987，第500～506页。

洪秀全逼迫李秀成返京救驾一段，借由士兵之口，写出洪秀全的短视、李秀成的无奈，写出由盛转衰的蜕变中天朝内部人心浮动的状态。而魏如晦的《洪宣娇》则选择了太平天国都城被最终攻陷的时刻。通过洪宣娇移动的视角，写出危亡之时将士大臣的逃跑及恐惧，而以李秀成牺牲自我的表白衬托其忠勇，并用对比的手法描画王朝末期和败落时，洪秀全由骄横、刚愎到失望乃至绝望的变化。而李秀成的叹息、死战与被俘在整个剧作中不仅是王朝覆灭的象征，更是为了希望牺牲生命的宣告。

李秀成是特定历史情境中悲剧英雄的代表，这类英雄及他们的悲情故事为历史点染出悲怆的色调。但中国传统文化一般反对过度的欢乐和悲伤，因其可能对反思产生阻碍。毕竟剧作者重述历史兴亡故事，不是为了让欣赏者慨叹而消沉，而是意在以兴亡的震撼力引发民众的省思，服务于内忧外患的中国。为了契合时人的心态，以期激发人的心志，剧作家在改编时往往采用“曲终奏雅”的方式，这一方式会在悲态中适当植入一些希望，抑制剧作中太过浓郁的哀伤，使欣赏者的郁结之气得以释放。

英雄的死亡和临终昂扬的、带着未来希望的呼吁，是极具震撼力和灵魂穿透力的，这种设计往往能够扫除因主人公失败或者惨烈的场景而形成的阴霾。无论这种设计是取自史实还是出于虚构都不重要，甚至人物塑造、语言个性化方面也有诸多瑕疵，但因为死亡与希望形成的张力结构，使鬼魂代言、理想化描写、演讲式的宣言，都被吸纳到未来的梦想之都中来。

比如李自成和洪秀全，作为义军领袖他们犯了致命错误，导致了农民政权的覆灭、惨烈战争与大量的死亡，在很多剧作中他们的死亡是没落、败亡的表征。但阿英在改编中则为他们的死亡赋予了新的含义，改变了以无希望的结局延续悲伤和无奈情绪的格局，而是或以激昂的语言展望未来，或以带着希望的呼吁宣传某种理念或精神，渲染悲伤中蕴藏的力量。如洪秀全临终之际说：“即使这回失败了，朕还是能以深信，(大声)这大好的汉族河山，在五十年之内，只要我们再接再厉地干下去，一定仍然是为我们汉族所有！我们的子孙，一定能承继我们的遗志，把鞑子妖打将出去！”①而李秀成与洪宣娇话别时也喊出：“(激昂地)今天，今天就要过去了！明天就要来了！(重)好！看明天的吧！”②他们把革命

① 魏如晦：《洪宣娇》，滕县，国民书店，1941，第92页。

② 魏如晦：《洪宣娇》，滕县，国民书店，1941，第108页。

的希望放置于未来，在激昂的语调中死亡，使这些失势的英雄重归反叛英雄的行列，他们为贫弱的民众代言，因其奋斗不息的精神依然居于领袖的位置。这类话语融入到整部剧作激情、昂扬的话语流中，透着希望，透着对民众觉醒和未来民族力量联合的期待。以光明的尾巴把凄婉悲愤转化为壮烈慷慨，具有很强的宣传性和鼓动性。这使得这类兴亡剧既带慷慨悲歌之沉郁，更有昂扬奋争之勇力。

国家兴亡，匹夫有责。积弱已久的中国时时经受着外侮和内乱，而当时的剧作家在无奈中时时搬演传统民族兴亡和国家兴衰的事件，虽然意在警醒政府和民众，充满着热情和力量，但在哀伤历史的同时也慨叹风雨飘摇的中国。国乱频生，民生多艰，剧作家无论带着何种希望改编历史，都时时不忘将民众置于潜隐的题旨中，并以此作为吁请政党和政府建构民主、自由国家的轴心。

中编　历史个案与文学典型

第四章 《故事新编》的历史世界与寓意内涵

一、历史的现实叙事：《故事新编》的历史世界

在中国现代文学史上，鲁迅是一位“从古代和现代都采取题材，来做短篇小说”[①]的小说家。无论是他取材于现代的小说集《呐喊》《彷徨》，还是取材于古代的小说集《故事新编》，都对中国新文学的发展产生了巨大的影响。然而，与学界对《呐喊》《彷徨》的研究相比，研究者对《故事新编》作为历史题材小说的开拓意义和艺术价值一直是众说纷纭，莫衷一是。显然，《故事新编》在性质上既不属于传统意义上的历史小说，也偏离于现实讽刺小说；既不属于现实主义小说的范畴，也很难用浪漫主义小说或现代主义小说加以总括。鲁迅本人在《故事新编》序言中就曾指出，那种“博考文献，言必有据者”是历史小说，而《故事新编》是“只取一点因由，随意点染”而成的对神话、传说及史实的“速写”，“不足称为‘文学概论’之所谓小说”。[②] 这就启示我们不能用传统的文学观念和小说类型对其进行分析和阐释。《故事新编》是鲁迅所开创的一种小说叙事，他以神话、传说及史实为题材，“只取一点因由”，来表达他对历史文化和现实经验相互交融的思考，也由此开创了一种新的小说叙事方式。

（一）激活历史：《故事新编》的创作方法与叙事策略

作为现代文学史上伟大的小说家，鲁迅一方面直面社会现实，题材“多采自病态社会的不幸的人们中，意思是在揭出病苦，引起疗救的注意”，[③] 以此来达到他“‘为人生’，而且要改良这人生”[④]的目的，于是产生了两部现代题材的小说集《呐喊》和《彷徨》；另一方面，他把目光投向

① 鲁迅：《故事新编·序言》，见《鲁迅全集》，第2卷，北京，人民文学出版社，2005，第353页。

② 鲁迅：《故事新编·序言》，见《鲁迅全集》，第2卷，北京，人民文学出版社，2005，第354页。

③ 鲁迅：《南腔北调集·我怎么做起小说来》，见《鲁迅全集》，第4卷，北京，人民文学出版社，2005，第526页。

④ 鲁迅：《南腔北调集·我怎么做起小说来》，见《鲁迅全集》，第4卷，北京，人民文学出版社，2005，第526页。

历史，“拾取古代的传说之类”，[①] 对神话、传说及史实进行现代演义，于是又产生了历史题材小说集《故事新编》。早在创作《呐喊》的同时，鲁迅就已开始搜寻历史材料创作《故事新编》。最早的《补天》创作于1922年，原题《不周山》，曾作为《呐喊》首版的最后一篇，后来又作为《故事新编》的首篇出版。从1922年创作《补天》起，到1935年创作《起死》止，《故事新编》的创作几乎贯穿了鲁迅文学生涯的始终，而且在他去世的前一年还于一月之内赶写四篇以“足成八则”，足见鲁迅对历史题材小说集《故事新编》的重视。

其实，对于历史题材小说的创作方法，鲁迅是有着自己独到见解的。在《中国小说史略》中，他就曾批评历史小说《三国演义》“皆排比陈寿《三国志》及裴松之注，间亦仍采平话，又加推演而作之；论断颇取陈裴及习凿齿孙盛语，且更盛引‘史官’及‘后人’诗。然据旧史即难于抒写，杂虚辞复易滋混淆，故明谢肇淛（《五杂俎》十五）即以为‘太实则近腐’。”[②]而后来的“讲史之属，为数尚多……然大抵效《三国演义》而不及，虽其上者，亦复拘牵史实，袭用陈言，故既拙于措辞，又颇惮于叙事……本以美之，而讲史之病亦在此”。[③] 鲁迅认为传统历史小说依据史实而进行历史演义，大都强调用历史的尺度来对史实进行再现，不主张脱离历史的框架来进行小说的艺术创作，因而传统历史小说充其量只是“正史之余”，属于历史的一种附庸。所以他非常反对传统历史小说事事考证于历史，过于注重历史真实，结果使得小说创作接近史书著作，不仅板腐沉闷，而且缺乏文学艺术应有的灵动活泼。而在1921年，鲁迅在翻译日本作家芥川龙之介的历史题材小说《鼻子》和《罗生门》时，却称赞这位日本现代作家的“历史的小说”是“多用旧材料，有时近于故事的翻译。但他的复述古事并不专是好奇，还有他的更深的根据：他想从含在这些材料里的古人的生活当中，寻出与自己的心情能够贴切的触著的或物，因此那些古代的故事经他改作之后，都注进新的生命去，便与现代人生出干系来了。”[④]显然，在他看来，要创作历史题材的小说必须激活历史，才能展

---

① 鲁迅：《故事新编·序言》，见《鲁迅全集》，第2卷，北京，人民文学出版社，2005，第354页。

② 鲁迅：《中国小说史略·元明传来之讲史（上）》，见《鲁迅全集》，第9卷，北京，人民文学出版社，2005，第135页。

③ 鲁迅：《中国小说史略·元明传来之讲史（上）》，见《鲁迅全集》，第9卷，北京，人民文学出版社，2005，第154页。

④ 鲁迅：《译文序跋集·〈现代日本小说集〉附录关于作者的说明》，见《鲁迅全集》，第10卷，北京，人民文学出版社，2005，第243页。

现小说灵动飞扬的艺术想象和批判现实的艺术功能，从而实现将历史进行现实化的艺术目的。关于激活历史，鲁迅在1934年给郑振铎的信中，在评价其历史小说《桂公塘》时再一次表述过类似的看法。他说："得来函后，始知《桂公塘》为先生作，其先曾读一遍，但以为太为《指南录》所拘束，未能活泼耳。"①可见鲁迅虽然要求在进行历史题材的小说创作时要尽量让作品有古籍作为依据，但作为文学作品，又绝不能为古籍所拘。历史题材小说的创作既不能完全虚构，也不能全盘复制，而是要根据历史文本的一鳞半爪，去寻找历史的根据，以艺术想象来激活历史，进而建构新的历史世界。

正是由于鲁迅对历史题材小说的创作方法有着深刻的认识，所以在刚开始创作小说的时候，他并没有忽视历史题材，而是尝试着"从古代和现代都采取题材，来做短篇小说，《不周山》便是取了'女娲炼石补天'的神话，动手试作的第一篇"。② 1923年鲁迅将《不周山》作为《呐喊》首版的最后一篇出版，后来又改名为《补天》收入《故事新编》之中。1926年在厦门大学的时候，鲁迅由于"不愿意想到目前……仍旧拾取古代的传说之类"，于是又创作了《奔月》和《铸剑》。后来，"偶尔得到一点题材，作一段速写"，最终历时十三年"足成八则《故事新编》"。③鲁迅称《故事新编》中的小说为"神话，传说及史实的演义"④，并认为那些"博考文献，言必有据"者是历史小说，而《故事新编》"只取一点因由，随意点染"的叙事"是速写居多，不足称为'文学概论'之所谓小说。叙事有时也有一点旧书上的根据，有时却不过信口开河。"⑤话虽过谦，却可以看出他对历史题材小说创作是有着一贯的认识与追求的。

从题材上看，《故事新编》全部取材于古代神话、传说和史实，但却又是鲁迅对古代神话、传说和史实的再叙述，是对神、英雄和先哲故事点染而成的新编。因而这就涉及如何将作为故事的历史文本转化为作为小说的新编文本的问题。新历史主义认为："一切历史知识都是具有特定

① 鲁迅：《书信·340516致郑振铎》，见《鲁迅全集》，第13卷，北京，人民文学出版社，2005，第104页。

② 鲁迅：《故事新编·序言》，见《鲁迅全集》，第2卷，北京，人民文学出版社，2005，第353页。

③ 鲁迅：《故事新编·序言》，见《鲁迅全集》，第2卷，北京，人民文学出版社，2005，第354页。

④ 鲁迅：《南腔北调集·〈自选集〉自序》，见《鲁迅全集》，第4卷，北京，人民文学出版社，2005，第469页。

⑤ 鲁迅：《故事新编·序言》，见《鲁迅全集》，第2卷，北京，人民文学出版社，2005，第354页。

时代属性的知识，历史学家对历史的认识必须包括他对自己现今时刻的认识。因此，历史研究不是单向的，而是过去和现在之间的辩证双向对话。”①同样，历史题材的文学创作也不是单向的，它也应该是“过去和现在之间的辩证双向对话”。所以对于创作者来说，只有激活文本，才能使历史和创作主体之间构成真正的对话关系，创作者才能灵活地把握历史，驾驭历史。为了真正地达到激活历史的目的，鲁迅在创作《故事新编》时，有意“将古代和现代错综交融，成为一而二，二而一的”②艺术审美表现。在《故事新编》中，鲁迅在历史史实当中注入“新的生命”，并以此达到对历史文本的重新激活。然而，鲁迅并没有将神话、传说和史实穿插于自己的叙事和现代故事中，而是在神话、传说和史实中将现实生活插入，完整地重构了古今交融的历史世界。当然，鲁迅并不是将历史上与现实中那些毫不相关的事件，牵强附会地硬扯在一起，而是在历史与现实必然的关联中，力图“刨”出现实的历史“祖坟”，将许多社会现实直接呈现在原生态的历史当中，从而彰显出历史与现实一脉相承的本质特征。这也正如他所说的“‘发思古之幽情’，往往是为了现在”。③ 正因为历史的现实化叙事，使鲁迅的《故事新编》完全打破了以往历史小说依据历史史实而进行历史演义的传统。如果用森鸥外“如实地写历史”和“摆脱历史而写历史”的说法来衡量，《故事新编》显然是属于后者的。可以说，《故事新编》是鲁迅完全依据小说的艺术审美需要来进行艺术创造的，“其中所遵循的是历史本质的真实，是历史与现实的精神相似与相通，所注重的艺术审美功能也是偏重于表现性的，而非再现性的。”④

当然，历史既不是文本，也不是叙事，历史事件是真正发生过的，历史本身是具有客观真实性的。如果历史不具有任何客观真实性，就无法对历史达成共识性的认识，历史也就会变得混乱不堪。所以历史文本的主体性也必须建立在对历史相对客观性的认识的基础上。而这一点，就连海登·怀特也说：“这种关于过去的历史叙述本身也是基于这样一种假设，即对于过去历史事件的书面表达和文本基本符合这些事件本身的真实。历史事件首先是真正发生过的，或者据信真正发生过的……只有

---

① 徐贲：《新历史主义批评和文艺复兴文学研究》，载《文艺研究》，1993(3)。

② 茅盾：《玄武门之变·序》，见《茅盾全集》，第21卷，北京，人民文学出版社，1991，第283页。

③ 鲁迅：《花边文学·又是“莎士比亚”》，见《鲁迅全集》，第5卷，北京，人民文学出版社，2005，第601页。

④ 黄健：《鲁迅的历史观与历史小说创作理念》，见吴秀明主编：《中国历史文学的世纪之旅：现当代历史题材创作国际研讨会论文集》，沈阳，春风文艺出版社，2004，第96页。

在这个基础上，我们才能称为历史文本。”①所以说，历史虽然充满了许多混乱的文本，也呈现出许多不同的面孔，但是历史绝不是可以被人任意打扮的小姑娘。在面对历史文本时，作家虽然有自己选择和阐释的权利，但是绝不能丢掉一些可贵的历史文本，而应善于发掘历史文本的历史价值和艺术价值。显然，《故事新编》的历史叙事既有“博考文献，言必有据”的铺排，也有“只取一点因由，随意点染”的虚构。鲁迅一方面十分忠实于史实，他在对神、英雄和哲人的叙述中，处处都留有“博考文献，言必有据”的痕迹，有时严格到连细枝末节都于史有证，像《出关》中老子和孔子的对话、《非攻》中的墨子与公输般的对话，几乎就是根据相关文献译成白话的。另一方面，《故事新编》的每一个故事却又是鲁迅对历史记载的“重新”叙述。这些古代的素材主要来自中国历史的文本知识和民间记忆，具有相当的不完整性和驳杂性，从而给创作者留下相当大的虚构和想象空间。因而，在史无明载的地方，鲁迅巧妙地加上大量既不违背历史常情，又能很好融于那个时代的虚构，从而构筑了一个既不同于历史记载而又有着鲁迅独特现实体验的历史世界。

鲁迅一方面“博考文献”，充分尊重历史文本的客观真实性，同时，他又不囿于历史事实本身，而是努力地挖掘历史文本的潜在可能性，让自己的艺术思维既基于文本又超越文本。在《故事新编》中，鲁迅的历史叙事可以说成功地达到了对历史文本的激活。他既没有受到史实的过分牵制，又遵循了小说的创作规律，在历史与现实之间充分驰骋艺术想象，将神话、传说、史实与现实杂糅在一起，描绘出五彩缤纷的历史世界。

（二）历史的祛魅：历史人物的还原和英雄壮举的消解

在对《故事新编》历史世界的建构过程中，鲁迅并没有直接照搬史实，而是依据小说艺术的审美需要进行了大量的艺术创造。正如童庆炳教授所说：“历史题材的文学创作中的艺术想象，是作品是否成功的一个重要方面。如果说，历史典籍是干枯的记载的话，那么文学家笔下的历史就必须赋予这干枯的记载以鲜活的血和肉，赋予深邃的灵魂，把某种意义上的死文字变成正在演变着的活的故事。”②《故事新编》一个显著的特征，就是对历史人物血肉丰满，活灵活现的刻画。而这一点，鲁迅自己也曾表示说，《故事新编》之所以“还有存在的余地”，就在于“没有将古人写得

---

① 海登·怀特：《评新历史主义》，见张京媛主编：《新历史主义与文学批评》，北京，北京大学出版社，1993，第100页。

② 童庆炳：《“历史3”——历史题材文学创作的历史真实》，见《在历史与人文之间徘徊》，北京，北京师范大学出版社，2007，第380页。

更死”。[1]

在《故事新编》中，小说主人公都遇到了几乎同样的困境，而鲁迅对他们的描绘也非常具有一致性。在《故事新编》的编排顺序上，鲁迅将《补天》放在各篇小说之首，固然是因为《补天》的创作和故事发生的年代最早，但另一方面也可以看出《补天》体现了《故事新编》各篇小说创作主旨的一致性和创作方法的延续性。在创作《补天》之前，鲁迅曾博考过大量的文献资料，但是他并没有仅仅为读者呈现出原本的历史文本。相反，他在历史文本中大胆地植入自己的历史思考和现实经验，将原本枯燥的“故事”文本转化为新奇的“新编”文本，并且更渗透着他对自己生活世界的还原和对现实的指涉。从《故事新编・自序》中可以清楚地看出鲁迅重叙女娲故事的真正意图，他说在创作《补天》的时候，“首先，是很认真的，虽然也不过取了茀罗特说，来解释创造——人和文学的——的缘起”。[2] 女娲的抟黄土造人和炼金石补天的传说，原本是初民们对女娲创造人和拯救人的想象，而鲁迅的目的却是要根据自己的现实体验，并运用弗洛伊德精神分析学说来改写女娲抟黄土造人的意义。在《补天》中，鲁迅虽然是以“性的发动和创造，以至衰亡”[3]为主干，但他对中国精神源头的理解与文明创造者的想象既没有为其罩上历史的神秘面纱，也没有为其涂上神圣浪漫的色调，而是把女娲放在与之不相称的背景中去，使之脱离原来的背景环境，以便从新的角度来刻画描绘。当女娲从梦中醒来，精力旺盛的她在烦闷无聊中无意地把泥捏成了人，这让女娲觉得有趣，便很热衷地捏起人来，但时间一长，便又感到有些疲倦了，于是她又拿起一根藤条在泥水里挥动，溅起的泥也都变成了人……这就让《补天》被赋予了一种新的阐释：抟黄土造人只是女娲的一个下意识行为，充其量只是自然生命力和本能创造力量的显现。显然，鲁迅在努力将女娲从原来瑰丽神奇的神话传说中带回到世俗的生活世界，因而《补天》里的女娲不再是神奇宏伟的创世之神，而是一个有着优美的身体曲线，情感丰富的活生生的人的形象。

如果说《补天》里的女娲是将神还原为人，那么《奔月》《理水》《非攻》《铸剑》等小说中的后羿、大禹、墨子和黑衣人则是被去掉了光环的英雄，而他们所处的环境也是发生了错位的日常生活环境和现代世俗社会。《奔

---

① 鲁迅：《故事新编・序言》，见《鲁迅全集》，第 2 卷，北京，人民文学出版社，2005，第 354 页。

② 鲁迅：《故事新编・序言》，见《鲁迅全集》，第 2 卷，北京，人民文学出版社，2005，第 353 页。

③ 鲁迅：《南腔北调集・我怎么做起小说来》，见《鲁迅全集》，第 4 卷，北京，人民文学出版社，2005，第 527 页。

月》中的后羿原本是传说中一位曾经射落九日、救民于水火的英雄，在他身上寄予了人们对英雄战胜邪恶的美好理想。但在《奔月》中，本是游牧时代的英雄后羿，在进入农耕时代后便走向了末路，处处碰壁，显得滑稽可笑。这里没有封豕长蛇，没有黑熊和山鸡，有的只是高粱田、母鸡、锄头和纺锤。于是昔日的射日英雄，在无猎物可打的情况下不得不为娇妻的饭食奔波，而徒弟逢蒙的背叛和爱妻嫦娥的遗弃更让他陷入了孤寂和困顿的境地。在这里，后羿的英雄精神最终被世俗社会所消解，表现出对日常生活的无奈。《理水》中，夏禹本属于鲁迅所称为"脊梁"的实干家，他为民除水害三过家门而不入。虽然在周围人的歧视与嘲笑中完成了治水的大业，但是当治水取得成功时，昔日的治水英雄终于在一片叫好声中被同化："吃喝不讲究，但做起祭祀和法事来，是阔绰的；衣服很随便，但上朝和拜客时的穿着，是漂亮的。"①而更具讽刺意味的是，正是因为"禹爷的行为真该学"，"终于太平到连百兽都会跳舞，凤凰也飞来凑热闹了"。②《非攻》中的墨子以侠义与智慧阻止了一场楚国对宋国的掠夺战争，他虽然出生入死地为宋国奔波劳顿，但当他"一进宋国界，就被搜检了两回；走进都城，又遇到募捐救国队，捐去了破包袱；到得南关外，又遇着大雨，到城门下想避避雨，被两个执戈的巡兵赶开了，淋得一身湿，从此鼻子塞了十多天"。③《铸剑》虽然展示了黑衣人刚毅的复仇精神，但是与仇人共亡所留给世人的意义是仇家们毛发骨头的混合，是王后、妃子无法分辨的窘境，是百姓和臣民的尴尬相，这也就构成了对复仇精神强烈的嘲弄和消解。而在《采薇》中"孤竹君二公子"伯夷、叔齐的思想不仅迂腐可悲，而且自相矛盾，所以到处碰壁，无容身之地。《出关》中，老子崇尚"无为"空谈，却到处受人冷落。《起死》中，庄子自欺欺人的"齐生死"不仅给别人，也给自己带来了麻烦。在这三篇小说中，鲁迅都只取了传说和史实中的一鳞半爪，把儒家、道家的祖师爷放置在现代日常的世俗环境中，便消解了因距离而产生的历史的神圣感，并对他们的迂腐、软弱给予了辛辣的讽刺。

不过，鲁迅这种对历史人物的还原以及对英雄壮举的消解，并没有让人感到历史的失真，恰恰相反，现代人在自己熟悉的生活细节当中更容易体悟这些历史人物的本源形态。鲁迅自己也曾说："因为自己的对于

① 鲁迅：《故事新编·理水》，见《鲁迅全集》，第2卷，北京，人民文学出版社，2005，第400页。

② 鲁迅：《故事新编·理水》，见《鲁迅全集》，第2卷，北京，人民文学出版社，2005，第400～401页。

③ 鲁迅：《故事新编·非攻》，见《鲁迅全集》，第2卷，北京，人民文学出版社，2005，第479页。

古人，不及对于今人的诚敬”。[①] 所以他并没有因为面对的是古人，就不敢用现代人的心来体验，而他偏要揭去罩在古人身上的神秘面纱，将他们拉下神坛，还原他们本来的面目。对此，普实克就曾指出，鲁迅是“以冷嘲热讽的幽默笔调剥去了历史人物的传统荣誉，扯掉了浪漫主义历史观加在他们头上的光圈，使他们脚踏实地地回到今天的世界上来”。[②] 在对历史进行祛魅化的处理过程中，鲁迅显然是以现代人的眼光看待过去的人与事，将神、英雄和哲人还原为常人，将他们的英雄壮举消解为世俗之事。于是，在《故事新编》这个新的历史世界里，往日的神、英雄和哲人已不再具有神圣的光环，而是让所有历史中的神——女娲、后羿、夏禹、伯夷、叔齐、老子、墨子、庄子等集体走下了神坛。当高高在上带着光环的故事人物被还原，他们的壮举被消解之后，原先的神、英雄和圣贤便被一个个普通的、世俗的个体所取代。在《故事新编》中，女娲、后羿、夏禹、伯夷、叔齐、老子、墨子和庄子等也不再是历史上那些抽象的概念和文化符号，他们统统都被鲁迅恢复了日常生活中的性格，成为了活生生的普通人。这些个体不再代表历史赋予他们的意识形态，在他们身上，以往历史的遮蔽得到消解，他们被蒙上的神秘面纱也被扯掉。而正是小说中这些生动活泼、活灵活现的历史人物，让读者获得一种真实感和形象感。

《故事新编》是鲁迅根据自己对现实世界的体验，对一个过去的世界进行现代的想象和阐释。其对历史人物的描绘，自然也是渗透着鲁迅对现实的深刻体验的。存在历史主义就认为，“历史经验是现在的个人主体同过去的文化客体相遇时产生的”。[③] 对鲁迅来说，《故事新编》的创作过程就是一次漫长的思想、历史与文学之旅。他穿越了中国文化数千年的历史隧道，去叩问中国文化的原始精魂，并以文学的形式来表现自己的体验与感受。正因如此，鲁迅有意抹去了先前故事文本加在神、英雄和哲人身上的光环，也就消解了长期以来负载在他们身上的意识形态，并活生生地还原了他们作为个体的具体存在。其实，在面对历史时，如詹姆逊所说：“我们需要考虑到我们同过去交往时必须要穿过想象界、穿过想象界的意识形态，我们对过去的了解总是要受制于某些深层的历史归

① 鲁迅：《故事新编·序言》，见《鲁迅全集》，第2卷，北京，人民文学出版社，2005，第354页。

② 普实克：《鲁迅》，载《鲁迅研究年刊》，1979。

③ 詹明信：《马克思主义与历史主义》，见《晚期资本主义的文化逻辑》，北京，生活·读书·新知三联书店，1997，第164页。

类系统的符码和主题，受制于历史想象力和政治潜意识。"[①]而"《故事新编》对中国传统中的神话英雄(从女娲到后羿、夏禹)和圣贤人物(从孔子到庄子、老子、墨子以至伯夷、叔齐)进行了重新审视，把他们从神圣的高台拉回到日常生活情境中，抹去了英雄主义和浪漫主义的神光，还原于常人、凡人的本相，揭示了他们真实的矛盾，成功与失败，欢乐与痛苦，并透露出鲁迅内心深处的深刻绝望"。[②] 这种对神、英雄和哲人的世俗化处理正是鲁迅所追求的对传统正史和既成意识形态的祛魅。《故事新编》将神还原为人，将英雄的壮举消解为世俗之事，也借此打开了进入历史的秘密通道。神、英雄和哲人都是在过去被统治阶层制造出来的，他们被层层地包围着，致使后来的人看不到历史的本来面目。然而，"经验纠正了过去本身。历史主义者使死者复活，再现了昔日文化的神秘色彩。如同特里西亚斯(Tiresias)喝饮血汁一样，昔日文化暂时恢复了生命和体温，再一次被允许说出临死之前的话，在周围陌生的环境里再一次发出久已被忘却的预言"。[③]《故事新编》渗透着鲁迅深刻的现实体验与历史体悟，他用世俗的眼光和平民的视角对神、英雄、圣哲进行重新打量和审视，故而他这种颠覆性的叙事消除了长期以来所有意识形态的蒙蔽，最终达到了对历史进行祛魅的目的。他成功地激活了这些封闭在历史的碎片中和遮蔽在意识形态下的历史人物，并让他们像一个个现实生活的普通个体那样说话和行事。他们的落寞和失败，无奈和尴尬，让读者恍若进入到历史最幽暗的深处，却又时刻不忘对现实的反顾。

(三)现实的介入："油滑"的运用与历史世界的重构

鲁迅一方面通过对神、英雄和哲人进行世俗化、生活化的描绘，去掉他们头上的神圣光环，还原他们本来的面目；另一方面则是将现实体验植入"新编"的文本之中，也即是通过现实语境的介入，将庸俗化的小人物和庸常的社会现实直接在历史世界中展现出来。这也就是在《故事新编》中所呈现出的，当神、英雄和哲人们没有任何救世和自救的能力时，剩下的便只是"女娲氏之肠"的"小东西"们，忘恩负义的徒弟逢蒙，空讲"民气"的曹公子，乱嚼口舌的阿金，蝇营狗苟的账房先生，趋炎附势的巡士……可以说，《故事新编》里几乎每一篇小说都充斥着如鱼得水的"小

---

① 詹明信：《马克思主义与历史主义》，见《晚期资本主义的文化逻辑》，北京，生活·读书·新知三联书店，1997，第152页。

② 钱理群：《〈故事新编〉解说》，见《走进当代的鲁迅》，北京，北京大学出版社，1999，第135～136页。

③ 詹明信：《马克思主义与历史主义》，见《晚期资本主义的文化逻辑》，北京，生活·读书·新知三联书店，1997，第162～163页。

东西”们的喧闹话语和卑琐行为。

然而，这些“小东西”们又是如何出现在《故事新编》中的呢？据鲁迅自述，在创作《补天》的途中，当看到《时事新报・学灯》上有人攻击汪静之的爱情诗《蕙的风》，并假惺惺地哀求青年不要再写这样“堕落轻薄”的诗，鲁迅对此十分反感，对于这个“道学的批评家攻击情诗的文章，心里很不以为然”，[①] 立即发表了杂文《反对“含泪”的批评家》，对年轻的批评家的道德神经过敏而任意指责文学作品中的自然情感作了严厉批评。而当他“再写小说时，就无论如何，止不住有一个古衣冠的小丈夫，在女娲的两腿之间出现了”。[②] 这个小丈夫既淫荡放纵，却又道貌岸然，俨然现代社会的假道学。显然，在《补天》中，一面是造物主女娲的创造，而另一面却是“小东西”们的破坏和对女娲壮举的消解。女娲为修补因“小东西”们的战争而塌下来的天用尽了自己最后一点力气，而那些叫着“裸裎淫佚，失德蔑礼败度，禽兽行。国有常刑，惟禁”[③]的“小东西”们，却在女娲死后，在女娲肚子上最膏腴之处扎下寨子，称自己是“女娲的嫡派”。可以说，人只不过是女娲在骚动不安时制造出来的产物，而最后女娲却累死在修补被这些“小东西”们破坏了的天地的艰辛劳动中，其尸体最终还被假借大义发起战争的“小东西”们肆意霸占和践踏。而这种将古人和今人打成一片的写法，用鲁迅自己的话说，“就是从认真陷入了油滑”[④]。

确切地说，《故事新编》“油滑”的写法，主要表现在写古人时忽然想到今人。鲁迅一方面虚构出一些次要的、穿插性的现代人物，让他们直接进入古代世界；另一方面时不时让小说里的古人讲现代人的话，作现代人的事。像这样穿插进许多现代世俗人物和现代生活细节的，除了《补天》中的古衣冠的小丈夫，还如《奔月》中市侩俚俗的嫦娥、忘恩负义的逢蒙、讨价还价的农村老太婆，《理水》中满口现代词语的大员、文化山上的学者，《采薇》中投机钻营的小丙君、乱嚼口舌的阿金，《铸剑》中干瘪脸的少年、庸庸碌碌的王妃与大臣，《出关》中蝇营狗苟的关尹喜与账房先生，《非攻》中空讲“民气”的曹公子、巧取豪夺的募捐救国队，《起死》中喋喋不休的汉子、趋炎附势的巡士。他们都是来自社会现实，又分别

---

① 鲁迅：《南腔北调集・我怎么做起小说来》，见《鲁迅全集》，第4卷，北京，人民文学出版社，2005，第527页。

② 鲁迅：《故事新编・序言》，见《鲁迅全集》，第2卷，北京，人民文学出版社，2005，第353页。

③ 鲁迅：《故事新编・序言》，见《鲁迅全集》，第2卷，北京，人民文学出版社，2005，第364页。

④ 鲁迅：《故事新编・序言》，见《鲁迅全集》，第2卷，北京，人民文学出版社，2005，第353页。

作为后羿、大禹、伯夷、叔齐、黑衣人、老子、墨子和庄子等历史主人公的对立面出现的。正是这些古人和今人在作品中的同时出场，才构成了一个“古今杂糅”的历史世界。同时，鲁迅还总是自觉不自觉地将现实中的琐事甚至语汇都置入小说中与历史直接会面，像《奔月》中所说“有人说老爷还是一个战士”“有时看去简直好像艺术家”，《理水》中的“OK”“古貌林”“好杜有图”“莎士比亚”，《采薇》中的“海派会剥猪猡”，《出关》中“恋爱”“老作家”“新作家”，《非攻》中的“募捐救国队”，《起死》中的“巡士”“警笛”，都可以说是取自现实社会。这些所谓的“油滑”之处正是鲁迅为了以强烈的现代精神去实现“当下”对“过去”的渗透与参与，以他惯用的杂文的手法将现实的事物直接纳入小说的做法。

在《故事新编》中，鲁迅用“油滑”的艺术手法从中调侃，发挥幽默的艺术效能，使读者在认识历史时，能够缩小现实与历史的差距，进而展开对历史与现实的双重思考。《故事新编》的主人公都是神、英雄、哲人这类文明起源时代的精神象征，不管是女娲、后羿、大禹、宴之敖，还是伯夷、叔齐、老子、墨子、庄子等，均是作为文明的开创者载于史传的。但在鲁迅的笔下，当他们进入世俗社会时，“总在被摧残，被抹杀，消灭于黑暗中”①，最终难逃末日的命运。显然，在鲁迅那里，世俗的惰性、“庸人”的社会是一个始终无法摆脱也不得不直面的世界，这既是一个不可抗拒也难以改变的世界，又是鲁迅终生为之抗争的世界。《故事新编》里这些大量猥琐卑微的“小东西”形象，他们将“脊梁式的人物”层层包围起来，共同构成对英雄的扼杀和英雄壮举的消解。然而他们自身又以顽强的生命力延存着，所以在《故事新编》每一篇的结尾都是在“小东西”们的喧闹声中戛然而止的。这也正如鲁迅所说：“这一流人是永远胜利的，大约也将永远存在。在中国，惟他们最适于生存，而他们生存着的时候，中国便永远免不掉反复着先前的运命。”②

从 1922 年创作《补天》“陷入了油滑”开始，在为时十三年的《故事新编》的写作中，鲁迅一直没有放弃这种“油滑”的写法，自觉地追求这种一贯的风格，即不将古人和今人隔绝，而是突出他们在精神上的相通。然而，作为一种幽默手法，“油滑”的运用，并没有让人感到一种荒诞无稽之感，倒是使小说充满鲜明的现代意识特征，从而消解了历史的隔膜，沟通了与现实的联系。在这种看似“游戏”之中，其实更能打通历史与现

① 鲁迅：《且介亭杂文·中国人失掉自信了吗》，见《鲁迅全集》，第 6 卷，北京，人民文学出版社，2005，第 122 页。

② 鲁迅：《华盖集·忽然想到（四）》，见《鲁迅全集》，第 3 卷，北京，人民文学出版社，2005，第 18 页。

实的隔膜，实现古人与今人在人性和心理世界的相通。而鲁迅也克服了用现代人的价值标准任意肢解历史、歪曲历史的现象发生，这样就保持了《故事新编》在历史阐释与现实批判之间的审美张力。与从现实生活中选取题材一样，当鲁迅把眼光转向古代生活时，一样是把它拿来做题材，寻找一种叙事的“因由”，然而他并没有摹写历史，而是在“博考文献，言必有据”的基础上根据历史材料进行新的历史叙事。他这种“速写居多”的游戏之作在现实与历史的交汇点上，提炼并强化了他的主题。因而，与他的现实题材小说《呐喊》和《彷徨》相比，《故事新编》不仅在内容上既超越了现实，又折射于现实，而且其思想内涵也跨越了更广阔的领域。对此，杨义就曾指出，“无论历史(或神话)小说，抑是写实小说，从未有如此写法。鲁迅正是以其思想家和文学家的灵性，使神话、历史和现实的时空错乱并加以杂文化，从而创造出新的小说体制”。[①] 不过，必须指出的是，《故事新编》这种“使神话、历史和现实的时空错乱并加以杂文化”的创作方法和后来的新历史小说是有着本质的区别的。《故事新编》与新历史小说最大的不同就在于它没有像新历史小说那样将历史彻底虚无化和碎片化，而是将现实的体验与历史的“故事”交织在一起，表现出一种对“过去”历史的祛魅与对历史世界重新建构的双重努力。

当然，《故事新编》是根据历史文献进行艺术创作的小说，“油滑”只是鲁迅的现实体验介入其中的主要方式。鲁迅不是将神话、传说和史实穿插于自己的叙事和现代故事中，而是将现实生活插入，从而完整地重构了古今交融的历史世界。他以小说的形式挖掘出历史故事重写的可能性，并赋予其现代的精神内涵，从而实现了真正意义上的“故事”的“新编”。这也正如詹姆逊所说：“历史本身在任何意义上不是一个文本，也不是主导本文或主导叙事，但我们只能了解以本文形式或叙事模式体现出来的历史，换句话说，我们只能通过预先的本文或叙事建构才能接触历史。”[②]鲁迅在取材和创作《故事新编》的过程中，他“博考文献”选择了一些原始的历史文本，然后通过对其中的历史人物进行还原和英雄壮举进行消解，从而达到对原文本中历史的祛魅，最后再通过将现实体验的植入，也即是通过“油滑”手法的运用来重构一个新的历史文本。正是在这个“新编”文本中，鲁迅有效融入了他对历史文化和现实经验相交融的思考，为我们呈现了一个崭新的历史世界。

---

① 杨义：《中国叙事学》，北京，人民出版社，1997，第118页。

② 詹明信：《马克思主义与历史主义》，见《晚期资本主义的文化逻辑》，北京，生活·读书·新知三联书店，1997，第148页。

总之，鲁迅在处理历史题材的时候，并没有将其封闭在“过去”，而是向着现实敞开的。他用小说的方式对历史进行重新建构，既表现出对史实的尊重，又在现实的指向上激活了历史文本，从而实现了对在历史的长期积淀中形成的神圣、崇高人物和具有规范作用的历史话语的祛魅。而且在“新编”的历史叙事中，鲁迅采用了“古今杂糅”的方式，通过对历史人物的还原和英雄壮举的消解，并运用“油滑”的手法插入大量现实小人物和现实嘈杂言语来构造一个崭新的历史世界。鲁迅用这些现实中的人物、琐事和语汇来改写和填充古代故事，力图使古代和现代相交融，古代与现代相对应，以现实来反观历史，以历史来映照现实。他在这种既高于历史又高于现实的角度上自由地穿插于古今之间，表达出对历史与现实的深刻认识与批判。鲁迅将自己的现实体验植入作品的深层之中，使他既激活了作为文献记录的历史文本，也使得《故事新编》的思想内涵跨越了更广阔的领域。

二、历史与现实的纠葛：《故事新编》的寓意内涵

《故事新编》虽然取材于神话、传说及史实，但是在创作过程中，鲁迅始终没有逃脱时代所加于一个具体实在的人身上的种种困境，并且在一种质疑与批判的姿态中将历史与现实不可分割地联系在一起。可以说，《故事新编》既不是对历史的简单摹写，也不是对现实的直接再现，而是鲁迅以沟通历史与现实相互间的联系为目的的一种寓言言说，是他借助光怪陆离的小说文本在寓言的意义上具体地呈现出过去与现在的真实图景。所以《故事新编》的历史叙事不仅深深烙下了鲁迅现实体验的印痕，而且在它的思想内蕴中更包含了鲁迅对历史与现实相纠葛的一种寓言式的深刻体悟。

(一)《故事新编》的寓言文体

在现代文学史上，《故事新编》以其汪洋恣肆、瑰伟奇特的创作手法打破了“中国史传文学传统的‘经、史、虚、实’规范的束缚，完成了对现代作家禁锢已久的历史想象方式的伟大解放，它的深刻的创新力是20世纪中国小说史上的一个典范”。[①] 然而，长期以来，学界对于《故事新编》跨越时空、杂陈古今的叙事方式和深层意蕴的种种阐释仍然不尽如人意，可以说都未能圆满地解释《故事新编》表达方式的独特性和思想内涵的深刻性。正如有的学者所说，《故事新编》“它那新颖别致的‘叙述模式’以及

① 郑家建：《中国文学现代性的起源语境》，上海，三联书店，2002，第217页。

所表达出的像迷宫一样的精神意向，确实又是以一般历史小说概念和传统的艺术经验与逻辑所难以体认、破译的”。① 显然，《故事新编》在文类归属方面的不确定性是由其文本构成的多元性和意义的开放性所决定的，这正如鲁迅所说，《故事新编》不是“‘文学概论’之所谓小说”。因此，我们不能用传统的文学观念和小说类型对《故事新编》进行分析和阐释，而应当从新的文类或新的言说方式对其进行解剖。

早在20世纪50年代初，冯雪峰曾指出《故事新编》不同于一般的历史小说，而是“寓言式的短篇小说”②。然而，遗憾的是冯雪峰并没能指出，《故事新编》作为“寓言式的短篇小说”的真正新质是什么，他仅仅以寓言这种古老的文学形式的短小性、启发性和讽喻性等特点来理解《故事新编》。1956年4月作家出版社出版的刘绶松著的《中国新文学史初稿》也沿用了冯雪峰的说法，认为《故事新编》中后期所作的《非攻》《理水》《采薇》《出关》《起死》是“五篇寓言式的短篇小说”，“不同于一般所说的‘历史小说’”。20世纪90年代，鲁迅研究专家王晓明认为，《故事新编》“不是严格意义上的小说作品，而更像是寓言和杂文的混合物”。③ 薛毅认为，《故事新编》是鲁迅超越自身言说困境的一种“现代寓言”。④ 高远东则认为，在《故事新编》中，鲁迅“或者赋予这些传统思想和价值以现代解释，剥离‘被流行的历史编纂学弄得模糊’的真实含义，或者打碎神话——把‘神话’改造为‘寓言’，把无意识的集体梦幻改造为有意识的文学创作（文化批判），就成为与前期思想既联系又有所变异的文化心理再造，一种更积极的建设。”⑤郜元宝则更进一步指出：《故事新编》“不是针对具体时代的写实，而是超越时代的一则关于中国的大寓言”。⑥ 此后，越来越多的研究者都不约而同地选择从寓言的角度来探讨《故事新编》。

就寓言的文类而言，传统意义上的寓言是指含有道德训诫和哲理的故事，因而作为一种古老的文学形式之一，寓言无疑是原始的、初级的。但是作为一个理论概念，寓言在20世纪的文论界却获得了新生，本雅明就是第一个真正给寓言以全新阐释的理论家，并重新确立了寓言在现代

① 姜振昌：《〈故事新编〉与中国新历史小说》，载《中国社会科学》，2001(3)。

② 冯雪峰：《冯雪峰文集》，第2卷，北京，人民文学出版社，1983，第443页。

③ 王晓明：《双驾马车的倾覆——论鲁迅的小说创作》，见《无法直面的人生：鲁迅传》，上海，上海文艺出版社，2001，第334页。

④ 薛毅：《论〈故事新编〉的寓言性》，载《鲁迅研究月刊》，1993(12)。

⑤ 高远东：《现代如何“拿来”——鲁迅的思想与文学论集》，上海，复旦大学出版社，2009，第4～5页。

⑥ 郜元宝：《鲁迅六讲》，上海，三联书店，2000，第124页。

文学中的重要地位。他强调："寓言是我们这个时代最有意义的思想形式。"①在本雅明之后，詹姆逊把寓言理论发展到一个新的高度，他指出寓言是"一种再现事物的模式"，"一种知其不可为而为之的再现论"。②可以说，在本雅明和詹姆逊那里，寓言已然不再属于传统意义上的文体范畴，而应当归属于一种艺术表达范畴或一种艺术存在范畴。其实，早在先秦时期，中国最早提出"寓言"一词的庄子就是把寓言作为一种言说方式来看待的。他在《庄子·天下》中说："以天下为沉浊，不可与庄语，以卮言为曼衍，以重言为真，以寓言为广。"③这里，庄子不仅为寓言的类型作了分类，而且也阐明了寓言产生的原因，那就是"天下沉浊，不可与庄语"。同样，在现代社会，面对现实中的"历史废墟"，用已掌握的传统表现方式显然已经很难实现对历史的把握和再现。那么究竟以何种方式再现历史以及把握历史的"过去""现在"与"未来"这一内在联系显然成了一个亟待解决而又难以解决的问题。对此，本雅明在探讨17世纪巴洛克时代的寓言风格时认为寓言是社会衰败、理想沦丧、社会没落时期最佳的艺术言说。而伊格尔顿又进一步解释说，寓言释放的是一种新鲜的多重意义，"因为寓言家在废墟中挖掘曾经相联系的意义，用一种惊人的新的方式来处理他们。神秘的内在性得到净化，寓言的指涉物能被修复为适宜于多样性的使用和阅读……客体失落了内在的意义，在寓言忧郁的注视下放弃专横的物质性能指，具有神秘性的字母或片断从单一意义的控制下转变为寓言的力量"。④ 伊格尔顿对本雅明寓言理论的阐释显然也同样适合对鲁迅的《故事新编》的理解。

其实，鲁迅的文学创作一直面临着一种言说的困境，他在《野草·题辞》中曾说："当我沉默的时候，我感到充实；我将开口，同时感到空虚。"⑤他认为在运用语言表达自己和世界的时候往往陷入了一种悖论，所以他只能不断地通过小说、散文诗、随感杂感等不同的文体以及从不同的领域选取题材来寻求最佳的表达方式。早在创作《呐喊》的时候，鲁迅就已开始关注古代神话传说等题材，试图在创作上寻求新的突破。他

① Benjamin, Walter, *Selected Writings*, (Vol. I 1913—1926), Ed. Michael W. Jennings, the Belknap Press of Harvard University Press, 1996, p. 301.

② 詹明信：《晚期资本主义的文化逻辑》，张旭东编，北京，生活·读书·新知三联书店，1997，第37～38页。

③ 郭象注、成玄英疏：《南华真经注疏》(下)，北京，中华书局，1998，第617页。

④ 伊格尔顿：《审美意识形态》，王杰等译，桂林，广西师范大学出版社，2001，第332页。

⑤ 鲁迅：《野草·题辞》，见《鲁迅全集》，第2卷，北京，人民文学出版社，2005，第163页。

说："那时的意见，是想从古代和现代都采取题材，来做短篇小说。"[①]而《故事新编》的创作其实就是"鲁迅对传统文化的一次再阅读、再创作、再想象的过程，也是鲁迅试图在传统文化中寻找价值资源的一次努力"。[②]不过，面对被蒙蔽的历史和断裂的现实，如何做出自己的阐释，以及用何种方式做出阐释，这都是鲁迅在《故事新编》中要努力实现的突破。正如詹姆逊所说："尽管我们说要抓住历史变化中的环境、打破旧有的关于变化的叙事形态、并着眼于活生生的事物间的矛盾，但这一切没有一样是实物。随之而来的问题便是怎样描述这些事物，怎样为你的意识找到一个模型。寓言就在此刻出现。它提醒我们，告诉我们即使我们强调环境，环境却并不是一个实在之物供我们简单地'再现'。即使我们信奉叙事，叙事却不是一件轻而易举的事情。说世界自有其叙事结构不等于说你能够以一个小故事就把它说得清清楚楚，不等于说世上有现成的表现技巧可供人调遣。同样，重视矛盾并不意味着矛盾是看得见摸得着的东西，或我们可以画出一幅矛盾的图示。"[③]显然，再现历史的本来面目和把握深层的现实对所有创作者来说都是有着一定艰难性的，但是寓言以其自身的特征成为揭示历史与现实相纠葛的最好的表现方式之一。

实际上，历史只有通过文本才能为人们所接近，而且历史文本又常常受到意识形态的遏制，将历史的真相蒙上一层面纱，让后人很难看清历史的真实面目。鲁迅在《狂人日记》里写道："我翻开历史一查，这历史没有年代，歪歪斜斜的每叶上都写着'仁义道德'几个字。我横竖睡不着，仔细看了半夜，才从字缝里看出字来，满本都写着两个字是'吃人'！"[④]他之所以能够一语道破千百年来历史的真相，显然是与他独特的现实体验和深刻的历史体悟分不开的。同样，在《故事新编》的创作中，为了对历史遮蔽性进行清晰地再现，鲁迅选择了寓言这样一种不同以往的言说方式来企图恢复被蒙蔽的真正历史，并以此来贯通现实。虽然他称这些小说是"神话、传说及史实的演义"，但是他并不执著于历史真实本身，而是借历史人物的躯壳，表达他对历史和现实的体验与思考。鲁迅采用了"只取一点因由，随意点染，铺成一篇"的灵活自由的创作方法，这样

① 鲁迅：《故事新编·序言》，见《鲁迅全集》，第 2 卷，北京，人民文学出版社，2005，第 353 页。

② 郑家建：《中国文学现代性的起源语境》，上海，三联书店，2002，第 226 页。

③ 詹明信：《晚期资本主义的文化逻辑》，张旭东编，北京，生活·读书·新知三联书店，1997，第 37～38 页。

④ 鲁迅：《呐喊·狂人日记》，见《鲁迅全集》，第 1 卷，北京，人民文学出版社，2005，第 447 页。

就既不受正史的束缚，又为独立认识历史和阐释历史提供了广阔的空间。他在历史与现实之间充分驰骋艺术想象，将史实、神话、传说和现实等杂糅在一起，从而构成了一个多声部、混杂性的寓言文本。

（二）“古今杂糅”的寓言世界

从鲁迅对《故事新编》创作的表述来看，《故事新编》是他在十三年里早就预备创作的风格相统一的八篇小说。虽然都是取材于上古的神话、传说及史实，但是并没有拘泥于历史事实，而是明显有着抽离史实，走向抽象的寓言化倾向。《故事新编》的独特取材，内容和风格的斑驳陆离以及内在意蕴的潜藏都表现出鲁迅建构寓言世界的努力。

在《故事新编》里，文本言意断裂的性质特征使得小说在表面上涌现出巨大的差异性，所指与能指的漂移使得文本中有着大量类似“废墟”的历史碎片遗落在小说的每一个角落。关于寓言与“废墟”之间的关联，本雅明在论述德国悲悼剧时说：“悲悼剧舞台上自然——历史的寓言式面相在现实中是以废墟的形式出现的。在废墟中，历史物质地融入了背景之中。在这种伪装之下，历史呈现的与其说是永久生命进程的形式，毋宁说是不可抗拒的衰落的形式。寓言据此宣称它自身超越了美。寓言在思想领域里就如同物质领域里的废墟。”①而在小说中，鲁迅就像炼金术士一样在神话、传说及史实中“只取一点因由，随意点染”，便赋予这些碎片高度的寓言意指功能。这些支离破碎的历史碎片使得小说处处布满了光怪陆离而又飘忽不定的能指表象，却又始终不把它们联合成整体，从而使得《故事新编》像迷宫一样拥有无穷的阐释空间。鲁迅不断地对历史事件进行精心提炼，舍弃对繁琐的历史细节的真实描绘，提炼出历史精神的精髓，以此来突出小说的寓言性和象征性。正是《故事新编》风格与内容的斑驳陆离以及上古神话、传说及史实取材上的特殊性构成了一个寓意隐晦但又十分深邃的寓言迷宫。然而，小说寓意指向的扑朔迷离，让阐释者很难找到窥视的门径，而这也正是现代寓言所表现出内容与形式相分离的显著特征。对于寓言的复杂性，詹姆逊曾形象地说：“寓言精神具有极度的断续性，充满了分裂和异质，带有与梦幻一样的多种解释，而不是对符号的单一的表述。它的形式超过了老牌现代主义的象征主义，甚至超过了现实主义本身。我们对于寓言的传统概念认为寓言铺张渲染人物和人格化，拿一对一的相应物作比较。但是这种相应物本身就处于本文的每一个永恒的存在中而不停地演变和蜕变，使得那种对能指过程

① 本雅明：《德国悲剧的起源》，陈永国译，北京，文化艺术出版社，2001，第146页。

的一维看法变得复杂起来。"[1]当然，《故事新编》中的这种分离不是绝对的分隔，而是一种边界模糊的分层。因此，《故事新编》的内容通常是以形式的面目出现，从而从根本上消除了形式与内容这种传统的僵硬对立。所以我们不得不持续不断地猜测那些文本碎片的寓意之谜，从而探析出《故事新编》的意蕴所指和作者的用意所在。

除了所指与能指的漂移造成了寓意指向的扑朔迷离，《故事新编》寓言化倾向表现的另一个突出特征就是要么在作品中表现出对历史文本的有意偏离，要么在小说的结尾表现出大转折和分裂。历史主人公以前形象的主动位置被随意摆弄，形象的精神和行为的光彩突然变得空空洞洞，这就是"新编"文本与历史的"故事"文本的不同之处。如《补天》写女娲炼石补天和抟黄土造人的故事，表现了鲁迅对中国精神源头的理解与文明创造者的想象。鲁迅说，在开始创作时，"是很认真的，虽然也不过取了弗罗特说，来解释创造——人和文学的——的缘起"。[2] 然而，小说写到中途，看见报上同样是青年的大学生攻击青年诗人汪静之《蕙的风》"堕落轻薄"，"有不道德的嫌疑"，鲁迅"心里很不以为然，于是小说里就有一个小人物跑到女娲的两腿之间来，不但不必有，且将结构的宏大毁坏了"。[3] 作品最后还添加上秦始皇妄求不死、汉武帝寻仙山的故事，就更进一步揭示了女娲的创世精神在后来被消解、被异化。《理水》中，夏禹本是被鲁迅称为"脊梁"的实干家，他为民除水害三过家门而不入，虽然在周围人的歧视与嘲笑中完成了治水的大业，但是当治水取得成功时，昔日的治水英雄终于在一片叫好声中被同化，不但做起祭祀和法事要阔绰，就是衣服上朝和拜客时也要穿着漂亮了。而《非攻》中的墨子以侠义与智慧阻止了一场楚国对宋国的掠夺战争，他虽然出生入死地为宋国奔波劳顿，但是当他一回到宋国，不仅让募捐救国队给捐去了包袱，还被执戈的士兵随意驱赶，遭遇十分窘迫。连质朴能干的大禹都不能抵挡社会大染缸的魔力和大智大勇的墨子都受到尴尬的待遇，这就不得不让人震惊。可以说，几乎《故事新编》里的每一篇小说的结尾都出现了转折和分裂，以前形象被消解，荒唐与分裂层出不穷。而且，不光重述文本与古文本不同，就是在同一篇小说中，小说的结尾往往都是对整个故事的

---

① 詹明信：《晚期资本主义的文化逻辑》，张旭东编，北京，生活·读书·新知三联书店，1997，第528页。

② 鲁迅：《故事新编·序言》，见《鲁迅全集》，第2卷，北京，人民文学出版社，2005，第353页。

③ 鲁迅：《南腔北调集·我怎么做起小说来》，见《鲁迅全集》，第4卷，北京，人民文学出版社，2005，第527页。

颠覆和消解。如在《铸剑》里，鲁迅虽然展示了黑衣人刚毅的复仇精神，但是与仇人共亡所留给世人的意义是仇家们毛发骨头的混合，是王后、妃子无法分辨的窘境，是百姓和臣民的尴尬相，而这正是对复仇精神强烈的嘲弄和消解。

可以说，《故事新编》既不是对历史的简单摹写，也不是对现实的直接再现，而是鲁迅以祛除历史与现实相互间的遮蔽性为目的的一种寓言言说，是他借助光怪陆离的小说文本在寓言的意义上具体地呈现出过去与现在的内在真实图景。《故事新编》中天崩地裂、洪水泛滥、战乱四起、生灵涂炭的世界映照的正是现实社会，在这些险恶环境中出现的神、英雄和哲人正是对现实一些人物的隐喻。在对古文本重述的过程中，鲁迅写出了其分裂的特点，剥离了其神圣的光环，颠覆了原有故事的圆满。本来，《故事新编》的历史主人公都是神、英雄、哲人这类文明起源时代的精神象征，不管是女娲、后羿、大禹、宴之敖，还是伯夷、叔齐、老子、墨子、庄子等，均是作为文明的开创者载于史传的。但在鲁迅的笔下，当他们进入世俗社会时，“总在被摧残，被抹杀，消灭于黑暗中”①，最终难逃末日的命运。鲁迅这种对神、英雄和哲人的世俗化处理正是对正史“实录”的突围。他冲破了时空的隔阂，一方面让古人和今人走到了一起；另一方面鲁迅也真正扑到了今人和古人的心坎里，看到了古人今事之间实质性的相通之处。这也正是说《故事新编》不同于纯粹反映现实和演义历史的小说，而是追求隐喻历史与现实的寓言真实。

正是在《故事新编》“古今杂糅”的寓言世界中，鲁迅实现了对古今社会、人生、人性等本质特征的省思与批判，而且“由于寓意的浓泡漫浸，鲁迅作品中的人物更带有抽象的理性化的特点。他们与其说是实在的形象本体，不如说‘寓言’的符号载体更为确切”。② 在鲁迅首创《故事新编》这种从历史取材来写小说的形式以后，一些中国现代作家，如郭沫若、茅盾、郑振铎、孟超、宋云彬、聂绀弩等人也曾属意于对历史小说的创作。然而，他们大多是一有现实的触发，就立即投入到创作中。因此，他们的作品总是与某些社会现实或古代具体的真实性相纠缠，缺乏《故事新编》那样一种寓言性的真实。他们的作品普遍地不是过分拘泥于史实，与现实社会隔绝了，就是过分地强调影射、批判现实的功能，使作品的内容脱离了历史真实，显得荒诞不经。而在《故事新编》里，鲁迅压根就

---

① 鲁迅：《且介亭杂文·中国人失掉自信了吗》，见《鲁迅全集》，第6卷，北京，人民文学出版社，2005，第122页。

② 吴秀明：《历史的诗学》，杭州，浙江人民出版社，1994，第314～315页。

不与某种具体的真实纠缠，他始终以充分的“余裕心”俯视着远古的历史，并且时不时跟历史、古人开点小玩笑。《故事新编》显然不是针对具体时代的写实，而是超越时代的关于中国历史与现实的寓言。正如鲁迅在《〈出关〉的“关”》中深信的“纵使谁整个的进了小说，如果作者手腕高妙，作品久传的话，读者所见的就只是书中人，和这曾经实有的人倒不相干了……这就是所谓人生有限，而艺术较为永久的话罢”。[①]《故事新编》在寓意上着力，所以挣脱了具体描写的许多限制，因而与同时代或稍后的历史题材小说相比，其艺术的高下优劣就显而易见了。

（三）《故事新编》的思想内蕴

《故事新编》是鲁迅对中国古代历史文化长期思考的一次集中表述。从最早创作于 1922 年冬的《补天》，到 1935 年 12 月完成最后一篇《起死》，《故事新编》的创作历时十三年。鲁迅从《呐喊》的时代一直坚持到去世的前一年，最终实现了原来“足成八则”的计划。但是在编辑出版这八篇“神话，传说及史实的演义”时，鲁迅并没有按照写作的前后顺序来排列，而是以作品中神话、传说和历史故事实际发生的先后排列，依次是《补天》《奔月》《理水》《采薇》《铸剑》《出关》《非攻》《起死》。这样《故事新编》所涉及的历史故事自上古神话时代迄于战国，俨然一部先秦时期的思想文化简史。

鲁迅所选择的“故事”文本，上自远古神话，下迄春秋战国时的诸子百家。女娲炼石补天、嫦娥奔月的神话，大禹治水、伯夷和叔齐采薇的传说，铸剑复仇的传奇以及儒、墨、道三家先哲的出场都有本有据，长期以来广为流传，成为中国文化的先天视野。鲁迅在 1935 年给萧军、萧红的信中说：“近几时我想看看古书，再来做点什么书，把那些坏种的祖坟刨一下。”[②]鲁迅想在历史与现实必然的关联中，力图“刨”出现实的历史“祖坟”，将许多社会现实直接呈现在原生态的历史当中，从而显示出历史与现实一脉相承的本质特征。所以《故事新编》虽然取材于历史，但并没有对历史文献中的历史予以简单地再现，也没有像新历史小说那样将历史彻底虚无化、碎片化，而是将现实体验与现实世界和历史的记载交织在一起，形成了对历史的消解与重构。鲁迅通过现实的主观体验将历史的“因由”进行“点染”，从而“铺成一篇”对历史内在真实的叙事。

---

① 鲁迅：《且介亭杂文末编·〈出关〉的“关”》，见《鲁迅全集》，第 6 卷，北京，人民文学出版社，2005，第 538 页。

② 鲁迅：《书信·350104 致萧军、萧红》，见《鲁迅全集》，第 13 卷，北京，人民文学出版社，2005，第 330 页。

然而，《故事新编》古今杂糅，它的表象能指与深层所指之间有着一定的距离，因而它的寓意十分隐晦。透过这些想象奇诡、光彩炫目的能指表象，发掘出潜藏在《故事新编》光怪陆离的能指之内的深层寓意所指显然具有相当的困难。正如高远东所言："无论是对于过去还是未来，鲁迅式的写作都意味着一种与民族的历史、道德、文化和问题发生广泛而深刻的纠结的方式……但鲁迅的实践其实反倒拥有作为经典规范的反规范特性，这一悖论或能令我们在理解鲁迅小说本文及其语境与解读本文及其语境之间的辩证关系及所谓经典的意义的相对性时产生顿悟。"①在《故事新编》的序言中，鲁迅曾说《补天》是"解释创造——人和文学——的缘起"，后来又说他"是在描写性的发动和创造，以致衰亡的"，鲁迅的话带有极大的寓意性，是解开《故事新编》寓意之谜的金钥匙。《故事新编》中的每一篇作品，其实都是写历史文化的"缘起"，"以致衰亡"的寓言。这正是鲁迅立足于现实世界来重新审视历史文化传统的结果。

因此，《故事新编》不仅深深烙下了他现实体验的印痕，而且更包含着他对历史与现实的一种寓言式的深刻体悟。在小说中，鲁迅没有专注于复原先秦精神，也没有使小说的叙事完全服从于自己的任意调配而脱离于古文献的依据。他的目的在于将历史与现实沟通，以说明中国社会自古至今从未改变的社会状况。所以《故事新编》不在于再现历史的真实，而是追求内在的寓言真实，并将历史的循环这样一个寓言结构投射到现实和历史当中。虽然说鲁迅所博考的文献是古人对于先秦的神、英雄和哲人的叙述，但他的《故事新编》无疑又是对这些神、英雄和哲人再审视后对历史的重新叙述。其实，"历史不是文本，不是叙事，无论是宏大叙事与否，而作为缺场的原因，它只能以文本的形式接近我们，我们对历史和现实本身的接触必然要通过它的事先文本化"。② 神、英雄和哲人也正是由于存在于文献的叙述记录中，而被定格为华夏文明的象征。女娲、后羿、黑衣人、大禹这些神话传说中的人物就是先民所描述的文明源头的开创者，而伯夷、叔齐、老子、墨子、庄子则更是以某一文明的开创者而进入"史实"中的。而鲁迅在《故事新编》中所做的则是将这种被历史定格了的叙述转化为他深深体验到的一种真实的叙述，即通过现实体验的主体与作为历史记载的客体相遇而产生的感悟，并将其叙述出来。《故

---

① 高远东：《经典的意义——鲁迅及其小说兼及弗·詹姆逊对鲁迅的理解》，载《鲁迅研究月刊》，1994(4)。

② 詹姆逊：《政治无意识》，王逢振、陈永国译，北京，中国社会科学出版社，1999，第26页。

事新编》显然是以一种不同于传统历史小说的方式在叙述历史，而鲁迅也通过《故事新编》建构了一种新的关于历史的艺术文本，其目的就是为了更好地实现对历史文化体悟的宣泄与表达。

如果说“博考文献，言必有据”的历史小说是一种脱离现实的考古主义，新时期的随意编造或戏说历史的新历史小说是一种拒绝进入历史的反历史主义，那么鲁迅在《故事新编》中则表现出一种“以今溯古”的历史观，即詹姆逊在《马克思主义与历史主义》中所说的存在历史主义。这种存在历史主义的特点就在于不把历史仅仅当作一个纯粹的“过去”，而是将历史、现实、未来看作是一个有机联系的整体，也就是作为主体的人，对于作为客体的历史、现实和未来的充分认识与透彻感悟。《故事新编》将历史作为现在的一个重要组成部分，从中探讨现实事件的历史根源，并由此来展望未来的发展之路。所以鲁迅在处理历史题材时，没有将其封闭在“过去”，而是向着现实敞开，通过历史与现实的杂糅，以求展露出活在现实中的历史。在《故事新编》中，他创造性地将古人今人打成一片，历史地审视传统思想在现代的命运。在他看来，现实中的事总是与历史有着一定的关联，现实中处处都保留着历史的遗传，他说：“古人做过的事，无论什么，今人也都会做出来，而辩护古人，也就是辩护自己。况且我们是神州华胄，敢不‘绳其祖武’吗？”①历史是指向将来的，历史对现实有着深刻的启示作用，“倘不是笨牛，读一点就可以知道，怎样敷衍，偷生，献媚，弄权，自私，然而能够假借大义，窃取美名”。② 在历史观念上，鲁迅也一贯认为历史是循环的、古今是相似的，他说：“试将记五代，南宋，明末的事情的，和现今的状况一比较，就当惊心动魄于何其相似之甚，仿佛时间的流逝，独与我们中国无关，现在的中华民国也还是五代，是宋末，是明季。”③“史书本来是过去的陈账簿，和激进的猛士不相干。但先前说过……知道我们现在的情形，和那时的何其神似，而现在的昏妄举动，糊涂思想，那时也早已有过，并且都闹糟了。”④鲁

① 鲁迅：《华盖集·忽然想到》，见《鲁迅全集》，第3卷，北京，人民文学出版社，2005，第18页。

② 鲁迅：《华盖集·十四年的“读经”》，见《鲁迅全集》，第3卷，北京，人民文学出版社，2005，第138页。

③ 鲁迅：《华盖集·忽然想到》，见《鲁迅全集》，第3卷，北京，人民文学出版社，2005，第17页。

④ 鲁迅：《华盖集·这个与那个》，见《鲁迅全集》，第3卷，北京，人民文学出版社，2005，第149页。

迅认为中国的事情往往不仅“古已有之”，“今仍有之”，而且难免“后仍有之”。[①]《理水》中大禹在登基之后开始讲究礼仪服饰，而在《朝花夕拾·范爱农》中，王金发于辛亥革命胜利后进入绍兴，也有类似的变化，那就是：“穿布衣来的，不上十天也大概换上皮袍子了，天气还并不冷。”[②]

虽然《故事新编》取材于神话、传说及史实，但是在创作过程中，鲁迅始终没有逃脱时代所加于一个具体实在的人身上的种种困境，并且在一种质疑与批判的姿态中将历史与现实不可分割地联系在一起。然而，在“同过去交往时必须要穿过想象界、穿过想象界的意识形态，我们对过去的了解总是要受制于某些深层的历史归类系统的符码和主题，受制于历史想象力和政治潜意识”。[③] 正如鲁迅所说：“历史上都写着中国的灵魂，指示着将来的命运，只因为涂饰太厚，废话太多，所以很不容易察出底细来。正如通过密叶投射在莓苔上面的月光，只看见点点的碎影。”[④]显然，《故事新编》“没有停留在历史和历史事件本身及其过程的表面铺陈上，而是深入到历史及历史人物的精神实质中去，进行了充分诗意化、哲理化的艺术再创造：它打破了古今界限井然有序的传统经典范式，创造了古今杂糅杂陈、幻想与现实相映成趣的艺术路数，历史在这里已变成了一种镜像，许许多多的生活现实都可以在这个景象中被折射出来”。[⑤]《故事新编》的寓言力量就在于打破了被历史、意识形态所固定化了的想象，戳穿了对神、英雄和哲人浪漫化的幻觉。

总之，在《故事新编》中，鲁迅总是理性地审视历史与现实的必然联系，在现实中找到历史的原型，在历史中“刨”出现实的“祖坟”，将历史的指向对准未来。他说：“‘发思古之幽情’，往往是为了现在。”他认为通过历史关照现实，以现实事件为准，寻找历史的根源与原型，既能透视现实的历史脉络，也能反观历史的现实再现，从而推知未来。“一治史

① 鲁迅：《集外集拾遗·又是“古已有之”》，见《鲁迅全集》，第7卷，北京，人民文学出版社，2005，第239～240页。

② 鲁迅：《朝花夕拾·范爱农》，见《鲁迅全集》，第2卷，北京，人民文学出版社，2005，第325页。

③ 詹明信：《晚期资本主义的文化逻辑》，张旭东编，北京，生活·读书·新知三联书店，1997，第152页。

④ 鲁迅：《华盖集·忽然想到》，见《鲁迅全集》，第3卷，北京，人民文学出版社，2005，第17页。

⑤ 秦方奇：《超越时空的契合——〈故事新编〉与新历史主义小说》，载《辽宁师范大学学报》，2004(4)。

学，就可以知道许多‘古已有之’的事”,[①]“我们看历史，就能够据过去以推知未来”,[②]“以过去和现在的铁铸一般的事实来测将来，洞若观火!”[③]正是透过《故事新编》多声部、混杂性的寓言文本，我们捕获到鲁迅长期以来对历史与现实的深入思考和认识。在他看来，历史的演进仿佛是由一次次重复，一次次循环构成的，现实和将来不仅没有也不可能摆脱与历史的纠葛，而是越来越像是陷入了荒谬的轮回之中，这也正是一直萦绕在鲁迅内心深处的悲凉和无望。

① 鲁迅:《集外集拾遗·又是“古已有之”》，见《鲁迅全集》，第7卷，北京，人民文学出版社，2005，第239页。

② 鲁迅:《华盖集·答KS君》，见《鲁迅全集》，第3卷，北京，人民文学出版社，2005，第119页。

③ 鲁迅:《南腔北调集·〈守常全集〉题记》，见《鲁迅全集》，第4卷，北京，人民文学出版社，2005，第540页。

第五章 现代视界与传统魅惑

——重读郭沫若历史剧《屈原》

一、问题的提出:《屈原》情节的"不合情理"

郭沫若的历史剧《屈原》不仅在当时引起了前所未有的社会反响，而且对整个现代中国文学与文化都产生了重大影响。尤其是在当时抗敌御侮和国共两党激烈纷争的特殊形势下，郭沫若将戏剧当作社会政治领域的战斗武器，通过《屈原》等作品成功地表达了对国民党独裁当局"消极抗日、积极反共"的愤怒与不满，唤起民众团结御敌的决心与信心。正如周恩来所说："在连续不断的反共高潮中，我们钻了国民党一个空子，在戏剧舞台上打开了一个缺口。在这场战斗中，郭沫若同志立了大功。"①对于郭沫若的这一历史贡献，我们绝对不应忘却。但一部文艺作品在社会政治领域产生了巨大影响，与它本身是否艺术精品并非一回事。与此类似的例子在国外也有很多：美国南北战争时期曾有一部小说《汤姆叔叔的小屋》广为流传，它对美国黑奴的解放运动起到了直接推进作用，但没有人因为这部作品的社会历史贡献就拔高它的艺术成就，认定它在艺术上多么"完美无缺"，笔者认为对《屈原》也应持类似的态度。

《屈原》在艺术上的最大缺陷，是情节设置的不合情理。作家在剧中将屈原的一生浓缩为一天——"由清早到夜半过后"的时间内，②这对戏剧冲突的集中与强化无疑起到了关键作用，许多成功的剧作如曹禺的《雷雨》等都有相似的情节设置。但如果将《雷雨》与《屈原》稍加比较，就会发现两者的不同：《雷雨》虽然也将全剧情节集中于一天(上午到午夜两点)，然而这短短的一天却是剧中主要人物三十多年恩怨冲突的总爆发。那一天发生在周公馆里的人间惨剧虽然曲折离奇、惊天动地，却又都"有迹可循"，因而显得合情合理。《屈原》就不同了。作品一开始，出现在舞台上的屈原即使称不上"春风得意"，却也是备受楚怀王宠信、又深得民众敬仰的"三闾大夫"；他还身兼公子子兰的(怀王与南后的儿子)老师，可见

① 夏衍：《知公此去无遗恨——痛悼郭沫若同志》，载《人民文学》，1978(7)。

② 郭沫若：《我怎样写五幕史剧〈屈原〉》，见《郭沫若全集》，第6卷，北京，北京人民文学出版社，1986，第404页。

怀王与南后对他的信任程度。不仅如此，怀王在“联齐抗秦”的战略方针上也完全认同屈原的主张。在第一幕，作家还通过婵娟和子兰之口反复对屈原说：“国王听信了先生的话，不接受张仪的建议，不愿和齐国绝交。”怀王甚至已经准备在“今天中午”为张仪“饯行”了。——那么我们只能认定，南后设计陷害屈原，绝非是预谋已久的结果。

南后为什么突然决定陷害屈原呢？按照剧本所述，是因为张仪游说楚怀王“降秦”不成后不敢再回到秦国，于是戏说了一句：要回老家魏国寻找一两名美人献给怀王。想不到这句戏言竟惹得南后醋意大发，担心张仪如果说到做到，会使自己失宠于怀王。为了阻止张仪回到魏国，南后遂设下了陷害屈原的圈套，她故意在宫廷之上让屈原靠近自己，并于大庭广众之下“晕倒”在屈原怀里，然后诬告屈原对自己“图谋不轨”。——如此拙劣的伎俩竟能畅行无阻，难道怀王与他身边的诸多王公大臣全是白痴？①当然我们可以辩白说：很多人明知屈原是被陷害的，却因慑于南后的淫威而不敢说明真相，只好任凭南后的阴谋得逞。那位明明听到南后对屈原说：“啊，我发晕，我要倒，三闾大夫，你快，你快!”的钓者，不就是因为当着楚王的面公然斥责南后，竟被作为“疯子”抓进了监狱吗？但既然平民百姓都能把南后的阴谋瞧得一清二楚，为什么怀王却置若罔闻、甘心上当受骗呢？而且立即将一贯坚持的“抗秦联齐”军国大计变为“绝齐联(降)秦”，来了个一百八十度的大转弯？难道仅仅由于南后这小女子“念头一转”并“计上心来”，就导致了一个国家(楚国)的覆灭？倘真如此，那简直比古人所说的“一顾倾人国”还要神奇!

情节设置的不尽合理，还直接导致了人物塑造的类型化与概念化。楚怀王虽然在剧中只是一个次要人物，但他作为楚国的国王，却是各种矛盾的最高裁决者，完全将这一人物描述为任凭南后摆布的木偶或“道具”，不仅使整部剧作的悲剧内涵大打折扣，而且于情于理说不过去：如果南后与怀王的关系果真是这种摆布与被摆布的关系，南后还有必要担心失宠于怀王而费尽心机地陷害屈原吗？又该怎么解释此前怀王信服于屈原提出的“抗秦联齐”战略，一再拒绝张仪的游说呢？至于剧本的中心人物屈原，由于作家倾力将其塑造为一个近乎“高大全”的历史伟人形象，其性格特征也给人以鲜明有余、丰厚不足的印象。这一高度政治化的艺

① 作家可能也觉得这样的情节设置太过离奇，于是在第四幕中让目睹南后“丑行”的那位钓者解释说：“其实事情也很简单，只要当场问一下便可以明了的。但我们的国王在盛怒之下，全然不想问问我们当场的人——当场的人并不少，我们跳神的是十个，还有唱歌的和奏乐的。”这样的解释显然非常牵强。

术形象"固然痛快淋漓，但形象的厚度不够，缺乏更深刻更耐人咀嚼的思想艺术力量，也是显然的"。[①]作家虽然将他打造成"楚国的栋梁"一类杰出的政治家形象，但通观全剧，屈原却没有表现出独特的政治才能。他在遭遇陷害后的"发疯"和那激情澎湃、诗情横溢的"雷电独白"，都不是面对危机的斗争策略，只是他主观情绪的宣泄；至于他在婵娟死后对"卫士甲"的问话："你今后打算要我怎样？因为我现在的生命是你和婵娟给我的，婵娟她已经死了，我也就只好问你了。"又是否露出了些许凡夫俗子的"马脚"？

亚里士多德在《诗学》中曾指出："一桩不可能发生但却可信的事，比可能发生但却不可信的事更为可取。编组故事不应用不合情理的事件——情节中最好没有此类内容，即便有了，也要放在布局之外。"[②]亚里士多德的告诫直到今天仍然是那么令人信服。

不过，仅仅指出《屈原》情节设置的"不合情理"并非本文的目的。相对于《屈原》的艺术成就，它的这一缺陷毕竟瑕不掩瑜，笔者要进一步追问的是：《屈原》包含了哪些光彩夺目的"瑜"，使得人们忘记或对其中的瑕疵视而不见？抛开具体的社会历史因素不谈，笔者认为《屈原》的成功很大程度上是由于作家对中国普通民众传统审美心理的谙熟与把握。作家不仅敏锐地把握住了时代的脉搏，借着"古人的皮毛"喊出了时代的强音，而且巧妙地将"爱国""革命""抗日"等最具"现代性"的宏大历史叙事与深藏在民间的古老文化传统、特别是传统戏曲的审美心理定势融为一体。但在传统文化观念的过多"魅惑"下，郭沫若注视古老历史的"现代"目光有时不免显得犹疑而苍茫，下面笔者分别论述之。

二、历史悲情中的"忠奸对立"

中华民族大概是世界上最重视历史的一个民族，历朝历代流传下来的史书不仅浩如烟海、生动丰富，而且还有更为细致逼真、形式多样的话本、戏剧、传说、故事、演义、小说、诗歌等文艺形式，普通百姓通过它们去探听历史、关注历史并议论历史，满足了自己的"历史癖"。另一方面，中国大概又是历史上王朝更替最为频繁、革命事件爆发最多的国家之一，而每一次的豪杰并起和江山易主，无不以生灵涂炭，社会大厦的倾覆为代价。个人的不幸、社会的动荡、国家的灭亡，再加上"家国

---

① 钱理群等：《中国现代文学三十年》，北京，北京大学出版社，1998，第112页。

② 〔古希腊〕亚里士多德：《诗学》，陈中梅译，北京，商务印书馆，1996，第170页。

同构”的传统思维方式和对社会集体的高度看重，一代代的中国人自然而然地将“国家”“祖国”纳入到了伦理情感的范畴内，“每当国家遭受不幸时，人们就会产生一种极为强烈的沉痛感和道义感”。[①]这种沉痛感与道义感，我们在先民“彼黍离离，彼稷之苗”(《诗经·王风·黍离》)的悲叹中就已感触到了。“黍离之悲”其实就是一种亡国之悲，也是一种乱世之痛、兴亡之叹。从《诗经》开始，无数文人士大夫将这种家国之悲反复体味与咏叹，从而酝酿成愈来愈浓烈的历史悲情。而随着历史的脚步别无选择地迈向近代，中华民族固有的历史悲情更加得到空前的强化与升华。长期积贫累弱导致的落后闭塞偏偏遭遇到了西方列强肆无忌惮的侵略与欺凌，于是“天朝大国”的幻梦彻底崩溃，“亡国灭种”的现实危机不仅引起了文人士大夫的普遍焦虑，更唤起了社会大众心底深处的悲情意识。一旦遇到任何“风吹草动”的特殊社会事件，这种悲情意识就可能如火山喷发一样爆发出来。

我们完全可以设想，在1942年那样一个“中华民族到了最危险的时候”的特殊年代，重温战国时期楚国被秦国所灭的“历史悲情”，无疑能最大限度地唤起普通民众的心灵共鸣，从而激发起整个社会的高涨情绪。作为一位善于把握时代脉搏的诗人与作家，郭沫若以极快的速度创作出《屈原》等历史剧，与他在五四时期创作完成《女神》中的大部分诗篇是极为相似的，同样也是“个人的郁积”与“民族的郁积”相互交汇而找到的“喷火口”与“喷火方式”。[②]《屈原》中随处可见“中国”“整个儿的中国”“我们的祖国”等富含现代民族主义色彩的语词。屈原在遭到南后诬陷以后，依然坚定地劝导怀王：“你要替楚国的老百姓设想，多替中国的老百姓设想。老百姓都想过人的生活，老百姓都希望中国结束分裂的局面，形成大一统的山河。”——我们发现在屈原口中，从“楚国的老百姓”到“中国的老百姓”是一个多么自然的转换。正是通过这样的转换，发生于春秋战国时期的秦楚之争与20世纪的现代民族国家概念之间，建立起了互通互喻的对应关系；怀王、南后与屈原之间的政见分歧，也就自然地被比附为抗战时期“卖国”与“爱国”的“路线斗争”了。

不过古人抒发的“黍离之悲”与兴亡之叹，常常是悲戚凄惨、无可奈何的哀鸣，历史的无常与人生的无奈，使得古代文人们难免萌发一种虚无幻灭之感；而《屈原》所表达的，则是充满阳刚之气的愤怒与抗争。这

① 刘彦君：《栏杆拍遍——古代剧作家心路》，北京，文化艺术出版社，1995，第170页。

② 郭沫若：《序我的诗》，见《郭沫若论创作》，上海，上海文艺出版社，1983，第213页。

一情感内蕴的本质分野，不仅与战争时期的特殊社会处境紧密相关，因为越是在那样一个侵略与反侵略的血与火的年代，越需要弘扬一种男性英雄主义气概，鼓励人们同仇敌忾、奋勇杀敌，而且也是现代文学的思想特质所决定的。美籍华人学者夏志清曾认为1917年至1949年之间的中国现代文学，有一个既迥异于西方文学，又不同于中国传统文学乃至1949年之后“中国大陆文学”的显著特点，那就是“作品所表现出的道义上的使命感，那种感时忧国的精神”。①李欧梵则将这一“感时忧国”的精神解释为中国现代作家追求“现代性”的具体表现，并进一步发挥说，这种“感时忧国”的精神绝非“来自精神上或艺术上的考虑”，而是出自对“社会—政治产生的极其强烈的痛苦感受”，因而现代文学便成为“表达社会不满的一种载体”，更多地表现出“对作家所面临的政治环境采取的一种批判精神”。②以这样的观点对《屈原》略加考察，会发现它不仅完全符合“感时忧国”的时代精神，而且显示了作家对自己所面临的政治环境的尖锐批判。

而当我们深入到《屈原》的叙事内核，则会轻易见到其中包裹着的“忠奸对立”的古老原型。《屈原》中的几乎所有人物都可分列为正确与错误、忠良与奸佞、“爱国”与“卖国”、进步与“反动”两大阵营。以屈原为首，包括婵娟、“钓者”河伯、渔父等人所代表的“忠良”一方，与南后、怀王、张仪、靳尚等人代表的“奸佞集团”之间展开的，是一场激烈但不复杂的生死搏斗。至于宋玉这样一名小知识分子，虽然不时摇摆于两大阵营之间，但在斗争激烈的关键时刻，他就会倒向“反动”阵营中去的。——应当承认，此种“忠奸对立”“善恶分明”的叙事模式可以迅速制造出强烈的戏剧效果，并激起广大观众的深切共鸣。要知道中国历朝历代的普通民众最容易被吸引与被感动的，而且几千年来一直在戏曲舞台上演并历久不衰的，恰恰就是这种“忠奸对立”“善恶分明”的情节模式。无论是岳飞与杨家将的浩气长存，还是黑包公的刚直不阿、秦香莲的凄切哀怨，其实都离不开那一个个站在他们身后的奸佞小人；中国人民津津乐道、代代相传的，始终就是这类善与恶、忠与奸之间泾渭分明、彼此对立的故事与传说。“忠奸之争加上因果报应，可以粗略地画描出中国传统社会的

---

① 夏志清：《现代中国文学感时忧国的精神》，见《中国现代小说史》，上海，复旦大学出版社，2005，第357页。

② 李欧梵：《现代性的追求》，北京，生活·读书·新知三联书店出版社，2000，第178页。

一般政治心理。”① 虽然随着西方科学理性思想的输入，现代中国社会已扬弃了被视为“封建迷信”的因果报应观念，但作为一种文化心理定势的“忠奸之争”与“忠奸对立”，依然沉淀在现代国人的心灵深处，甚至通过影视戏曲等审美艺术手段反复加以强化。

历史悲情与“忠奸对立”的融合，则是“奸佞误国”的思维方式与经典叙事。中国历史上的异族入侵、改朝换代、国破家亡等“沉痛的历史教训”，最终都可纳入到“忠奸之争”的故事传说中广泛流传。甚至在一些人心中，倘若没有秦桧等奸佞小人的诡计与陷害，凭我神勇无畏的“岳家军”足可扫平辽金大地；而在孔尚任笔下，南明江山的覆灭则归咎于阮大铖、马士英等奸臣的祸害，“一部《桃花扇》，实际上就是一场南明忠奸斗争史。”②近代中国的衰弱与屈辱也被很多人断定：问题就出在慈禧、曾国藩、李鸿章一类“汉奸卖国贼”身上。——可见奸佞当道、忠良被害、仁人志士报国无门一类的历史叙事，永远能成为每个时代“融会古今”的契合点。正是在这一意义上，我们不能不惊叹于郭沫若对社会大众审美心理的谙熟。

而当“小人”与女子融为一体时，中国传统文艺的另一类经典叙事——“后妃误国”也就水到渠成般地产生了。鲁迅先生曾通过《阿Q正传》戏言道：“中国的男人，本来大半都可以做圣贤，可惜全被女人毁掉了。商是妲己闹亡的，周是褒姒弄坏的，秦……虽然史无明文，我们也假定他因为女人，大约未必十分错。”③《屈原》无疑为这一人物画廊增添了一位妲己式的人物——南后。而当南后与屈原分别代表了“奸佞”与“忠良”两条对立的政治路线与道德原则时，“忠良被害”与“后妃(奸佞)祸国”的故事原型必然再度成为人们的“文化心理期待”。

三、英雄崇拜中的“贞女牺牲”

古典小说与戏曲中的“忠奸对立”，还常常与“贤臣昏君”模式融为一体。因为奸佞小人不仅是忠良之士们的对立面，还要成为君王罪过的替罪羊。“奸佞的文化功能，就是在君王昏聩的时候，为君王承担罪责。”④这当然是可以理解的：在封建集权主义时代，需要一位高高在上的皇帝

① 王宏维：《命定与抗争——中国古典悲剧及悲剧精神》，北京，生活·读书·新知三联书店出版社，1996，第217页。

② 刘彦君：《栏杆拍遍——古代剧作家心路》，北京，文化艺术出版社，1995，第174页。

③ 鲁迅：《阿Q正传》，见《中国现代文学作品选读》，上海，华东师范大学出版社，1998，第13页。

④ 张法：《中国文化与悲剧意识》，北京，中国人民大学出版社，1989，第136页。

维持社会的基本稳定。封建伦理中的皇帝是不可能有过错的，因而古典戏曲中的政治悲剧一般离不开这样一种叙事模式：“忠臣为善，奸臣为恶，皇帝善而起初受蔽，最后去蔽。”①在这种模式中，帝王的“最后去蔽”是至关重要的，只有如此才能保证“天道”的正常运转。然而正因如此，使得中国古典政治悲剧避开了悲剧意识最本质的精神内涵：对现存制度和社会的深刻反思与批判。从这一点上说，《屈原》大大超越了古典戏曲的悲剧意识，作品中的楚怀王不仅凶残无比、专横跋扈，而且昏聩无能，丧失了起码的决断能力。但在《屈原》对历史伟人和英雄的赞颂背后，却隐含着另一种难以为人察觉的潜在危险：以对历史英雄和历史伟人的崇拜取代了古人对封建帝王的膜拜。尤其值得注意的是，当剧中主人公与叙述者融为一体时，这种对剧中主人公的赞颂与讴歌则可能转化为叙述者乃至作者本人自我意识的膨胀；而当这个“自我”自以为真理在握、并自诩为某一历史理性的代言者时，那么新一轮的历史悲剧又要不可避免地发生了。作家让屈原反复吟诵的一句台词是：“你陷害的不是我，是我们整个儿的楚国呵！”虽然只是一种悲愤的抗议，但也足可看出屈原差不多是以“整个儿的楚国”自居了，这固然与古代帝王的“朕即国家”有本质不同，但也潜伏着不言自明的巨大危险性。在第五幕的高潮部分“雷电独白”中，屈原呐喊着“把一切沉睡在黑暗怀里的东西，毁灭，毁灭，毁灭呀！”的同时，突然又有这样一句自白：“这是我的意志，宇宙的意志。”可见无论是在屈原还是在作家心中，“我的意志”与“宇宙的意志”已经融为一体、合二为一了。但不管是“我的意志”顺从了“宇宙的意志”，还是“我的意志”代表了“宇宙的意志”，那种唯我独尊的自我崇拜意识已昭然若揭。

在剧本结尾处，作者还安排出身低微但年轻美丽的婵娟误饮了原本用来谋害屈原的毒酒，从而以“有惊无险”的方式保护了屈原的“身家性命”，这明显隐含了“只要屈原还在，国家就在、希望就在”的主题内涵。然而我们不能不怀疑：一两位英雄人物的个人生死，真的就能决定整个国家的生死存亡吗？如果把对整个国家乃至社会理想的维护简化或变相简化为对一两名英雄人物的保护，岂不已陷入道德与理想的悖论中？婵娟临死前对屈原的一段表白曾让广大观众感动不已：

> “先生……我真高兴……我是一个普通人家的女儿，我受了你的感化，知道了做人的责任。我始终诚心诚意地服侍着你，

① 张法：《中国文化与悲剧意识》，北京，中国人民大学出版社，1989，第143页。

因为你就是我们楚国的柱石。……我爱楚国，我就不能不爱先生。……先生，我经常想照着你的指示，把我的生命献给祖国。……我把我这微弱的生命，代替了你这样可宝贵的存在。先生，我真是多么地幸运啊！”

但笔者在细读这段文字之后，却发现背后的文化心理内涵简直让人心痛：婵娟对剧中屈原的情感，无疑是“纯洁”地建立在屈原身为“楚国的柱石”一类理性体认之上的。婵娟向屈原的倾诉：“我爱楚国，我就不能不爱先生。”或许的确发自她的内心，但在笔者听来却未免有些“心惊肉跳”。因为，如果是以“爱楚国”的名义去爱“先生”，那么对“先生”的热爱就是最“天经地义”的了；如果是以“爱楚国”的激情去爱“先生”，那么替“先生”而死、为“先生”而献身就不仅理所应当，而且必然成为“爱先生”者们争先恐后而欲得之的荣誉和幸福了。还有，一旦婵娟们明白了“爱楚国”与“爱先生”其实是一回事，那么头脑简单、阅历肤浅的婵娟们很可能将“爱楚国”的觉悟和激情，转移到“爱先生”这里，专心致志地通过“爱先生”去“爱楚国”。而享受着如此之“爱”的“先生”，又有什么事情不可以去做、什么目的不可以达到呢？

还有一个问题：婵娟作为受教育者，是受到了“先生”的感化才“知道了做人的责任”，而这个“做人的责任”竟然就是诚心诚意地服侍“先生”；婵娟完全接受了“先生”的“指示”，为此付出的代价却是在关键时刻替先生而死，以自己卑贱又“微弱”的生命，代替先生那“可宝贵的存在”。如此“教育”，岂不令人疑窦丛生？

自古美人爱英雄，这本无可厚非。英雄与伟人们的顶天立地、威武阳刚、坚忍顽强体现了整个人类的精神和意志，自然最能受到美人的倾慕，所以“英雄美人”历来是中外文学中永恒的叙事母题；但在另一方面，能有“红颜”因崇拜而献身或替死，则“英雄”与伟人们和自以为“英雄”与伟人的人们，实在可以陶醉于自恋自大的心理快感之中。如果再运用现代女性主义视角重新审视郭沫若笔下的婵娟等人物，则会发现她们与中国古代被反复赞颂的“贞女”与“烈女”之间，是有着隐秘却深刻的内在关联的。中国古代妇女在通往“贞女”或“烈女”一类貌似神圣崇高的道德之路上所洒下的斑斑血泪，中外学者已有汗牛充栋般的著述，笔者在这里不再重复。

四、大众审美中的“政治剧诗”

“剧诗”是我国现代著名戏剧理论家张庚先生最先提出的一个概念，

他在1962年发表的论文《关于剧诗》中，开宗明义地指出："我想谈的题目是关于'剧诗'。西方人的传统看法，剧作也是一种诗，和抒情诗、叙事诗一样，在诗的范围内也是一种诗体。我国虽然没有这样的说法，但由诗而词，由词而曲，一脉相承，可见也认为戏曲是诗。"①很显然，所谓"剧诗"就是诗歌与戏剧的结合，可称之为诗歌体戏剧或戏剧体诗歌；但与"诗剧"相比，"剧诗"这一概念突出的是中国传统戏曲的"曲性"而非"剧性"，"我国的剧诗是有声之诗。它由'歌诗''舞诗''弦诗'等数种'声诗'融合而成，是诗与歌、舞、乐的结合"。② 应当说这样的概括非常符合中国传统戏曲的美学特征。

笔者认为，以"剧诗"这一概念对郭沫若历史剧的美学特征加以概括，同样非常恰当。事实上诗人郭沫若创作的《屈原》等历史剧，首先是诗，其次才是戏剧，称得上名副其实的"剧诗"。而《屈原》的诗学品格不仅来自作家那诗性化的语言和慷慨激昂的情感抒发，不仅因为它取材于我国第一位伟大诗人屈原的生平事迹，还与作品时有穿插的歌、乐、舞的融合不无关系。如第二幕中南后为"欢送"张仪而准备的歌舞，第三幕中楚国百姓为屈原的"招魂"仪式等，虽然不像古典戏曲那样以演唱贯穿始终，但作家对古典戏曲的诗性传承，还是有迹可循的。另外，根据中国传统戏曲美学理论，《屈原》情节设置的种种"不合情理"处与人物塑造的类型化倾向，也理应不能简单地以"艺术缺陷"视之。研究古典戏曲的文学史家们普遍认为，虽然中国戏剧的产生与其他国家一样走过了"神话—叙事诗—戏剧"的道路，但由于叙事诗的不发达与相对晚熟，不仅导致了戏剧在中国的出现较晚，还直接影响了戏剧叙事功能的滞后与不发达。既然古人常常将"填词"看作戏曲创作的指代，将戏曲的故事本体称之为"寓言"，那么故事的发展是否真实合理倒无关紧要了。"'寓言'的精神实质乃是最大限度地摈弃叙事艺术所固有的客体性制约，而将叙事结构落实到创作归旨上，从而完成寓言艺术的象征性和寓意性。" ③ 同样，既然剧作家看重的是自己主观情感的抒发和对剧中人物的理性褒贬，那么根据褒贬态度对人物形象进行类型化处理，也就成为一种自觉的审美追求。郭沫若的历史剧当然不可与此同日而语，但同样不可否认的是，《屈原》等作品的"象征性"和"寓意性"不仅十分明显，而且作家对剧中人物的理性褒贬也超过了对人物形象自身的塑造，这是剧中人物类型化的另一

① 张庚：《关于剧诗》，见《张庚戏剧论文集》，北京，文化艺术出版社，1984，第164页。

② 苏国荣：《中国剧诗美学风格》，上海，上海文艺出版社，1986，第5～6页。

③ 谭帆：《古典小说戏曲"叙事性"与"通俗性"辨析》，载《文学遗产》，2006(4)。

原因。

与传统戏曲的密切关联，还决定了郭沫若历史剧审美内涵的大众性与民间性。众所周知，中国古典戏曲是产生于民间并流行于民间的，“戏剧文艺的通俗性质，决定了有生命的戏剧必须选择大众作为艺术消费群体”。①它必须糅合普通百姓的审美趣味与喜怒哀乐，以及他们对生活的企盼与幻想。不可否认《屈原》也是一部以当时的社会大众作为“艺术消费群体”并获得巨大成功的作品，《屈原》在当时的演出曾造成了社会轰动，这固然与作品主题强烈的时代感和作家高超的艺术才能直接相关，但笔者也颇担心一些观众走进剧场观看此剧的心理动机，其实是被一个“王后与大臣(而且这大臣还是赫赫有名的‘千古一人’屈原)之间的私情故事”所吸引。②试想一下，一个国家的风骚漂亮的王后与国王手下最受宠信的大臣之间产生了暧昧的关系，而且王后还诬告这位大臣对她“图谋不轨”，这样的“桃色新闻”无论在古代还是现代，都会吸引不少人的眼球。要知道古往今来“政治与情爱”或者说“性与权力”永远最能挑动人们的神经，也永远是大众最为津津乐道的话题。以社会心理的角度观察之，不难发现《屈原》取得成功的奥秘之一就在于将“政治”与“性”巧妙地加以结合，并做到了水乳交融、难分彼此。当然，这种浪漫化与传奇化以及对男女私情的过多渲染，也降低了郭沫若历史剧的艺术品位和文化水准。作家甚至让屈原不恰当地向南后说出：“我有好些诗，其实是你给我的。……我的诗假使还有些可取的地方，容恕我冒昧吧，南后，多是你给我的!”这样暧昧的话语，这在当时就招致了一些学者的批评。

五、郭沫若历史剧与中国戏曲美学传统

在现代文坛上，郭沫若向来以激烈和反传统而著称，他的第一部诗集《女神》不仅被普遍认为体现了“彻底破坏与大胆创造”的时代精神，更因“过于欧化”遭到闻一多等人的批评；《屈原》等历史剧由于是根据中国历史上的人物与事件创作而成，自然不会像《女神》那样因过多的“欧化”而招致争议，但学术界谈得最多的依然是其受到古希腊悲剧、莎士比亚、歌德、席勒等西方作家作品的影响。虽然早在 20 世纪 30 年代，钱杏邨

① 孙书磊：《中国古代历史剧研究》，南京，南京师范大学出版社，2004，第 189 页。

② 《屈原》于 1942 年 4 月 3 日至 17 日在重庆连续公演，场场爆满、万人空巷、反响强烈，被时人称之为“陪都剧坛上的一个奇迹”“堪称绝唱”。据说，当时有很多观众是带着铺盖来买票看戏的，还有人专程从贵阳、成都赶来观看此剧，一时整个山城沸沸扬扬。——参见何益明：《郭沫若的史剧艺术》，长沙，湖南文艺出版社，1994，第 301 页。

（阿英）在评价郭沫若的《三个叛逆的女性》时就指出："关于沫若的戏剧可以得到一个简单的结论，就是《三个叛逆的女性》意义是伟大的，技巧也很好，只是有一些疵病，旧戏的色彩太浓重了。"①可惜长期以来学术界并没有针对其中"旧戏的色彩"加以深入系统的研究，这是否与钱杏邨认定"旧戏的色彩"就是艺术的"疵病"有关呢？

在笔者看来，郭沫若历史剧最大程度地契合了我们民族代代相传的审美心理定势，《屈原》等作品的成功再次无可辩驳地证明了这一审美心理定势的历史惯性与生命力。虽然时至今日，作为一种艺术形式的传统戏曲已经式微，郭沫若历史剧也由当时万众瞩目的集体政治性狂欢转为"小众"文学——少数学者书斋中的研究对象，代之而起并引领大众风尚的，是那些借助于现代传媒的影视与网络文学。但如果我们联想到充斥于当今荧屏与银幕的，还是才子佳人、帝王将相、英雄豪侠一类人物，观众们百看不厌、反复品味的还是"忠奸对立""贞女牺牲"或"受难"一类叙事，我们就不能不惊叹于传统的伟大力量。作为文化表层的艺术形式可以有一个生长、兴衰乃至消亡的过程，作为文化深层内涵的审美心理定势却常常"万变不离其宗"，甚至以"改头换面"的形式黏附于种种"现代"革新与外国引进的新鲜事物上，为人们习焉不察。

① 钱杏邨：《诗人郭沫若》，见王锦厚等编：《百家论郭沫若》，成都，成都出版社，1992，第116页。

第六章 "人类之悲"视野下的历史先声

——巴金早年的异域题材历史小说

百年巴金作为"二十世纪中国的良心"，给我们留下了丰厚的文化心理遗产，其意义远远超出了文学范畴。笔者发现，很少有人注意到巴金还是描写异国生活、塑造外国人形象最多的现代作家之一：他早年曾创作了大量以法国等西方国家为叙事背景的短篇小说，其中又有一部分是以法国历史和无政府英雄人物为素材的历史题材作品。长期以来，他的这些短篇历史小说常常被忽视或回避。也许现代中国社会太过苦难和动荡了，"民族国家"一类的话题已把知识分子的心灵填得满满的，这使巴金早年的那些超越"主流话语"之外的思想艺术探索，注定要承受一种孤寂的命运。①

一、冷峻的历史反思：巴金小说中的法国大革命

1789 年开始的法国大革命，不仅对于法国历史，而且对整个世界近现代史也产生了深远影响。但自从它爆发的那一天起，人们对它的争议似乎就没有间断过。这种争议在近现代中国也同样激烈地发生着，不过，由于它与中国的社会历史进程有着深入而复杂的纠葛，甚至一度被卷入到政治斗争的漩涡：社会革命派和激进变革派不仅毫无保留地赞扬法国大革命，而且为法兰西民族的革命精神深深吸引和鼓舞；但维新派及"守旧派"则持完全不同的态度，如晚清时期的康有为就把法国大革命描绘成一个恐怖万状的悲惨事件。② 在这位维新派首领的眼中，法国大革命只有恐怖与暴乱，没有任何社会的进步和发展。近现代中国知识分子对一个发生在异国他乡的重大历史事件会有如此截然相反的评介，的确是一个有意思的现象。

巴金无疑属于革命派的阵营，而且是"激进变革"的鼓吹者之一。巴

---

① 笔者注意到，即使是王富仁先生和韩国学者柳凤久共同编选的《中国现代历史小说大系》，也未将巴金的这些作品收入。

② 康有为在《进呈法国革命记序》中这样描述法国大革命："流血变全国，巴黎百日而伏尸百二十九万……十万之贵族，百万之富家，千万之中人，暴骨如莽，奔走流离，散逃异国，城市为墟……"(《康有为政论集》(上)，北京，中华书局，1981，第 108 页)

金之所以选择法国作为自己的留学目的地，固然是因为法国的留学费用较低，但更主要的原因则与其他革命先行者和革命家颇为相似，那就是对法国革命传统与启蒙精神的向往。巴金在散文中不止一次提到，当他站在巴士底广场——这个当年巴黎人民攻陷巴士底狱、揭开了法国大革命序幕的地方而激动万分的心情。他满怀感激地说：“我们都是法国大革命的产儿，都是在它的余荫之下生活，要是没有它，恐怕我们至今还会垂着辫子跪在畜生的面前挨了板子还要称谢呢！”①他还阅读了大量关于法国大革命的历史著作，对它的来龙去脉做过深入研究。

巴金以法国大革命为题材的历史小说有三篇：《马拉的死》《丹东的悲哀》及《罗伯斯庇尔的秘密》，分别描述了雅各宾派的三位领袖人物。通过这三篇历史小说，我们可以看出他对三位历史人物不同的态度，其中他最为赞扬和敬仰的革命领袖是马拉。作家眼中的马拉不仅是“人民的最忠实的友人”，为了法兰西共和国无私忘我地工作，而且宽厚仁慈、和蔼可亲。小说《马拉的死》一开篇，作家就描写了马拉宽恕一个名叫狄蒙的贵族家管事的场面。这位被某些外国人视为“吃人肉的疯子”的革命领袖，在革命初期迫于当时严峻的形势，的确主张过要杀掉大批贵族的头颅；但随着革命的深入，某些当权者的滥杀无辜及恐怖政策的不良后果，终于使他“开始厌恶起血来”。他虽然鄙弃狄蒙的作为，虽然围观的群众一再要求“吊死这只狗”，但马拉却清楚地知道狄蒙罪不当诛，年轻的共和国不需要他这类人的鲜血，马拉最终释放了狄蒙。马拉在这里表现出自我反思的可贵勇气，他对“革命中的暴力”等问题进行了深沉而痛苦的反思：“血，为什么老是血？这太愚蠢了。在九月屠杀里他就亲眼看见好些人一面喝着血一面跳舞。”而这恐怕也是青年巴金深深思索的一个问题。当然作家笔下的马拉，绝非只是毫无原则地宽恕一切，他对妄图复辟王权的反革命敌人、野心家就毫不手软：“断头台！——把他们都送上断头台。”疾病中的马拉仍然保持着顽强的斗志。

马拉从容坚定、宽容仁厚的人格，在他被刺杀后平静地死去的短暂瞬间得到了更充分的体现，作家通过女杀手哥代的眼睛，对马拉去世后的表情作了这样的特写：“这张脸平静地垂在澡盆边上，嘴微微张开，发出轻微的叹息。衰老憔悴的脸上并没有痛苦和愤怒的表情，仿佛只有感谢的微笑留在那里。”小说中马拉的崇高人格甚至感动了女杀手哥代，她

① 巴金：《法国大革命的故事》，见《巴金全集》，第10卷，北京，人民文学出版社，1989，第299页。

觉得“从没有看见过比这更温和、更仁爱、更美丽的脸”。以至于哥代“充满悔恨地捧着死人的头哭叫”。——这当然带上了明显的“革命的罗曼蒂克”，而且与历史的真实情景不相符合，但巴金为自己的艺术虚构辩护说：“我相信她在七月十五日上断头台时一定会明白她的错误。”①

另一篇小说《丹东的悲哀》不仅表现了丹东过于自负、优柔寡断的性格缺陷，揭示了他无法跟上革命形势，与普通群众渐行渐远的悲哀，更详细地描述了他被罗伯斯庇尔所害的历史悲剧。在作家笔下，丹东之所以落得如此结局，最主要的是他的个性所致。我们看到，即使危险已经十分逼近了，丹东还是那么自负：“革命裁判所是我创造的。公安委员会是我统治过的。共和国是我造成的。在法国没有人敢逮捕丹东!”然而正是这种自大与自负，以及不应有的麻痹大意，才使他一再错失良机。他身边的朋友及追随者们多次劝他向罗伯斯庇尔“先发制人”，丹东却优柔寡断、摇摆不定，最后甚至被革命敌人所利用，而他却无能为力。丹东的悲哀，在某种程度上又何尝不是法国大革命的悲哀？当手握权力、自以为最“革命”的“革命者”把他们昔日的同志、革命的先行者也当成“反革命”肆意屠杀的时候，这样的“革命”也就走向了末路。

相对而言，巴金对罗伯斯庇尔的抨击要严厉许多。他通过小说《罗伯斯庇尔的秘密》，对这样一位“严厉的，公正的，不腐败的，意志力坚强到极点”的“正人君子”给予了严厉的谴责和嘲讽：“他已经在二千七百多个人的处刑单上签过名了，这二千七百人的生命并不曾引起他的怜悯。”法国人民愤怒地抗议说：“我们需要的是面包，你却拿人头来喂我们。”——作家在这里实际上是站到他一以贯之的人性立场，对一切丧失了人道主义精神的“历史英雄”们表达了极度的愤慨。表面上看，罗伯斯庇尔绝对是一个大公无私的人，他至死都忠诚于自己的“革命”信念，然而在他短短几个月内处死的两千七百多人中，竟有两千一百多名穷苦百姓。他哪里是在为共和国清除敌人？实际上他是在以“革命”和“共和国”的名义排除异己，抓取和巩固自己的权力。作家认为，道德与杀戮在罗伯斯庇尔身上得到了奇异的结合，他想用恐怖维持他的“革命”，结果却几乎毁灭了革命。巴金甚至在《丹东的悲哀》中，通过丹东之口这样谴责罗伯斯庇尔：“这个禽兽真可怕！冷冰冰的，完全不像一个人，只像一副机器，一副杀人的机器。”客观地说，“罗伯斯庇尔并不是一个坏人，如某

---

① 巴金：《沉默·序》，见《巴金全集》，第10卷，北京，人民文学出版社，1989，第168页。

一些右倾历史学家所描写的那样。他的确是一个不腐败的重视道德的人”。①然而他的错误就在于对自己过于迷恋与崇拜，他迷恋自己到自认为“绝不会犯错误”的疯狂程度，这徒然给历史留下一个荒唐的笑柄。在巴金看来，不论什么人，只要他以“革命”的名义，对广大人民群众实行恐怖与专制政治，那就绝不是真正的革命者。

巴金对革命与暴力等问题的思索，在现代文坛上可谓独树一帜。巴金的可贵之处在于他处在革命者的立场上，在充分肯定和高度赞扬法国大革命的伟大历史功绩的同时，对法国大革命中的恐怖政策和过多的暴力行为给予了谴责，并进行了深入的文化心理反思。巴金大概是最早从人性角度批判“红色恐怖”的现代作家，但直到今天我们还没有充分认识到这一“历史先声”的意义所在。

二、超越狭隘民族主义：巴金作品里的法德战争

1914 年，人类历史上的第一次世界大战爆发，处于欧洲中心地位的法国自然难守中立，同年 8 月 3 日，德国迫不及待地向法国宣战。在一些政客“为了法国，为了共和国，为了全人类”一类冠冕堂皇的口号的感召下，法国各阶层民众普遍支持政府参战，不同政党也在“爱国”旗帜下暂时联合起来一致对外。然而战事的进展却给不少法国百姓浇了一盆冷水，法德之间展开了漫长而艰苦的拉锯战和阵地战。当年被妇女们挂到战士枪托上的鲜花早已凋谢，一股厌战和反战的情绪也从普通民众乃至前线将士的心底滋生起来。在法国文化界占有一席之地的和平主义知识分子们空前地活跃起来；广大工人则以持续的罢工愤怒地发泄对战争的不满。虽然这场耗时四年之久的大战最终以法国等“协约国”的胜利而告终，但法国早已被战争拖得筋疲力尽、伤痕累累。战争给这个国家带来了惊人的损失，战争也给法兰西民族造成了难以愈合的心灵创伤。

巴金是 1927 年离开上海到法国留学的。虽然大战已结束了近十年，但法国民众并没有完全从历史的阴影中走出来。充满人道主义情怀的青年巴金不仅切切实实地感受到了法国人民那刻在心底的伤痛，而且和他们一道对那场前所未有的人类浩劫给予了理性而深刻的反思。

纵观人类历史，“战争与和平”可以说是其中最基本的主题之一。战争本身就是一个复杂的多棱体。站在军事家的立场看，也许战场是逞才斗智的绝好场所，战争在他们眼里简直就是一门精彩对抗的艺术；从民

① 巴金：《沉默·序》，见《巴金全集》，第 10 卷，北京，人民文学出版社，1989，第 169 页。

族主义的角度把战争诉诸文艺作品，我们很容易发现敌人的凶暴残虐和我方将士的英勇报国、誓死杀敌。但作为一名文学家，看待战争是否还应具备一种发自内心的“超越”眼光？我们在许多世界名著里都不难发现这方面的情感意蕴，但遗憾的是中国现代作家对战争的看法几乎都没有脱离民族主义和英雄主义的立场。这当然与中华民族近百年来多次遭受异族铁骑践踏和蹂躏的残酷现实有关，不过，如此多的作品都从同一种角度同一种立场来表现同一种文学题材，自然也就无法体现出美学形态的丰富性与多样性。

如果没读到巴金早年的这些异域小说，笔者还真以为中国现代作家对类似主题的表现是一片空白。巴金涉及异域战争题材的作品虽然不多，但它们几乎表现出一致的“反战”倾向。在短篇小说《丁香花下》中，作者向我们讲述了这样一个奇特而悲惨的故事：一名法国士兵安德烈杀死了敌方的一名伤兵，但他却发现对方恰恰是自己妹妹的情人路德维奇。安德烈最终也战死疆场，他临死前给妹妹写了封忏悔信，把真相告诉了妹妹。他在信里这样控诉道：“战争！我们以前曾经热烈地相信而且宣传战争是光荣的，神圣的。我们毫不犹豫地拿起枪上战场去保卫祖国，好像赴盛筵一样。然而在战场上我才看见了战争的另一面。我听过垂死人的呻吟哀号。我看见活人被撕裂成碎片，血肉和白骨散布遍地，让鸟啄狗啃……”从做小学生的时候起，老师们就向安德烈灌输了无数英雄在战场上英勇牺牲的故事，并教导安德烈以他们为榜样。于是，为了做一名“拯救祖国的英雄”，安德烈在战场上毫不怜悯地屠杀一切敌人，连丧失了抵抗力的俘虏也不放过，因为“杀敌愈多，愈是英雄”。但他在成为“英雄”的同时，却也丧失了应有的人性。在临死前，他向自己的妹妹伊弗莱小姐忏悔说：“我知道在你那纯洁无垢的少女心灵中，会有一个最公正的评价。”很显然，巴金强调的是：历史最公正的评价者应是充满慈悲、爱好和平的普通民众，而不是少数“历史英雄”或执政当局。而我们从中也可以看到作家是怎样怀抱一种“四海之内皆兄弟”的宽阔胸怀，满怀悲悯与悲愤地描写着人类之间的自相残杀。

在另一篇小说《房东太太》中，作者借一位房东老太太之口发出这样愤怒的呼号：“我没有儿子，这是我底幸福。如果生了儿子，单为着送出去受人虐待，让人残杀，还不如不生的好。”这篇小说是根据一位朋友的初稿修改而成的，非常深刻地表现了战争给普通百姓带来的灾难与悲伤。而《墓园》里的那位老教师，退休后自愿到一处墓园里去看守墓地，因为那里面埋葬着他的许多学生，他们都是被战争夺去了年轻而宝贵的生命：

“我在哭——我的学生……他们被逼着抛弃了自己的志愿，在战场上断送了性命……说是为了法国。……”白发人为黑发人守墓，人世间最大的惨痛莫过于此了。

在这里，巴金完全“超越”了狭隘的民族主义的立场，而是从普遍人性的角度，表现出对个体生命的极大珍视。——当然我们可以想见，巴金的声音与当时中国半殖民地半封建的社会现实是多么格格不入，然而文学毕竟不能总是局限于特定的社会现实；巴金的声音在中国现代文坛上又是多么珍贵的声音，因为文学最看重的是个性，最忌讳的是千口一声，千篇一律。借助于那些和中国近现代社会没有直接关联的异域历史的表现，巴金向读者展示了他那博大宽广的“人类情怀”，而这又恰恰是中国知识分子最匮乏的。

三、讴歌着“梦境中的英雄”：巴金笔下的巴尔托·樊塞蒂

在巴金的这些异域历史小说中，短篇小说《电椅》无疑是值得关注的。这并非由于它在艺术上多么成功，也不仅因为这篇小说突出体现了巴金通过文学创作为“主义”斗争的愿望，在笔者看来更重要的是，作品中关于主人公樊塞蒂之死的描述，集中展示了巴金创作个性中最引人注目的一面：通过人物的非正常死亡揭露社会或反动当局的罪恶，以及对殉道者在死亡面前那激情与恐惧交织的复杂情怀的艺术表现。

《电椅》以速写的形式描写了“两个意大利人，一个鞋匠和一个鱼贩子”，在美国麻秋谢省被法院判处死刑的情景。这里的“两个意大利人”，就是指意大利无政府主义者巴尔托·樊塞蒂(又译为凡宰地)，和他的朋友鞋匠萨科(或译为“尼克”)。巴金和樊塞蒂的交往早已众所周知：樊塞蒂出生于意大利一个贫苦农民家庭，为了谋生来到号称“希望之国”的美国，却因为从事无政府主义的宣传活动和劳工运动，于1920年被美国当局以“强盗杀人”的罪名判处死刑。这一事件在当时的西方世界曾轰动一时，世界各国的劳工组织和富有正义感的知识分子纷纷发表声明以示抗议。年轻的巴金曾虔诚地给尚在监狱中的樊塞蒂写信，倾诉了自己的苦恼和希望。樊塞蒂则在回信中给了这个来自古老中国的热血青年以真挚的鼓励，这深深地感动着巴金的心灵，他亲切地称樊塞蒂为“我底先生”。年轻的巴金和罗曼·罗兰、巴比塞等法国知名人士一道，加入到营救斗争的行列。巴金曾天真地以为，号称“自由、民主”的美国当局迫于世界舆论的压力，会取消对樊、萨两人的死刑，然而他错了。1927年8月22日，樊塞蒂最终被杀害。消息传来，“巴金窒息得快要疯了。他写了一封

一封的信，寄到各地去，打发自己的怒火和对美国政府暴行的控诉”。[1] 巴金还写了《死囚牢中的六年》《萨科与凡宰地之死》《死者与生者》等散文，以寄托对两位受难者的哀思并表达自己的愤怒。他又将樊塞蒂的自传《一个无产阶级的生涯的故事》翻译成中文出版。

樊塞蒂的崇高人格及他从容赴死的事迹对巴金的影响是决定性的，巴金正是在与樊塞蒂通信的过程中，开始创作他的第一部长篇小说《灭亡》的。虽然很难确证《灭亡》中的杜大心形象有多少樊塞蒂的影子，但樊塞蒂事件深深刺激了年轻巴金的火热心灵，促使他走向了文学创作的道路，却是一个不争的事实。时隔五年(1932 年)之后，巴金又根据这一事件创作了短篇小说《电椅》，继续控诉美国政府的暴行。作家愤怒地写道："他为什么应该死？他一生不曾杀过一个人，偷过一件东西，流过别人的一滴血，抢过别人的钱。然而他却因为强盗杀人罪被判了死刑。"——如果稍微留意一下，就会发现类似的话语在巴金其他作品中反复出现。例如《家》中关于鸣凤跳湖自杀的那段描写，向来被中外学者一致认为是整部《家》中最具艺术震撼力的文字，其中就写道："她(按：指鸣凤。)从不曾伤害过一个人。她跟别的少女一样，也有漂亮的面孔，有聪明的心，有血肉的身子。"可是她却被罪恶的封建大家庭剥夺了正当的生存权利，只能以结束自我生命的决绝方式，捍卫自己的清白和人格；而《寒夜》中的汪文宣在去世前也这样质问："为什么他们都应该活，而我必须死去，并且这么痛苦地死去?"连汪文宣的老母亲都愤恨不平地说："我们没有偷人，抢人，杀人，害人，为什么我们不该活?"是啊，那些穷奢极欲、作恶多端者们健康长寿地活着，继续骑在人民头上作威作福，而那些从未害人伤人的善良者们，却被剥夺了起码的生存权利，只能忍受生离死别的痛苦。——没有什么情景比这更能显示出世道的不公和社会的黑暗了。

在现代文坛上，巴金大概是对死亡关注最多的作家之一，而他最擅长的也正是通过人物的非正常死亡——被害、自杀或疾病——来揭露社会的罪恶和人生的悲剧。而一个作家在作品中反复出现的某一情境及叙事语言，是与他深层的创作心理动因紧密相连的。笔者甚至认为，巴金之所以能成为 20 世纪屈指可数的中国文学巨匠，其关键性因素，当离不开他对死亡的特殊敏感。不过，生命固然最可宝贵，但为了崇高的社会理想和人格尊严而舍弃生命，却又是人之为人的最可敬的壮举。巴金在另一些小说中就着意表现了殉道者的激情。值得注意的是，《电椅》则把

---

① 陈丹晨：《巴金的梦》(上)，香港，文汇出版社，2003，第 61 页。

以上两个思想内蕴融为了一体。从这个意义上讲，这篇文字不多的短篇小说与《灭亡》《家》《寒夜》等长篇巨著相比，虽然只能算是高大乔木旁边的一朵小花，但它即使在巴金的整个创作生涯中，也应占有一个较独特的位置。

在《电椅》中，我们看到了充满太多不公和罪恶的社会，这反而更加映衬了殉道者的伟大：“他冷静地、坚定地向着电椅走去，没有畏惧，也没有留恋，就像这是一件很自然的事情。”樊塞蒂的坚定从容与刽子手们的胆怯惊慌形成了鲜明的对比。刽子手和狱卒们则好像在说：“原谅我吧，我是不得已才这样做的呀!”——作家在这里尽情地宣泄了对殉道者无比的崇敬和怀念。

四、巴金的“人类意识”和历史观念

巴金是抱着“苦人类之所苦”“以人类之悲为悲”的宏大气魄和宽广的文化视野走上创作之路的。巴金曾不止一次地诉说：“我的上帝只有一个，就是人类。”[①]早年巴金那颗渴望正义与真理的、善良而单纯的心灵，在无政府主义思潮的孕育和发酵下，开出的是美丽夺目的“爱人类”的花朵。巴金的“人类意识”决定了他对人类个体命运的特殊关切。这毫不奇怪，由(人)“类”到(个)“人”的思维方式，恰恰是西方众多哲人和文学家所共有的。在他们看来，每一个人都是独立而神圣的个体，每一个人的生命都有着至高无上的价值。不论以何种所谓崇高的理由随意剥夺其生存的权力，都是一种灾难和罪恶。这种深沉而真挚的人道主义情怀，又构成了巴金历史观的基础。在巴金看来，无论多么伟大的历史事件，也无论怎样的“历史进步”，都要维护人最起码的生存权利，都不能扼杀人最基本的权利。革命是让人生，而且是让人生活得更加幸福美好，绝不是让人去死。

我们还可以发现，人道主义是巴金臧否历史人物、评价历史事件最重要的标尺之一。无论是他对罗伯斯庇尔的抨击，还是他对第一次世界大战的反思，以及他对杀害樊塞蒂的美国当局的控诉，实际上都没有偏离他的人道主义信念。而巴金那深邃冷峻的历史反省意识，又与他对历史负责的宝贵精神、与他那深沉的历史敬畏意识有直接关系。对历史的敬畏和首先是对历史真实的敬畏和对历史真相的追求与探索。真实的历

① 巴金：《海行杂记》，见《巴金文集》，第11卷，北京，人民文学出版社，1958—1962，第44页。

史有时可能很丑陋，但“真实”本身就决定了它的不朽价值。巴金早年之所以能对法国大革命这一伟大历史事件做出反思，一个很重要的原因是他曾亲临巴黎这个“革命之都”，掌握了大量原始的历史资料。同样，巴金晚年之所以一再倡议建立中国现代文学馆和“文化大革命”博物馆，其目的也是要尽量为后人保存一些真实的文学资料和历史资料。[①]可见，巴金的历史意识与他的现实关怀，乃至他反复倡导的“讲真话”的人生哲学都是融为一体的。

① 如今中国现代文学馆已经建立，“文化大革命”博物馆却成为巴金生前未了的心愿。巴金的女儿李小林在接受香港《凤凰周刊》采访时说：“‘文化大革命’博物馆是爸爸唯一未了的心愿。”(载《南方周末》，2005-11-03)

第七章　情爱传奇与历史风云

——谭正璧的历史小说

谭正璧是现代文学史上一位卓有成就的学者，对中国文学史和通俗文学的研究颇有造诣。他同时也是一位创作者，在上海沦陷期间他创作了二十几篇历史小说，并结集为《长恨歌》《琵琶弦》和《三都赋》。这些小说独树一帜，不论其代表性，还是其独创性，他都应该是那段时期最重要的历史小说家之一。但是在中国现代历史小说研究中，谭正璧的历史小说却并没有引起应得的关注。

众所周知，20 世纪 30 年代，上海一跃成为中国的文化中心。上海沦陷后，反动政权对上海实行政治、文化的高压控制，在政治霸权、经济入侵、文化殖民的环境之下，大批文化界人士或北上延安，或南下香港，或西去武汉、重庆，上海渐渐失去了全国文化中心的地位，但是留在孤岛的文化人士仍然以大无畏的气概在孤岛上海树立起了正气的旗帜，坚守一个"不屈的孤岛"。而自 20 世纪 80 年代以来，对沦陷区文学的研究虽然取得了丰硕成果，但还没有对谭正璧的历史小说进行专门研究的论文和专著，仅有的一些也一般是把谭正璧的历史小说纳入整个沦陷区文学研究中作简要地介绍。在这些简单评论中，不乏对谭正璧历史小说的高度肯定。例如陈青生在他的《抗战时期的上海文学》中肯定了谭正璧历史小说的价值及独创性，把其视为上海沦陷时期历史小说的代表作家。黄万华在《史述和史论：战时中国文学研究》中提出，谭正璧的历史小说"是用古典资源，在历史的审视中，用古典、传统沟通着民间，表现了潜行于沦陷区民间的正气"。这是两部对谭正璧的历史小说给予较高评价的著作，但是都没有做深入细致的具体研究。《上海文学通史》下册指出了谭正璧被文学史和研究者遗忘的现象，并对谭正璧做了简单的介绍，但是在对谭正璧的历史小说进行评价时基本上都是沿袭谭正璧对其创作的历史小说的自我评价，并没有什么新的突破。尽管有人说谭正璧的历史小说被忽视了，也有人对谭正璧的历史小说给予了高度评价，但是谭正璧的历史小说始终没有引起太多人的关注。耿德华在《被冷落的缪斯：中国沦陷区文学史：1937—1945》中评价了谭正璧的散文的价值和不足，但并未提及谭正璧的历史小说创作。同样，在钱理群主编的《中国沦陷区文学大系·散文卷》中开篇就收入了谭正璧的散文《枯杨》，评论卷中也有谭正璧写的评论文章，但是在小说卷中没有收录谭正璧的历史小说。在涉及谭正璧历史小说的研究中，最不能忽视的是王富仁在《中国现代历史小说论(五)》中针对谭正璧的历史小说提出的观点，他说谭正璧的历史小说是四十年代产生的历史小说新类型——历史爱情小说，小说表现的是冷酷无爱的现实与历史的爱情梦幻故事形成的强烈反差："中国新文学的第三个十年(1937—1949)是中华民族危机空前严重的历史时期，也是中国国内社会矛盾空前尖锐复杂的历史时期。……新的类型的历史小说在这时期没有出现，但有两种形态的历史小说从二十年代零星地出现，至这时渐渐趋于成熟或有了较多的作品，那就是：人生哲理型的历史小说和历史爱情小说。"①随后王富仁充分地肯定了谭正璧的历史小说价值，他说："严格的说来，真正的历史爱情小说直到四十年代才开始正式出现。历史爱情小说的代表作家理所当然的应该是四十年代开始历史小说创作的谭正璧"。②

本文以谭正璧《长恨歌》与《琵琶弦》中的历史小说为研究对象，从文本细读出发，试图对谭正璧小说进行初步的探索。

一、历史传说中的情爱传奇

谭正璧的历史小说多取材于民间，有中华民族的古老神话，有世代流传的美丽传说，有风流不羁的文人故事。在这些题材中，谭正璧倾向于着重表现人与人之间的情爱关系。在谭正璧笔下，有不同身份、地位、关系的各种人物或简单单纯或错综复杂的爱情传奇，有对爱情的不切实际的幻想，有对爱情的望穿秋水的等待，有对爱情的以死相随，有潇洒不羁的爱，有爱恨交织的内心矛盾与挣扎……这些情爱传奇或如行云流水缓缓而来，或放荡不羁藐视礼俗，或慷慨激昂以死明志。通过男女之间的情爱传奇，谭正璧进一步揭示了人物的生存境遇和命运波折，以及情感的失落和生存的困境，并隐含了作者对现实的愤懑与抗争。

其中《奔月之后》与《女国的毁灭》两篇是以神话传说为创作素材的。《奔月之后》以嫦娥偷吃仙药奔月的传说为素材创作而成。在作者笔下，嫦娥之所以奔月是因为爱情的失意，后羿是个"不解温柔的勇士"，虽然算是一个部落之长，但是嫦娥"却感到精神上莫大的苦闷"，在"万分寂

① 王富仁：《中国现代历史小说论五》，载《鲁迅研究月刊》，1998(7)。

② 王富仁：《中国现代历史小说论五》，载《鲁迅研究月刊》，1998(7)。

寞”“难以消遣的时候，她总是在回忆那过去了的用尽世界上的黄金也买不回来的美丽的童年的梦”。而这个梦就是到“比西王母的瑶池还要美丽”的月宫做女主人，陪伴“具有着世界上一切男性所特有的美点”的吴刚。怀着对爱情的幻想，嫦娥背叛了后羿，偷吃了后羿从西王母那里得到的不死之药。虽然嫦娥终于到了月亮上，但是月亮上的现实是让她失望乃至绝望的，她连生存都无法继续下去。而后羿对此极其愤怒，怀着复仇之心想用他的神弓把月亮射下来，但最终为了他的事业，为了全世界的光明，后羿只能望月兴叹了。《女国的毁灭》写的是穆王及其部下闯入西王母女国的神话传说，立足点是西王母与穆王之间的情爱，是人神或者人仙之间的情和爱，强调的是西王母及女国其他女子对穆王及其部下们的思念——“瑶池阿母绮窗开，黄竹歌声动地哀。八骏日行三万里，穆王何事不重来?”并且对神仙国度的消失给了一个解释——“全国里同时产生了许许多多的小孩子”，“这些本来长生不老的女子，从此便一天天的衰老。她们本来是一朵朵永远不开放的蓓蕾，所以得青春常驻，但是一开了花，一有了子，当然不能不新陈交替，把未来的世界让给后代的人，所以就全和别国的人一样，也有了生老病死了。这本来和平美丽的在西方的有名的古国，就被穆王这一次西征所完全毁灭了”。

其他作品则大多根据民间故事、历史记载、文人传说演绎而成。如《坠楼记》根据历史上绿珠与石崇之间的故事铺写而成。绿珠是一代绝世美女，据《太平广记》中记载：“昔梁氏之女有容貌。石季伦为交趾采访使。以圆珠三斛买之。”①所以石崇在做交趾(今越南)采访使的时候，途经广西博白，惊慕绿珠的美貌，就用三斛明珠买了，带回了洛阳。由此，绿珠成了石崇的宠妾。

绿珠与石崇之间的故事，在史书中有记载，同时也是后世历代文人诗词曲赋、小说文集常用的题材。《晋书》如此记述绿珠及石崇之死：时赵王伦专权，崇甥欧阳建与伦有隙。崇有妓曰绿珠，美而艳，善吹笛。孙秀使人求之。……崇尽出其婢妾数十人以示之，皆蕴兰麝，被罗縠，曰：“在所择!”使者曰：“君侯服御丽则丽矣，然本受命指索绿珠，不识孰是?”崇勃然说：“绿珠吾所爱！不可得也。”使者曰：“君侯博古通今，察远照迩，愿加三思。”崇曰：“不然。”使者出而又返，崇竟不许。秀怒，乃劝伦诛崇、建。崇、建亦潜知其计，乃与黄门郎潘岳劝说淮南王允、齐王同以图伦、秀。秀觉之，遂矫诏收崇及潘岳、欧阳建等。崇正宴于

---

① (宋)李昉：《太平广记·井》，卷三百九十九，北京，中华书局，1961，第3205页。

楼上，介士到门。崇谓绿珠曰："我今为尔得罪。"绿珠泣曰："当效死于官前。"因自投于楼下而死。崇曰："吾不过流徙交、广耳。"及车载诣东市，崇乃叹曰："奴辈利吾家财。"收者答曰："知财致害，何不早散之？"崇不能答。①

在史书中，绿珠不过是做了权力争斗的牺牲品。因为绿珠的这种坦然赴死是符合封建礼教对女性的要求的，也是让男人们满意的。"美人抱义死，千载名犹彰"，绿珠的绝伦美艳、不菲身价、以死回报、镇静从容、果敢节烈，使历代文人骚客对其不惜笔墨。有关绿珠的诗词文章有很多，其中一个极其重要的主题就是赞扬绿珠的节烈。但《坠楼记》却着重表现了绿珠爱与恨的纠葛及在爱恨中的痛苦挣扎。作者超越史书记载和历代文人的笔墨，谭正璧将这段历史加以改写，去除了石崇与孙秀之间的政治纠葛，突出了绿珠与石崇之间复杂的情感关系，给绿珠坠楼做了一个新的解释。在谭正璧笔下，石崇是绿珠的杀父仇人，而绿珠之所以成为石崇的妾，目的就是打听有关自己父亲下落的消息。绿珠目睹石崇的罪恶残暴及对女性的喜新厌旧、毫不珍惜，又亲身体验着众侍妾的周旋争斗，即使石崇很宠爱她，绿珠也开心不起来。当她知道石崇就是自己的杀父仇人的时候，仇恨和愤慨积郁在她的内心，让她更加痛苦，"他爱我的程度增加，我的苦痛也在增加"。当孙秀索要绿珠时，绿珠担心的是自己再也没有机会报仇了，于是她在最后的时刻拔出了挂在墙上的剑。但是她一个毫无经验的弱女子，剑未举起就被夺下了，她遂以为事情败露，于是一吐心中仇恨然后转身从窗口跳了下去。

整篇小说中，绿珠深受石崇的宠爱，但石崇却是自己的杀父仇人，处在"他爱我的程度增加，我的苦痛也在增加"的挣扎中。在孙秀以抢夺绿珠为名派兵围杀石崇时，绿珠终于还是做了复仇的工具，只不过是以自己的身体、青春和生命为筹码和代价。作为一名美艳的女子，绿珠是权贵们争夺的玩物，说到底只不过是政治斗争的牺牲品。对于绿珠来说，坠楼也许是最好的结局。

以爱情为主题的中国传统言情小说历来钟情于才子佳人模式，谭正璧的历史小说创作也受到了相关影响，颇有一点才子佳人模式的味道。在他笔下，男主人公大都是风流倜傥的青年才俊，女主人公都是貌美如花、冰雪聪明，更重要的是二人能够彼此心意相通，如《金凤钿》《牡丹亭》《清溪小姑曲》和《华山畿》。但是与传统才子佳人小说不同的是，这几

① （唐）房玄龄：《晋书·石崇传》，卷三三，北京，中华书局，1974，第1008页。

篇小说情节简单并都以悲剧收场。

《金凤钿》是一个佳人思慕才子，渴望爱情并为情而死的故事。小说开首引用《牡丹亭·寻梦》中的[懒画眉]曲："最撩人春色是今年。少甚么低就高来粉画垣，原来春心无处不飞悬。睡荼蘼抓住裙衩线，恰便是花似人心好处牵。"表现女主人公金凤钿对杜丽娘追求真爱的认同并以此来点明金凤钿对爱情的渴望。金凤钿痴迷汤显祖的《牡丹亭》，越迷越深，后来就爱上了这个素未谋面的作者，终因相思而患疾。信件几经周转，到汤显祖手中已为时过晚。金凤钿因相思而死，至死未见到汤显祖，而汤显祖也只能看着这美丽年轻的姑娘的遗容，"眼泪像雨点般的接连不断的零落在她的遗骸之上"。《牡丹亭》中杜丽娘为情而死，又为情而生，金凤钿也是为情而死，但是却没有也不能为情而生。另外，《牡丹亭》里有一个大胆聪明的丫环红娘，金凤钿身边也有一个这样的丫环阿紫。

与《金凤钿》情节、主题都很相似的一篇小说是《长恨歌》，也是有情人难成眷属。金陵才子张坚怀才不遇，有雅作而无人赏识，甚至被老师辱骂唾弃，在茫茫人世中仅有两位知己，一位是闺阁未嫁女子，一位是两江总督。前者是张坚在旅途中偶然得知，但是早已去世。后来张坚遇到了两江总督，但是这位知己也不幸亡故。张坚于是想寻访这位闺阁知己的"埋香所在"，"一谒遗冢，俾得香花供谢，差足酬平生知音于万一"。但是令人遗憾的是张坚并没有找到那家酒店和那个老婆婆，自然也就不知道这位知己的香冢所在了，只能空自感叹："不料鲰生命薄，无福无缘；明知有知音于人间，而夕阳缥缈，芳迹杳然。这真是'天长地久有时尽，此恨绵绵无绝期'了！"

汤显祖是一个才华横溢的文人，坚持气节，有高尚的操守，但也因此而一生仕途不顺，命运坎坷。张坚的际遇和汤显祖相类似，也是胸有才华而不得志，不愿丧失文人气节，谭正璧选择这样的人物原型来写小说，可以说不仅仅是对才子佳人模式的一种借鉴，也足以表明谭正璧的自况意味和用心良苦。

至于《清溪小姑曲》则有富家千金和落魄公子偷偷约会后花园的味道，写的是一个官宦小姐芳心萌动，不拘礼教假扮神仙偷偷约会外乡文人的风流韵事。这是对率性自然的人性的赞美，一切礼教约束、等级门第在此都是多余的。但是令人遗憾的是，最后的结局却不是大团圆，两有情人并没有成为眷属，"几个月后，当金陵城里都传述着赵文韶夜会清溪小姑的神话的时候……赵文韶已回到他的故乡会稽去了"。

《华山畿》也是一篇表现为情而死内容的小说，是一个带些神秘性和壮烈感的悲剧，是由民谣《华山畿》（“华山畿？君既为奴死，独活为谁施？欢若见怜时，棺材为奴开！”）改写成的小说。宋人郭茂倩所编《乐府诗集》卷四十六《清商曲辞》中，收录了《华山畿二十五首》，讲述的是华山女子对南徐士子的真情以死回报的故事。编者曾引《古今乐录》为注，曰：“《华山畿》者，宋少帝时懊恼一曲，亦变曲也。少帝时，南徐一士子，从华山畿往云阳。见客舍有女子，年十八九，悦之无因，遂感心疾。母问其故，具以启母。母为至华山寻访，见女具说。闻感之，因脱蔽膝，令母密置其席下，卧之当已。少日果差。忽举席，见蔽膝而抱持，遂吞食而死。气欲绝，谓母曰：‘葬时车载，从华山度。’母从其意。比至女门，牛不肯前，打拍不动。女曰：‘且待须臾。’妆点沐浴，既而出。歌曰：‘华山畿，君既为侬死，独活为谁施？欢若见怜时，棺木为侬开。’棺应声开，女遂入棺。家人叩打，无如之何。乃合葬，呼曰‘神女冢’。”[①]问世间情为何物，直叫人生死相随。爱人因己而死，独留人世，于己而言，生有何欢死亦何哀，不如从从容容的随之而去，是对爱情的执著和敬仰，也是对生命的尊重和升华。生命坚守了爱情，爱情成就了生命。

谭正璧笔下还有对倾城倾国的真爱的细述——《落叶哀蝉》和《流水落花》。这是关于帝王的爱情，他们和凡人一样，也有对真挚爱情的追求。《落叶哀蝉》写汉武帝刘彻与李夫人的真挚感情。关于汉武帝与李夫人的故事，《拾遗记》《汉书》等都有记载。《汉书》曰：“初，李夫人病笃，上自临候之，夫人蒙被谢曰：‘妾久寝病，形貌毁坏，不可以见帝。愿以王及兄弟为托。’上曰：‘夫人病甚，殆将不起，一见我属托王及兄弟，岂不快哉？’夫人曰：‘妇人貌不修饰，不见君父。妾不敢以燕媠见帝。’上曰：‘夫人弟一见我，将加赐千金，而予兄弟尊官。’夫人曰：‘尊官在帝，不在一见。’上复言欲必见之，夫人随转乡歔欷而不复言。于是上不说而起。”[②]李夫人死后，汉武帝下令以皇后级别的葬礼予以安葬。还记载：“上思念李夫人不已，方士齐人少翁言能致其神。乃夜张灯烛，设帏帐，陈酒肉，而令上居他帐，遥望见好女如李夫人之貌，还幄坐而步。又不得就视，上愈相思悲感，为作诗曰：‘是邪，非邪？立而望之，偏何姗姗其来迟！’令乐府诸音家弦歌之。”[③]晋代王嘉的《拾遗记》中记述道：“汉武

① （宋）郭茂倩：《乐府诗集》，上海，上海古籍出版社，1993，第408～409页。

② （汉）班固撰，（唐）颜师古注：《汉书·外戚传上·孝武李夫人传》，北京，中华书局，1962，第3951～3952页。

③ （汉）班固撰，（唐）颜师古注：《汉书·外戚传上·孝武李夫人传》，北京，中华书局，1962，第3952页。

帝思怀往昔李夫人，不可复得，时始穿越昆灵之池，泛翔禽之舟。帝自造歌曲，使女伶歌之。时日已西倾，凉风激水，女伶歌声甚遒，因赋《落叶哀蝉》之曲曰：‘罗袂兮无声，玉墀兮尘生，虚房冷而寂寞，落叶依于重扃。望彼美之女兮安得，感余心之未宁！’帝闻唱动心，闷闷不自支持，命龙膏之灯以照舟内，悲不自止。亲侍者觉帝容色愁怨，乃进洪梁之酒，酌以文螺之卮。”接着又叙述道：“帝息于延凉室，卧梦李夫人授帝蘅芜之香。帝惊起，而香气犹着衣枕，历月不歇。帝弥思求，终不复见，涕泣洽席，遂改延凉室为遗芳梦室。”①谭正璧在小说中叙述了这些事情，把这些传奇事件作了合情合理的解释，去掉了仙气灵异，增加了人情人味。

《流水落花》写的是南唐后主的爱情，南唐的灭亡及南唐后主的阶下囚生活。后主一继位南唐就是宋的属国了，懦弱的后主一步步向宋让步，内心也很痛苦，于是就在与小周后的爱情中寻找慰藉。爱情是他的唯一寄托，他们的爱情也显得愈加的珍贵和美好，但是可悲的是，当后主和小周后被软囚在宋都后，厄运一步步逼来——小周后被招进宋宫遭受凌辱。后主空有将满腔悲哀和悔意注入诗词之中，故国之思、身世之感、往事之悲、现实之愁，尽在他的词中。如果后主只是一个普通人，那么精通才艺的他生活将是何等惬意，谈情说爱、吟诗作词，才华风流可绝代，然而历史和命运注定了他的悲剧人生。

《百花亭》可以说是一篇有关爱情的狎妓小说，“风流郎君”王焕与名妓贺怜怜一见倾心，以致迷恋不已而不思进取花尽了积蓄。后来，一位军需官乘置办军需之际，居然挪用公款给怜怜赎了身并要娶怜怜为妻。而怜怜深知军需官这是犯法的做法，那么自己就是罪魁祸首，于是她想尽办法约见王焕资助他去投军立功。最后有情人终成眷属，军需官也受到惩治。在谭正璧的历史爱情小说中，这是最“大快人心”的一篇。

综上所述，情爱传奇可谓是谭正璧历史小说创作的切入点。爱和情在谭正璧的笔下被演绎的多姿多彩，他既写到了男女之间的爱欲情仇，也表现了男女知音之间超越一般意义上的情爱的惺惺相惜。而综观他笔下的那些情与爱，大都有一种幻美色彩。谭正璧在小说中表达的不是一个多情男子对美好爱情的渴望与追求，而是寄托了作家对人间美好事物、美好情感、诗意生活的追求。在他的小说世界中，有超越仙界与凡间的界限的人神之恋，有跨越阴阳之隔的人鬼之爱，神是人性化的神，鬼可以是人装扮的。这是多么富有想象力的事情，且不说这种爱情是否存在，

① （晋）王嘉：《拾遗记》，卷五，北京，中华书局，1981，第115～116页。

但至少显示了作家对美好人生、美好生活的渴望。

二、情爱传奇里的感时忧国

在沦陷区特殊的政治文化环境下，饮食男女、风花雪月、声色犬马可以说是最方便的精神避难所，但是在国破家亡的悲惨境遇中，风花雪月、声色犬马又似乎不合时宜。有良知的知识分子们不可能心安理得的对祖国和民族的灾难坐视不管，但政治又是不可触摸的禁忌。因此沦陷区的作家们大都面临着“言与不言”的两难处境：

> 一个人，应该说的话，一定要说，能够说的话，一定要说；可是应该说的话，“有时却不能够说，这其中的甘苦，决非‘无言’之士能够领略其万一”！
>
> 一个人压制别人说的话，那是恶汉；逼人说不能够说的话，那是蠢材。
>
> 所以，“言”之者，自有他“言”之道理；“不言”之者，也自有他“不言”的苦在。倘若他“言”而无何道理，“不言”而无何苦衷，这种失掉了语言的人类，就名之为“哑巴”，也不为形容过甚。①

当然，谭正璧等上海沦陷区作家面临的不仅仅只是这种“言与不言”的两难选择，而是更严峻的言论环境，“保家卫国”“抗日”是每一个有良知的知识分子都“应该说的话”，但是在上海沦陷区，谭正璧们所遇到的“压制”，是凶残、庞大的日本侵略者及其军队控制下的军国统治政权。日伪反动政府为加强自己的统治而执行的文化政策的核心就是严禁一切“激发民族意识对立”“对时局具有逆反倾向”的作品，同时拉拢所谓的“御用文人”创作有利于他们“建设大东亚新秩序”的作品。在这样的“蚕食”政策之下，大批的进步书籍被焚毁，进步刊物和书店被封查，爱国文人被监禁和杀害，这都给生活在沦陷区的作家带来巨大的心理压力和伤害。尽管因家事所累，谭正璧不得不滞留上海，但作为一名有民族气节的学者，他坚决不向反动统治妥协，甘愿“潜隐”起来。当然，文化名人的“潜隐”绝不是一件容易的事情，在日伪的压制和迫害之下，他的生活日益陷入窘境，他的妻子因忧成疯，一个儿子因断乳而饿死，两个孩子因无力

① 季疯：《言与不言》，见钱理群主编：《中国沦陷区文学大系·散文卷》，桂林，广西教育出版社，1998，第583页。

抚养而让人领养，他自己也身患各种疾病。他的妻子蒋慧频本是他的学生，两人于1928年结婚，婚后夫唱妇随感情甚笃，妻子是他学术研究的得力助手；对于儿女的生离死别，更令人痛苦无比，他曾写过《哭一个无知的灵魂》《送婴篇》等文章表达自己的悲愤。① 这种莫大的悲哀和伤痛一直折磨着谭正璧的灵魂和肉体，直到晚年谈起这些事情时他还心痛不已。

不愿妥协却又无以为生，真的是到了“走投无路”的困境，那么赚取稿费以卖文为生，也就成了他唯一的生活出路，就像他自己所说的那样：“忍气吞声、腼颜握管者，地非首阳，无薇可采，与其饿死，不如赖是以苟延残喘”，“各书局皆停止收稿，而一介书生，又无从改业，不得已，开始为各定期刊物写些十多年不专门写作的文艺作品”。面对着家亡与国破的现实处境，他的心情又岂止是悲哀和伤痛能够形容的。“赖是苟延残喘”的他，在政治不能谈，也无甚可谈的情况下，饮食男女、风花雪月、声色犬马自然成了最方便的精神避难所，以此来安慰被扰的灵魂与苦闷的心神。他笔下的爱情几乎都以悲剧告终，也可谓谭正璧内心苦涩的投影。

谭正璧在创作中把目光转向遥远的历史，这既是他在巨大生活压力下采取的生存之道，也隐含着他对殖民当局和现实处境的强烈不满与愤懑。在《琵琶弦·题记》中，谭正璧这样回忆说：“在上海完全成为不自由土地以来的四年中，我为了生活，曾经写过许多别的文人所不愿写的文章，其中十九都和历史有关，有论文，有小说，也有剧本。在尽可能范围内，我始终抱着两个主旨：一是借题来灌输抗争意识；一是借事来暴露敌伪丑恶。”这几句话就明确地表明了谭正璧的部分历史小说创作的主旨。他的历史小说就是根据那个时代的种种现实有感而发，有对民间正义精神的张扬，有对战争的批判，也有对家国危难的忧虑，体现了作者心忧天下的文人情怀。其中，有些小说取材于历史上政治性较强的事件，更能表现出谭正璧的政治倾向，如《孟津渡》《还乡记》《楚炬》。打着讨伐暴君旗号的姬发和姜尚不过是想自己做皇帝罢了，而所谓的“王师”也与强盗无赖无异。《楚炬》写工于心计的刘邦幕僚和长于投机的商人，否定了见利忘义、损人利己的行为——可以说这是对当时投机倒把、发战争财的官商的批判；《滕王阁》写无能文人攀附权贵、嫉贤害能、欺世盗名——侧重讽刺沦陷区一班媚敌附逆文人得势得意的丑态。

---

① 储品良：《耕犁千亩实千箱——记中国文史文献专家谭正璧先生》，载《社会科学战线》，1985(3)。

谭正璧从历史、民间中取材，写男女爱情、知音感遇、文人逸事，用他自己的话说，就是“把现实小说的性质，借历史小说的形式来表现”。[①]因此，虽然谭正璧在历史小说中大量表现男女爱情、情欲及对知音的感遇和渴望，但仔细分析文本，联系谭正璧当时所处的社会环境和个人的生活际遇，就不难发现谭正璧在这些风花雪月、野史逸事的故事之下隐藏着的对现实的深切关注。他是在“借历史故事的形式”来表现自己感时忧国的情怀。在谭正璧的历史小说中，同样不乏影射战争、讽刺军队的句子和指涉民族和国家的存亡的语句，这都显示了作者对于国家和民族的社会现实的关切和忧虑，只不过由于形势所迫不能表现得太明显罢了。他对历史小说形式的借用、对传统题材的采用，使他对现实的感慨、他的“感时忧国”在某种意义上具有了潜隐的特点。而由前面的论述已知，谭正璧历史小说中的爱情无一例外的以悲剧告终，并且“爱情”的破灭大多数都伴随着一个国家、民族或家庭的生死存亡。作家直接呈现的是爱情的悲剧，间接表现的是家国的生死存亡，这二者都与当时的社会现实形成了对应。比如《女国的毁灭》，小说的题目就点明了主题，表面写西王母及女国女子爱情的丢失及对爱情的盼望，实际上是写一个神话般的女国是如何毁灭的。在遭遇和失去爱情的过程中，女国的女子再也不能青春永驻，再也不能长生不老；女国中再也不是只有女人，而是有了小孩，有了新老更替和人的繁衍，这个神圣的仙境从此就变成了一个凡俗的人间。在作家笔下，爱情只是一个象征。作家更想借助爱情这个比较轻松的话题，来表达自己对现实的批判。在当时的现实社会中，中华民族也正经受着外族的入侵，正值民族危亡的关键时刻，对照小说与现实，让每一个读者不得不深思我们民族的生死存亡。在这里，爱情是作者表现民族意识和民族情感的突破口。他是在借爱情的形式，来表现现实的处境，现实不仅与理想相去甚远，而且目前现实的生活是残酷暴力的，是悲哀冷酷的。还有，“在极东的地方，有个叫做中国的国家。在那里的人个个都孔武有力，动不动就彼此相杀，常常弄得遍地都是血腥”，这是直接对中国内部分裂及争斗的影射，是对中国的社会现实进行的批判。

三、爱恨情愁里的人性探究

前文已指出，谭正璧通过历史小说抒发的“感时忧国”之情怀，无可

① 谭正璧：《长恨歌·自序》。

奈何地带上了一种“潜隐”的特征。同时，这种潜隐的特征又使他在无形之中突破甚至超越了特定时期的“感时忧国”，使得他在作品中能够以艺术的态度，关注生命个体，探索人的精神需求与精神生活，思考人类的生存境遇和个人国家的命运等问题，从而也使得他的这些历史小说作品具有了更为丰厚多棱的文化心理内涵和艺术品位，根本区别于那些因过于功利而显得粗糙简陋的“战时宣传”作品。

首先，谭正璧在小说中非常明显地表达了对战争的批判及对所谓的“革命部队”的嘲讽。他不惜笔墨直指战争的残酷和罪恶，如《舍生堂》故事的起因就是战争，战争差点毁灭了人类：“大约在十年之前，战神忽然来到了大地上，北方出了一个勇敢贪婪的酋长，他想占据整个世界，把其他一切的民族统统灭掉。于是他起兵向四方作战。他对和他对抗的异民族只有杀戮没有投降，所以到处尸横遍野，血流成河。最最残酷的，就是向他们投降的人，他们也把所有男人，无论老幼壮丁，一概杀死，仅剩寡妇孤女留着。全个世界已被他征服了一半，人类也被他灭掉了一半的一半。”而在《还乡记》中，乡亲们淳朴善良，辛勤劳作，但是在连年的征战之下，生活越来越艰难，留存下来的都是些老弱病残、寡妇孤女，还要承担着这样那样的战争供给。然后，作者对发动战争的目的之虚假自私加以揭露，《孟津渡》直接对姬发、姜尚伐纣的目的进行了揭露：“这消息在我们文人中早已传得好久了。说什么西伯侯姬发奉了他父亲姬昌遗命，拜姜尚为师，因为今上皇帝无道，他要出来吊民伐罪。其实，他要做皇帝，尽管说要做皇帝好了，说这些冠冕的话骗谁?”同时也深刻批判了掌握武力的姬发及其“王师”对百姓的强权压制、暴力和野蛮行径：“不是这样说，百姓那会欢迎他?”“就是那样说，百姓也那敢反对他?”“哈！哈！你的话很对，谁有武力，谁的话就是真理!”献粮的场面也是极其荒唐的，在大家还没听懂“献粮”这句话时，“早见那班‘王师’们都像生龙活虎似地跳过来，把他们手里的饭箪和水壶都接了过去。有的连人也拉了过去”。等“王师”走了之后，大家才发现几十个年轻的女代表都失踪了，她们被“王师”也“接收”了去。至于《还乡记》中的刘邦及其士兵，比之姬发和“王师”有过之而无不及，批判讽刺的意味就更强了，汉高祖刘邦原来就是“十几年前人人不齿，人人都诅咒他早早滚开”的“酗酒无赖的刘三”，他带来的士兵直接就在百姓家大吃大喝，酒足饭饱之后凌辱杀害寡妇孤女，而刘邦反而还在乡亲们面前假惺惺地大唱“大风起兮云飞扬……”

当然，作家对侵略、“革命”或“造反”战争发动者们的深刻揭露与批判，绝不意味着他赞同或颂扬在侵略者与邪恶暴力面前一味忍让退缩，不敢抗争。相反，作家反复表现的是，面对异族或敌人的侵入，企图用退让妥协来保全国家、保住自己的安逸生活，更不可能。《女国的覆灭》中，在得知穆王到来的消息后，西王母向全民下达的命令是“任他们要怎样就怎样，一切只有顺从，不能有一些的反抗”。这无疑是对国民党反动政权不抵抗政策的讽刺和批判。而在西王母的“不抵抗政策”之下，结局是一个古老国度毁灭了。至于南唐后主李煜，集皇家权力与文人才华于一身。一味地妥协、退让终于导致国亡家破、自己被囚禁、妻子被凌辱的结局。虽然他最后终于醒悟：“早知今天，我悔不当初听陈乔的话！”然而毕竟是：“可惜你懊悔的太迟了！”(《流水落花》)这可以说是作者对在外敌入侵之下某些人的抗战态度及这种态度将要引发的后果的思考和忧虑。而秦王子婴在逢迎了刘邦的同时无疑惹怒了项羽，于是被项羽关在阿房宫里一把火烧了三个月(《楚炬》)；至于那些在异族的统治之下，投靠了对方、企图用谄媚逢迎来苟且偷生的人，则更是难以如愿了。《琵琶弦》中的秦努才本生在南方的国度，因为内乱逃到北方来，恰逢北齐文宣皇帝收用南方来投降的人才，他靠朋友引见也做了个小官。这里是鲜卑人的世界，对汉人生杀予夺任意为之，对此他很悲愤，时时想回故乡，但是故乡“正被陷在金风铁雨中，更不如这里有着暂住地平安，那份恨又不由得渐渐松弛下来了”。秦努才在这里生活处处小心，小心地侍奉着皇帝和鲜卑人。为了让儿子也能在这里有立足之地，他给儿子请教师学习鲜卑语言和鲜卑才艺琵琶，请教师的汉人有很多，秦努才对教师们又是赔笑脸又是加薪才留住老师。然而他们父子终究还是难逃一死。在鲜卑的一个节日里，皇帝开宴，正逢秦努才告病在家，但是为尽臣子的礼节，他就让儿子秦小努代他出席。秦小努所在的殿上，代表皇帝做主人的是新从蒙古来的皇帝的远方族人，主人自己弹唱了琵琶，又让宾客轮流弹唱，秦小努一点也听不懂主人的话，在酒醉的情况下，说要用主人的琵琶，结果弄断了主人的琵琶弦，这是鲜卑人最大的忌讳，于是大祸临头。秦努才在得知这个噩耗后，立即昏厥过去了，断断续续在口中吐出：“这……这都是……向人……谄媚……的结果！”个人的愤懑和民族的悲愤尽在此句之中。与之形成对比的是《沪渎垒》中的袁嵩，忠诚贤明，坚守职责，不惜生命，部下们对他也有情有义，拼命杀敌，在得知太守被贼兵杀害后，仍然顽强作战，杀出重围，又奋勇杀回将太守的尸体从贼兵那里夺回来。这种将士们身上的正义忠勇正是作者所礼赞的。

另外，谭正璧还在作品中思考着有关人的生存出路和人类种族延续的严肃主题，表现了博大的人类生存意识和心怀天下的情怀。如上述《奔月之后》，嫦娥抱着对月宫美好生活的憧憬偷吃了仙药，飞到了月球，但是她面临的是一个严峻的生存问题。她降落的地方是“一片茫茫的原野，天空里不见一只飞鸟，大地上没有一只走兽，人当然没有”，到这个时候，嫦娥“起了万分孤独的悲哀”，想到在这样的环境中“怎么能生存下去”的问题，她“不觉有些懊恼起来”。现实是残酷的，她翻过山到达地面，但是“地面上也和山面上一模一样，也是没有一株树木，一棵小草。脚踏在上面，也软得像绵胎，俯下身子用手去摸，又全像山石一样，没有冷觉，也不感到暖觉”。她没有目的地只管在地面上向前走，但是她终于还是饿了，也许她将在月球上活活地饿死。

还有《舍生堂》所讲的三百罗汉“为了挽救人类的灭亡”而舍身破戒的故事。这三百个和尚自幼出家，完全与世隔绝，但是突然有一天一个陌生男人来访，告诉他们灾难降临人世：北方一个残暴的酋长发动灭绝异族的战争，只有杀戮没有投降，把所到之处的所有男人，无论老幼壮丁，一概杀死，仅剩寡妇孤女留着，虽然酋长病死部下解散了，但是“全世界已被他征服了一半，人类也被他消灭了一半的一半”。“在那些被他蹂躏的地方，男子都已被他杀尽，等到这一代的女子都老死后，人类将从此绝种。”这个男人是附近数千里仅存的一个男人，侥幸逃过屠杀，漂流在荒山野林好多年，在酋长死后才敢回故乡。“为了人类，为了祖国，他就到处去找觅那些像他一样侥幸漏网而藏身在山野里不敢出世的男人，一同回去尽那绵延人中的神圣的责任。”而方丈恰恰在前夜梦到已故方丈托梦与他：“世界一半人类将遭灭亡，我已接受我佛的旨意，必须使我全部门徒，舍身下山到各地一行，以完成他们对于人类本来应尽的使命。”于是佛教徒们接受了这个最苦难的工作，这样人类才得以延续。

作为一个有丰富的学识和深厚的人文修养的学者，谭正璧不仅在小说创作中继承了传统文人的人道主义精神和人性关怀，尤其表现在对弱者和女性感情生活的失意及社会地位低下者的同情和关怀，还在这些情爱传奇的书写和对人类生存的思考中，表现了自己对性与欲等人类本能的理性态度。如上述《女国的毁灭》中，穆王及其部下的到来，给女国带来了人世间最美好的爱情或者说情爱，女国沉浸在从来没有过的欢乐喜庆之中，但是无奈她们终于还是要恋恋不舍地送走这些男人们，从此这些神仙女子们陷入相思之中，在翘首昂盼中渐渐衰老憔悴，虽在仙境锦衣玉食，但是却再也没有了快乐，再也做不到无忧，一句“穆王何事不再来?”道出了一个个女性(即使她们是神仙)对爱情、情爱的渴望和呼唤。

谭正璧用他的笔，把原本不食人间烟火的神仙还原成一个个有情有欲的凡人，表达了自己对孤独寂寞的女性神仙们的人性关怀；至于《落叶哀蝉》中汉武帝的痴情则说明，作为封建皇权的最高统治者，也有着与平常人一样的真情实爱和内心世界。

在《舍生堂》中，作者这样直言："他们和她们的结合，是要完成神圣的使命"。他们所到之处，"她们对他们都肃然起敬，都像对待神圣样的奉侍他们。""她们也像接送天使样的既把他们恭恭敬敬地接进来，也恭恭敬敬地送出去。"在这里，"性"没有丝毫污秽之处，"性"只是为了实现更伟大的事业——"为了挽救人类的灭亡"。在《摩登伽女》中也是如此，摩登伽公主是一个为追求自由独立而与丈夫离婚的女子，她对女人在两性关系中的不公平命运非常不满，立志要替一切女人复仇，于是她在加入邪教学了法术之后，就运用妖媚法术吸引男子前来"寻欢作乐"，因而得到了"世界第一淫女摩登伽女"的"金字招牌"，"有许多许多的异教中的先德们的戒体，都被毁在她的淫欲里"，就连前来劝化的修士阿难也没有逃脱，成了她预算中的最后一个也是第一百个男人。这是谭正璧小说中"性"的成分最突出的一篇，但是谭正璧表达的主旨还是与《舍生堂》一样："性"源于"因果"，是让摩登伽女实现功德圆满的手段。所以《摩登伽女》的结局是这样的："一念回头，万恶尽消！尔摩登伽女子，从此度过苦海了！""这是因果。佛法虽宏，因果难灭。彼摩登伽女前生为男身，曾淫百女，惟性慈祥，日行一善，故仍得人身，惟为女形，乃启淫心，迭失百男，以偿宿孽。阿难前身为百女之一，故不能不遣之自往，以全其劫。现今此女既了宿孽，故得皈依吾教，为吾信徒。"

四、历史传承中的文人雅趣

中国历史发展到现代，虽然新文学作家们一致高举反传统、反对旧文化、反对旧文学的大旗，但是民间的神话、传说等资源在中国现代小说的繁荣发展中仍扮演着极其重要的角色，很多作家都从民间资源中汲取营养，不管作家们对它们的态度是褒还是贬，民间资源的作用是不可否认的。

谭正璧作为一个在文学史研究及文献考证方面颇有建树的学者，他对中国古典文献资料、民间文学和通俗文学都非常熟识，当他进行历史小说创作时，那些神话、传说、故事等便很自然的成了他的故事原料。所以他的历史小说都取自传统古典题材，有民间神话，如嫦娥偷食灵药飞入月宫(《奔月之后》)、西王母与穆天子的故事(《女国的毁灭》)、清溪小姑与凡人约会(《清溪小姑曲》)等；有历史传说，如采桑娘不计前嫌搭救被困的孔子师徒(《采桑娘》)、侍妾绿珠与杀父仇人石崇的爱恨纠缠(《坠楼记》)等；还有文人故事，如痴情读者暗恋汤显祖相思而死(《金凤钿》)、大诗人王勃遭人嫉妒陷害落魄流浪(《滕王阁》)等；也有宗教传说，如《舍生堂》《摩登伽女》。在小说中作者还常常引用一些优秀的民间歌谣作为小说文本的一部分，如《清溪小姑曲》中，赵文韶在溪边漫步时触动了乡思，于是就诵念了几首民谣《西乌夜飞》来发泄他心中的积悒。这些历史传说、民间神话、文人故事、宗教传说，在中国古代文学的相关典籍中都有记载，当它们被作为创作素材时，对于精于古典文学史研究的谭正璧来说是驾轻就熟的，他对这些题材原料的理解和利用也是颇有独到之处的。他对这些民间文学资源的利用，也可以看作是他对中国古代传统文学题材的眷恋和回应吧。不仅如此，如果考虑到谭正璧创作这些小说时，正处于日本侵略和当局的迫害与高压下，那么他选择这些颇具中国民族特色的源远流长的神话传说作为自己的创作素材，正是有意识地对我国宝贵的民族文化、民族精神的固守和传扬，流露的正是作家强烈的民族意识。

在创作中，对于那些神秘超凡的神话、传说，谭正璧作了合情合理的解构。他消解了神话、传说的神话性和神秘感，把神话、传说拉入现实中加以人化、凡俗化、合理化。比如，在《山海经》的记载中，西王母等人是虎首人身豹尾的怪物，但是在小说中“她们都是美貌年青的女子”，她们也有对爱情的渴望和思念(《女国的毁灭》)；在传说中，汉武帝最喜爱的妃子李夫人逝世后，汉武帝思念李夫人至极，李夫人于是显灵来与汉武帝幽会，但是在谭正璧的笔下，这只不过是臣子们怕皇帝荒废朝政而设下的一个计谋而已(《落叶哀蝉》)；“独处无郎”的神仙清溪小姑夜会文人的故事，在谭正璧的小说中，却变成了一个小姐带着丫环模仿了清溪小姑的装扮，拿了和清溪小姑一样的乐器，在深夜偷偷与文人相会，把事情转嫁到了清溪小姑身上。

此外，谭正璧那深厚的古典文学修养在作品中也得到诸多体现。他的有些作品开首就引用古典诗词，根据一首诗词的中心思想生发出一篇小说，并强调这个中心思想。比如小说《奔月之后》，小说正文之前先题李商隐的《嫦娥》：“云母屏风烛影深，长河渐落晓星沉。嫦娥应悔偷灵药，碧海青天夜夜心。”小说立意在后两句，强调嫦娥对奔月的后悔，着重生发嫦娥对美好家园的怀念、有家难回的痛苦及对自己的行为——偷灵药奔入月亮不能返回的复杂的感情。《女国的毁灭》也是在正文之前先题李商隐的诗《瑶池》：“瑶池阿母绮窗开，黄竹歌声动地哀。八骏日行三万里，穆王何事不再来?”虽然也写了女国的西王母及众女子们对穆王及其属下随从的思念和盼望，但是正如小说题目“女国的毁灭”所点出的，谭正璧在这篇小说中重点是写一个神秘的国家、民族的灭亡，这是借李商隐的诗词对神话传说重新作出解释。作者引用诗词，开首就定下一个饱含诗意的基调，在行文中也是不以情节取胜，而注重诗意的营造。他几乎在每一篇小说中都引用至少一首诗词或民间歌曲。有些小说更是直接写文人的逸事，《华山畿》《百花亭》《清溪小姑曲》写了文人的艳遇、偶遇，也写了文人多情痴情的性情。这些故事之所以存在并流传下来，本身就源于文人附庸风雅的情趣。另外还有些是利用古典文学中的作品改编而成，《还乡记》是根据元代睢景臣的散曲《高祖还乡》戏谑而成，《琵琶记》是根据《颜氏家训》和《洛阳伽蓝记》而作，《摩登伽女》根据《楞严经》戏作，这些都可看出谭正璧在学术研究之余的闲情逸趣。

谭正璧的这些历史小说所表现出来的美学风格，或平淡自然，或诙谐讽刺，或意境悠远，无一不是对中国古典美学精神的继承，“合乎自然”而又“邻于理想”，追求真善美的统一，这都与作家本人的古典文化修养息息相关。

在中国古典美学中，素有推崇“自浓归淡，以淡为宗”的审美传统。平淡美被视为诗之极致境界，从老庄时代就开始推崇“淡然无极而众美从之”。[①] 唐司空图在《二十四诗品》中标举“冲淡”为其中一品。宋代时“平淡”形成了美学潮流。宋人梅尧臣曾明确地说：“作诗无古今，唯造平淡难。”(《读邵不疑学士诗卷》)苏东坡虽然写过“淡妆浓抹总相宜”的诗句，可还是主张“发纤橄于简古，寄至味于淡泊”，欣赏的是“似澹而实美”的诗作，“精能之至，反造疏淡”的书法，“微音淡弄”的音乐。他说“大凡为文，当使气象峥嵘，五色绚烂，渐老渐熟，乃造平淡”。(苏轼《与二郎侄》)自然天成、大巧若拙是“平淡”的特征，它不是浅、薄，而是从深、厚中来，是厚积薄发，是深入浅出，是自浓归淡；不是“中边皆淡”的淡薄无味，而是“似淡实美”“外枯中膏”的一种炉火纯青的美学境界。

谭正璧的历史小说即是如此，不追求华丽、浓艳的画面，而中意于平淡、委婉的语境，让一切事物自然而然地发生进行，而不是刻意地雕琢。“花自飘零水自流”般淡然舒缓的情节，一切都如流水缓缓而行，营造“脱尽脂粉、洗尽铅华”的淡薄意境。在情感上，也是力求节制，那淡淡的悲，哀而不伤，如潺潺流水缓缓流入，于风轻云淡、水流花落中悄无声息地抓住读者的心，让读者沉浸其中久久回味。比如《华山畿》《流水

① 《庄子·刻意》。

落花》《落叶哀蝉》《女国的毁灭》《清溪小姑曲》等都是这样。

谭正璧历史小说中表现出的诙谐意味也是非常耐人寻味的。如《滕王阁》《还乡记》《孟津渡》《采桑娘》《楚炬》，在诙谐中有对历史的敬重、对人民大众的热爱和悲悯关怀。《滕王阁》在写王勃的落魄的同时，刻画了新任洪都府都督阎伯屿和未来女婿吴子章的无耻可笑的丑态。吴子章本不会做文章，只是因为攀上了都督这座丈人峰，就被捧上了文坛的最高层。他的发达史是这样的："她（都督千金）给他爬在后花园的墙上几次的引逗后，芳心耐不住春闺的寂寞，就很快的由他实际的乘上了龙，而堂堂的一府都督，立刻成了他将来依靠不尽的丈人峰。丈人峰又到底不愧是丈人峰，他向当地官民一宣布他成了他的女婿时，捧他的文章立刻接二连三地在府报上刊布出来。其实他还是在实际地乘龙之后，才在府报上发表出首调情诗，不料便给那批都督府里的帮闲文人竟捧上了三十三天，说他可以媲美古代的建安七子，奴视当代的王、杨、卢、洛。"（《滕王阁》）"丈人峰"还真是个好丈人，为了捧自己的"乘龙快婿"，专门搞了一个"文人大会"，让女婿默写出他事先代为写好的文章，但是这个女婿实在是令人失望，读了一整夜也"只记得了十分之一二，翻来覆去只背得出开首一二百字，后面的再也想不下去"。只会在都督千金面前施展"媚术"，极尽下跪讨好之能事，然后就是"不知从什么地方去弄到了一张缉拿徐敬业余党王杨卢骆的令文"，"兴冲冲地带领几名府兵"去捉拿比自己有才华的人。《还乡记》《孟津渡》《楚炬》写的是历史上的政治人物及其事迹，在诙谐的叙述中，更多的是对刘邦、姬发、姜尚等人物及其不良事迹的讽刺。

另外，读谭正璧的历史小说，也常常被小说中淡然悠远、欲说还休的意境所感染。"风花雪月皆有寄，楚雨含情皆有托"，自古以来，借物寄情，托物喻意，就是中国人精神生活的一种表达方式。用刘熙载的话说就是："以不言言之，非不言也，寄言也。寄深于浅，寄厚于轻，寄劲于婉，寄直于曲，寄实于虚，寄正于余，皆是。"①总之，在中国古代士人眼中，情有多种寄托方式，有多种表达形式，能够生成深远宽广的意境。谭正璧的小说也体现了这一点，他常常在小说中营造一种诗词的气氛和意境，比如《女国的毁灭》，"笑渐不闻声渐消，多情却被无情恼"，成功地营造出西王母对穆王咫尺天涯之间，欲爱不能、欲罢不能的情感窘境，其舒缓的节奏、流畅的语言、微妙的心理意识、对个体的高度关注等营造了含蓄的诗的意境美。

---

① 刘熙载：《艺概·词曲概》，上海，上海古籍出版社，1978，第121页。

五、谭正璧历史小说的文学地位

对于自己的历史小说创作，谭正璧说过这样一段话：

> “我却有一种自信，我的历史小说虽然所持态度有所不同，然而没有一篇不是曾经用过极大的力(这是指脑力)，而没有一篇是用那轻薄油滑的笔调，像那些‘只供一笑’的新西游记，新水浒传之类所常用的。”
>
> “当然，我每次写作的时候，我总会想起鲁迅先生的《故事新编》，但是我从来不想做他的继承者，因为我既自信没有他那种深潜的修养，而且人也早已过了最善于模拟的青春时期，所以我只管写我自己要写的，而没有步趋的意思。如果是要模仿的话，那我以为一定会不但画虎不成，而且连犬也不类的，那又何苦呢？我宁愿写得像我个性一样的笨拙，而不愿让他有‘连犬也不类’的讥诮。”①

谭正璧自信自己的小说不是“轻薄油滑”的，不是“只供一笑”的，他也不愿拙劣地模仿前人而留下连犬也不类的讥诮，而是想创作有自己个性的东西。虽然谭正璧的历史小说还有这样那样的缺点和不足，但他开辟了历史小说创作的一种新模式。虽然达不到鲁迅的批判的深度，也没有郭沫若的激情昂扬，但是也有别人所不及的独特的个性。从民间历史中取材，所写并不是历史上的大人物、大事件，而主要是一些民间传说中的逸闻趣事，并且往往多以爱情为依托，兼有浓厚的古典气息，表面看来像一个个幻美的故事，实际上却是指向社会现实，表现作家在内忧外患、家国危亡的现实中对国家和民众的关切。

谭正璧的历史小说不管是去除了一切外在的社会物质压力，对一切美好事物的向往之情的抒发，还是立意于加强民族意识、进行现实批判，不管是出于对当时的社会现实，对国家叙事、政治叙事的迎合，还是个人在生活落魄际遇下的身世之感，都有浓郁的东方文化意蕴，体现出了作者东方式的思维素质，具有中国传统的博大、淡远、恬静与时代的空灵和浪漫，同时又有对历史悲剧和文化的反思。

总之，谭正璧的历史小说创作，虽然称不上黄钟大吕，却也别具一格，在中国现代文学史上无疑自成一家，理应得到研究者更多的关注。

---

① 谭正璧：《长恨歌·自序》。

第八章　传统主题的戏拟与正史意图

——论《雷峰塔》

现代文学时期出现了一些戏拟历史[①](传说)的改编话剧，这类剧作没有按照以往的叙事脉络推演故事、设置人物，而是采用了反向思维重新评估历史(传说)事件、人物。如卫聚贤的《雷峰塔》[②]是1943年改编自白蛇许仙故事的话剧，剧作重新组建了传统白蛇许仙故事的情节和构架，将带有神异色彩的传说处理为现实男女的婚恋事件，勾勒出一幅迥异于传统的全新图景。通过对《雷峰塔》改编的个案研究，探究剧作反神话叙事背后蕴含的正史意图和现代价值，可以更好地理解当时剧坛中戏拟历史的改编作品。

一、白蛇故事的变异脉络

白蛇许仙爱情故事一直是戏剧改编中重要的题材类型，这一题材蕴含着中国人所热衷的神话结构及蛇妖与人的关系纠葛，由此形成的开放结构，适合于不同主题的延展。白蛇类妖异故事开始进入文学史，肇始自《博异志》，文中记李管、李黄为蛇妖幻化的白衣女子魅惑而亡，由此

① 来自英文 parody，即滑稽的模仿，又翻译为戏仿，即戏谑性的仿拟。卫聚贤等剧作者对已经程式化的历史故事进行戏谑化处理，但其目的不在于博人一笑，获得滑稽的效果，而是别有深意。因此本文使用“戏拟历史”一词来描述当时的这类改编，以别于单纯为滑稽而变更历史故事的改编。

② 《雷峰塔》的作者，有论者认为是陈白尘，而卫聚贤不过署名而已。如卜仲康：《陈白尘生平纪略》中记：“代洪深为山西人卫聚贤作独幕剧《雷峰塔》。”(卜仲康编：《陈白尘专集》，南京，江苏人民出版社，1983，第25页)陈白尘于1983年5月重庆剧协召开的座谈会中说：“1944年，在写剧本热潮中，洪深应卫聚贤之请，由陈白尘用三天时间写成《雷峰塔》，署卫聚贤之名。”(石曼：《重庆抗战剧坛纪事》，北京，中国戏剧出版社，1995，第181页)马俊山指出：“《雷峰塔》署名卫聚贤作。卫系某银行高级职员，爱好演剧，经朋友作伐，转请陈白尘捉刀代笔。陈两三天即草成该剧，送卫排演”。(马俊山：《论国民党话剧政策的两歧性及其危害》，《近代史研究》，2002年第4期)但“代笔”之论似可探讨，卫聚贤在《雷峰塔》序言中详细介绍了《雷峰塔》创作到修改的经过。他写的《雷峰塔》曾给郭沫若、洪深看过，洪深认为卫聚贤的《雷峰塔》“趣味甚好，就是离戏太远了，我替你改过。”后“洪深先生在江津戏剧学校授课，来渝编戏排演大忙特忙，将雷峰塔的修改一推再推，终于荐举了一个朋友修改”。(卫聚贤：《雷峰塔》，重庆，说文社，1944，第13页)另，王修明《锦香囊》的考据指导为卫聚贤，似也可说明其在当时剧界的影响。

开启了承续千年的白蛇妖邪害人的叙事脉络。其后杭州《净慈寺志》载宋代该寺山阴曾出现一条蟒，时常变作美女出来蛊惑害人；宋代词话《西湖三塔记》和元代邾经的同名改编杂剧，记述了西湖边的三妖：乌鸦精白卯奴、獭精与白蛇精，白蛇精以男子为玩物，玩腻后取男子性命，被奚宣赞叔父镇于塔下。在叙述中，白蛇妖与恐怖的关联及警惕的寓意被强制性地扭结至一处。至冯梦龙的《白娘子永镇雷峰塔》白蛇妖异害人的叙述成规被打破。冯梦龙将前代轮回、报恩与因缘际会等要素统合一处，凸显了白蛇的人性之美，替代了白蛇的妖性之害。小说中虽也有许仙为白蛇惊死一节，但重点却是白蛇(白娘子)贪恋红尘的人性，着力于白娘子楚楚可怜，娇美贤能，及对许仙真挚的感情。而后明朝陈六龙的《雷峰记》、清朝黄图珌《雷峰塔》(二卷三十二出)延续了冯梦龙的叙事结构，不断丰盈情节，完善故事。至方成培改编的《雷峰塔》(三十四出)故事得以定型，形成了白蛇故事神话性、情感性与伦理性的多元交叉题旨，构成了一条荡人心魄的叙事脉络。

现代剧作家对白蛇故事的兴趣与当时的社会思潮有关。经辛亥革命、五四运动后，政治社会思潮有了很大变动，如洪深所言："凡是发挥爱情……是人们所要看的。"[①]从蛇妖害人到蛇妖人性的渐增，再到蛇妖贪恋人伦之乐，为爱情而抗争，白蛇故事的现实化、日常化和情感化，符合了现代文学时期人们的爱情理想。此外，也与剧作者借重释传统故事启发民智，传播新知的理念有关。即如向培良的《白蛇与许仙》、顾一樵的《白娘娘》等改编话剧，无不以颂扬爱情为命意，注重神异中的人性，以神化的叙事外壳凸显情爱的真挚；以法海的介入，写为爱情的反抗和斗争。这类改编剧已显露出剧作家以变更关键情节获取新题旨的意图。

向培良的《白蛇与许仙》创作于1930年，[②] 剧中许仙、白娘子只在剧末登场。剧本的题旨是他们作为爱情与抗争化身的影响力。因此剧作渲染了一位如林黛玉般女子的忧郁，对许仙、白娘子爱情的渴慕，她怒斥法海、随许仙而去，正代表了以反抗求自由精神的播散。顾一樵的《白娘娘》则仿拟了《红楼梦》开篇补天石央求和尚和老道到人间一游的模式，写白蛇与青蛇修炼已久，希望到人间做一个女人。"你就去做女人吧。世界上一切的情绪一切的欢乐一切的痛苦，只有女人最尝得透！……你应当预备牺牲，你应当接受痛苦。但是，不要怨恨，勇往地做人去吧。"[③]白

① 洪深：《洪深文集(四)》，北京，中国戏剧出版社，1959，第20页。

② 向培良：《白蛇与许仙》，载《北新》，1930年4卷第7期。

③ 顾一樵：《白娘娘》，上海，商务印书馆，1938，第8页。

娘娘以生命轮回的方式化身为人，在遇到许仙前她并不知晓蛇妖的身份，而梦中被点破后又痛恨于妖的事实。顾一樵把人与妖的身份矛盾、爱情与死亡的无奈、难以拥有儿子的苦楚以及法海以佛报镇压白娘娘的险恶一一凸显。把爱情面临的困境没有只限定于封建法权人物的干涉，而是倾向于多维的铺展。

但向培良、顾一樵等人的改编都只关注神话故事中彰显的爱情主题，而卫聚贤则另辟蹊径，追问神话故事与现实事件存在的可能联系。在《雷峰塔》中，卫聚贤抛弃了爱情——压制的改编结构，而着力于神话故事中被嵌入的核心要素——欺骗。欺骗是白蛇类故事一个至关重要的要素，即蛇妖对妖的身份的刻意遮掩。无论李管、奚宣赞，还是许仙与蛇妖相遇时，蛇妖都以美艳的白衣女子示人。在骗术揭破之前，无一不是相谈甚欢，情意绵绵。而妖的身份显露后，才有李管之死，奚宣赞之惧，许仙的逃避及道士和尚的介入。但卫聚贤关注的不只是故事中的欺骗，更着意于对神话故事的现实伪饰可能的揭破。在改编中，卫聚贤斩断了传统白蛇许仙故事中哀婉动人的叙事脉络，将舟遇、端阳惊死、求草、水漫金山等重大关目加以戏谑处理，抛弃了传统故事对情爱的圣洁化、深挚化的书写，将被忽视的欺骗作为内核，写白素贞欺骗许仙，许仙瞒哄白素贞，白素贞戏弄李仁，许仙捉弄法海等，撕破白素珍与许仙的传统形象及两人的爱情神话，极写内中的骗、淫与谋略。剧作刊出后虽备受争议，却自有其独到之处。其立意虽未必高远，但确实抓住了当时剧作家忽略甚或漠视的主题，展示出前所未有的、既新且奇的景观。

二、《雷峰塔》的反向叙事分析

卫聚贤的《雷峰塔》在初创时为六幕，包括：一、家变，二、西湖巧遇，三、端节醉酒，四、大闹金山寺，五、雷峰塔生子，六、祭塔。后经人修改后将“家变”和“祭塔”两幕删去，调整了其余四幕的情节结构，加上对状元祭塔前知情人揭破白蛇神异故事的序幕与尾声，而成六幕话剧。卫聚贤以改编变异传统故事的神异性，其恢复现实本相的意图，主要通过白素贞、许仙的出身、性格及关系的重新设定来实现。

（一）白素贞

无论是历史文本，如冯梦龙的《白娘子永镇雷峰塔》、方成培的《雷峰塔》，还是现代话剧，如顾一樵的《白娘娘》、向培良的《白蛇与许仙》，白素贞（白娘娘、白娘子）都是蛇妖的身份，如《白娘子永镇雷峰塔》中白娘子自道："我是一条大蟒蛇。"[1]方成培《雷峰塔》描写的是："今日慧眼照得震旦峨眉山，有一白蛇……被他窃食蟠桃，遂悟苦修，迄今千载。"[2]顾一樵在《白娘娘》中虽有了很大的改动，将白娘娘描画为人，但却依然是蛇妖下凡的设定。因为白素贞蛇妖的身份，与许仙的爱情才会被视作违逆天理，而遭法海干预、破坏。而卫聚贤破除了白素贞、小青或蛇精或青鱼精的定规，将白素贞作为一个彻底的凡人刻画——"白素贞的父亲是个武举"，黑而壮的小青则是她的丫环。白素贞因犯了家法，性格粗豪的白父本想将其杀死，却被白母偷偷送走，才有了后来与许仙的相遇、结婚、被许仙抛弃后随母亲归家等现实化的摹写。

相较于传统故事中白素贞的形象，卫聚贤只保留了白素贞万人空巷、"绝色无双"的美艳，而颠覆了传统白素贞娇柔、贤惠、忠贞于爱情的性格特征，舍弃了偶尔显显妖性的狠辣，如水漫金山中化身为蛇而无视涂炭生灵的决绝。在《雷峰塔》中白素贞的性格发展既不是依从爱情逻辑也不是遵循佛报因果的逻辑，而是顺着爱情神话破灭的逻辑发展，将她塑造为一个娇柔却不贤惠，天性淫荡、贪慕虚荣且善于欺骗的女子。白素贞待字闺中时，即与"家中的仆人发生了关系"；[3] 流落杭州的白素贞以美艳、"清纯"骗取了许仙的爱慕，因过去的不贞之事败露被许仙驱出家门后，迅速觅人再嫁。卫聚贤甚至还提到了白素贞与小青之间颇为暧昧的同性情感。如此连篇累牍的事件都是为了凸显白素贞喜好男色、不拒女色的淫。她对爱情的态度也全无传统文本的执著与坚贞，而是带着游戏的意思。或许，在传统故事中，白素贞因为有妖的法术，金钱对她是无味的东西，卫聚贤却要写出无法术的白素贞在现实中对金钱的贪恋，以金钱度量一切的价值准则。她于塔中产子后，一定要许仙交纳50万白银的赔偿金。而在镇江洪水到来，白素贞匆匆逃亡之际，一直爱慕她的管家以爱情挽留她时，她拒绝并嘲笑的理由同样是：你有50万两吗？可以说，卫聚贤以淫、贪、骗的性格摹写，颠覆了传统白娘子的完美形象。

(二)许仙(宣)

许仙是白蛇故事系列中极重要的人物，无论在冯梦龙的《白娘子永镇雷峰塔》、方成培的《雷峰塔》或者顾一樵的《白娘娘》中，许宣或许仙都不过是个经济困顿的青年，依附于他姐夫的药铺——"先君在日，曾为药材

---

① 冯梦龙：《警世通言》，西安，陕西人民出版社，1985，第444页。

② 王季思主编：《中国十大古典悲剧集》，上海，上海文艺出版社，1982，第952页。

③ 卫聚贤：《雷峰塔》，重庆，说文社，1944，第2页。

生理，不幸椿萱见背，只得依傍姐夫身畔，今权在铁线巷生药铺中勾当。”[①]在冯梦龙笔下，白娘子求亲之时，许宣即以穷困推诿：“多感过爱，实不相瞒，只为身边窘迫，不敢从命！”[②]而在方成培笔下，许宣的理由同样如此：“仔细寻思，铭感在衷，只家徒四壁，实难承奉。”[③]这推辞一方面是明示许仙经济上的困顿，延续穷男子遇仙怪的传统；另一方面则在言词中透露许仙面对艳遇的惶恐，显示出其性格的懦弱。

卫聚贤出于解构神话叙事的考虑，改变了以许仙家境贫寒——性格懦弱为基点的故事格局，为许仙设定了一个新出身。许仙的父亲是药材商人，许仙继承父业，药材生意遍布江南各省，成为富可敌国的商人，既不依附于人，也没了惨淡度日的凄惶。各省皆有女子相随，周围有管家李仁、黄秀才打理事务。可以说，该剧中的许仙是白蛇故事系列中身份最为显赫，经济最为富足的一位。卫聚贤这样改编应该别有深意，以许仙的富足配白素贞的美艳，以富商佳人的搭配叙写混乱的情爱：为富的不仁，绝色的不贞。因之，相较于传统故事中许仙的懦弱，《雷峰塔》中许仙的性格是强硬的，外向的，为人决断有谋，且思虑颇细致周密。他渴望爱情，却害怕欺骗，如在西湖聚会时，借众人之口即说出许仙不娶本地女子的信条，许仙所担心的是倾慕财产而非因为爱情的婚姻。商人的身份也使许仙更多巧智，多诈谋。他会寻找机会囤积居奇，发灾难财，这也暗示着其冷漠。这冷漠使许仙行事决断，而非传统故事中的懦弱、游移和躲闪。端午一幕，许仙得知白素贞酒醉后就会说真话的信息，强逼白素贞饮酒；听到白素贞说出过去的淫靡事端后，许仙决然离家到金山寺；在金山寺，当他得知白素贞怀孕时决然放弃出家；塔内生子一节，许仙在白素贞生子后夺子休妻；在水漫金山寺一节，法海劝导许仙出家，许仙以言语戏弄法海，转身而去。在卫聚贤的笔下，许仙是一个具有智慧和决断的人，不再是一个被动的接受者，没有主见的承受者，而是事件的主宰者。

(三)许仙(宣)与白素贞(白蛇)的关系

如果仅从冯梦龙《白娘子永镇雷峰塔》算起，两人的关系大约有三种：第一，西湖偶遇而成爱恋。在冯梦龙的笔下，两人是偶遇，白娘子自道：“因为风雨大作，来到西湖上安身，同青青一处。不想遇着许宣，春心荡漾，按捺不住，一时冒犯天条”。正因为偶遇，许仙对她并无多少情分，

① 王季思主编：《中国十大古典悲剧集》，上海，上海文艺出版社，1982，第963页。

② 冯梦龙：《警世通言》，西安，陕西人民出版社，1985，第421页。

③ 王季思主编：《中国十大古典悲剧集》，上海，上海文艺出版社，1982，第964页。

在法海授意他收妖时，他才能如此决绝。“望白娘子头上一罩，用尽平生气力纳住。不见了女子之形，随着钵盂慢慢地按下，不敢手松，紧紧地按住”。[①] 第二，白蛇报恩下凡许配许仙。这明显受到了佛教中的因果报应观念的影响，认为凡事因果相承。在方成培的《雷峰塔》、顾一樵的《白娘娘》等作品中，都赋予两人一种宿命式的联系，即许宣曾救过的一条小白蛇，经过修炼得道，返回人间报答当年的救命之恩，而婚姻则是古代女子最为经常的报恩方式。如方成培所记：“那许宣原系我座前一捧钵侍者，因与此妖旧有宿缘，”“缔成婚媾”。[②] 而在顾一樵的《白娘娘》中，虽开篇先写白蛇思凡，但在两人偶遇后使白娘娘在梦中知道许宣曾经救过她，两人的婚姻同样带有报恩的色彩。第三，家长约定的婚姻。卫聚贤在剧本的改编过程中，全然抛弃了带有怪诞色彩的要素，而为之寻得现实的解释。许宣与白素贞虽然也在西湖偶遇，但早有双方父亲的婚约在身。这层关系使两人的偶遇、结合成为对既往婚约的背弃，与全篇充斥的欺骗与隐瞒，爱情的随意态度相契合，由此导引向对于爱情神话的嘲讽。

从《雷峰塔》改编中的几个重大关节的变化来看，虽然剧作情节结构与传统故事一一对应，却因其舍去了传统妖、人爱恋的矛盾冲突，全以现实矛盾重新勾勒，因之每一情节都与传统相差甚远。从《白蛇与许仙》到《雷峰塔》，前者是根据民间传说而进行充实、丰盈，具有延续传统等特点；而后者，改编者破除了白素贞、小青是人们习惯的蛇人形象的定规，不仅通过知情人李仁曝出了她们是人而不是蛇的事实，且通过对两人同性恋以及淫荡本性的披露否定了其纯情、圣洁的特质。两种叙事方式是不同的，前者注重与传统的承续关系，而后者注重对旧有观念的质疑和否定，以调侃、戏谑的方式把“真实”悬置。原作与改编剧作之间只存在情节上的仿真，由于原作的角度和改编的角度构成了一种反向意图的对照，改编剧立意不在爱情，而是在揭破谎言，使剧作在主体形象、思想意义及哲学旨归等整体上与传统故事形成了反向差异。而正是这差异构成了本文文本意义上的冲突和张力。

三、反向叙事与历史意图

《雷峰塔》的主体形象塑造、思想意义及哲学旨归与传统故事大异其

① 冯梦龙：《警世通言》，西安，陕西人民出版社，1985，第444页。

② 王季思主编：《中国十大古典悲剧集》，上海，上海文艺出版社，1982，第952页。

趣，呈示出另类的品质和让人瞠目结舌的力量。卫聚贤未采用郭沫若为曹操翻案那样的依从史载的方式，而是以调侃、戏谑的方式把“神话”悬置，把一段神话故事现实化，将剧作处理为“一个传说，一个预言，一个荒唐无稽的讽刺趣剧”。[①] 这或许与卫聚贤的性格有关，他在《雷峰塔·三版赘言》称：“余名大法师，亦名非非和尚，以其多想入非非之故。雷峰塔蛇的故事改变为人格化，即想入非非之一例”。[②] 也与当时的历史翻案风潮有关，即针对历史家歪曲历史的现象，“抓住历史或传说中某一点，大做文章，将整个历史都抹杀掉”。[③] 但无论何种原因，剧作都以娱乐化、荒诞化的处理方式摆脱历史传统的重压，展示了传统故事背后可能的现实。

《雷峰塔》的戏谑是表面的，其深层含义则是严肃的，卫聚贤意在以戏谑凸显神话故事的人为伪饰，显示其背后被遮蔽的历史本相。在剧作构思时，卫聚贤以历史学思维而非戏剧家的眼光，关注白蛇许仙故事生成的原因。他的推测是：“在妇女贞操严重之下，儿子对于他母亲被人叱骂或指责为不贞节，是儿子的大辱，在平民中遇有此事，往往起了纠纷……在知识阶级，他就想将这故事掩饰使人将故事的观点改变。白蛇传于最后由许仙的儿子许龙中了状元去祭塔，我就想着故事，是状元许龙捏造的，即是他们乡间人指责他母亲不贞为掩饰此种事实”。[④] 因之，在卫聚贤两个版本的《雷峰塔》草稿与请人修改的《雷峰塔》中，始终把许仙与白素贞处理为现实男女，以对两人婚恋关系的历史想象质疑神话的真确性。在《雄黄酒》中，卫聚贤用直白的对话复现了制造神话的过程。当许仙出家，白素贞并青儿被其母带走，留下了刚出生的儿子。许仙的姐姐为了遮人耳目与丈夫想设计一个骗局，以遮蔽家丑。

> 许姊夫：……这个孩子长大，别人谈及他父母的故事，不觉丢人吗？
>
> 许姊回答：这不妨，你不是说她们都好像蛇精吗？我们这就造出些神话来，说许仙前世放蛇还生，白蛇今世转报，就把他们自由结婚的丑遮住了。法海识妖，叫许仙出家，就把端午酒醉吐真言也遮盖了。
>
> 许姊夫：雷峰塔内生子呢？

---

① 卫聚贤：《雷峰塔》，重庆，说文社，1944，第 15 页。

② 卫聚贤：《雷峰塔·三版赘言》，重庆，说文社，1944，第 1 页。

③ 陈白尘：《太平天国》，上海，生活书店，1937，第 3 页。

④ 卫聚贤：《雷峰塔》，重庆，说文社，1944，第 1 页。

许姊：这！这也放在法海和尚身上，说法海以法力将白氏镇压在塔内，鼓励着孩子读书，说他中了状元，好去祭塔。状元祭塔，护塔的神就放白氏出来，好让他母子见面。

许姊夫：将来如祭塔祭不出来白氏，将如何？

许姊：鼓励儿子读书成名，祭不出白氏，也可掩护他父母这场大闹，家破人亡的丑剧！①

虽然相比《雷峰塔》，《雄黄酒》因匆忙抛出主题的直白，失去了品咂的意味，却体现了卫聚贤改编的轴心思想。但卫聚贤立意揭破爱情表象后的欺骗，以寻绎神话背后的历史真实状况的用心，却在很大程度上违逆于现代文学时期宣扬爱情彰显人性的取向，一些剧作家因此对《雷峰塔》的改编评价颇低。

田汉在《金钵记》后记中指出："有的把故事完全改成现实的东西，白娘娘成了一位白将军的女儿，那剧本据宋云彬先生说却是不大有趣的，因为这故事原是从佛教传说变化来的，中国封建势力强大的时候，青年男女不敢正面反抗，便以这样非现实的形式出之，而它的美丽凄婉也在这里。"②田汉的观点在于"非现实的形式"是故事固有的，卫聚贤复归现实的改编，则抛弃了青年男女因反抗而形成的"凄婉"魅力，因之也失掉了趣味。刘念渠则从另一角度，指摘《雷峰塔》："今天不少像许仙与白素贞的人存在着，却有它的社会原因，这不是用'讽刺'可以解决的问题。"③他并未指责卫聚贤的现实取向，只是认为《雷峰塔》的讽刺力度因忽视了社会原因而有所欠缺。而极端的批评者则从剧作的艺术水准上考虑，认为该剧不过是草草之作，制作上粗糙，旨趣上低劣。如现代论者指出："陈白尘捉刀代笔。陈两三天即草成该剧，送卫排演，其粗糙可想而知。"④时人与后人对卫聚贤的讥讽，与其说是对卫聚贤剧作的不满，不如说是对揭破传统爱情神话、暴露伪善情爱的不满，是因固守传统而生出的拒斥。此时，他们所维护的并非剧作改编的法则，而是道德成规与情节成规的圣典地位。

相比而言，民众对这一剧作却大为认同。如《剧刊》第八号登载的新闻中称："万忠师管区剧团，目前正在万县演出卫聚贤编的古装剧'雷峰

---

① 卫大法师：《端节三幕短剧》，重庆，说文社，1947，第10页。

② 田汉：《田汉文集（十）》，北京，中国戏剧出版社，1983，第438页。

③ 刘念渠：《歉收的一年》，载《时与潮文艺》，1945年第5卷第4期。

④ 马俊山：《论国民党话剧政策的两歧性及其危害》，载《近代史研究》，2002(4)。

塔'，观众均呼'安逸'。"①可见剧作在民众中印象颇佳。而《雷峰塔》剧本也成为当时的畅销之作，至1944年已有三版。而在1945年"重庆初版的话剧剧本单行本影响较大者"的总结中，卫聚贤的《雷峰塔》赫然在列。②这实际的效果与民众的接纳，应归因于剧作由于反神话与求真实而生的魅力。

无论从何种角度评判，卫聚贤的《雷峰塔》都是白蛇许仙故事中的一个异类，但这份独特却为历史传说题材话剧的改编提供了一种新的史学思维。即把人妖的奇情诡恋拉回到历史维度进行考虑，将词话、传奇、杂剧及梨园本中各种妖异的要素去神魔化，以戏谑的叙述扭曲既有的故事框架和成规观念，以史学家的客观眼光推证历史的真实向度，将凄美爱情与美好向往中可能潜藏的伪饰给暴露出来。而这恰恰符合于现代历史启蒙的未来规划，即打破幻象，重新找回被抛置的历史。

虽然卫聚贤在剧作中使用了反向叙事的手法，为观审历史提供了新的思维，但这一努力却并未得到剧界的认同。这首先是因为这类悖逆历史的剧作在现代文学时期数量较少，卫聚贤的历史题材剧仅有《雄黄酒》和《雷峰塔》两部，并从此收笔。因而影响不大。其次，这类作品更多在趣味、阅读表演效果方面被强调，而其艺术价值和颠覆历史成规的价值则少人关注。而从对《雷峰塔》的批判来看，当时剧界更多强调尊重历史记载和维护传统，从而限制了以求异思维重新审视神话、传说等并由此思考历史的剧作产生。这导致了现代文学时期立意于"反历史"的话剧叙事上的难以为继和浅尝辄止。甚至到了当代文学时期，大多作品也是按照白蛇故事传统结构"接着说"。倒是在其他题材的创作/改编中，当代一些受后现代主义思想影响的剧作者开始采用"反着说"的方式营构剧作。

---

① 卫聚贤：《雷峰塔·三版赘言》，重庆，说文社，1944，第6页。

② 石曼：《重庆抗战剧坛纪事》，北京，中国戏剧出版社，1995，第194页。

下编　历史人物与形象嬗变

第九章　孔子形象在中国现代小说中的重写

一、重写孔子与“非儒反孔”思潮

现代重写型小说中，先秦诸子的形象不仅不再是至圣先贤，而且还经常是平凡甚至平庸的，处境总是窘迫，自身还有很多缺点。郭沫若小说《柱下史入关》(1923)中，老子出关到了“了无人迹的沙漠”，才发现想象和现实完全是两回事：青牛没吃没喝倒毙了，他本人还是喝了青牛的血才得以狼狈逃回关内，现实的教育使他否定了自己以前的学说。郭沫若同时期创作的《漆园吏游梁》(1923)里，庄子陷入了现实的困窘：卖不出自己打的草鞋，去向旧友“贯两升小米”也被拒绝，他只好拿起草鞋“足足嚼尽了一只”。

道家的老庄境遇如此，儒家的孔孟在现代重写型小说中也跌下了圣人宝座。郭沫若《孟夫子出妻》(1935)中，孟子一心“立志要为圣贤”，其实行方式就是“不动心”“存夜气”，而他的夫人却不能不使他挂心，因此夫人就成了他修行的障碍，他感到必须把夫人“出了”才行。可笑的是，孟子既想修行，又难以离开夫人，倒是夫人主动请求离去以成全他。小说中孟子面对夫人时踞时恭、心神不定，恰和他的夫人之安稳从容形成对比。

孔子被重写得最多，头上“大成至圣先师”的光环消失殆尽。王独清的《子畏于匡》(1929)中孔子为达目的不择手段，向强盗头子夫人献媚以脱离险境。非厂的《“子见南子”以后》(1935)中孔子不仅没有通过南子走上门路，反而被她奚落，所以大生其气，骂道“只有女子和小人难对付”。郭沫若《孔夫子吃饭》(1935)中，孔子怀疑颜回偷吃米饭，试验颜回的反应才发现自己错怪了他，孔子借着教育弟子而掩盖自己的疑心，搪塞自己的良心不安。秋翁(平襟亚)《孔夫子的苦闷》(1941)设置了一个“米珠薪桂、百物高昂的年头”，借用论语中孔子的言辞，虚拟出为“学生们的积欠学费”十分头痛的孔子。谭正璧《采桑娘》(1942)中孔子则输给了民间的采桑娘：孔子要向采桑娘来求教穿九曲明珠的方法，受到“不要把我们女子放在‘小人’一起评骘”的教训。鲁迅《出关》(1935)中孔子不是主角，但是他一样是个不太光彩的人物。一方面，孔子学老子的学说，为的是“上朝廷”；另一方面，孔子离开之后，老子判断：“他以后就不再来，也不再叫我先生，只叫我老头子，背地里还要玩花样”。以上小说或多或少都具有讽刺意味，孔子不仅不再是一个高高在上的圣人，而且鼻子被抹上白粉，成了带有小丑色彩的漫画人物。

这种将诸子“凡庸化”的重写倾向和五四新文化运动之后反传统的文化潮流相一致。将重写的笔触集中到孔子身上，则在小说创作领域实践了新文化运动提出的“偶像破坏论”，呼应了民国期间学术界、思想界“非儒反孔”的思潮。作为影响了中国文化两千多年的儒学圣人，在孔子没有成为“圣人”之前，他会被其他思想流派的人攻击；在他成为“圣人”之后，依然有异端发表对他的不同意见。不过，只有到了五四新文化运动时，孔子才切实地被拉下了中国文化思想权威的宝座。

民国时期，非孔与尊孔是影响思想界的重要话题，非儒反孔的思潮力量是强大的。民国时期的非儒反孔思潮可以从三个层面来观察。

第一，从政治层面来看，非孔与尊孔的对立常常由政治问题所引发。民国建立之初，袁世凯复辟，发布尊孔令，其政治上的反动引发了思想界批孔的热潮。从易白沙《孔子平议》开始，之后陈独秀、吴虞、鲁迅、李大钊都纷纷在《新青年》上发表非儒文章，掀起反传统的文化风潮。胡适在《吴虞文录序》中称吴虞为“四川省只手打孔家店的老英雄”。孔子自此消失了长久以来被赋予的神圣色彩，并且再难恢复。正是在这样的风潮下，才有诸如王独清《子畏于匡》这般的非孔作品产生。此后的1934年，南京国民党中央通过尊孔祀圣的决议，倡导学生尊孔读经。政治上的这种尊孔命令，也引发文化界的抵触之声。郭沫若《孔夫子吃饭》就是写于尊孔令发布之后的1935年，小说将孔子刻画成一个颇有私心并且不无虚伪的“领袖”，这正是对当时尊孔决议的嘲讽。

第二，从社会文化层面来看，孔子的评价问题多次成为热点。1929年，位于山东曲阜的山东第二省立学校排演了林语堂创作的独幕剧《子见南子》，惹得孔门后裔大动干戈，上告法庭，社会舆论纷纷谴责后者的孔子偶像情结及霸道言行。在戏剧中描写孔子未免“不动心”的林语堂，20世纪30年代办起《论语》杂志，提倡幽默，给孔子戴上闲适幽默的帽子，这种论调又遭到鲁迅等人的批判。非厂《“子见南子”以后》就是针对“论语派”的主张而唱的反调。

第三，从学术层面来看，非儒反孔思潮有传统自身的裂变和西学的冲击两方面的因素。就西学冲击而言，20世纪初，中国旧学的体系逐渐解散，仿照西方学术逐步建立起新的知识体系。晚清的诸子学在民国变成了“中国哲学”学科的一部分，先秦诸子都成为西方学术体系中“哲学”的研究对象。学者可以按照自己的理解与意愿来评判诸子，一般不会遇到来自学术之外的压力。在这样的学术体系里，一向作为中国正统文化的代表的儒家也失去了其权威性，可以被任意褒贬。

在非儒反孔思潮影响下的风习中，现代小说里所描绘的孔子形象被剥去圣人的道德外衣，那么，“非儒反孔”“打倒孔家店”就是现代重写诸子小说的主旨所在吗？恐不尽然。有研究者就曾经指出，一方面现代作家揶揄、嘲弄“圣人”，高唱偶像破坏论，反对神化传统文化的“祖师”；另一方面，他们又以“人”的标准“还原”这些“祖师”形象，予其“人”的尊重①。的确，现代作家往往声称“还原真相”才是其重写的初衷。

二、“还原”倾向

《孔林鸣鼓记》是曹聚仁的一篇戏剧体小说。小说虚拟了一个非现实的场景，从古而今的儒学人物纷纷登场，接受孔子的批驳。小说中，孔子指斥后人曲解自己的为人与学说，逐个批驳孟轲、荀卿、董仲舒、刘向、周敦颐、朱熹、康有为一干人等，指出他们违背了自己的原意，不是故意使坏，就是不安分的胡说。在其杂文《挖掘孔林私议》中，曹聚仁也表达了完全一致的看法：

> 孔圣人总算是件东方的木乃伊，直到今天，还是“不朽”。……孔圣人死去以后，孟亚圣首先调好香料油胶，替他涂上一层；荀老夫子又调好香料油胶，涂上一层。汉朝贾谊董仲舒五经博士十三博士辈，替他穿上一件阴阳五行的道袍，将他装成道士模样；刘歆，郑玄，王肃那些古文经，又替他戴上一项方巾……还有赵普请他治天下，康有为请他充当政客当教主，戴季陶先生请他收孙中山先生为弟子……且设身处地为孔圣人想想，肉体灵魂之受苦受难，莫此为甚。若替他脱下袈裟，除去冠冕，洗涤香料油胶，还他一个通体轻快，他岂有不高兴之理。②

《挖掘孔林私议》和《孔林鸣鼓记》，一为杂文，一为小说，内容相仿，主旨完全一致，对照来看，作者的倾向显而易见。所谓“替他脱下袈裟，除去冠冕，洗涤香料油胶”，当然带有破除偶像崇拜的意思。在新文化人

---

① 方锡德：《文学变革与文学传统》，北京，北京大学出版社，2003，第421～422页。

② 曹聚仁：《挖掘孔林私议》，载《涛声》，第2卷第2期(总第38期)，1933(1)。

看来，偶像代表了迷信，限制了思想的自由。偶像的用处，即在于权势者利用其权威来压制人。“偶像倘不破坏，人间永远只有自己骗自己的迷信，没有真实合理的信仰”①，而孔子被历朝历代奉为最大的思想权威的偶像，他的“圣人”形象，因此必然成为被打倒的目标，以祛除其“圣魅”。这里更重要的是，曹聚仁所说的“还他一个通体轻快”同时意味着还原孔子的本来面目。

对写了《孔夫子吃饭》的郭沫若来说，他相信《吕氏春秋》中孔夫子吃饭的故事“一定有根据”，所以据此重写；对《“子见南子”以后》的作者非厂来说，他“自信”其小说是“熟读精读《论语》的‘心得’”，要比“论语派”的见解更为正确。在他们看来，剥去孔子“圣人道德”的外衣正是还其本相。

那么，小说家是如何在小说中“还原孔子真相”的？

首先，当然要洗去后人为孔子涂抹的油彩。鲁迅曾说，孔子死后，“因为他不会噜苏了，种种的权势者便用种种的白粉给他来化妆，以至抬到吓人的高度”。② 因此，小说家就要把孔子脸上那“种种的白粉”洗去。曹聚仁说要给孔子“脱下袈裟，除去冠冕，洗涤香料油胶”，正是这个意思。在《孔林鸣鼓记》中，“白粉”也好，“香料油胶”也好，可能指别有用心、故意歪曲孔子，也可能指迷信与孔子年代接近的学者的看法，这两者都被否定了。《孔林鸣鼓记》题目中“鸣鼓”一词，出自《论语·先进篇》：“季氏富于周公，而求也为之聚敛而附益之。子曰：‘非吾徒也！小子鸣鼓而攻之可也。’”曹聚仁借用了“鸣鼓”一词，正是表明孟子等一干人“非孔子之徒也”，表明反对后人对孔子的曲解。小说中孔子与康有为、庄存与、刘逢禄的对话形象地表现了这一点：

> 孔丘：什么素王。我这荤王今天偏要打折你这狗腿，看你还敢造谣生事不？你以为我不知道，什么大同书，什么张三世，都说是我的主意，我几时出过那些狗屁主意。
>
> 康有为：我本来只说是老夫子“托古改制”，我，我以为老夫子总不会知道的，也想托一回古改一回制看。……其中有许多道理，都是庄存与，刘逢禄他们两位老前辈说的，我也不大清楚。
>
> 庄存与、刘逢禄：我们，我们也是从前几位汉朝的老前辈，何休他们说的，我们想汉朝人离开老夫子时候近一点，他们总

---

① 陈独秀：《偶像破坏论》，载《新青年》，第5卷第3号，1918(8)。

② 鲁迅：《在现代中国的孔夫子》，见《鲁迅全集》，第6卷，北京，人民文学出版社，2005，第327页。

不会说错的。

的确，无论清代经学各家各派持何种主张，在寻求六经的历史真面目这一点上他们都无异议。从某种角度来看，经学今古文之争也就争在“求真”的层面。梁启超这样描述清末今古文之争的必然性：

> 入清则节节复古，顾炎武、惠士奇辈专提倡注疏学，则复于六朝、唐。自阎若璩攻伪《古文尚书》，后证明作伪者出王肃，学者乃重提南北朝郑、王公案，绌王申郑，则复于东汉。乾嘉以来，家家许、郑，人人贾、马，东汉学烂然如日中天矣。悬崖转石，非达于地不止。则西汉今古文旧案，终必须翻腾一度，势则然矣。①

对于今文学家来说，“求真”意味着接近“原初”，那么，愈接近六经成书年代的资料则愈接近真实，且汉代人解经要比宋儒接近原意，而西汉解经比之东汉又更接近原意。“汉朝人离开老夫子时候近一点，他们总不会说错的”，就是在这个意义上说的。

康有为讲“托古改制”，作《孔子改制考》，与其说是研究专门学问，不如说是为了政治革新而寻求思想工具和理论资源。因此，曹聚仁让孔子在小说中大骂康有为。有意思的是，康有为借孔子之名行改革之实，梁启超在《南海康先生传》中称其“发明孔子之真意”。梁氏后来反对康有为视孔子为教主的观点，又说“保教之议者”“不知孔子之真相”，而他自己将孔子视为“先圣”“先师”②。顾颉刚则自称初读《孔子改制考》就深为叹服：“第一篇论上古事茫昧无稽，说孔子时夏殷的文献已苦于不足，何况三皇五帝的史事，此说即极惬心餍理。下面汇集诸子托古改制的事实，很清楚地把战国时的学风叙述出来，更是一部绝好的学术史。……我对于长素先生这般的敏锐的观察力，不禁表示十分的敬意。”③这里，顾颉刚就认为康有为的“托古改制”是“绝好的学术史”。是耶非耶，都以“真相”当作判断标准，以“还原”“求真”为主旨。

其实，撇开康有为是否“发明孔子之真意”不谈，他的言论确实未尝不顶着“还原”“求真”的帽子。曹聚仁在小说里把康有为、庄存与、刘逢禄描绘得小丑一般，但在“求真”“还原”的追求上，他和这些人没有什么

---

① 梁启超：《清代学术概论》，上海，上海古籍出版社，1998，第74页。

② 梁启超：《保教非所以尊孔论》，载《新民丛报》，第2号，1902-02-22。

③ 顾颉刚：《〈古史辨〉自序》，见顾颉刚编著：《古史辨》，第1册，北京，朴社，1926，第26页。

不同。曹聚仁这种“还原”思路和顾颉刚的观点也可以互见。1923年顾颉刚在给钱玄同的信中提出“层累地造成的中国古史”的意见，两人的通信发表之后引起很大反响。“层累说”揭示了“其世愈后则其传闻愈繁”(崔述)的内在秘密，对于研究历史、神话、民间文学等都产生了深远的影响。“层累说”的思路也体现在顾颉刚对孔子的认识上。他曾经这样说：“春秋时代的孔子是君子，战国的孔子是圣人，西汉时的孔子是教主，东汉后的孔子又成了圣人，到现在又快要成为君子了。孔子成为君子并不是薄待他，这是他的真相，这是他自己愿意做的。”[①]同样的，《孔林鸣鼓记》中曹聚仁干脆让孔子直接宣布，“我要做‘君子’，偏不要做‘圣人’”。在顾颉刚的论述里，孔子形象经历了“君子－圣人－教主”的演变，也是“层层累积”起来的，要恢复“真相”，就要重新把他看成一位“君子”，剥落孔子身上被后人赋予的“圣人”“教主”的“油彩”。这种与“层累说”思路一致的孔子观，和曹聚仁《孔林鸣鼓记》《挖掘孔林私议》中的观点实在是非常合拍的。

如果说作家重写孔子时首先要洗去前人涂抹的油彩，那么他们自己是怎样来描绘孔子呢?

当然，他们的重写也不是空穴来风，从诸子书中发现真孔子，从民间传说中吸收素材是重写很重要的内容。换句话说，现代重写孔子的小说其前文本，往往来自诸子书和其他非正统典籍。例如，郭沫若《孔夫子吃饭》的前文本来自《吕氏春秋》，谭正璧《采桑娘》的前文本来自《韩诗外传》。

从其他典籍中发现“不同声音”的手段，在现代重写诸子的小说中屡见不鲜，这和清末诸子学的思路有着极为相似之处。张灏论述19世纪末叶中国“诸子学”复兴时就曾经指出，这种复兴很大程度上源于汉学衍化的内在逻辑，他认同余英时的观点，即汉学中有着儒学“回向原典”的内在冲力。在这种内在冲力的作用下，汉学家们则重新燃起了对古典非正统哲学的热情。[②]

鲁迅曾经明确表明，小说《出关》中“老子的西出函谷，为了孔子的几句话”不是自己的独创，而是从章太炎那里听来的。[③] 晚清诸子学说中，

---

① 顾颉刚：《春秋时代的孔子和汉代的孔子》，载《厦大周刊》，160～163期，1926(10)(11)。

② 张灏：《危机中的中国知识分子——寻求秩序与意义》，北京，新星出版社，2006，第13页。

③ 鲁迅：《〈出关〉的“关”》，见《鲁迅全集》，第6卷，第539页。

章太炎是力主“复古”的，不过，他的“复古”用梁启超的话来说就是“以复古为解放”。在《尊荀》一文中，章氏将“古”与“新”相对来看：“近古曰古，大古曰新。綦文理于新，不能无因近古。……其傣古也，禔以便新也。……其傣古也，其傣新也。其傣新也，禔以害新也。”①章太炎的“傣古便新”表现在对先秦诸子的重新诠释上。他既然信任诸子典籍，就以诸子书中的“非孔”记录作为证据：“佛与外道，互有通涂，孔与庄、韩，亦非隔绝。故录在彼书者，转可信为胜义。”②《诸子学略说》中孔老相争一段就来自《庄子》，并由章氏加以发挥引申，从而被鲁迅采用为前文本创作了《出关》。虽然鲁迅说章太炎这段诋毁孔子的话自己也并不一定信为真实，不过，类似从诸子书中发现真孔子的思路，鲁迅是极为认可并在自己的写作中发扬光大。

三、西学视角与比附思维

康有为在《孔子改制考》中显示出的怀疑精神和考稽功夫固然令后辈如顾颉刚产生十足敬意，但是他的写作却“项庄舞剑，意在沛公”，最终关心的不是学术而是政治文化。康氏要重建以孔子为宗师的文化道统，改造传统以维新。有了这样的眼光和目的，他的诸子学才从今文学的“宗汉”扩大到重视先秦诸子。康有为重建文化道统的手段是尊孔子为“教主”，这是受到西方文化的影响。康氏将欧洲文明的发达归结于基督教，“欲侪孔子于基督”③，所以倡议设立孔教。换句话说，康氏的“还原孔子真相”，一则要服务于其维新、启蒙的政治性目标；二则受到西学的影响，终于得出“托古改制”的结论。康有为从“求孔子真相”出发，进于“立孔教”的主张，背后支撑他的是将西方历史文化比附中国的思维模式。他从晚清诸子学的“还原”学术理论开始，进而开辟了援西方思想入中国、以西方视角审视中国的新路径。

现代重写先秦诸子的小说，不仅仅在“还原”孔子真面目的主张上承接了康有为等晚清诸子学家的路数，在“以西方视角审视中国传统”这一点上，也是一样。小说家要还原孔子真实面目，当然指的是“洗去”孔子身上那些由传统的注疏、解释所带来的层层“油彩”。不过，如果说重写

① 章太炎：《訄书初刻本·尊荀第一》，见《章太炎全集》，第3册，上海，上海人民出版社，1984，第7～8页。

② 章太炎：《大乘佛教缘起考》，见《章太炎全集》，第4册，上海，上海人民出版社，1985，第477页。

③ 梁启超：《清代学术概论》，上海，上海古籍出版社，1998，第79页。

型小说洗去了孔子身上的传统“油彩”，那么是否其自身就是通体透明的呢？恐怕也不尽然。在“还原”“求真”的旗帜下，重写者开始抛开传统的观念，但是与此同时，西方理念则悄然潜入重写者的思维，开始发挥作用。

廖沫沙在《凤兮，凤兮！》(1944)中写道，隐士兼狂人桀溺将孔子所持之道视为拘泥于先王之道，由于历史环境已经改变，道自然行不通。桀溺对孔子带着弟子周游列国不以为然，“随你走到哪里，天下乌鸦一般黑，不从远的和大的地方想办法，要来改变世界，这能行吗?”后来孔子也不得不面对这一点，他感慨：“天下无道久矣，我过去的办法行不通，别人也不会宗信。”这种将孔子之“道”视为注定被淘汰的逆时代潮流而动的教条的观点[①]，正为许多接受历史进化论的知识分子所持有。萧公权就将孔子的失败主要归于历史环境的限制。他承认孔子陈义很高，但指出就连孔子弟子中也很少能够力行的人。孔子是君子儒，不是小人儒，可是，“孔子所欲改善保持之封建天下，卒迅速崩溃以去，则君子儒不能与游说功利之士争胜，亦势所必至也”。[②]

如果说在情感上，《凤兮，凤兮！》中“孔子之道不行”的感叹接近萧公权对孔子“君子儒”的评价和惋惜，那么在观念层面，《凤兮，凤兮！》中对于孔子之道的评价更接近范文澜的观点。范文澜这样描绘孔子的烦恼矛盾：“想维持旧统治者的地位，可是正在摇摇欲坠；想反对世卿大臣，可是他们仍有实际权力；想做大官，可是被贵族压抑；想安贫贱，可是委屈了治国平天下的大学问。”[③]这正好可以与《凤兮，凤兮！》选择重述的情

① 接受历史进化论的知识分子，也有的将孔子之“道”看作适应了他的时代的有价值的东西，认可孔子是他的时代的哲人和伟人，但认为其思想不再适合现今的时代。李大钊《自然的伦理观与孔子》中说，“孔子于其生存时代之社会，确足为其社会之中枢，确足为其时代之圣哲，其说亦足以代表其社会其时代之道德。……无如其人已为残骸枯骨，其学说之精神，已不适于今日之时代精神何也!”宋庆龄在《儒教与现代中国》一文中的论述也很具代表性。她认为，“作为一个改良家，孔子扮演了一个伟大的历史角色。他为封建社会创造了礼教。”但是，到了现代社会，“孔子的伦理体系已经堕落成为纯粹的繁文缛节，同时，他的学说束缚了学者们的智能，限制了学问的范围，并且使大众陷于愚昧。”

② 萧公权：《孔子》，见《20世纪儒学研究大系1·孔子研究》，北京，中华书局，2003，第321页。

③ 范文澜：《中国通史简编》，延安，新华书店出版，1941～1942年，这里转引自《20世纪儒学研究大系1·孔子研究》，北京，中华书局，2003，第302页。在1949年的修订本《中国通史简编》中，范文澜把上述表述修改为：“士是统治阶级的最下一层，当他求仕干禄向上看时，表现出迎合上层贵族利益的保守思想，当他穷困不得志向下看时，表现出同情庶民的进步思想。士看上时多，看下时少，因此士阶层思想保守性多于进步性，妥协性多于反抗性。”(范文澜：《中国通史简编》修订本第一编，北京，人民出版社，1949年第1版，1964年第4版，第201～202页)

节对应来看。小说中，孔子尊鲁君，而鲁国的大权掌握在季叔孟三家；孔子要明纲常，劝鲁君攻打弑君的齐国陈恒，可是当权的季氏却不同意；在“危邦不居”的信条下离开鲁国，他仍然希图在其他诸侯国宣扬自己的“道”，实现从政的愿望。

荆有麟《孔子去楚的途中》(1933)将孔子比作“布尔乔亚”，称之为统治者的“帮闲”，把骂孔子“四体不勤、五谷不分”的老者当作“普罗者”。小说讽喻的意味十足，将孔子划归贵族封建统治阶级的立场十分明显。将孔子视为统治阶级利益的代表，这是接受阶级观念的知识分子批孔的着眼点。陈独秀在《宪法与孔教》一文中提出了这样的问题：“孔子之道，果为何物?”接着，他在文中作了如下回答：“愚以为三纲说不徒非宋儒所伪造，且应为孔教之根本教义。”“此等别尊卑贵贱之阶级制度，乃宗法社会封建时代所同然，正不必以此为儒家之罪，更不必讳为原始孔教之所无。”在此，陈独秀十分鲜明地将“阶级制度”判作了孔子之罪、儒家之罪。

历史进化论也好，阶级观念也好，这些无不来自西学。可以看到，在试图“洗去”孔子身上“传统的油彩”之后，重写者却不由自主地戴上了西学“眼镜”来审视曾经的“圣人”。有了西学的“眼镜”，20世纪的作家笔下的先秦诸子就有了不一样的面貌。以外来的眼光审视中国传统文化，这正是文化转型时期文人学者着意要做的事，这样的学术理念和文化观念也是顺应当时的社会历史文化语境的。在重写诸子的小说中可以见到西学眼光，自然可以算得不同文化间相互比较的实践，但践行得精微与否却不一致。将孔子比附“布尔乔亚”，将批评孔子的隐士比附“普罗者”，这样的重写不但不精微，简直失于粗疏，借用郭沫若的话来说，这种重写就是通过“凸凹镜”来看孔子①。

四、孔子重写中的道德含混性

在以上“还原”式的重写中，现代作家的重写观念呈现出与清末以来诸子学的内在的相似性，也不可避免地融入了西学视角，甚至在重写中不由自主地带着比附思维。不过，值得注意的是，在重写孔子的现代小说中，除了本节开头提到的那些具有“非儒反孔”倾向、对孔子颇多讽刺的重写(比如王独清《子畏于匡》、非厂《“子见南子”以后》等)，还有不少作品刻画了更接近所谓“正面角色”而往往带有悲剧色彩的孔子形象：他

① 郭沫若：《儒家精神之复活者王阳明》，见郭沫若《文艺论集》，上海，光华书局，1929，第88页。

为了理想周游列国，凄凄惶惶奔走四方，却不得不面对“道不行”的残酷现实。在以孔子为主人公的小说中，有几个情节被多次重写，即“子见南子”“凤兮之歌”以及“伯牛有疾”。

(一)“子见南子”

在现代小说中，“子见南子”这个情节被多次重写。《论语》中记载“子见南子，子路不悦”，孔子为此还赌咒发誓，连称“天厌之”。毫无疑问，这个情节极富戏剧性，很容易被拿来重新解读，作为重塑孔子形象的材料。

非厂对孔子有几分不敬，《“子见南子”以后》描绘孔子见南子，被南子奚落了长相，心里很不是滋味，以至于退回来之后骂出“只有女子和小人难对付”的话。非厂这篇小说针对的是林语堂等“论语派”，当时后者在《论语》等小品文杂志上一味谈论孔子之“幽默”，将幽默、旷达视为孔子最重要的品性，林语堂还写过《孔子亦论语派中人》这样的小品文。在这里非厂故意和“论语派”唱对台戏，描绘孔子小肚鸡肠的私心、对待女性的扭曲心态。不过，孔子为何要去见南子呢？《“子见南子”以后》中通过孔子的自白可以看出来：“我搭了坏名气，不顾一切地跑去求见伊，纵也有心避艳，却满想弄个一官半职，藉着推行我的大道理，倒是正经的。”没错，孔子为了“行道”才去见南子，以图通过南子影响卫灵公。结果，南子只是好奇，想看看圣人长个什么样，孔子凭空受到羞辱，不仅推行“大道”不得，归来之后还被子路质问。

在冯至《仲尼之将丧》中，暮年的孔子回想一生，也不由自主回忆起当初见南子的一幕，“她那时要见我，她哪里懂得我的一缕头发，她哪里懂得我的一声叹息。她见我，不过因为我的身子分外高，我的头顶有些凹，想看看我这在她眼内有些奇异的人罢了。……我抱着我的理想，流离颠沛，一十四年——卫呀，楚呀，陈呀……没有一个地方能够用我一天”。谭正璧《采桑娘》中，则通过子路的内心独白来勾勒“子见南子”一事：“这次的夫子却变更了平昔的态度，想实行‘时’的政策，以为可以通过她来踏上卫国的政治舞台，实现他在鲁国没有实现的伟大的抱负。不料反而被她利用了，闹了许多别人所不会有的笑话。”由此可见，重写的小说中都是将“子见南子”和夫子之道不得推行联系在一起的。

这一点在林语堂的独幕剧《子见南子》(1928)中也可以得到印证。这出引发了一场官司的戏剧，将孔子的“周公之道”和南子的“艺术人生观”对立起来，让代表这两种观念的两个人面对面地碰撞，最后孔子竟然败下阵来。他虽然最终依旧坚守自己的“道”，可是却不能影响南子，还差点被南子所动摇。就在林语堂《子见南子》发表之后不久，田汉翻译的日本谷崎润一郎的小说《麒麟》也发表在《南国周刊》上。《麒麟》的主要情节是孔子和南子争夺卫灵公，也将孔子和南子对立起来。小说中，灵公被孔子描绘的“大道”所激动，开始听从他的建议，但最后还是屈服在妖冶的南子裙下。有趣的是，《麒麟》故事的题记恰恰是“凤兮之歌”。“子见南子”发生在孔子遇楚狂之前，更发生在“西郊获麟”之前，小说用这样的题目和题记，正是表明其主旨所在：夫子之“道不行”的悲哀。

《“子见南子”以后》《仲尼之将丧》《采桑娘》以至《麒麟》中对孔子的心理描写当然都出自虚构，可是小说中透露的那种苦闷的思绪，只有对照重写型小说中孔子闻“凤兮之歌”而怅然若失的描绘，才更能凸显其深长的意味。

（二）“凤兮之歌”

《论语·微子篇》中关于“凤兮之歌”的记载很简单：

> 楚狂接舆歌而过孔子曰：“凤兮凤兮！何德之衰？往者不可谏，来者犹可追。已而，已而！今之从政者殆而！”孔子下，欲与之言。趋而避之，不得与之言。

《论语》中孔子热心救世，却碰到几位隐士对他泼了些冷水，楚狂就是其中的一个。他对孔子唱“凤兮之歌”，究竟是劝谏，是讽刺，是友好，还是不善？在现代作家的小说中，对此有着不一样的重写。

陈子展《楚狂与孔子》(1932)就以这一首“凤兮之歌”为主要内容。孔子千辛万苦到了楚国，谁知楚昭王听信了令尹子西的话，不重用孔子。又过了没多久，昭王也死了。孔子在苦闷中出游郊外，碰到楚狂唱了一首“凤兮之歌”，他不禁悲从中来：

> 孔子眼望着这个老者走过去的背影，耳听着这个老者唱出来的悲声，好像他的那颗热辣辣的尊王复古的心头浇了一瓢子冷水，不觉很感伤的叹息道：“唉，我不见来到，天下太平是没有希望的了，我的这一生就是这样算了吧！”

小说中，孔子的形象基本是正面的，他为自己的政见不得采纳，自己理想的社会不能实现而感伤悲叹。楚狂的歌衬托出孔子心境的悲凉。

曹聚仁《孔老夫子》(1934)则将楚狂的歌放在孔子与弟子论道之后。孔子分别问子路、子贡、颜回三个弟子为何自己的道不能实行，只有颜回的回答令孔子满意：“我们有财宝，他们不识货，足见他们是为多大的混蛋，我们何必想倒霉不倒霉的事呢！”那么，孔子为何突然向弟子发出这样的问话呢？小说接着写道，正是楚狂所唱的“凤兮之歌”，“这漫长而凄婉的楚歌，刺痛了仲尼的心！”

廖沫沙重写孔子的小说就更加典型了，干脆以《凤兮，凤兮！》(1944)为题。和《楚狂与孔子》从楚昭王不用孔子说起不同，《凤兮，凤兮！》则从孔子相鲁开头。孔子摄行相事，不到三个月就有了“看得见的成绩”，孔子因此更加跃跃欲试，憧憬于他将要实行的治鲁三年计划。哪知道此时齐国陈恒弑君，孔子便要求鲁君讨伐陈恒，但是鲁国的大权控制在季叔孟三家，这三家都不主张出兵。此时齐国更送来女乐讨好鲁国，鲁君和季氏都沉迷于戏班子的娱乐，根本听不进孔子的话。“危邦不入，乱邦不居”，孔子只好带着弟子离开鲁国。在路上，他们听到一首楚歌被人翻来覆去地唱，这正是“凤兮之歌”。孔子想找到唱歌的人，那人却故意回避了。接着他们又遇到了长沮、桀溺、挑着篠箕的老者，这些人对孔子都有些不以为然。当长沮、桀溺感叹“天下乌鸦一般黑”，认为孔子走到哪里也一样时，孔子没有否认他们的说法，但是依旧坚持自己：“不过这种世界，我若不钻进去干，只是翻翻泥土，图个清静，又怎么改变法呢?”当看到挑篠箕的老者躬耕忙碌时，孔子对自己原来的想法有所修正。唱“凤兮之歌”的楚狂，以及那些发出不同声音的隐士，他们成为促进孔子思想转变的外在因素。如果说以前孔子是坚持“知其不可而为之”的话，那么，此时他却明白表示：“我的道行不通，我已经知道了。”他想到了“易道而行”：“述而不作，信而好古，只研究历史现实，不说空话。”孔子打算从此带着学生进行“实地考察”，以作研究历史的辅助，并且还亲身了参加耕作的农活。可见，小说以“凤兮凤兮”为题，正是表明孔子此前的“道”是行不通的。

“凤兮凤兮”“子见南子”在小说中被多次重写，透露出孔子“吾道不行”的悲哀；同样，“甚矣吾衰也”的感叹也被多次重写，有着相近的感情倾向。“甚矣吾衰也，久矣吾不复梦见周公也。”《论语》中这样记载着孔子对自己衰老的感叹。冯至《仲尼之将丧》(1925)以这句话作为题记，力图表现面临衰老与死亡的孔子所可能的心绪。《凤兮，凤兮！》的结尾预示着孔子认识到从政的路行不通，他打算退而研究历史，一心著述，教授学生。而《仲尼之将丧》中，晚年回到故乡的孔子似乎对自己的一生都产生了怀疑。

“泰山其颓乎！梁木其坏乎！”以前，孔子登泰山而小天下，而今，“旧日的气概一点也没有了”。面对茫茫宇宙，他感到人的渺小、微茫，他想起很久以前自己所不能理解的樵夫的哭泣：

> 樵夫啊，你是世间的至圣！当我们在泰山的幽径里相遇时，你哭得是恁般地苦闷，岩石为之堕泪，鸟兽为之惊心。我这愚蠢的人啊，我那时不但不能领会，还要问你为什么哭。樵夫啊，你说，你自伤，所以这般哀泣……茫茫天空，恢恢地轮……万物的无着无落，是这样敏锐地感动了你……你深入了人生的真髓、宇宙的奥秘；我直到今日，才能了解你！

曾经，他踌躇满志，所以不能了解人的渺小感；曾经，他知其不可而为之，所以不能认可樵夫自伤的哭泣；现在，面对死亡的阴影，他对于自己的信念产生了怀疑："我还有几天的生命呢，天也无边，地也无涯，悠悠荡荡，我种种的理想已经化成灰烬了。后世呀，不可知的后世……"当一个人在最终时刻对自己一生所坚信、坚持的理想产生了怀疑，人生的立足点发生了动摇，这是多么大的打击！

王济安《孔子南游于楚》(1937)也抓住了这句话来刻画孔子的心理。孔子南游于楚，意见依旧不能得到国君楚昭王的采纳，他不禁在逆旅的屋子里感伤起来："老了哇！真是老了！有好些时候，不曾梦见那位老圣人周公了！真是老哇！梦也没有了呢！而且……而且这趟南游，又是白跑了腿啊！回去罢！回去罢！不是有些天资极好的徒弟么？回家去把他们好好的教育起来；行我的道的如果不是我自己，一定是我的徒弟们，或是徒弟们的徒弟呢？"孔子预见到在这个时代难以推行自己的"道"，不过，他还希望更多人了解他知道他，他还寄希望于教育弟子来"传道"。可是，弟子是否能够传承他的衣钵？子路是孔子最亲近的弟子，当叶公向他询问孔子的为人时，他竟然不知道如何说才好。为此，孔子对子路说出一大篇道理来，可是子路究竟对夫子能够体认多少呢？孔子说完话，"眼睛又从子路身上挪开，仍然注视着对面的墙上，又看见那众弟子们所不能看见的东西"。

(三)"伯牛有疾"

"伯牛有疾"也是小说中被多次重写的重要情节之一。伯牛也是孔子得意的门生。《论语》中孔子将门生分成几个类型：德行、政事、言语、文学。除了颜回，德行科的佼佼者就是伯牛了。《论语·雍也篇》记载："伯牛有疾，子问之，至牖执其手，曰：'命矣夫！斯人也，而有斯疾也！斯人也，而有斯疾也！'"伯牛是孔子心爱的学生，他生了病，孔子前去探望，隔着窗户握着他的手发出痛苦的叹息。"斯人也，而有斯疾也！"这样的人怎么得了这样的病!

孔子对弟子都很有感情。颜回年纪轻轻就病死了，孔子极为伤心；子路在卫国遇害时被剁成肉酱，孔子得知后马上叫人把家里的酱缸盖上，再也不吃酱了。很有德行的忠厚的伯牛病了，孔子自然也很关心他，为他伤心。不过，孔子为何会发出这样强烈的感叹呢?“斯人”指的是什么样的人，“斯疾”指的又是什么样的疾病呢?伯牛温文儒雅、忠厚老实，“斯人”当然指的是“这样好的人”。而有的学者论述，孔子连门都不能进，隔着窗户看望伯牛，伯牛一定是得了恶疾，具有很强的传染性，大约是麻风病之类的严重皮肤病。伯牛是否得麻风病暂且不去管它，但孔子的叹息大致透露出这样的讯息，就是说，伯牛是很好的人，却得了不可治愈的恶疾，这是令人无可奈何的事。

冯至《伯牛有疾》(1929)以孔子探望生病的伯牛为中心情节，让伯牛对孔子诉说自己的困惑与痛苦。伯牛好端端得了恶疮，无缘无故就被街坊四邻恶语中伤，说他一定是没做下好事才会生这样的病。伯牛不仅要面对旁人的恶语相向，他还为连累妻子而感到内疚。既然生了不幸的病，就要自己担当，于是伯牛把妻子送走了。不能因为“爱”而连累妻子，伯牛这样想。面对伯牛的倾诉，孔子也无言以对。而伯牛所说的担当，也是夫子曾教育他的品性。小说在一开始就打下铺垫，描写孔子很不满意《诗经》中“岂不尔思，室是远而”这样不真诚的话：有没有思念还不清楚呢，先把离得太远当作理由，岂不是“好行小慧，言不由衷”?面临一件事，不问自己做得如何，却先从外部找原因，孔子很不喜欢这样的做法。因此，在伯牛爱上一个女子却得不到回报，埋怨对方不相信自己的感情时，孔子却告诉他，一个人没有权利要求别人怎样对待自己，既然爱一个女子，就要像爱真理一样爱她，就要承担自己的感情，不要怨天尤人，更不能像那些念叨“岂不尔思，室是远而”的诗人那样缺乏真情实意。伯牛听了孔子的话，果然追求到妻子。而他后来生病将妻子送走，也是进一步遵循“一个人承担”的原则。可是，伯牛这么做固然高尚，他自己却不能不痛苦。对于伯牛的境遇，孔子又能说些什么呢，他只能痛惜地感叹。

在小说里，伯牛正是沿着孔子教育的方向做人、行事。他似乎就是孔子在“真诚”“承担”这些思考层面的一个影子，或者说在这些方面，他可算是个能够躬行的“小孔子”。然而，在不幸到来时，他的品性不仅没有减轻痛苦，解决问题，却给他带来更悲惨的处境。具有美德的伯牛，并不能抗拒厄运，却被厄运打倒了。

廖沫沙《凤兮，凤兮！》中也特别重写了孔子探视伯牛。“孔子一向是爱重伯牛的品性的，现在眼见他遭了这样的不幸，不由不感觉痛惜。”《凤兮，凤兮！》的主题即是孔子之“道不行”，其中选取“伯牛有疾”来重写，恰恰是从这段故事中渲染出“温文儒雅”“厚重完善”的人却陷入不可治愈的恶疾，被视为“不洁净”。伯牛，正象征了孔子所向往和坚持的“道”，没有人能否认其美好，但是它却不可能有前途。返回来审视《伯牛有疾》，可以看到其中也传达了类似的信息。伯牛之疾不可治愈，甚至发出“恶臭”，这正是孔子之道行不通的一个隐喻。

如果说德行完备的伯牛隐喻了孔子之道，那么，在现代中国的语境下，我们也可以将“孔子之道”置换成“中国传统文化”。伯牛的恶疾，也正是中国传统文化所遇到的问题。对于作家来说，对于中国知识分子来说，他们并不否认传统文化固有的美好，可是，在现代境遇中，这样的文化却如染“恶疾”，不可治愈。他们对于这样的文化，只能叹息“斯人也，而有斯疾也！”在感情上，对其不无留恋；在理智上，却看不到它的未来。

在以上作家的重写中，他们感情上未尝不倾向于孔子，对其颇具同情之心，用悲凉的笔墨渲染、烘托出孔子奔走列国凄凄惶惶的一生；在作家的理智层面，他们却无不认为孔子之道根本行不通，他的行为无异于对着风车宣战的堂吉诃德。否定孔子之“道”，肯定孔子之“人”，这是一个很有趣的现象。重写作品中呈现出来的将孔子人格与孔子之道区别开来的倾向，是民国时期理解孔子的最具代表性的观念。这种“二分法”成为理解孔子的主流方法。

易白沙是首先在《新青年》上发表文章、重新评价孔子的代表人物。他的《孔子平议》用一个“平”字，既突出了客观评价孔子的“公平”态度，也显现出“平视”孔子的新的眼光。在这篇开风气之先的文章中，易白沙就明确地将真正的孔子和被利用的傀儡区别开来，他在文章结尾十分痛惜地写道：“孔子宏愿，诚欲统一学术，统一政治，不料为独夫民贼作百世之傀儡，惜哉！”同样的，李大钊也清楚地表明新文化反对的是偶像的权威，而非孔子本身：“余之抨击孔子，非抨击孔子之本身，乃抨击孔子为历代君主所雕塑之偶像的权威也；非抨击孔子，乃抨击专制政治之灵魂也。”[①]新文化运动具有反传统的色彩，喊出了“打倒孔家店”的口号，但值得注意的是，这里要“打倒”的是“孔家店”，而不是孔子本人。在新

① 守常(李大钊)：《自然的伦理观与孔子》，《甲寅》日刊，1917(2)。

文化人眼中，后人拿孔子做了傀儡、偶像，利用了孔子，真正为害的是利用他的人，而不是孔子本人。

重写孔子的小说中，写于20世纪30年代的占了很大一部分，彼时国民政府正大力提倡“尊孔读经”。鲁迅等许多知识分子也纷纷批评这股“复古”风。鲁迅犀利地指出孔子一向被权势所利用的事实：“孔夫子之在中国，是权势者们捧起来的，是那些权势者或想做权势者们的圣人，和一般的民众并无什么关系。……孔子这人，其实是自从死了以后，也总是当着‘敲门砖’的差使的。”①针对孔子被人利用这一点，政治、思想倾向不同的张东荪和鲁迅在观点上也极为相似：“可以说自孔子死后，凡是推崇孔子的都是要利用孔子的。利用孔子的人们做了无数的罪恶，却不被人发现，只是一概写在孔子的账上。”②

不过，20世纪30年代知识分子对“孔子评价”问题的探讨，并不仅限于批评时政，还有着更多的文化担当。应该说，经过了一段时间的沉积，知识分子开始对五四时期激烈的“非孔”倾向有所反思。正是基于这样的认知，张申府在20世纪30年代重新校正了新文化运动对于孔子的基本态度，提出了“打倒孔家店，救出孔夫子”的口号。③“打倒孔家店”，是将偶像化的孔子从权威的宝座上拉下来；“救出孔夫子”，则是试图将后人涂在孔子脸上的“种种的白粉”抹去，呈现孔子真正的面目。当然，“救出孔夫子”的口号之所以能够在此刻提出，和五四以来知识分子往往区分“孔子之道”与“孔子人格”的思考模式也有着内在一致性。

反观“子见南子”“凤兮之歌”“甚矣吾衰也”“伯牛有疾”这些在小说中反复出现的情节，记录着孔子一次次的失意和叹息，昭示着孔子之道不能行于天下，同时也流露出现代作家对其人格的肯定和对其境遇的惋惜。重写中“凤兮之歌”的一再出现，使文本增添了不少悲凉之气。小说中孔子之道难行于世，在现代中国的语境中读来，恰如传统文化仿佛已难以在20世纪继续立足。的确，对于孔子、对于《论语》，现代知识分子有一种复杂难言的感触。周作人在谈到自己读《论语》的心得时，曾引述了《微子篇》记鲁国乐师离开鲁国后不同去向的一段话，称之为“一章很特别的文章”。“特别”在那里呢？钱穆评述《微子篇》中这段文字：“此章记鲁衰，乐官四散，逾河蹈海以去，云天苍凉，斯人寥落。……记此八人，亦所

① 鲁迅：《在现代中国的孔夫子》，见《鲁迅全集》，第6卷，第328页。

② 张东荪：《现代的中国怎样要孔子》，载《正风》，半月刊第1卷第2期，1935(1)。

③ 张申府：《什么是新启蒙运动?》，载《实报·星期偶感》，1937(5)。

以追思孔子也。”[①]当时的文化重点在“礼乐”，乐官四散当然就是“礼崩乐摧”的景象。周作人接着果然写到了上述文字给人的“悲凉”印象：“我在小时候读《论语》读到这一章，很感到一种悲凉之气，仿佛是大观园末期，贾母死后，一班女人都风流云散了的样子。这回重读，仍旧有那么样的一种印象”。[②] 孔子在世之时就有楚狂为之叹息，唱出“凤兮之歌”；而在多少世纪之后的中国，儒家思想在西方传来的民主与科学观念的挑战下渐呈式微之势。新文化人面对孔子这样的原典人物，内心可谓五味杂陈。

“悲凉之气”“风流云散”，确乎如此，以孔子为象征的中国传统文化在 20 世纪初正面临着一种“韶华不再”“秋扇当捐”的境遇。现代知识分子大都接受了新的价值观、世界观，开始用批判的眼光来审视代表着中国传统文化的孔子或儒学，但是，他们在此文化中成长所形成的感情血脉是难以斩断的，即使持一种外在标准来批判固有文化，在情感上他们依旧对其保有同情和依恋。这似乎是一种矛盾。正如李大钊所说：“中国人今日的生活全是矛盾生活，中国今日的现象全是矛盾现象。……矛盾生活，就是新旧不调和的生活，就是一个新的，一个旧的，其间相去不知几千万里的东西，偏偏凑在一起，分立对抗的生活。”[③]美国汉学家列文森(Joseph R. Levenson)在《梁启超与中国近代思想》一书曾提出类似的“理智－情感”两分的观点。他认为，在 19 世纪 90 年代，梁启超理智上已经疏远了中国传统，而情感上仍然依恋着中国传统[④]。可以说，梁启超身上就呈现出这个时期中国知识分子情感与理智的矛盾。

情感与理智的矛盾是存在的，不过，问题似乎还不止于此。审视重写孔子的小说，我们可以看到小说道德上的含混性，这仅仅用“情感与理智的矛盾”来解释是不够的。

重写的小说中对孔子有正反两种评价，不管是哪种评价，小说都呈现出道德批评的倾向。负面评价孔子的小说，大多以“新道德”作为衡量标准，比如批评孔子不尊重女性(谭正璧《采桑娘》)，抨击孔子是贵族的“帮闲”(荆有麟《孔子去楚的途中》)，批评孔子心口不一(王独清《子畏于匡》、郭沫若《孔夫子吃饭》)，批评孔子想走捷径疏通国君(非厂《“子见南子”以后》)。如果我们进一步探究的话，那些“新道德”标准其实往往不脱

---

① 钱穆：《论语新解》，北京，读书·生活·新知三联书店，2002，第 478 页。

② 知堂：《论语小记》，载《水星》月刊，第 1 卷第 4 期，1935(1)。

③ 李大钊：《新的！旧的！》，载《新青年》，第 4 卷第 5 号，1918(5)。

④ 〔美〕约瑟夫·阿·列文森(Joseph R. Levenson)：《梁启超与中国近代思想》，刘伟、刘丽、姜铁军译，成都，四川人民出版社，1986，第 4 页。

“旧道德”的窠臼。不尊重女性也好，“帮闲”也好，心口不一、走裙带关系也好，这些在现代的道德体系中被否定的价值观念，在旧道德体系中也不被认可。看起来很新的批评，其实并不那么新。如前所述，正面描绘孔子的小说，往往肯定“孔子之人”却否认“孔子之道”。不过，如果小说在道德感上倾向于孔子，那么，我们似乎不能断然宣称小说中孔子人格与孔子之道是割裂的，或宣称小说的感情倾向与理智判断是割裂的。既然道德感一方面关涉到情感；一方面也关涉到理智，那么，我们只能说，小说在这里呈现出道德的含混性。在中国文化中，道德是和人的认知与情感两方面都紧密联系的，道德也是和人格的完整性相统一的。在文化转型的时代里，旧的文化观念被反思、批判，旧的道德观念被重新评估。然而，和认知层面的进化论、妇女观、阶级论等可以直接“拿来”的观念不同，涉及情感层面的道德观念的重新整合更为复杂。新的道德开始被接受，但旧的道德依旧盘踞难去，文化转型期的道德必然是含混的。

试图抨击孔子代表的传统文化之缺失的小说，依然要从传统中的异类文本寻找证据(郭沫若《孔夫子吃饭》、谭正璧《采桑娘》)；企图批评孔子私德的小说，依然拿孔子以降的儒家道德观念来评骘(非厂《“子见南子”以后》)；力图将孔子之道与孔子人格分裂开来的小说，道德感上则显现出难以避免的含混性(冯至《仲尼之将丧》《伯牛有疾》、陈子展《楚狂与孔子》、曹聚仁《孔老夫子》、廖沫沙《凤兮，凤兮！》)。固然，作家们都和曹聚仁一样，想还孔子“一个通体轻快”，然而，他们重写孔子，必然和思想界对孔子的评价一样，都将清晰化、客观化——比如将孔子人格与孔子之道区分开来——当作目标，但却回避不了道德含混性的存在。不仅如此，小说文体也更能够契合道德含混性的表达，因此表现出更为复杂的思想感情意味。重写孔子的小说，呼应了当时思想文化界对传统文化、对儒家圣人孔子的观念，同时，也以一种能够承载含混性的文体更加突出了文化转型期理解孔子、重释孔子的多层面的复杂状况。

第十章　现代戏剧中的西施传说

创作于1917—1949年之间的西施题材戏剧作品，除京剧及地方戏曲剧本外，目前有本可查的剧本共有6部。它们分别是：林卜琳发表于1932年的三幕歌剧《X光线里的西施》、顾一樵创作于1932年的四幕话剧《西施》、林文铮创作于1934年的五幕悲剧《西施》、濮舜卿发表于1935年的三幕剧《西施》、陈大悲创作于1935年的五幕乐剧《西施》、聂绀弩发表于1941年的短剧《范蠡与西施》。[①] 从创作时间来看，该题材的戏剧创作主要集中于20世纪30年代到40年代初。对这批剧本进行集中考察，不仅可为研究中国现代戏剧在该时段的发展状况提供有效个案，同时也是从现代戏剧史的角度研究中国历史题材戏剧创作与改编问题的切入点。

一、西施传说的题材特点

20世纪30年代到40年代初，广为人知的古代人物西施的悲剧命运被剧作家们纷纷赋予新的审美内涵。出现这一现象的原因是多方面的，至少包含题材的先天条件、时代背景的影响，以及作家自身的个性因素三方面的原因。

首先，从该题材的先天条件来看，古老的西施传说在历史沉淀下形成的品质是其被现代戏剧家所青睐的重要原因。从古至今，作为“四大美女”之一的西施家喻户晓，妇孺皆知，演绎西施传说的文学与戏剧作品流传久远，在民间有着广泛的群众基础。对于现代剧作家而言，这正是得天独厚的便利资源。郭沫若在谈及历史剧的创作动机时认为，“迎合观众”是创作历史剧的原因之一：“在内地的乡镇上，假如演一个现代戏，那就只有很少观众，他们都不要看那随地皆是的现实。这也是几千年来的习惯，偏僻地方的人民大多数喜欢看历史剧。戏剧的演出自然不能没有观众，为了迎合观众，就不能不写历史剧。”[②]因此，选取以西施传说为题材创作戏剧，具有一般历史剧题材对象所共有的优越性，即“有着为一般虚构性作品所没有的题材对象知名度高和经受时间反复冶炼铸就的

① 董健：《中国现代戏剧总目提要》，南京，南京大学出版社，2003。

② 郭沫若：《谈历史剧——在上海市立戏剧学校演讲》，见《郭沫若论创作》，上海，上海文艺出版社，1983，第507页。

先预性强、哲理持重的特长”。①

其次，从时代背景来看，历史人物走进现代戏剧的叙事领域来自时代话语的召唤。西施作为一名被弱国进献的女子，她的个人命运与国家的政治活动有着紧密的联系。这一形象在现代中国纷繁复杂的时代背景下产生了被进行多种解读的可能性。五四之后，戏剧被赋予了反映时代、人生，负担社会教育的启蒙任务。“发展个人的个性，须要有两个条件。第一，须使个人有自由意志。第二，须使个人担干系，负责任……若不如此，决不能造出自己独立的人格。”②易卜生剧作中所表现的这种思想，为20世纪20年代的中国剧作家们所直接采纳，也被后来的剧作家们所吸收。在30年代创作的相关剧作中，无论剧中的西施是否照袭历史传说而成为被政治利用的工具，大都或浓或淡地被赋予了能为自己的命运“担干系，负责任”的觉醒者色彩。赋予这一历史人物以独立的自由意志，并将其塑造为具有“独立的人格”的人物形象，反映出五四思想革命的巨浪在现代戏剧领域内的激荡与回响。

二、各具特色的主题内涵

在目前可知的以西施传说为题材的现代剧作中，最早的作品是林卜琳发表于1932年的三幕歌剧《X光线里的西施》。关于作者的生平，目前只能从徐凌霄为该剧所作的序言中略知一二：作者对于当时所谓的“新剧”“旧剧”都持接受的态度，并且热情参与了戏剧评论、戏剧表演，乃至戏剧管理方面的活动，曾协助蒲伯英建设新明戏院。该剧是在其身后出版的遗作，作者也没有留下关于创作动机的有关言论，但剧名《X光线里的西施》表明了他在戏剧观念上与民众戏剧社之间的联系。作为五四以后第一个新的戏剧团体，民众戏剧社强调戏剧必须反映时代、人生，负担社会教育的启蒙任务。为这部《X光线里的西施》的初版承担审定工作的蒲伯英曾为民众戏剧社起草宣言：“当看戏是消闲的时代，现在已经过去了。戏院在现代社会中确是占着重要的地位，是推动社会使前进的一个轮子，又是搜寻社会病根的X光镜。”③作为“X光镜”的响应者，林卜琳的戏剧创作也以“搜寻社会病根”为出发点，借重新塑造舞台上的西施来表明新的社会观点，以达到“疗救社会”的目的。

---

① 吴秀明：《历史文学审美属性与独特形态理论的建构》，载《文艺研究》，1996(4)。

② 胡适：《易卜生主义》，见《中国新文学大系·建设理论集》，上海，上海良友图书印刷公司，1935，第188～191页。

③ 《民众戏剧社宣言》，载《戏剧》，1921(1)。

剧中的西施是一名具有普通人情感的女子。在被迫入宫侍奉吴王之后，她对吴王产生了感情，并为吴国的乱政担忧。当勾践灭吴之后，她悲痛欲绝，怒斥勾践牺牲自己以换取一己私利。其结局是险遭杀戮。与同题材的传统作品相比，该剧之新首先表现在从人性角度呈现的"普通女人"形象。剧中的西施是一名性格幽娴哀愁的女子。她既为官府绢税导致的贫贱辛劳而低叹，也为自己形单影只而郁郁寡欢，同样对富贵与爱情充满钦羡与向往。当得知被选入吴宫时，她的反应显示出了一名地位卑贱、性格软弱的女子对掌握自己境遇的无力。对生活在社会底层、渴望财富与爱情，有着人间七情六欲的平凡女子形象的塑造，体现出在新文化运动影响下，剧作家对于女性内心诉求的重视。

其次，剧中关于"美人计"的看法："不过就，寻花问柳；无非是掳掠民女，抢夺民妻；把人民作牺牲，去维持那政府的成立。"①作者否定了传统的忠君报国思想，批判了统治阶级的虚伪性与国家机器的反动性。不同于以往史书及文学戏剧中对范蠡献计救国的称颂，西施耻笑道："他二人，如果有，报仇雪耻，救国安邦的正当主义——难道说，就凭那软语温香，胭脂花粉，去灭强敌——像这样，不但是，有伤国体——也未免，教那些，习流行伍，教士四万，君子六千，一个一个，丑透了须眉。"②表达了对为统治阶层效力的无能的知识分子的嘲讽。对君王勾践形象的处理，也与以往对这一人物的评价截然相反：不仅"满脸现出奸险的神气"，③ 而且其"卧薪尝胆"也实为故作姿态，与军士共苦的举动则更是假仁假义。剧中对"君王""国家"等统治工具持有鲜明的批判态度，消解了越国复国雪耻的正义性，揭露了战争是为统治者争夺财富的实质。

就在林卜琳发表歌剧《X光线里的西施》的同年，顾一樵创作了四幕话剧《西施》，但该剧与林卜琳的剧本内涵大相径庭。如果说林卜琳的《X光线里的西施》表达了对人性与民主的呼唤、对国家机器的批判，那么与之相对的是，顾一樵的剧作表达了个人服从国家利益的国家至上观念。剧中的西施主动牺牲与范蠡的爱情，坚定地以身许国；入吴后，西施一方面完成自己的使命，另一方面也对痴情于自己的吴王产生了感情；吴被灭后，西施为吴王自刎。

顾一樵，本名顾毓琇，是我国著名的科学家、文学家、戏剧家、诗人、音乐家和佛学家。他于1923年加入文学研究会，主张"为人生而艺

① 林卜琳：《X光线里的西施》，北平，平大学院出版部(平民大学)，1932，第15页。

② 林卜琳：《X光线里的西施》，北平，平大学院出版部(平民大学)，1932，第82页。

③ 林卜琳：《X光线里的西施》，北平，平大学院出版部(平民大学)，1932，第83页。

术”。除《西施》外，还创作了《荆轲》《项羽》《苏武》《岳飞》等以古代英雄人物为主人公的其他历史剧。这五部历史剧塑造的都是中华民族历史上顶天立地、千古不朽的伟大英雄形象，彰显了作者景慕古代英雄人杰、希望借古代英雄的精神来激扬现代中国之民心的创作心态。20 世纪 30 年代，外敌入侵、民族御侮，顾一樵在《西施》剧本中对“十年生聚、十年教训”的政策进行了大力解说，体现出顾一樵作为一名理工科学者所具有的强调务实的态度。

顾一樵是一名国家主义主张的自觉实践者，其笔下的历史人物均具有强烈的国家意识。他认为，只要每一个国民都能够忠诚于国家，有团结一致、为国牺牲的精神和勇气，就可以消除外患。更为可贵的是，关心民族危亡的顾一樵并未盲目跟随救亡的主流话语，而是进一步透视到爱国英雄在民族使命与个人情感之间进行抉择的痛苦，观察到爱情在民族救亡的背景下所面临的困惑与无助，体现出其理性的思考。这一点在《西施》一剧中就有突出的表现。

出于作品现实意义的需要，顾一樵笔下的西施首先是一位有着自觉的救国意识的巾帼英雄。当她的恋人范蠡为美人计寻找角色而矛盾踌躇之时，她责备范蠡因私忘公，坚定地要求退还范蠡给她定情的佩玉，决定以大局为重，许身报国。但在第三幕中，作者提出了对另一个问题的反思，即在国家意志背景下，个人在作出牺牲时不得不面临的痛苦抉择。作为一名爱国的女子，在国家利益的召唤下，西施做出了遵从国家意志的选择，自愿用自己的清白和青春换来越兴吴亡。然而，背负复国使命的西施在言笑晏晏的朝夕相处中与敌国君王夫差产生了感情。西施既不愿背叛自己的使命，又无法抗拒正常人的人情人性，只能独自承担爱的痛苦。最终，西施放弃了使命所带来的奖赏与荣誉，放弃了过去的恋人，选择了在现实生活中产生的爱，也选择了死亡。

戏剧至此发生了富有意味的转变：西施心中的英雄，不再是年幼时青梅竹马、如今正带兵来解救她的故国恋人，而是她奉命色诱、如今已成亡国之君的夫差；西施以身相许的国家，也不再是自己的祖国，而是被灭的敌国吴国。尽管作者沿用了以《浣纱记》为代表的文学戏剧作品中有关范蠡、西施相恋的人物关系，却对此进行了大胆的艺术想象与改动，让西施殉情于吴王夫差。这个结局的处理体现出了具有现代意识的爱情观与价值观。崇尚个性在五四新文学中经常表现为浪漫的爱情，然而时代浪潮已将人们由呼唤个性觉醒的启蒙时代推向民族救亡的风口浪尖。如果说林卜琳的创作折射出五四新文化运动所带来的长远影响，那么，顾一樵的创作则敏感地反映了时代风云的新变化。同仇敌忾的民族解放时代与狂飙突进的五四时期不同，它需要的不是狂狷孤傲、叛逆反抗的个性，而是为国家民族利益英勇献身的品质。顾一樵的戏剧作品在研究界被认为是20世纪二三十年代体现国家主义思想的作品中的典型代表。然而《西施》剧中情节的逆转，也传达出作者对于国家主义的困惑。因此，尽管作者赞颂女英雄为国舍身的高贵品质，然而当他写到西施的个人感情在服从国家利益的过程中成为牺牲品时，他看到了启蒙与救亡之间的矛盾冲突。深明大义、一心报国的西施最终竟放弃凯旋归国的胜利果实，放弃与曾经深爱的范蠡的重逢机会，追随吴王殉情而死，这个别出心裁的结局表现出启蒙时代的色彩。在救亡氛围的主流话语中，这名巾帼英雄的形象不再是单纯明朗，而是被赋予了更丰富的内涵。

同样表现西施在使命与情感之间挣扎的，还有林文铮所作的五幕悲剧《西施》，该剧1934年10月出版，曾由国立杭州艺专剧社进行公演。著名艺术理论家、翻译家林文铮当时是民族主义文艺的拥护者，曾多次在旗帜鲜明的民族主义文艺刊物《黄钟》上发表文章。① 该剧创作动机的引发，据其撰写自叙《作西施之前后》，是由于作者率全家在东天目昭明寺避暑时，"清闲之中不觉自叹束手之无聊"，妻子因其久居西湖之畔而建议以西施为题，作者顿时"心中如触电流，震荡不已，遂着手研究西施之性格及其他人物"。② 因此，林文铮的创作缘由与古代文人寄情山水、游戏笔墨颇有几分相似之处。剧中的西施被塑造为处于爱情与使命的两难境地难以抉择的悲剧女性，而没有被塑造为具有英勇气概的爱国英雄，这大概与作者当时参与的民族主义文艺运动的支持者蒋系国民党没有坚决地主张抗日有一定的关系。西施的使命是劝吴王放松对越国的控制，然而她却爱上了吴王，为此她时刻处于忧愁与矛盾之中；同时，善良的本性也使她深陷内疚与痛苦。当伍子胥清楚地指出西施对吴国的危害并要除掉她时，西施却感到负疚而不敢面对伍子胥；当范蠡向她下达除掉伍子胥的新任务时，西施哭诉：我不能埋没良心去陷害吴国的忠臣。当西施在一次次痛哭中完成所有任务后，她拒绝了越王的封赏，并以死表明自己愿意属于吴王。

作者曾自述对这一题材如此处理的原因："世人皆闻西施之美与误人国。亦知其为何如人？以西施之美与慧，岂无志与情乎？情与志之冲突

① 钱振纲：《民族主义文艺运动社团与报刊考辨》，载《新文学史料》，2003(2)。

② 林文铮：《作西施之前后》，转引自《国内艺坛展望》，载《艺星创刊号》，1934。

又岂不可能乎？西施与范蠡俱亡之传说，实不足信，吾亦不愿以此为悲剧之重心，吾欲以西施自身之矛盾为焦点，即大义与私情之对垒，酿成壮烈之牺牲。”①这段话表明，对于古代戏剧中西施与范蠡泛舟湖上的圆满结局，作者并不以为然，他想创作的是关于“情与志之冲突”的悲剧。于是，林文铮在《西施》一剧中浓墨重彩地刻画了一位女子纠缠于情理之间的痛苦挣扎。西施要通过美人计陷害的人是吴王，而其心中所爱的人也是吴王。欲害不忍、欲爱不能的极度痛苦是其主要性格特点，对这一性格矛盾的挖掘正体现出了作者对情感价值的关注。

林文铮所作的《西施》，虽然与顾一樵所作《西施》同为表现西施在使命与情感中的挣扎，并且均以西施殉情吴王为结局，但却具有不同的主旨和意味。如果说顾一樵的《西施》表现的是知识分子对于徘徊于启蒙与救亡话语之间的个性的审视与思考，那么林文铮在《西施》中则更多地关注了“西施自身之矛盾”，即被作为工具的个人在面对“使命与爱情”之间的冲突时所遭遇的内心纠葛。尽管作者声明要表现西施在“大义与私情之对垒”，然而该剧却并没有着意于刻画人物的爱国情感，而是更多地描绘“意志与感情”之间难以抉择的矛盾处境。这使得该剧虽对于现实境遇有所疏离，少有必要的审视与反映，但却在探索人性永恒的困惑这一问题上走得比前者更远。

在林文铮的《西施》剧本出版的次年，女作家濮舜卿于 1935 年 4 月发表了三幕剧《西施》。剧中的西施是一位深明大义，自愿用个人牺牲换取国家兴盛的女子，她所尽到的“国民”义务甚至比作为男性的范蠡更为关键，也更为彻底。然而，她却享受不了与男子一样的公平待遇，只能含恨而死。这一情节的处理引出了一个值得思索的问题：同是为国尽忠，虽范蠡牺牲了自己的情爱，西施却牺牲了自己的身躯和性命，为何两者的结局差异如此之大？作者设置这一情节的用意，无疑体现了对女性解放问题的关注与反思。钱理群在论及五四时期的“人的觉醒”这一问题时指出：辛亥革命提倡的妇女解放运动是以与男子共同承担“国民”义务为宗旨的，因此，必然以“妇女的男性化”作为妇女解放的标志与追求的目标；而五四先驱者提倡妇女独立价值的发现与觉醒，必须“使女子有了为人为女的两重的自觉(周作人语)”。② 从这个角度来看，濮舜卿创作的《西施》一剧所揭露与批评的，是女性解放运动对于“为人”目标的可疑接

---

① 林文铮：《作西施之前后》，转引自《国内艺坛展望》，载《艺星创刊号》，1934。

② 钱理群：《试论五四时期“人的觉醒”》，载《文学评论》，1989(3)。

近，与对“为女”目标的实际疏离。不让须眉、为国尽忠的西施最终受到迫害的悲剧结局，恰恰表明妇女仅仅实现了义务上的“男性化”，而没有真正从封建伦理道德的枷锁中被解救出来，仍然遭受着传统观念中一直存在着的轻视与侮辱；并且当这种压迫以政治的强力手段得以实施时，本以为自己承担了义务，也将享有权利(哪怕只是生存的权利)的女性往往措手不及，被无情地推入古老的泥沼，终于无声无息地沉没。在这部《西施》剧中，西施作为人的价值尚且得不到最终承认，其作为女性的独立价值自然更是无从谈起。作为一名女性剧作家，濮舜卿对于女性所陷的历史困境的审视冷静而深刻，然而对于解救女性于困境的途径，她却未能给出令人信服的答案。

在以西施传说为题材创作的现代戏剧作品中，陈大悲的作品目前可见的相关史料最为完备。1935 年 3 月，陈大悲进入潘公展主持的上海剧院，担任乐剧研究所副所长，并于这年夏天创作了五幕乐剧《西施》。剧中西施被情人范蠡大义为国的精神所感动，愿为国家利益做出牺牲，但在完成救国使命后，因不愿面对范蠡而投水自尽。

剧中西施在第三幕的后半部分初次上场，与范蠡进行了关于美人计的讨论，并且在范蠡的劝说下最终决定舍己为国。这段戏中值得注意的是范蠡对于献西施以实施美人计的态度。范蠡先向西施表白自己对国家的忠心，再引导西施牺牲自己：“西施妹妹，你范大哥为了国家，这一条生命早就置之度外！你想命都不顾，还有甚么可以流连的呢！所以此番回到苎萝村来，我负着两个使命：第一件事是为国的，第二件事才是为我一个人的——不——是为我们两个人的。所以第一件事如果办不成功，第二件事也就不用提啦。”①范蠡首先表明自己愿意牺牲一切，而实际上他所须牺牲的并不包括自己的生命，根据第一、二幕中的情节来看，范蠡只是放弃了自己降吴的机会。而他所说的无可流连，其实是针对西施。虽然他表面上说第一件事是为国，第二件事是为他和西施的婚事，但他紧接着说明：如果第一件事不能实现，即西施不能为国献身，那么他和西施的个人情感之事也不必再谈。这里实际上表明了范蠡对献西施一事的坚决态度。接着，范蠡提出美人计，并观察西施的反应。当西施对这种不由男子保家卫国，却去糟蹋越国女子的行为提出质疑时，范蠡教导她说：“越国的男子从今以后没有一个可以不担起保卫国家的重任来！但是，我们现在所要做的一事是重任以上的重任；这个重任如果没有一个

① 陈大悲：《西施》，载《新人周刊·西施特辑》，2 卷 4 期，1935。

绝色的美女，用惊天动地的手腕去把吴王的心转移过来，我们十年生聚、十年教训的计划就没丝毫的用处；我们只能够等候着吴王派他们野蛮的军队进越国来，搜刮我们全国的百姓罢!”①西施终于被范蠡说服，答应了为国献身的要求。

尽管陈大悲否认该剧将美人计的作用放置于整个国家十年生聚、十年教训的重要性之上，但剧中高度强调了西施被授予的责任，而强调的目的则是为了突出西施的英雄业绩。将一名弱女子与救国图存的伟业紧密联系起来，本意是为了唤醒民众应有的民族责任感。然而从现实效果来看，对题材的这种处理并未如期起到宣传联合抗敌的作用。

与陈大悲的《西施》的巡回公演与广泛争鸣形成对比的是，同为西施题材戏剧作品，聂绀弩创作的短剧《范蠡与西施》存在的意义并非来自舞台。1941年3月，聂绀弩在桂林创作了短剧《范蠡与西施》，发表在4月出版的《野草》月刊2卷1、2期合刊上。该剧本于6月又被收入“野草文丛”再次出版。尽管一再出版，然而就目前可见的史料来看，关于该剧的演出情况从未出现在当时的报刊记载中。从剧作文本来看，这部短剧的舞台性也明显弱于本文已分析的其他同题材作品。全剧只选取了作为夫妇的范蠡、西施相会的一个场景。大致内容是：西施向范蠡报告吴国的情况，范蠡向西施讲演灭吴计策；西施先是指责范蠡不该将自己送到吴国，后又被范蠡所陈述的谋略所倾倒。

作者写作的意图显然不在于创造鲜活生动的舞台形象，而在于通过文本直接表达政治批评。这一方面是受抗战全面爆发后戏剧成为宣传工具的时代氛围的影响；另一方面则反映出作家鲜明的创作特征。聂绀弩是现代文学史上著名的诗人、文学家、社会批评家，其主要成就并不在于戏剧创作，他擅长通过在文章中的嬉笑怒骂来表达政治见解。从聂绀弩的文学成就来看，其创作的神话历史题材小说别具一格。聂绀弩往往将自己关于时政的真知灼见融于随意点染的艺术虚构之中，显示出独特的创作个性。因此，对其创作的短剧《范蠡与西施》进行解读，应主要从主旨、内涵的层面展开，并且必须密切结合作者创作时的具体背景。聂绀弩在20世纪40年代的文学创作主要围绕着两大主题：一是对国民党反动统治者及其附庸势力的揭露与嘲讽；二是对封建伦理道德及全部封建意识形态的批判，尤其是关于妇女地位问题，作者给予了极大的重视。1940年的4、5月间，聂绀弩赴桂林主编《力报》副刊《新垦地》，并利用

① 陈大悲：《西施》，载《新人周刊·西施特辑》，2卷4期，1935。

此阵地针对“妇女回家”的论调发动了一场关于女权问题的论辩。在两个月内，他发表了自己和另外几十位作者写的七十万字左右的杂文，驳斥假道学家们阻挡妇女解放的种种谬论，并为这些文章的结集《女权论辩》作了《题记》。[①] 联系这一背景，我们就会发现《范蠡与西施》一剧至少包含着两个层面的内涵：一方面直接针对当时的政治经济环境；另一方面则是对女性解放问题所保持的关注。在剧本里，作为历史剧所应具备的历史真实成分被消解了，艺术价值的高下也不被顾及，而活跃于前台的是作者以戏剧为工具、以古人为傀儡对时政的针锋相对的讽刺与批判。

《范蠡与西施》一剧虽然行文简短，却勾勒出一副官僚资产阶级的鲜活面孔。作者给两位主角设置的关系是“本为夫妇或未婚夫妇。今则男为越国大臣，女为吴王宠妃”。剧中的西施作为范蠡的妻子(或未婚妻)，被范蠡送入吴宫作为政治活动的内应，作者借西施的怨言表现了范蠡对待感情的态度：

> 西：算了算了，少假气点吧。世界上有两种人最没有真感情。一种是政治家，另一种是市侩。你刚刚又是政治家，又是市侩。
>
> 范：骂得好，骂得好，可是我却是个最有真感情的人。
>
> 西：你？你好意思说？你为了你的政治活动，为了你的商业，把你的爱人，你的妻子，献给别人；让她去陪伴一个老家伙！
>
> 范：那是因为除了这样，再没有方法可以恢复我们国家的地位，打倒我们国家的敌人。报仇，雪耻！
>
> 西：不如说，偌大一个越国，再没有别的女孩子了。
>
> 范：是的，再没有美丽的、灵巧的、妖媚的女孩子，再没有这样有国家观念的女孩子，再没有这样爱我，这样肯听我的话的女孩子，再没有怀着惊天动地，旋乾转坤的大志向的女孩子，再没有……
>
> 西：少说废话，你这回来，有什么事情？

在这里，为国献妻的实质是为了政治活动和经济利润，连自己的爱人都可以出卖，他的冠冕堂皇的理由被戳穿，正义性与权威感被消解，

① 毛大风、王存诚：《聂绀弩先生年谱：1903—1986》，载《新文学史料》，2003(3)；谢翠琼：《聂绀弩年谱(续)》，载《中国文学研究》，1988(2)。

一副官员兼商人的唯利是图与无情自私的面孔被揭露了出来。

三、西施剧作在当代

在以上 6 部以西施传说为题材的现代戏剧作品问世之后，现代剧作家们对于这一题材的创作与改编仍在继续。新中国成立后至“文化大革命”前，又出现了一大批以越王勾践卧薪尝胆为题材的戏剧作品。尤其在 20 世纪 50 年代末 60 年代初，出现了该类题材的热潮。茅盾曾设法搜集各地各剧种的新编《卧薪尝胆》脚本，到 1961 年年底，共得 50 来种，且“据文化部《艺术研究通讯》本年第四期一篇报导性的文章，此类剧本共有七十一个，尚是不完全的统计，所以我猜度当以百计”。[①] 在这一时期，西施形象虽为剧中的重要人物，但并未居于主要地位，这些剧目大多将重点集中在越王勾践卧薪尝胆、生聚教养的故事，用以激发人民艰苦奋斗的精神。

进入新时期以来，也出现了一批以“西施传说”为题材的较有影响的戏曲作品。1980 年 11 月，浙江婺剧团演出的婺剧乱弹《西施泪》被拍摄成戏曲片搬上银幕，在当时引起了全国的“西施热”。此后，越剧《西施断缆》、淮剧《夫差与西施》、越剧与京剧《西施归越》、歌仔戏《范蠡献西施》等新编戏曲作品都陆续活跃于 20 世纪 90 年代至 21 世纪初的舞台。江苏省苏州昆剧院在 20 世纪 70 年代末排演的《西施》剧的基础上，于 2005 年开始排练昆曲大型新创剧目《西施》，并被国家文化部列入当年的“国家昆曲艺术抢救保护和扶持工程”项目。在影视剧方面则主要有 1983 年浙江电视台拍摄的 6 集电视连续剧《西施》和 1995 年杨洁导演的 21 集电视连续剧《西施》。此外，由国家大剧院与上海歌剧院联合制作的首部原创歌剧《西施》也于 2009 年 10 月在京上演，引起了人们新的关注。

2005 年年底，“西施传说”申报国家级非物质文化遗产获得成功，至此，关于这位诞生于 2500 多年前并被誉为“中国第一美女”的传说将受到相关法律的保护，成为全社会共同享有的一笔珍贵的文化遗产。以西施传说为题材进行的改编与创作，不仅体现着对同时代的社会背景与文化思想的折射与呼应，而且已经并将继续成为对这一文化遗产的继承与创造。

① 茅盾：《关于历史和历史剧》，北京，作家出版社，1962，第 1 页。

第十一章　勾践形象在20世纪中国戏剧中的嬗变

“卧薪尝胆”这一家喻户晓的历史故事，经过古典史籍的记录，历史演义的改编、扩展，逐渐丰富、完整，具有强烈的传奇色彩，并且成为中华民族自强不息、励精图治精神的重要表现。其主人公勾践也被标榜为一代霸主，在不同的历史传说中表现出不同的精神风貌和性格特征。在20世纪风云突变的中国，历史情境的巧合又将勾践推上了现代戏剧的舞台。不同的作家倚赖其自身的人生经验、审美视角，从不同的创作意图出发，创作了不同的勾践形象。

一、古代文学中的勾践形象

《左传》最早记述了春秋末期吴越两国争霸、结仇、攻伐始末。《国语》《史记》等史家传略也不同程度地记载了勾践通过十年生聚，十年教养，最终一雪会稽之耻的经过，成为描画勾践文学形象的蓝本。东汉的《越绝书》则在上述史书记载的基础之上，吸收了很多民间传说，增加了“计献西施”等情节，成为后世演史类小说的滥觞。赵晔的《吴越春秋》则增加了勾践为夫差尝溲之事，更加传奇地表现了勾践能屈能伸的性格；于勾践尝胆的情节之外，加上了民间传说对勾践励志精神的想象——“卧薪”的环节，遂形成了勾践卧薪尝胆的完整故事情节。与此同时，赵晔还展现了勾践性格中“可共患难，不可共安乐”的一面，突出了其残戾、刻毒、寡恩的性格。

勾践形象逐渐丰满、定型，戏剧性、传奇性逐渐增强。但是，在中国古代文学中，表现这一极富戏剧性的历史人物形象的戏曲的数量却不太多。目前可考名目的有元代话本《吴越春秋平话》、关汉卿《进西施》和宫天挺《栖会稽越王尝胆》、赵明远《范蠡归湖》，可惜都已失传。目前可考、最有价值的戏曲作品是明代梁辰鱼所作《浣沙记》。

《浣沙记》以整个吴越战争为背景，将范蠡与西施作为主人公，以其两人的爱情命运为线索，敷演吴越两国争霸的历史过程，表达出对国家兴衰的感叹和沉思。越王勾践作为这段历史风云中的国家代表，则是一个包羞忍辱、礼贤下士、重任谋臣的贤明君主。

由此可见，在中国古代文学作品中，勾践既是一个深谋远虑、克勤克俭、宽众爱民的君王，也有着封建君主刻毒寡恩、刚愎自用的一面。在不同的境遇之中，这个人物自身就有着复杂的性格变化，也正是这样的复杂性赋予了勾践艺术形象塑造的广阔空间。

二、20 世纪三四十年代戏剧中的勾践形象

“九一八”事变的爆发激起了中华民族爱国知识分子的强烈义愤。于是一直深切关心国家前途和民族命运的熊佛西于 1931 年冬创作了历史剧《卧薪尝胆》，通过这个家喻户晓的历史故事，慷慨表达了自己“私仇可以不报，国耻不能不雪”，“宁做断头鬼不做亡国奴”的爱国主义感情。1938 年，熊佛西率领抗战剧团赴成都投入到火热的抗战运动中，又将此剧改编为话剧《吴越春秋》，该剧主人公勾践的中心地位非常突出，满腔正气，傲骨铮铮，不仅与古代文学中的勾践形象一脉相承，而且表现得更具有不卑不亢的民族气节。我们也发现，这位勾践身上还表现出一些新特质：

他是一个“爱国”的君王。他认为“私仇可以不报，国耻不能不雪”，并且“把个人的安乐幸福置于度外，把国家的建设兴盛看为重要！”对于国家的赤诚，是勾践一切行为的核心动机。他还是一个“反战”的志士，反对杀人，提倡“君子爱人以听”。在战胜了吴国以后，他希望用“爱”来解除仇恨，维系和平。这令他看上去更像一个现代人道主义者。“爱国”与“反战”这两个新质，赋予勾践现代生命力。勾践成为了现代民族国家话语中忧国忧民、反抗侵略的民族英雄。

除了熊佛西创作的以勾践为主人公的话剧《卧薪尝胆》以外，20 世纪 30 年代还集中出现了一批以勾践为主要人物形象的话剧。这些话剧以西施为主人公，用“计献西施”来反映另一类社会思考，主要有 1932 年 10 月初版的三幕歌剧《X 光线里的西施》、1932 年的四幕话剧《西施》和 1935 年的五幕乐剧《西施》。其中林卜琳的《X 光线里的西施》的剧本审定工作全由蒲伯英承担，明显地透露出蒲伯英倡导的“教化的娱乐”的思想倾向。剧本塑造了一个与传统戏曲中弱柳扶风、为国献身的美人完全不同的西施形象。她贫困劳碌，对自己被送入吴国为妃的命运无能为力，却将吴国的兴亡、百姓的疾苦记挂心间。她更不是那个自觉地承受国家使命的巾帼英雄，而是无辜被卷入政治漩涡中的牺牲品。与西施形成鲜明对比的却是她自己真正的国君勾践。勾践贪婪、虚伪，只惦记着吴国的财宝，

完全忘了西施是何人，甚至疑心西施私藏了吴国的宝藏。西施为此冷笑道："你们当初被吴国打败了。你们自己要顾性命和保全你们政府的地位啦，就把我来修饰了作牺牲，进献得给吴王……难得说这世间上活着的人，就专为是给国家政府，预备得做牺牲不成？……"面对这一番控诉，勾践自知理亏，毫无招架之力。

如果说《X光线里的西施》是对现代国家主义的坚决反叛，是继承五四精神对个人意志的尊崇，那么顾一樵的《西施》则是时代风雨的必然产物，是启蒙与救亡间的矛盾心理的反映，更是试图解开危难关头"个人利益"与"国家利益"纠葛的具体回应。而该剧中作为国家中心象征的勾践，不同于《X光线里的西施》中那个贪财软弱的封建君王，而是具有伟人风范的正义化身。他时常让人提醒自己曾经的耻辱，不忘西施"为了国家她牺牲了整个的一切"①。对勾践的具体描画虽然较少，但足以代表一个正面的国家形象，这也是顾一樵作为国家主义的拥护者所希望看到的。与顾一樵的《西施》中的困惑和无助相比，陈大悲于1935年抗战前夜创作的五幕乐剧《西施》，在服从国家意志、宣传"为国捐躯"方面则显得更为坚决。《西施》是以西施被范蠡说服，答应为国献身的事例来宣传抛弃私利，义无反顾地投入救国图存的民族大业的民族责任感。1935年9月21日的《新人周刊》出版了乐剧《西施》特辑，刊登了上海剧院的领导者潘公展撰写的《介绍乐剧〈西施〉》，明确指出该剧的创作思想：宣扬"为国家民族复仇的自觉性"，"一妇人女子，亦能为国家奋斗，为大众牺牲"。②

在这种慷慨激昂的爱国情境中，勾践也免不了被塑造成一位一心为国，大义凛然的领导者形象。在结尾面对西施因自觉被玷污，无颜面对范蠡而自杀时，勾践捧着西施的遗物"拭泪"，并宣告："我们越国的救国英雄西施姑娘是永远不死的。"③领导者的赞扬永远是一种最好的激励。无论西施是出于什么原因自杀，她为国牺牲的行为都值得肯定。通过勾践这个形象之口宣扬的"国家至上"观念，正迎合了30年代的救亡话语，激荡起更高昂的民族主义斗争情绪。

显然，30年代的剧作家们就是由于将勾践置于单一的现代民族国家话语中，急功近利地给历史人物设定了现实政治任务，从而导致其行为动机过于简单，失去了人物的丰富性、深刻性。

---

① 顾一樵、顾青海：《文学研究会创作丛书：西施及其他》，上海，商务印书馆，1936，第66页。

② 潘公展：《介绍乐剧〈西施〉》，载《新人周刊》，1935-09-21。

③ 陈大悲：《西施》，载《新人周刊》，1935-09-21。

1941年以后，历史剧的创作空前繁盛。这一方面固然是由于抗战以来民族意识的高涨，激发了剧作家抚今追昔的历史想象，使得他们借历史剧表达民族抵抗的意志和感时忧国的情怀。另一方面，更主要的原因是，国共合作的摩擦、政治环境的恶劣都迫使剧作家，尤其是国统区和上海"孤岛"的作家们不能直接选用现实题材来反映尖锐的社会问题，只能通过历史演义来表达对于抗战与民主的时代要求。穿越了民族救亡与政治斗争的硝烟，剧作家们得以沉静下来关注人、人性，从而赋予历史故事更为广阔的艺术空间和丰富的审美内涵。

应运而生的四幕话剧《复国》不仅表达了当时知识分子渴望国家复兴、向往世界和平的政治理想，也因其作者孙家琇的特殊文化背景和女性气质而具备了有别于其他战时历史剧的审美特质。

《复国》诞生于1943年，孙家琇在乐山武汉大学任教期间。该剧以勾践在范蠡的辅佐下兴越讨吴的详细进程为主轴，充分显示了对于抗战胜利的信心，表达了自己对于世界和平、国家强盛的渴望。同时也通过范蠡与勾践的思想理念的冲突表现了对于现实政治局势的隐忧。

越王勾践是复国进程的中心人物，也是作者着力刻画的戏剧形象。他既是范蠡辅助的对象，也是唯一可以实现范蠡一心倡导的"圣王之道"的主体。只有通过他的不懈努力，才能实现范蠡毕生的政治理想。但是，勾践与范蠡的思想观念的内在冲突，及其立场的本质差异，其实一直潜藏在看似和睦的"君臣合作"之下。而当越国复兴，范蠡所期望推行的"圣王之道"遭到勾践阻滞之时，双方的矛盾便会凸显无遗。

孙家琇以其穿透历史的犀利眼光，尊重历史而又深入戏剧人物的心灵，并通过各种神态和动作细节来发掘其思想灵魂，既表现出一代霸主善用权术，坚忍不拔的性格，又突出了封建君王阴鸷、伪善、自私的面目，使得勾践形象夸张而不失内涵，独特而不失真实。如此丰满完整的人物形象，在战时的戏剧创作中是不多见的。

三、20世纪60年代戏剧作品中的勾践形象

新中国的成立有如金鸡报晓终于划破了中国长达半个世纪的战争黑暗，人民群众的伟大力量得到了历史实践的有力证明，以毛泽东为代表的中国共产党的民本主义思想日渐成为社会主导思想。"人民，只有人民，才是创造世界历史的动力。"[①]这种民本主义思想彻底摒弃了以往以

① 毛泽东：《毛泽东选集》，第3卷，北京，人民出版社，1991，第1031页。

王权为基础的政治框架和政治目的，将人民置于国家政权制度的中心。

当代文艺也随之进入了以“社会主义革命与建设”为主题的时代“共名”①规范中。这种规范要求文艺工作服从党在不同革命时期的革命任务，要塑造伟大的人民英雄形象，要歌颂生活的光明面，要揭示“历史的本质”和“客观规律”。

在这种文学规范环境下，20世纪50年代末60年代初，文学界又出现了一个短暂的历史题材创作的繁荣局面。这一方面是由于双百方针的提出暂时打破了题材禁忌，为历史题材创作提供了空隙；另一方面是由于文艺界的反右运动和文艺批判使得部分作家不得不规避现实而转向历史，曲折表达生活体验。而50年代末兴起的对于旧戏的整理、旧戏改革运动也正好为知识分子提供了寄托理想的机缘。这一时期最为令人瞩目就是改编自《卧薪尝胆》的诸多戏剧。

20世纪60年代初的“三年自然灾害”给原本发展就十分坎坷的中国经济带来极大损失，而中苏关系的破裂更是雪上加霜，将中国国民生活景况推入低谷。然而，也正是在这种恶劣的自然环境和国际局势中，中国人民迸发出了极强的生命力，在中国共产党的号召下发挥出了的自力更生、艰苦奋斗的精神，再一次显示了中国人民群众的坚韧品质。于是“卧薪尝胆”题材获得了人们前所未有的关注，从地方戏曲到现代话剧，据此改编的戏剧作品竟达百部。这些剧作大多有明显的附会现实政治需要的痕迹，或积极塑造人民英雄形象，表达了对于人民群众力量的讴歌，或者影射当时艰难的政治、自然环境，鼓吹艰苦奋斗的民族精神。

迄今搜集到的剧本中，刻画勾践形象最为全面、翔实的是萧军创作于1960年8月至11月间的长篇历史京剧《卧薪尝胆》。这是当代反映吴越春秋故事中较为完整的一部连台本戏。

20世纪60年代初，萧军调到北京市文联，“为了不使时间浪费、生命空虚”，在长篇历史小说《吴越春秋史话》的基础上先改写出《吴越春秋》京剧本的下半部，定名为《卧薪尝胆》，后来又补写了上半部《吴楚之争》，合起来更名为《吴越春秋》。这个剧本篇幅宏大，共分上、下集11部。下集《卧薪尝胆》，以越王勾践为中心人物，叙述了勾践在忠臣良将和黎民百姓的共同帮助下摆脱囹圄，重整河山的经过，一方面发出了激励全国

① 借用陈思和在《中国当代文学史教程》中引入的“共名”概念，专指一种文化形态，即“在20世纪中国的各个历史时期，都有一些概念来涵盖时代的主题。……这些重大而统一的时代主题深刻的涵盖了一个时代的精神走向，同时也是对知识分子思考和探索问题的制约。”陈思和：《中国当代文学史教程》，上海，复旦大学出版社，1999。

上下同心协力渡过难关的号召；另一方面更通过对勾践的塑造，着力宣扬了人民群众的伟大历史作用。

萧军为人刚直不阿、豪迈任侠、崇尚武功，即便是在延安，也始终是精神的流浪者，个人自由主义与当时的革命意识形态有着天然的隔阂。但这种隔阂并没有阻滞萧军为新时代贡献自己的才情，在历史的重要转折时刻，表面游侠的萧军也不愿意被抛在历史的喧嚣之外。在戏曲编委会工作期间，他的工作重心转移到改良京剧上来，积极为新文化的建设而奔走。虽然成绩不大，但是他对此所付出的实践是显而易见的。本剧就是一种积极的尝试。

从勾践身上，我们似乎能够看到萧军自己的影子。勾践初期的形象很明显是萧军自身秉性的移植：急躁逞勇，吃软不吃硬，一语不对拂袖而去。当然，萧军的直率任侠并不代表其内心的肤浅。从萧军向毛泽东建议制定文艺政策这一点来看，在这个游侠的内心也存在着某种规范的意识。① 这种"规范"的意识恰好迎合了当时的文化氛围，也符合萧军心中对于中心话语的潜在归依。勾践从一开始的骄躁逞强，到最后的成熟稳重，成为人民心目中的领导人不正是一种尊崇人民群众利益，符合社会要求的"改造"过程么？

但是，萧军自由散漫的个性对于这种规范化的改造还是多少有些游离的。从勾践在剧中的整体表现和思想的变化来看，勾践的转变缺少深刻的自我认同，而更多的是一种为适应外部需要而接受训导的过程。这样，这个人物就因缺乏内在的转变动而缺少些许人性的深邃与生动。

1961年，著名现代戏剧家曹禺也创作了以卧薪尝胆故事为题材的历史剧《胆剑篇》。《胆剑篇》的故事框架基本符合史实，通过曹禺的叙述，能看出一条较萧军京剧版《卧薪尝胆》更为明晰的有关"改造"的主线：民本主义语境中对君王的自内而外的改造历程。以越国人民为主体的社会生产图景贯穿于整个剧本，显示出人民群众创造历史的伟大作用。而这种伟大作用的另一个更为重要的表现则是对于"人"的思想本质的改造。如果说"十年生聚"是对社会改造的概括，那么"十年教训"则更多地表现为对于人的改造，尤其是对勾践这位关系国家命运的君王的思想、行为的重塑。

我们将萧军的《卧薪尝胆》和曹禺的《胆剑篇》放在一起来考察，会发

① 刘忠：《精神界的流浪汉——延安时期的萧军》，载《中国现代文学研究丛刊》，2007(6)。

现即使是任侠豪迈不谈政治的萧军，在当时的政治环境下，也没能摆脱“改造”的流风。他笔下的勾践尽管在初期也是豪爽不羁、逞勇逞强，但是在忠臣良将的辅佐下，最后还是收敛了脾气，得到了人民的拥戴。只是萧军并没有给予这种转变太多情节铺垫，使得人物的转变较为生硬罢了。曹禺的书写有了更多细节铺垫，却又因要凸显人民，而显得“功高盖主”，使勾践这一代霸主失却了几许个性。

四、20世纪80年代戏剧作品中的勾践形象

经历了“十年浩劫”的“苦难一代”作家，在20世纪80年代初都显示出了不尽的忧虑和反思。“伤痕”，是一个时代的集体记忆。但是，在伤痕中最早站起来的“归来”的诗人中，少有白桦这样的作家，在刚刚“解冻”的时期，就以几乎是冲决一切的勇气喊出了振聋发聩的“勾践！你还记得亡国的耻辱吗”的历史呼喊。而这，也必然成为白桦颇受争议的一生中又一个焦点话题。

1981年到1982年间，白桦创作了七场诗剧《吴王金戈越王剑》，并发表在《十月》1983年第二期上。1983年该剧由蓝天野导演并在北京人艺首演。演出后观众反响强烈，引来了广泛的议论。据白桦回忆，当时的副总理习仲勋在审查的时候还肯定了这部戏，并且希望大家都能以冷静客观的态度批评该剧。但后来在相关领导对这部戏做了一个很长的批示后，该戏还是遭到了禁演。① 对这种遭遇，白桦早就习以为常了，但他骨子里那种倔强的思考却是任何封条都禁锢不住的：“我只是在这部戏里告诉观众：越王勾践和他的子民都很爱国，但国王和臣民的爱国主义却不尽相同。”②

为了表现这种不同，白桦并没有从“勾践入吴为奴”这一前人用以体现勾践忍辱负重的情节入手，而是直接表现勾践归国后与臣民的关系及其变化。

第一场戏中，勾践刚刚脱离险境，就逞威虚荣，责怪文种“一叶扁舟”只身前来迎接，“没有旌旗，没有管弦钟磬，没有仪仗，没有焚香顶礼的百姓”，“没有尽到君主应有的礼仪”。③ 这将勾践贪慕虚荣的一面剖开，为情节的发展埋下了伏笔。正如伍子胥所言，勾践胆小卑劣，是“一

① 夏榆：《白桦在白桦林中》，载《南方周末》，2008-12-11。

② 夏榆：《白桦在白桦林中》，载《南方周末》，2008-12-11。

③ 剧本内容引自白桦：《吴王金戈越王剑》，见《白桦文集（卷四）》，武汉，长江文艺出版社，1999。

条冬眠将醒的毒蛇”。

第二场戏则通过演绎勾践的微服私访，表现了勾践怀抱着仁爱之心，与民共甘苦、施行仁政的正面形象。但是一次与农夫的会面使勾践忽然意识到：“一国之君如果没有前呼后拥，没有仪仗、嫔妃、侍从、武将、文臣，竟会无人相信我就是勾践！一个村夫就敢于对我如此不敬，而我还要克制、容忍，多可笑！原来我是王位的附庸，王冠和宝座的陪衬。”这种近乎启蒙主义的人性觉醒虽然不尽符合勾践的历史真实性，却细腻地表现了白桦笔下的一代君王的历史悲剧性：勾践一方面无法摆脱整个时代都存在的对于王权的附庸；一方面却又带着某种良知，意识到了王权对于人性的扭曲。这种间离感带给勾践更大的痛苦。他对自己的否定和嘲笑，却无法阻止自己落入历史的悲剧漩涡之中。

但仅是这星光一闪，勾践便又不自觉地进入到君王玩弄权柄、骄奢淫逸、忘恩负义的历史圈套之中。在第四场，勾践贪恋西施美貌，因范蠡送走西施而心生恨意，甚至抽出剑来逞威：“我是一国之君，万事要遂君愿。”幸亏范蠡大义凛然地以曾经亡国的耻辱鞭策勾践，才使勾践如梦初醒般悔悟过来。但这次紧张的冲突已经掀开了封建君主伪善面具的一角，为剧情的发展笼罩上了一层阴霾。

相比前述几位剧作者，白桦的叙述视角非常独特。他并不重视对于勾践以及越国人民如何养精蓄锐、励精图治的过程的表现，而是将着力点置于对主人公在国家富强、功成名就之时的心态举止的刻画。似乎在白桦的眼中，人在极盛状态下的行为更加真实。

确切地说，白桦塑造的勾践形象，是他借以挖掘历史、反思人性的引子。勾践、范蠡和文种代表的是三种对国、对民的态度以及结局。勾践的忍辱求生、背信弃义，范蠡的明哲保身和文种的鞠躬尽瘁是白桦提出来的三类人生选择。而白桦对于这三类选择并不做道德上的批判，而是剖开历史的断面，探索历史与现实交错中的人生真相，表达对人性近乎焦虑的疑问，抒发自己在长久思想禁锢之后对社会、对国家命运的思索与慨叹。

在20世纪80年代“思想解放”的大潮中，文学环境显示出重压之后的空前活跃。大量有关“历史记忆”的书写，以“伤痕文学”“反思文学”等为代表的揭露历史创伤，反思文化根源、人性劣根的文学作品，抒发着知识分子的感伤情怀与强烈的民族关切和历史责任感。白桦正是在这一大潮中，饱含着“与生俱来”的文人使命感，截取了与众不同的历史横断面，对人性本质、对人物命运、对历史真相进行追问，表达其在经历了生活的折磨与坎坷之后对于历史、人生的深切体验。

但是，那个时代所赋予的强烈的情感体验和复杂的人生感悟往往让文学作品对于“历史”的追问由于夹带着复杂的个人情感显得迫切而沉重；对于社会政治、个人与群体、人的命运等问题的探讨充斥于文本之中，也使大部分作品都凝聚着过于饱满的意象，承担了太多的“意义”。这样，文学作品的感情基调往往偏于深沉、强烈，节奏仓促，缺乏细腻的情节铺垫和延展，而人物形象的塑造也趋于复杂化，却又过而不及，导致其内在性格的断裂与失真。

后 记

本书是国家社科基金后期资助项目成果。自承担该项目以来，项目组成员在项目首席专家童庆炳先生的具体指导下，根据各自的研究专长进行了合理分工，并充分发扬服从大局、团结协作的团队精神，按时、高质地完成了这一科研任务。

收入本书的研究论文共有十一篇(即全书的十一个章节)。其中“上编”的《现代中国历史文学之经验》一文，不仅全面梳理了中国现代历史文学的发生发展概况，同时还兼顾到“历史真实”等理论性问题的来龙去脉及其纷争缘由。突破了长期以来“新文学”的过于以自我为中心，从新与旧、雅与俗等较为宽阔的视角重新审视现代历史文学的变动轨迹和历史地位，是该文的特色之一。其余两篇《现代历史小说中的“解释”与“讽喻”》与《历史题材话剧中传统母题的重释与重写》，则分别以现代作家的重释与重写(改写)为理论视角，探讨了现代小说与现代话剧中历史题材创作与改编的一系列重大问题。对于理论性与史料性的兼顾，造就了它们扎实的学术水准。

收入“中编”的五篇论文，则以富有代表性的作家作品的个案研究为基调。其中既有对鲁迅《故事新编》、郭沫若历史剧《屈原》等经典作品颇具新意的解读，又未忽略那些尚未引起学界普遍关注的作品文本：巴金的异域历史题材小说创作，向来少人注意；谭正璧的短篇历史小说特色鲜明，称得上绽放于抗战时期的一朵艺术奇葩，但长期没有引起研究者足够的重视；卫聚贤根据白蛇许仙故事改编的现代话剧《雷峰塔》，所承载的历史文化信息更值得我们深入挖掘。我们希望通过这几篇或许不太成熟的文章起到抛砖引玉的作用。而最能体现历史传承与变迁的，莫过于那些古老的历史传说与历史形象的古今嬗变了。因此本书“下编”中的三篇论文，都将研究视线集中到了历史形象的重写与嬗变上。希望这一专题的研究能继续深入下去。

邹红、沈庆利

本书各章作者如下：

第一章：沈庆利　　第二章：祝宇红

第三章：郭玉华　　第四章：邹　红、卓光平

第五章：沈庆利　　　　　　　　第六章：沈庆利
第七章：梁　华、沈庆利　　　　第八章：郭玉华
第九章：祝宇红　　　　　　　　第十章：黄　莹
第十一章：朱梓铭

作者简介：

邹　红　文学博士，北京师范大学文学院教授，主要从事中国现代文学、现当代戏剧研究。

沈庆利　文学博士，北京师范大学文学院教授，主要从事中国现代文学及华文文学研究。

祝宇红　文学博士，同济大学中文系讲师，主要从事中国现代文学研究。

郭玉华　文学博士，山东曲阜师范大学文学院讲师，主要从事中国现代文学研究。

黄　莹　文学博士，主攻中国现代文学与戏剧研究方向。

卓光平　文学博士，绍兴文理学院讲师，主攻中国现代文学方向。

梁　华　北京师范大学文学院 2005 届研究生。

朱梓铭　北京师范大学文学院 2009 届研究生。